皮肉屋でマイペースな令息は冷遇されても気にしない

兎卜羊
Usagiura Hituji

ノエル・カルニセス

(28)

旧姓：モンテス

モンテス侯爵家の末っ子三男。人付き合いが苦手で、毎日引きこもってオーレローラ語の本の翻訳をしている。オーレローラ国出身の祖母の血が濃く、白い肌と天パを継いでいるが、この髪はあまり好きではない。嫁いだ先で夫と使用人に冷遇され中。

ベルンハルト・リヴィエール

(32)

図書館で出会った、外務省長官。大きな体躯と鍛え上げられた筋肉を持つが、本人は非常に気弱で争いごとが苦手。実はこの国・ストーハルスの王族で、現国王の弟。母親が他国からやってきた側室のため、非常に珍しい褐色肌。

イラスト　北沢きょう

皮肉屋でマイペースな令息は冷遇されても気にしない

1　子供じゃないんだから無視は止《や》めなさい

僕の隣にいる僕の旦那様（予定）は終始無言。そして終始しかめっ面。

「死が二人を分かつまで、愛を誓い、妻を想《おも》い、妻のみに添う事を神聖なる婚姻の契約のもとに誓いますか？」

結婚式でのお決まりの問いかけを目の前の神父様がするけど、旦那様（予定）はやっぱり終始無言。そして、これ見よがしに終始しかめっ面。神父様が目線で「返事しろ！」って言っているけど完全に無視……。

神父様すっごい顔引き攣《つ》っているけど、良《い》いの？

「汝《なんじ》、ノエルは、この男レイナルドを夫とし、良き時も悪い時も――」

あ、神父様諦めた。諦めて僕に誓いの言葉を振って来たけど……え～？　旦那様（予定）が誓ってないのに僕がしても意味ないんじゃないの？

隣の旦那様（予定）にどうすんの？　って意味を込めて視線を向けるけど終始無言。しかめっ面に加えて無視。いや、僕が見上げているのが視界の端に映ったのか、物凄《ものすご》く嫌そうな顔をされた。

うわ～、そこまであからさまな顔をされたのは生まれて初めてだぞ。しかも嫁（予定）にそんな顔、普通する？

「――誓いますか!?」

「え？　ああ、はい……誓います？」

あんまりにも神父様が必死の形相で言うもんだから、空気の読める僕は返事をしてあげる。

ここで「誓いませ～ん」って言ったって、この結婚式が中止になる事なんてないんだろうし、だったらさっさと無難な事言って無難に終わらせてあげた方が良くない？

わー、僕ったら神父様にも旦那様（予定）にも気を遣えて偉くない？　招待客だって、いつまでもこんなの見ていたくないだろうし。

全方向に気を遣える偉い僕が誓いの言葉を述べた事

で、露骨にホッとした顔をした神父様が指輪の交換を促して来た。

いやいや神父様。頑として誓いの言葉を無視するような旦那様（予定）がやる訳ないでしょ。

「必要ない」

おぉ、喋《しゃべ》った。終始無言だから喋らないのかと思ったよ。

初めて声聞いたけど、それなら誓いの言葉の時にも喋ったら良かったのに。別に「誓いません」って言っても良いんだからさ。

「そ、それでは誓いのキスを」

「必要ない」

うんうん、そうかそうか。僕はそれでも良いんだけど、神父様の顔が引きつけを起こしたみたいにピクピクしてるけど大丈夫？　これ、後から怒られない？

旦那様（予定）って確か僕より年上だったと思うけど、良い大人が怒られるのって想像するだけで悲しくない？

「そ……それでは！　今、この時より、両名は神の前に夫夫《ふうふ》たる誓いをせり」

誓ってないよ？　あ、一応僕は言ったか。でも旦那様（予定）は言ってないから両名ではないと思うけど……。それでも今この瞬間から旦那様（予定）は旦那様（決定）になってしまった。あ〜ぁ、嬉《うれ》しくない進化だなぁ。

ヤケクソ気味な神父様は、兎《と》に角《かく》早く終わらせたいのか、息つく暇もなくって感じで決められた神前の文句を吐き出して、壇上から去って行った。

ご苦労様でした〜。

で？　これから僕はどうしたらいいの？　喜ばしい（？）事に結婚式をするのなんて今回が初めてだから進行なんて知らないよ？

もう一度、旦那様（決定）にどうすんの？　って意味を込めて見上げるけどやっぱり無言。しかめっ面に加えて無視。さっきと全く同じじゃん。物凄い嫌そうな顔をされたのも同じじゃん。

しょうがないから脇に控えている人達にどうしたらいいの？　って視線を送るけど、その間に旦那様（決定）が壇上から降りて立ち去ってしまった。しかも一人で……。

え？　僕置いて行かれたんだけど？　僕、一応嫁（決定）だよね？

壇上に一人ぼっちでポツーンな僕の元へ慌てた様子の教会の人がやって来て、その人に促されてやっと僕も壇上を降りる事が出来た。

そして始まった披露宴でも終始無言、終始しかめっ面な旦那様（決定）。その横でただ突っ立っているしかない僕。

え〜、僕ここにいなきゃ駄目〜？　凄く悪目立ちしてて嫌なんだけど。

周りも見てみなよ、招待客も戸惑っているし、僕の家族も同じく戸惑っている。当然、僕もだよ？　盛り上がっているのは旦那様（決定）のご両親だけ、というカオス状態。本当、どうすんの？　これ。

その後、形ばかりの家族とのお別れをすると、これから僕と旦那様（決定）が一緒に住む予定の屋敷に連れて行かれ、キラキラした調度品が並び、大きなベッドがある部屋に放り込まれた。

そして、只今《ただいま》使用人も付けられず一人で数時間放置中。

大きなバルコニーから見える外は真っ暗で、あのなんとも言えない結婚式から半日は経《た》っているっぽい。

お腹《なか》減ったな〜。僕、朝ご飯食べた後は水以外一切口にしてないからペコペコなんだけど。

ゴソゴソと部屋に置かれている調度品を漁《あさ》ってもクッキー一枚出てこないし、あるのは僕が嫁入りで持って来た荷物ばかり。こんなの、いくらあっても腹の足しにもならないじゃん。

部屋を物色していて気付いたんだけど、僕の嫁入り道具がこの部屋に押し込められているって事は、この部屋は僕の部屋って事でいいのかな？　と、いう事は？　まさか、これから初夜ってやつ？　今のこの時間って旦那様（決定）が部屋に来るのを待ってろ、ってやつ？

いやいやでもなぁ、結婚式で終始無言。そして終始しかめっ面だった旦那様（決定）が来るとは思えないんだけど。むしろ、ヤリに来たら吃驚《びっくり》仰天だ。

はてさて、なんで僕が今、こんな状況になっているのか。

それはズバリ、僕と旦那様（決定）両家の当主の思い付きによるもの。以上！

…………………もう少し詳しく言うと。

旦那様（決定）の実家、サマニエゴ伯爵家が財政難になっちゃったぞ！　どうしよう。そうだ！　昔からのお友達で仲の良い、僕の実家、モンテス侯爵家に助けてもらおう!!

って事で頭を下げに来たサマニエゴ伯爵君に、お金持ちでお人好《よ》しなモンテス侯爵君は気前良く、どっさり資金援助してあげたんだ！

ここまでは良い。問題はここからね。

「いっぱいお金を貸してもらったお礼に、モンテス侯爵君が困ってる事があるなら聞くよ？」と言うサマニエゴ伯爵に、僕のお父様なモンテス侯爵が「うちに、なかなか婿にも嫁にも行かない三男がいてね～」なんて言っちゃたんだよね。ちなみに三男って僕の事ね。

そしたらまぁ、そこから……。

「うちにも似たような次男がいるよ～。叔父のカルニセス子爵領を継いだんだけど、いまだに未婚でねぇ

……そうだ！　うちの次男とモンテス侯爵君の三男を結婚させちゃわない？」

「いいね！　男同士なんて今時珍しくもないし。跡継ぎは親戚から養子を貰えば問題ないしね」

「子供同士が結婚するんだし、融資してくれたお金の返金は少し待ってもらえないかなぁ？」

「しょうがないな～、友達特典だからね？　少し待つだけだからね？」

「ありがとーやで」

「ええんやで」

って感じで両家のお父様達がガッツリ肩を組む傍ら、己の人生の進行方向を勝手に決められた息子はポカーン。

しかも、僕が嫁側かよ！　いや、別に絶対に夫側が良い、とか女の人と結婚したい、とかはないけどさぁ。一言聞くくらいの気遣いしてくれても良かったんじゃない？

確かにさ、僕ってば引きこもり気質だから日がな一日実家の自室に籠《こも》ってるけどさ。社交は苦手だし、恋愛にも興味はないし、婚活なんてする気も起きないし、決まった友人知人以外と付き合うつもりもないけど。

それでもお仕事はしてたし。引きこもりは引きこもりでも手に職持った引きこもりだし。こんな勢いと思い付きで結婚させて追い出さなくったって良くない!?（いつまでも家にいるのが邪魔だったなら、言ってくれれば出て行くのに……）

そんな感じで決まった結婚だったからか、旦那様（決定）とは結婚式の当日が初対面。「はじめまして、よろしくお願いしまーす」と挨拶する僕を初《しょ》っ端《ぱな》から無視。目も合わせてくれない。

まぁ、お相手の子息も急な話だったし両手を広げてウエルカム、なんてしてくれるとは思ってなかったけど。まさかこんな拗《す》ねた子供みたいな対応されるとは想像してなかったよね。

そんなに嫌なら結婚式までに死に物狂いで抵抗すれば良かったのに。僕に「マジ嫌なんだけど、そっちの親説得してよ。こっちも親説得するから」とか手紙くれても良かったんだよ？　そんな動きが全く見受けられなかったから受け入れたのかな～？　ってこっちも思うじゃん？

僕は貴族の三男だし政略結婚も致し方ないか～、って受け入れていたからさ。旦那様（決定）とは「お父様達には困ったものだね～。しょうがないけど仲良くしようね？　離婚するなら応じるし、白い結婚も大歓迎。愛人囲いたいならポケットマネーでお願いしまーす」くらいフランクなお付き合いが出来ればな～、って思ってたんだよ？

それなのにさぁ。蓋を開けたらこれって……。

今思い出しても、結婚式であんな態度が取れちゃう旦那様（決定）と仲良く出来る気がしない。あっちが僕に不満を持つように、僕だって不満を感じるんだからね!?

あ~ぁ、どうせ結婚しなきゃいけないんだったら、せめて相手くらいは選びたかったなぁ。

まず、僕のお仕事に理解があるのは絶対。後は、僕を縛り付けず自由にさせてくれて、ユーモアのある真面目な人がいいな。当然、時、場所、場合、を弁《わきま》えられる人ね。間違っても結婚式で不貞腐《ふてくさ》れるような人はゴメンだな。

それから、そうだなぁ……僕、体力面に自信ないから、何かあれば僕を守ってくれる人だといいなぁ。そうだ！　いっその事、雨が降ろうが槍《やり》が降ろうが突風吹きさらす嵐の中だろうが、壁になってくれるくらい滅茶苦茶大きくて強い人なんて面白《おもしろ》いんじゃないかな?

ま、そんな人いないだろうけどね~。空想するだけタダだから好き放題言えるけど、現実は旦那様（決定）だからね。笑えなーい。

これからどうしようかな。なんて考えながら結婚式用の衣装から嫁入り道具の中に埋まっていた部屋着に着替える。

だってもう、時計を見たら夜中の一時なんだもん。半日も堅っ苦しい服を着てたから疲れちゃったよ。ここが僕の部屋なら遠慮もいらないだろうし、これだけの時間放置されていて今更誰かが来るなんてないない。って事でポイポイポイッと服を脱いでいく。

うーん、解放感。僕、かっちりピッタリした服って苦手なんだよね。

ゆるゆるのシャツだけを身に纏《まと》って大きなベッドに飛び込む。綿がたっぷりでふっかふかのマットと柔らかいブランケットが気持ちいい~。

よし、疲れたしこのまま寝ちゃおう。起きててこれ以上お腹が空くのも辛《つら》いし。

ベッドの上でモゾモゾと安眠のベストポジションを探していると、屋敷の木の床を荒々しく踏みつける革靴の音が近付いて来たと思えば、部屋の扉がバン！と乱暴に開いた。

え~、誰も来ないと思ってダラけた途端に来るのとか反則~。

「はっ。そんなふしだらな格好でこんな時間まで私を待っていたとは、無様なまでに必死だな。だが、貴様如《ごと》き貧相な男が私を誘惑出来ると思うな」

「おぉ？」

こんな真夜中にやって来たのは、まさかの旦那様（決定）。

僕の中での絶対来ない予想ランキングナンバーワンが来ちゃった。え？ 何用？

まさかヤリに来たとか言わないよね？ しかもふしだら、とか言われたんだけど。男がシャツ一枚でいたらふしだらなの？ 初めて知ったなぁ。

「いいかよく聞け！ 私が貴様を愛する事はない、妻とも認めん！ 金で私を買った気でいるかもしれないが、そんな卑怯《ひきょう》なやり口に私が屈すると思ったら大間違いだ!!」

「ほぉ」

「屋敷の者には如何《いか》に貴様が卑劣な男か周知してある。好き勝手出来ると思っていたなら残念だったな。せいぜい屋敷の奥で大人しくする事だ！」

肩を怒らせ捲《まく》し立てる旦那様（決定）に僕はビックリだ。

旦那様（決定）ってば何言ってんの？ 愛なんて、互いに最初からない事くらい分かり切ってるんじゃないの？ それに金で買ったって何を？ 僕ってば卑劣な男なの？ 凄く人畜無害なイイコちゃんだと思ってたんだけどなぁ。

「えっと～。旦那様？ なんの話――」

「貴様如きが私を旦那様などと呼ぶな！ 虫唾《むしず》が走る!!」

唾を飛ばす勢いの怒声に耳を塞ぐ。

も～、いちいち怒鳴らないでよ。怖いなぁ。

「はいはい。じゃー、カルニセス子爵？ 何か誤解があるような気がするんだけど？」

「言い逃れをするつもりか!? 貴様が私の妻の座に収まりたいが為に、父に資金援助という形で金を握らせたのは分かっている！」

わー、凄い濡《ぬ》れ衣《ぎぬ》だ～。そして凄い思い上がりだ～。

そんな勘違いしちゃうほどイケメンかな～？ 旦那

様（決定）、じゃなくてカルニセス子爵は。

「あのですね、僕は別に恋愛感情は——」

「愛がなくてもいい、などと言うつもりか？　だが、私は貴様に情けを与えてやるつもりもない。いや、姑《こ》息《そく》で哀れな貴様をこの屋敷に置いてやるんだ、充分過ぎる情けだろ。分かったらさっさとこの部屋から出て行け！　貴様のような者が妻の為の部屋である、この奥の間を使えるなどと思い上がるな！」

「……」

流石《さすが》の僕も開いた口が塞がらないと言うか、二の句が継げないと言うか。

まずこの人、人の話を聞かない。これさ、対話でどうにかしようって事がまず無理じゃない？

「部屋を出て行くのは全然構わないし、なんだったら実家に帰るけど？」

こんな状態で婚姻関係を継続出来るとは、とてもじゃないけど思えないよね。それが妥当だと考えるからお勧めかな。

「ふん！　そんな事を言って父親に泣き付くつもりか？　だが、そんな事はさせん。忌々しいがモンテス侯爵からの融資にケリがつくまでは貴様を肩書上だけは妻としておいてやる。感謝するんだな」

え〜？　妻とは認めないって言ったり肩書上は妻って言ったり、どっちよ〜。面倒臭いなぁ。

結婚前に釣書を読んだだけだから人となりなんて知らないし分かんないけど、なんでこの人こんなに偉そうなの？　てか、自信過剰過ぎない？

しかも、さっきからお金お金って。お父様がお金を融資したのはサマニエゴ伯爵にであってカルニセス子爵は関係な……もしかして、父親のスネ齧《かじ》ってるとか言わないよね!?

だったら駄目だよ〜、融資してもらわなきゃいけないくらい困窮している実家のスネを齧るのは駄目だよ〜。僕ですら自分の食い扶持《ぶち》を稼ぐくらいは働いてるんだよ？

……もしかしなくてもこの人、無能か？

戸惑い半分呆《あき》れ半分でカルニセス子爵を見るけど、偉そうに腕を組んで踏ん反り返っているカルニセス子爵は小物感満載で威厳なんか感じない。

どれだけ自分に自信を持っているのかは知らないけど、体型は普通の中肉中背だし、顔なんて興奮してるのか紅潮して丸い小鼻が膨れ上がっててさ。僕がベッドの上で寝転がって見上げてるからか深海の魚みたいに見える。

う~ん、こんな顔だったっけ？　結婚式の時にちょっと見ただけだから分かんないや。

こんな深夜にこれ以上意味不明な事を言われるのは勘弁……って事でモソモソと起き上がる。

部屋を出るならトラウザーズくらいは穿《は》かないとなぁ。本当に面倒臭い。明日の朝とかじゃ駄目だったの？

「で~？　この部屋を出てどこに行けって？」

最低限の身嗜《みだしな》みを整えて、貴重品が入った鞄《かばん》だけを抱える。そんな超身軽な僕を男の使用人が面倒臭そうに案内した先は、屋敷の一階の端っこも端っこにある長年放置されていたらしい小部屋だった。

人一人が寝るのがやっとな小さなベッドに、全体的にささくれ立った小さなテーブルと今にも折れそうな椅子が一脚。そのどれもがこんもりと埃《ほこり》を被《かぶ》り、蜘蛛《くも》の巣もあちこちに張りめぐらされている有様。

うひゃ~、大祖母《おおおば》様のお屋敷にあった戦争時代の隠し部屋みたい！

「ここが奥様のお部屋です」

使用人が僕に向けて言う奥様の後には明らかに(仮)もしくは（笑）が付いているのが分かる。

「うん、分かった~。でさ、僕、朝食べたっきり何も食べてないんだけど、食べる物ってある？」

「こんな夜中に使用人をこき使うおつもりですか」

「こんな夜中に部屋移動の案内させられてるくらいだから就労中かなーって思ったんだけど、時間外労働だったの？　だったらいいよ~、可哀想《かわいそう》だから我慢するよ。それで？　朝って食堂？　それとも持って来てくれるの？」

「知りません！」

分からないから聞いただけなのに、使用人は急に怒って部屋から出て行ってしまった。

しかも激しく扉を閉めるもんだから、積もった埃が舞っちゃったじゃん。

「うへっ、ケホッ。窓開けよ」

さっきまでは使用人が持っていた灯《あか》りで辛《かろ》うじて室内が見えていたけど、今は部屋が真っ暗で何も分からない。灯りくらい置いていって欲しかったなぁ。

確か窓がこっちにあった気がする、という微《かす》かな記憶でなんとか手探りで窓には辿《たど》り着いたけど、開けようとしたら金具が錆《さ》びているのか、なかなか開かないぃぃぃ！

「うう～～～っ、だっしゃぁ～！　開いたぁ、空気美味《おい》しい。お腹は膨れないけど」

四苦八苦してなんとか開けた窓の庇《ひさし》には枯れ果てた蔦《つた》が大量に絡みついていて、これは日当たりが悪そうだ～。だから誰も使ってなかったのかな？

でも、小さくて質素な薄暗い部屋に蔦の絡まった窓。まるで冒険小説や成り上がり小説に出て来そうな部屋。これはテンション上がるぅ。

腐っても貴族令息な僕には無縁な草臥《くたび》れ感。秘密基地や秘密の小部屋的なのって男の子にとっては浪漫《ロマン》の塊《かたまり》でしかないよねぇ。それが今日から僕の部屋だなんて、ウッキウキだぁ！

（とはいえ……この先ずーっとこの埃まみれの部屋で、っていうのはなぁ……）

どうやら、カルニセス子爵は本気で僕を冷遇するつもりらしい。将来的には離婚する気はあるみたいだけど、それが何時《いつ》なのか分からないのは参るし、冷遇するにしたってこの待遇は問題があり過ぎない？

このままだと、ニッコリ笑って円満離婚っていうのは難しいかなぁ。いくら心の広い僕にもプライドってものはあるからね。

流石にベッドの上にある、埃まみれになって使えそうにないブランケットだけは剝《は》ぎ取って寝転ぶ。石とまでは言わないけど、草原の地面くらいには固い。

使用人ってこんな固い寝具で寝てるの？　凄いねぇ。僕、ふっかふかしか知らなかったから新鮮。どこをどうしようとも安眠のベストポジションなんてなさそうだし、探してゴロゴロしようものならベッドから落ちそうだから大人しく目を閉じる。

あ〜疲れた。たった一日とは思えないくらいドッと疲れた。取り敢《とあ》えず今日は寝て、明日この部屋の掃除だとか今後の事を考えるとして。今は、おやすみなさーい。

2　冷遇生活はっじまっるよ〜

「けほっ……う〜、埃っぽぃ……」

そして始まった僕の新婚生活は、まぁ、なんと言うか……初っ端から、なかなかに癖のあるスタートだ。

まず、朝になっても部屋は薄暗いし、寝床が固いせいで起きたら全身痛いし、埃にやられて鼻と喉も痛い。

貴族として生きていた僕の常識として、朝はメイドが主人の身嗜みを整える手伝いをしに部屋を訪れるものなんだけどな。湯を張ったタライ一つ誰も持って来ない。

だから当然、水はおろか食事も来ない訳で。これには流石の僕もビックリだ。この屋敷ではその程度の気を回せる使用人すらいないの？　これじゃあ、部屋の掃除も期待出来そうにないな……。

とはいえ、来ないものはしょうがない。僕のお腹の空き具合も限界突破。仕方ないから自分でなんとかしよう、と部屋を出てみれば、待ち構えていたかのように一人のメイドに捕まってしまった。

「奥様、私共の許可なく勝手に出歩かれては困ります」

出会いがしらにそう言い放って僕の行く手を仁王立ちで塞いだのは、バッチリ厚化粧でニヤニヤと笑みを浮かべ、随分と胸を強調したメイド服を着たボンキュッボンなお色気メイドだった。

「えーっと？　どちら様かな？　私共とか言われても誰？　って感じだし、勝手にとか言われても初耳なんだけど？」

で？　アンタ誰？　と挨拶もなければ名乗りもしないお色気メイドに聞いてあげれば、ムッ、とした顔をして「エステラと申します！」と投げ捨てるような挨拶をしてきた。

そして、このエステラ、と名乗った彼女はこの屋敷のメイド長なんだとか。僕と同年代に見えるのにメイド長とは恐れ入る。でも、そんなにボンキュッボンだと掃除とか給仕とか大変そうだけど大丈夫？

あ、だから他の使用人の教育もままならないのか。納得納得！

そして、そのエステラによって僕は屋敷の中を自由に歩き回って良い権利は与えられていない、とかで強制的にポイ、と部屋へ戻されてしまった。

僕に許される行動範囲は裏庭の井戸と、その近くのお手洗いだけなんだってさぁ。これまたビックリだよね。

「本当、僕じゃなかったら泣いちゃうよ？」

「何か？」

「ん？　なーんも？」

暇なのか、仕事もせず「ワガママレイソク〜」とか「ダンナサマカワイソー」とか喋り続けるエステラに「そんなに暇ならご飯持って来てよ」と仕事をあげれば、面倒臭そうに持って来たのが小さな籠一つ。

中には、丸パンとリンゴ……だけ。しかもリンゴは所々変色していて鮮度が悪そうだし、丸パンもなんか怪しい。

丸一日ぶりの食事がこれかぁ……これ、食べて大丈夫なやつ？

「それでは、私はこれで――」

「あ～、ちょい待って」

渡す物は渡した、と愛想もなくそそくさと退室しようとするエステラを呼び止める。

どうせ来たんだ、ご用聞きくらいしていってよ。

「昨日、最初にいた部屋に僕の荷物が置いてあったんだけど、あれって誰か運んでくれるの？　着替えとか欲しいんだけど」

「こんな惨めな立場になって気にする事がソレとか、哀れですこと。着飾って旦那様に擦り寄ろうとしても無駄ですわよ」

ふん！　と小鼻を膨らませ「言ってやった」って顔をするエステラには悪いけど、全くもってお門違い。何言ってんの？

「いやいや、カルニセス子爵とかどうでも良いから。擦り寄ったところでなんの利点もないし」

「まぁっ！　金と権力で無理やり旦那様と結婚した事を私が知らないとでも!?」

え～？　カルニセス子爵も昨日そんな事言ってたけど、もしかして、自分の妄想を使用人に言い触らしてんの？　だとしたら痛いしダサーい。

「僕、お金持ちだけどお金の使い方は慎重派なの。そんな無価値で不利益な事には使わないよ。それより、僕の質問への答えは？　荷物は運んでくれるの？」

人の話を全く聞かないのって、この屋敷ではデフォルトなの？

「つ、強がりを！　色目を使っても無駄なんですから、荷物は必要ありませんわよ！」

だからぁ、誰もアビ・ア・ラ・フランセーズを持って来いとは言ってないでしょ。

本当に、ここの主従はどうなってるんだ？

「人の話はちゃんと聞いて。僕は着替え、と言ったの。生活用品、普段着。そんな物すら僕には必要ないって？　でもさ、カルニセス子爵は僕と離婚するつもりなんでしょ？　だったら、屋敷から放り出すその時に僕が着替えすら与えられずにズタボロだったら？　外聞が悪いのはカルニセス子爵なんじゃない？」

「ぐっ……でしたらっ、お荷物は私どもが必要な分だ

け お運びいたします!!」

そんな口紅がよれそうなほど口を歪《ゆが》めて忌々《いまいま》しそうに言わなくてもぉ。僕は当然の要求をしたまでだと思うんだけど。

ま、気にせずどんどん要求しちゃうけどね。

「あ、そう？　じゃぁ、他の品は僕がこの屋敷を出て行くまで大切に預かっておいてね？　そうそう、一緒に鍵がかかった木箱も運んで来てくれる？　これくらいの両手で持てる大きさで三つあるから」

「私はあなたの使用人ではありませんので、お断りいたします」

「なら、自分で運ぶよ。嫁ぐにあたってお祖父様から預かった大切な物だから放置出来ないんだよねぇ。もしもの事があったら大変だよ。お祖父《じい》様、血の気が多いから衛兵でもなんでも引き連れて大暴れしかねないし」

「衛兵……そんな大袈裟《おおげさ》なっ」

「これが大袈裟じゃないんだなぁ。本来なら婚家が用意しなきゃいけなかった結婚式での宝飾品を、財政が苦しいなら、ってお祖父様が僕の為に家宝を貸してくれたの。僕ってば愛されてる～。ね？　そう思わない？」

僕のその言葉で、なぜかエステラの顔色に焦りが出てソワソワとし始めたけど、どうかした？

「だから、ちゃーんとお祖父様にお返ししなきゃいけないの。じゃ、今から取りに行って良いかな？」

「こちらで確認して持って参ります!!」

僕が扉を指さしながら聞けば、エステラはバタバタと慌てて部屋を出て行っちゃった。

そんなに慌てなくても大丈夫なのにね～。だって、嘘《うそ》だし。

お祖父様からは何も預かってないし、血の気だって多くない温厚な好々爺《こうこうや》様だよ。箱の中身が宝飾品って事だけは本当だけどね。

やれやれ、とチラリとエステラが置いて行った籠を見る。やっぱり中には鮮度の悪いリンゴとパンだけ。しかも一個ずつ。

うーん、飽食を謳歌《おうか》していた独身時代なら絶対食べなかったけど、お腹ペッコペコな今なら食べてみるかって思っちゃうんだから、僕ってば逞《たくま》しい。

恐る恐る手に取って齧ったリンゴはカッスカス。カッスカスだよエステラ。しかも酸っぱい。アップルパイとかにすれば美味しいのかもしれないけど、正直生じゃ不味《まず》い。

パンは辛うじてカビてはいないけどカッチカチ。カッチカチだよエステラ。せめてミルクおくれよ。浸して食べるから。

丸一日ぶりの食事に、満足度はなくとも微かに空腹はしのげた……かな？


「お荷物をお持ちいたしました」

少しでも明るいうちに、と僕自ら埃まみれの部屋を掃除していると、コンコンガチャ、と僕の返事を待たず扉が開けられ、そこには偉そうに腕を組んだエステラと男の使用人が二人。

どうやら朝に頼んだ荷物を持って来てくれたらしく、大きなトランクが一つと両手に抱えるサイズの木箱三つをダン！　と僕の前に乱暴に置いた。

おーい、人の物なんだから、もう少し大事に扱いなさいよ。

「どうぞ、ご確認ください」

「ほいほい。じゃ、遠慮なく」

まずは大きなトランクを開ける。中には適当に突っ込んだと見られるグシャグシャになった肌着とシャツが数枚とトラウザーズだけ……だけ!?

ちょっと？　この大きなトランクにこれだけ？　スッカスカなんだけど!?

「石鹸《せっけん》や化粧品は？」

「着飾る事もないのですから必要ありませんでしょう？」

「ほほぅ～？」

どういう理屈だ？

人語のはずなのに理解出来ないエステラの言葉は一旦置いておいて。次に木箱の方を、初日に持ち出した鞄から出した鍵で開け、中にあった宝飾品を一つ一つ手に取って確認する。ふむふむ、宝飾品に異常はないね。

三つの木箱全てを確認して、もう一度蓋を閉めて鍵をかける。

「ご確認は済みましたでしょうか？」

「うん、ありがとう。出来ればもう少し色々持って来てほしかったけど、ここの使用人は荷造りが苦手っぽいから、もうこれでいいよ」

「なんですって！」

「だって、この木箱の中身まで荷造りしてくれようとしたんでしょ？　鍵穴周辺が傷だらけになってるよ。僕は箱を三つ持って来て、とだけ言ったんだから、そのまま持って来てくれたら良かったのに。これからは鍵がかかっている物は無理やり開けようとしなくていいからね？　鍵がかかってなくても勝手に開けちゃ駄目だけど」

だからもう触らないでね、って優し～く教えてあげる僕、天使級に慈悲深い～。

なのにエステラってば目線は逸《そ》らすし、顔は引き攣ってるし、目も泳いじゃって、どうした～？

「だから、他の荷物もむやみに開けずにそのままにしておいてくれるかな？　他の使用人達にもそう伝えておいてくれる？　邪魔だって言うなら実家に送って。配送料は実家に付けてもらって良いから。分かった？」

「い、言われなくともっ!!　で、では、私は失礼いたしますわ！」

「まぁまぁ、そんなに急がないで。あのさぁ、この部屋の寝具埃まみれだし腐ってるからさ、新しいの貰えるかな？　ほら、これ。触ってみてよ、凄くない？　僕、こんなの初めて見たんだけど！　そーれ！」

「きゃぁっ！　ちょ、ちょっと！　何をするんですか！」

え～？　実際に埃まみれで触ったらボロボロ崩れるブランケットの凄さを体感してもらおうと思ってエステラに向けて放り投げただけじゃーん。

滅多にない感動体験だから共有したかっただけなのに、逃げるなんて酷《ひど》いなぁ。

「そ、そんな汚い物！　ケホッケホッ！　こんな埃吸い込んだら死んでしまうじゃない！」

「え？　これ死んじゃうほどの物なの？　え～、この部屋にはこれしかなかったんだよ？　って事は……え？　僕殺されかけたの？　流石に侯爵令息を殺すのは良くないんじゃない？　しかも融資してくれた家の令息だよ？　即怪しまれてバレちゃうよ？」

「ひ、人聞きの悪い事言わないでください!!」

「え？　でもエステラが死んじゃうって言ったんじゃん。ね～、僕、これで殺されかけてるのぉ？　ね～ね～ね～」

　投げたブランケットを拾い上げバッサバッサとエステラの前で振る。

　うぇっぷ。埃と謎の毛が舞って凄い。窓開いてなかったら本当に死んじゃいそう。

「やめて!!　明日、別のを用意します！　それで文句ないでしょ!!」

「え？　新しいの持って来てくれるのは嬉しいけど、明日なの？」

「私達はあなたと違って忙しいんです！　それでは失礼いたします!!!」

「あ！　ねぇねぇ、晩ご飯って何時くらいに持って来てくれるの～？　おーい、無視ぃ～？」

　エステラに、晩ご飯の事を聞いたのに無視して行っちゃった。最後の方はロングスカートを翻して駆け足だったし。お忙しい中、メイド長直々に来て頂いちゃって悪いね。

（さてと……）

　振り回したブランケットを床に放り投げ、草臥れた部屋に不釣り合いなほど華美なトランクと木箱に目を向ける。

　宝飾品が入った木箱の鍵穴の周辺や、蓋の隙間などあちらこちらが鋭利な物で引っ掻《か》かれていたり、こじ開けようとした様子がありありと浮かび上がっていて僕の口から大きくて長～い溜息《ためいき》が漏れる。

　笑えちゃうくらい、やってるねぇ～！

　なるほどなるほど。カルニセス子爵が冷遇する妻（一応）には何をしても構わない、って思っちゃった感じかな？

　でも、僕がお祖父様とか衛兵とか言った途端、慌てて持って来るあたり素直～、超素直～。ちゃんと僕に渡すあたり小心者～。僕、嫌いじゃないよ、そういう人って。好感は持てないけど。

　こんな事になるような気がしたから、昨日持ち出した鞄の中には貴重品をしっかり入れてあるし、鍵をかけておいた宝飾品の木箱だけは持って来させられたけど。この様子だと他の物はどうなっている事やら。

　細かい刺繍《ししゅう》の入ったフロックコート。シルクのシャツ。ミンクのコート。カーフスキンで作られた靴。他にも色々あるけど、どれもこれも換金したら平民の平均年収なんて軽々超える値段が付く品々だ。

　はてさて、僕が「大切に預かっておいてね」って言った荷物達は、果たしてどうなるのか。楽しみだねぇ。

　ところでエステラさんや、そろそろ日も暮れてきたけど、僕の晩ご飯は？

3　冷遇上等、自由万歳！

　結局、その後誰も食事を持って来てくれず、またしても空腹の新婚生活二日目がスタート。

　慣れない固いベッドで凝り固まった肩と腰のストレッチをしてると、コンコンガチャ、とノックと同時に扉が開いた。

　この屋敷の入室マナーはコンコンガチャなの？

「新しい寝具をお持ちしました」

　無遠慮に扉を開け放ち、その場で要件だけを伝えるのは、顔にデカデカと不機嫌です、と書いているエステラだった。その背後には、寝具らしき物を抱えた男の使用人が一人。

「おはよう、エステラ。早速持って来てくれたの？　助かるなぁ～」

　挨拶する僕をスルーして男の使用人が足音荒く部屋に入ると、ポイ、とベッドの上に寝具を放り投げた。

今更、僕に対する態度の悪さを言及する気も起こらない。

どれどれ、と手に持って見る。確かに寝具っぽいけど……ペッタンコで固い、マットレスとギリギリ言えない事もない敷物と、ペラペラの薄いブランケットが一枚。

ほほう、前のよりもマシだけど、埃まみれじゃないからマシってだけで寝心地が改善する代物じゃあない。

「この寝具って、エステラ達も同じの使ってるの？」

「使用人と同じ物などお嫌でしょうから、特別品をお持ちいたしました」

「へー」

(特別品ねぇ……)

「それと、こちら。お食事ですのでお受け取りください」

「わー、ありがとう、朝食も持って来てくれたんだぁ」

部屋に一歩も入る事なく無造作に差し出された籠を受け取って中を見る。

これは、蒸《ふ》かした芋かな？　それと……干しブドウ？　房に付いたままでシワシワの赤黒いこれって本当に干しブドウ？　まさか干涸《ひから》びただけのブドウじゃないよね？

「うーん？」

「なんですか？　折角お持ちしたお食事に何かご不満でも？」

「いや、そうじゃなくてね。ほら、カルニセス子爵のご実家に僕の実家が多額の資金援助をしたじゃない？　それなのにご子息のカルニセス子爵は一日に一回、こんな物しか食べられないなんて、どういう資金運営してるんだろうと思って……。しかも、僕の輿《こし》入《い》れで持参金も多額に入ってるはずなのに、だよ？　相当な借金があるとか経営難なの？　寝具も特別品でこれって、使用人達はどんな寝具で寝てるの？　僕の実家の犬だって、これよりもっと良い寝具を使ってるよ？　こんな荒れた部屋だってないしさぁ。エステラ達、お給料ちゃんと貰ってる？　大丈夫？　……ヨヨヨヨヨ、哀れ」

ほろり、と一滴も出ていない涙を拭う。

「し、失礼な!! あなたの食事や寝具がそれなのは、あなた自身が働かずなんの利益も生まない役立たずの穀潰《ごくつぶ》しだからですわ！ それなのに贅沢《ぜいたく》させろだなんて、どれだけ傲慢なのかしら!!」

「うーん暴論」

エステラの言い分だと、こんな食事と寝具は僕だけって事だね。オーケー、オーケー、知ってた。

「僕が働かないって言うなら僕のここでの仕事は何？ カルニセス子爵は僕に妻の仕事はさせないって言ってたし、屋敷の中を出歩いても駄目なんでしょ？ それで仕事もしない穀潰しって言われても僕困るな～」

「妻がすべき仕事は『全て』私に任されておりますので。あなたに出来る事はこの部屋で大人しくしている事だけです」

「わお」

へ～。妻の仕事をメイドに、ねぇ～。ほっほ～ん？ しかも、働かない役立たずだから満足に食事も与えない。けど働かせる気はない、って？ 理不尽で支離滅裂な主張過ぎないかい？

「なるほどね、君達の主張は理解は出来ないけど分かったよ。僕から言わせれば言い掛かりも良いところだけど、カルニセス子爵も君達も信じないんでしょ？」

「あなたのような人の何を信じろというのですか？」

「了解、相互理解無理、決別って事で、僕は僕で好きにさせてもらうね。そちらはそちらでご自由にどーぞ。おーつかれさまー」

「は？ ちょっと！」

僕、無駄な事嫌ーい。これ以上話しても意味なさそうだし、お帰りくださーい。

面食らった顔のエステラにバイバーイと笑顔で手を振って、パタン、と扉を閉める。

手に持った籠の中をもう一度見てみるけど、いくら腹ペコだからって芋はまだしも、干しブドウ擬《もど》きはとてもじゃないけど食べる気になれない。下手すりゃ命が危うい気配がビンビンする。

さて問題です。まともな食事を与えられない時、どうしたら良いでしょーか。

答えは簡単。家に食べる物がないなら外へ食べに行けばいいのよ！

昨日、部屋を掃除した時に窓を覆う蔦は既に引き剝がして、人一人が通れるだけの穴は開けてある。そこへ鞄一つを手に持った僕は足をかけ、屋敷の外へと飛び出した。

つまんない世界にサヨナラバイバイ！

行くぜ！　アイキャンフラーイ!!


賑《にぎ》わう城下街、商店が立ち並ぶ人通りの多い大通りから、少し離れた場所にあるカフェの奥まった席に座り、温かい紅茶で満腹のお腹を癒す。

一面に青々とした蔦を這《は》わせた赤レンガの壁、店内に入れば無駄な装飾を削《そ》いだシックな内装、重厚感のある布張りのソファー、心安らぐ静かな空間。

あ～、落ち着くぅ。僕のサンクチュアリはここにあったんだ。

夫を筆頭に、屋敷の者達全員から冷遇されるというトンデモ事態に、家に食べる物がないなら外へ食べに行けばいいのよ！　と僕が屋敷を抜け出して向かった先は、人も多ければ店も多い城下の中心街。

実家の領地から離れたこの王都の街に不慣れな僕は、お上りさんよろしく色々な店先を覗《のぞ》き、辿り着いたのがこのカフェだった。

一目見た瞬間にビビッと来た僕は迷う事なく店内へ入って一番奥の席へ一直線。そして開口一番。

「僕、超お腹ペコペコなの！　何か食べる物くださ～い！」

そして、店主のオジサンが出してくれたのが煮込んだ豆のスープとチーズパイだった。

一口スープを食べた瞬間、五臓六腑《ごぞうろっぷ》に染み渡る温かさ。そして柔らかい豆の食感と甘味。チーズパイの塩味との相性も抜群。これがもう言葉に出来ないほどに最高！　空腹も相まって今まで食べたどんな料理よりも美味しかった。

もう、スプーンもフォークも止まらない。あっと言う間に食べ切った僕に、店主のオジサンが可哀想な子を見る目で「サービスだよ、いっぱいお食べ」と、桃のコンポートまで出してくれて、この土地に来て初めての優しさに涎《よだれ》が止まらなかったよね。

この瞬間、僕は決めた。このカフェを安住の地にする!!


あれから約二ヶ月——。

僕は毎日屋敷を抜け出し、朝、昼、晩、とこのカフェで過ごし、夜になったら屋敷に眠りに帰るだけの生活を送っている。

これが滅茶苦茶快適！　カルニセス子爵も使用人も、僕が毎日屋敷を抜け出している事に気が付いているのか……は知らないけど、会う事もないし何も言ってこない。

それに、屋敷内を勝手に出歩くな、って言われたから、ちゃーんと窓から庭に出て裏門からササッと街に出て行ってるから、屋敷の建物内は出歩いてないしね～。僕ってば超配慮してるぅ。

飲食のお金だって自分のものだし。カルニセス子爵家のお金なんて銅コイン一枚いらないし使うつもりもない。

だって僕、超お金持ちな貴族だから。今まで買い物なんて売掛や同伴の使用人が払っていたから手持ちのお金は少なかったけど、銀行に行けばいくらでもあるもんねー。なんだったら実家名義で小切手を切っても良い。

それに、僕個人でお仕事だってしているから収入だってある。だから、金銭面で困る事なんてないの。親の資産を当てにしているどこかのスネ齧りとは違うのだよ！

テーブルの上に広げた本に目を走らせつつペンを取る。この国とは違う言葉を、この国の言葉に変えて紙に書き写して行く。文章の中、物語にピッタリと合わさる言葉、表現で原文を崩さないように……遠い国の文化や人々の気持ちが伝わるように……言葉の一つ一つを考える。それが、僕の大切で、大好きなお仕事だ。

一言で言えば翻訳家ってやつ。だけど、僕はオーレローラという、この国から遠く離れた小さな国の言語専門の翻訳家だ。

僕が生まれ育った、このストーハルスからは船で数ヶ月もかかるほど遠くてとても小さな国、オーレローラ。僕は行った事はないけど、比較的温暖な我が国と違って、とっても寒くて一年の半分以上は雪で国土全体が覆われているらしい。

当然、それだけ離れていれば国同士の交流自体少なく知名度も低いから、オーレローラの言葉を理解する人はこの国にはあまりいない。だから、僕のこのお仕事は食いっぱぐれる事がない訳。

それに、テーブルさえあればどこでだって出来るお仕事だしね。こんな状態になってもカフェで寛《くつろ》ぎながらのびのびお仕事が出来ちゃうのも利点だ。

実家では部屋にずっと籠ってお仕事していたから、親には外に出ろってお小言言われるし、使用人達も僕の事を引きこもりの社会不適合者だと思って、あの手この手で外に出そうと邪魔してくるし。愛あっての心配と行動だって分かっているだけに辛かったな～。

それが、今は美味しいご飯を食べてお茶を飲んでのびのびお仕事。もう、仕事は滅茶苦茶捗《はかど》るし楽しくって堪《たま》らない。

だから正直、今のこの生活のままでもいいかな、って思っていたりする。

最初はどうにかして早々に離婚出来ないか、って思ってたけど、衣食住足りて快適とくればもう、躍起になる事もないかな、なんて……。どうせそのうちアッチが勝手に離婚の手はずとか整えるだろうし。それまでのんびりしてるのも悪くないでしょ。

一応、お父様には「なんか旦那になった人が、僕が金の力で無理やり結婚したって言って冷遇してくるんだけど、なんでこんな事になったの？　パパがいらん事するから僕バツイチになっちゃうんだけど？　オコなんだけど？」って感じの手紙を、宝飾品を送り返すついでに出してはあるんだよ？

だけどさ、返って来た内容を要約すると……。

「すれ違いも愛のアクセントになるかもだから早まん

な。一応サマニエゴ伯爵君にはドユコト？　って聞いとくけど、お前逞しいし図太いから自分で何とか出来るでしょ？　頑張《がんば》れー」

だったからイラッ、と来たよね。

しかも、お父様の返信を屋敷の使用人がニヤニヤしながら開封済みで渡して来て、更にイライラッ、って来たよね。人の手紙を勝手に開けて読むとかデリカシーなさ過ぎぃ～。

だから僕は好きにさせてもらいます～。一応気を遣って聞いてあげたのに、お父様達の友情とか知らないから！


「ん～？　上手《うま》い言い回しが思い付かない……」

翻訳中にぴったりこっちの言葉にはまらない箇所が出て来て、急遽《きゅうきょ》、仕事場所を図書館に移す。

実はあのカフェを選んだ理由は他にもあって。向かいが王立図書館なんだよ。急にあの文献が欲しい、あの辞書が欲しい、ってなっても直《す》ぐに調べに行ける立地の良さ、最高!!

早速借りた辞書と原書を見比べて、あーでもないこーでもないと図書館内の閲覧スペースの机でうんうん唸《うな》っていると、フ……と僕の上に影がさす。

あれ？　窓辺の席だし雲でもかかったのかな？　と、なんとなーく窓の外を見ようと顔を上げると、そこには顎髭《ひげ》の生えた強面《こわもて》の超巨体オジサンが、真横で僕を凝視していた。

ビクゥ！　と飛び上がった体の下で椅子がガタガタッ、と鳴り、静かな図書館の中に不快な音が響く。

（うわぁぁ～ッ！　ビックリしたぁぁ!!）

気配もなく横に立たないでよ！　僕、今絶対椅子から数センチ浮いたよ!?

ビックリし過ぎて心臓がバクバクの爆音で、ペンを握った手がプルプル震える。

「す、すまない！　……驚かす、つもりはなかったんだ」

睨《にら》む僕に、オジサンはオロオロと困惑しながらその場に膝をつき、それはそれは厳《いか》つい恐ろし気な顔を混乱？　困惑？　兎に角、気遣わしげに歪ませて僕を見て来た。

「大丈夫、だろうか？」

「心臓が口から飛び出て踊り食いしちゃうかと思った」

「そんなにか!?」

そんなにだよ！　誰だって、突然真横に褐色肌の厳つい顔の巨人が立っていたらビックリするでしょ！

「僕に、何かご用でも？」

「あ、あぁ……いや、その……」

僕から視線を離さず、もじもじするだけでなかなか用件を切り出さないオジサンに痺《しび》れを切らし、不審者として司書を呼んでやろうか、と思い始めた頃、オジサンの太い指が僕の手元に積んである辞書の山を指さした。

「辞書を」

「辞書？」

あ……もしかして、オーレローラの言語辞書が欲しかった感じ？

僕が手当たり次第に使えそうなオーレローラの辞書や参考資料を取って来ちゃっていたから、なくて困っていた、って事か。それは申し訳なかった。

まさか、僕以外にもオーレローラの辞書を必要としている人がいるなんて思わなかったんだよ。

「辞書が必要だったの？　だったら、僕が今必要なのはコレとコレだけだから、読みたいものがあれば持って行っていいよ？」

現在進行形で開いている辞書以外は今のところ必要ないし、積んでいる辞書の山ごとどうぞー、とズズとオジサンに差し出す。

「いいのか？　私は助かるが、必要だから置いていたんじゃないのか？」

おお、厳つい見た目によらず謙虚だ。その慎み深い精神に免じて僕をビックリさせた事は大目に見てあげよう。

「ううん。必要あるかもな～、で持って来ただけだから。今いらないし、使ってどうぞ～」

「そうなのか。感謝する」

「僕こそごめんね。独り占めして」

オジサンからの謝辞にニッコリ笑顔を送って、もう一度自分の手元へと視線を戻す。

いや〜、プライベートだか仕事だかは知らないけど、オーレローラに関わる人と会うなんて珍しい事もあるもんだ。

そんなオジサンとの邂逅《かいこう》もこの時限り。辞書の山を持ってオジサンはどこか別の席へ行くか、借し出しにカウンターに行くものだとばかり思っていたら、迷う事なく僕の目の前の席に座られてしまって思わず二度見した。

なんで目の前に座んの!? 席なら他にもいっぱい空いてるでしょ!?

ビックリする僕を見て、オジサンが微かに口の端を上げて恐らく笑顔? らしきものを僕に見せる。

「必要かも知れない、と思って取って来ていたのならば、いるかもしれないいんだろう? なら、私がここで見れば君が必要な時に困らない」

「へぇ?」

まさかの、お心遣い痛み入ります? テーブル自体は四人掛けの大きなものだし、巨体のオジサンが相席しても圧迫感はあれど余裕だけどさ。

思わぬ相席に目の前のオジサンをマジマジと見る。

シルバーアッシュの髪を軽く左右に撫《な》でつけて、凛々《りり》しく吊《つ》り上がった同色の眉と顎髭で硬派な雰囲気ではあるけど……。

「ナンパ?」

「ちっ! 違う! 仕事で必要になって調べに来ただけで、そのようなつもりは一切ない!」

褐色の肌に焦りの色を乗せたオジサンが数枚の羊皮紙を僕へ見せる。

チラリとしか見えなかったけど、確かにその紙にはオーレローラの文字が書かれていて、仕事で必要になった、って言うのは嘘ではないみたい?

見ればオジサンが着ているフロックコートもトラウザーズも、仕立てもデザインも洗練された物だし、皺《しわ》もほつれの一つもない。

そういうところを見ると高位貴族だろう事は窺《うかが》える。

それに、この鍛え抜かれた巨体からして騎士関係の職だろうし、この厳つさは絶対団長とか隊長職。顔つきは怖いけど整っていて悪くないし、きっとご婦人達にも人気がありそう……そういう意味では困ってもいなさそうだし。

「……ナンパな訳ないか」

「誤解が解けて良かったよ」

ジーッと凝視していた視線を外すと、オジサンは目に見えてホッとしたように肩を下ろした。見た目に反して当たりが柔らかいし穏やかな人っぽいな。

約二ヶ月ほど前からキャンキャン吠《ほ》えまくる奴《やつ》しかいない所に住み始めたから、不覚にも癒されちゃうなぁ。

体が大き過ぎて図書館の机を小さく感じさせてしまうオジサンが、その大きな手で丁寧に辞書を開くのを見て、今度こそ自分も仕事を再開した。

何やら正面から視線を感じるような気がしつつも無視して手元に集中していれば、カリカリと僕が動かすペンが紙を引っ掻く音に被せるように「あー、その……すまんが、少し良いだろうか？」と音量を抑えつつも不思議と耳に心地良く響く低い声がかかって、僕は手を止めた。

チラリ、と目線だけを上げて見ると、大きな体を小さく屈《かが》め、太い眉を情けなく下げたオジサンが上質な羊皮紙に書かれた一文を指さしながら僕を窺っていた。

「なに？」

「君が、オーレローラの言語を勉強されているようなので少々、教えを請いたいのだが……ここの、これは、千五百と読んで良いのだろうか？」

それなりの地位があるだろうオジサンが、ずっと若輩な僕に教えを請うなんてなかなか出来ない事だろうに。分からない事を分からない、と聞けるプライドを持っている人って好感持てるよね。

どれどれ？　と椅子から腰を浮かしてオジサンの持っている羊皮紙に向かって身を乗り出す。途端、ドゴンッ！　と机が突き上げられるように揺れた。

「え!?　何!?」

「す、すまん、なんでも……いや、少し足が……当たってしまって。申し訳ない……」

驚く僕に、目の前のオジサンが挙動不審に目線を泳がせている。しかも、若干顔が赤い？　肌が褐色だから分かり辛いけど。

いったい、どんな当たり方をしたら体重を乗せていた僕ごと机が浮くんだ？　これだけ体が大きいと力も半端ないのか……。

「足大丈夫？」

「大丈夫だ。体だけは丈夫なんだ、なんら問題はない」

まぁ、その筋肉に覆われているだろう巨体を見れば丈夫なのは容易に想像はつくけど。

まるで何事もなかったかのように表情をキリリ、と引き締めたオジサンが、もう一度羊皮紙を僕に差し出して来る。

「それより、ここなんだが」

本人が問題ない、って言うなら、それ以上僕が何か言う事もないけど……。

言われるままに目線を落として、羊皮紙を指さすオジサンの、意外にも綺麗《きれい》に磨かれた爪の下の文字に目を移す。

「ん～？　ああ、これね。オーレローラの数字の表記ってクセあるから、最初分かんないと間違えやすいんだよね。これ、一万五百だよ。オーレローラは万からは字が変わっちゃうの。そんで、この千の位みたいに数字がない時は表記すらしないから騙《だま》されないでね」

「なんと……」

「初心者が引っかかりやすい罠《わな》だから気を付けてね、ちなみに億からも字が変わるから」

「うーむ……」

厚い唇を引き延ばし、短く刈ってある顎髭を撫でながらオジサンは低く唸る。心底参った、って顔にデカデカと書いてある。

その歳《とし》で新しい言語を読み解こうとか、大変だよねえ。

「若いのに、このように難解な言語を解するとは、君は凄いな」

「うん？　まぁ〜ね〜。長年勉強してきたからねぇ」

趣味の時間のほとんどをオーレローラの言語の勉強に費やした、と言っても過言ではないからね。僕の努力の賜物《たまもの》である能力を褒めてもらえるのは実に気分が良いから、もっと褒めてくれても良いんだよ？

「今開いている、その本の内容も読めるのかい？」

「これ？　勿論《もちろん》。まぁ、曖昧な所もあるけど、そこは辞書さえあれば」

僕が翻訳中のオーレローラの言語で書かれた本を覗き込んだオジサンが「それは凄い」と感心したように眉を引き上げる。

「数日とはいえ頑張って勉強したんだがな……悔しいが私にはわずか数文字しか読めない。それなりに言語には自信があったんだが、まだまだのようだ。もっと精進しなければいけないな」

苦笑いのオジサンが本当に悔しそうに言うから、今度は僕が眉を引き上げる。

オーレローラの言語はマイナー過ぎて、褒められるより「その言語を解してなんの得があるんだ？」と言われる事の方が多いから、仕事で必要とはいえオジサンみたいな反応をする人なんて本当に珍しい。

ふむ……このオジサン、なかなか見る目があるね。今、この会話で僕の中のオジサンの株がグン、と上がった瞬間だった。

外から夕刻の時間を告げる、カラ〜ンカラ〜ン、という鐘の音が聞こえたのでオジサンとの会話を中断して窓の外へ目を向ける。

「もう、こんな時間かぁ」

微《かす》かに赤く染まった空を見て、僕は机に乗り出していた体を元に戻して荷物をまとめる。

「帰るのか？」

「うん、もう晩ご飯の時間だし」

鞄に全て収め立ち上がった僕に、オジサンはわざわざ横に歩み寄って来た。

うひぃ〜、間近に来られるとやっぱりこの巨体には気圧《けお》される。僕の身長がオジサンの肩くらいまでしかないから真上から見下ろされている感が凄い。

「そうか、そろそろ日も暮れそうだしな。今日はありがとう。色々と助かった」

「お礼はいらないよ。公共の本なんだから」

たまたま図書館で出会っただけの他人にわざわざ立ち上がってお礼を言うなんて、律義と言うか育ちが良いと言うか。

見た目の厳つささえなければ王子様然としていて、世の婦女子を湧かせただろうに。

「いや、数字の読み方を教えてくれただろう？　あのままだと千五百だと思って大損害を出すところだった」

「あっは、そんな大損害を回避出来たなら、お礼は受け取っておこうかな」

「ところで、君は一人で帰るのかい？　良ければ、送らせてもらっても」

キョロ、とオジサンが周りを見渡して、僕に付き添いの使用人がいないと判断してかそう申し出て来た。

これを老婆心と取るか下心と取るか……ま、どっちにしろ僕の答えは一つだけどね。

「あ、そういうのは結構なんで。知らない人から送る、と言われたらそれはもう送り狼《おおかみ》だから断れ、って今も健在なお祖父様の遺言だから」

「送り狼っ！　そ、そのような事はしないがっ、お祖父様の仰《おっしゃ》る事はもっともだ。ならば、暗くなる前に気を付けて帰ってくれ」

僕の皮肉にショックを受けた様子のオジサンが大きな体を縮こませるその姿に思わず笑ってしまう。このオジサン、結構愉快だね。

「また、この図書館で会えるだろうか？」

「さぁ？　縁があれば会う事もあるかもね。じゃーね、オジサン。バイバイ」

「オジサン!?」

笑顔で手を振って背を向けた僕の背後から、オジサンの間の抜けた声が聞こえて堪らず噴き出す。

オジサンたら、オジサンの自覚なかったの？

4　巨人との再会、まさかの相談？

「あぁ、やっと会えた」

　数日後、久々に調べ物をする為に図書館へ寄った僕が書架の前で本を選んでいると、ニュッと頭上から厳つい顔が現れた。

「ぴゃッ!!!」

　薄暗い空間に突如浮かび上がる水色の瞳と、極悪と言っていい笑顔に驚き、手に抱えていた本が全てドサドサッと落ちた。しかも、あり得ない事に僕の足の上に落ちて、あまりの痛みにその場に蹲《うずくま》る。

「～～～～～～ッ」

「だッ、大丈夫か!?　すまない、前もビックリさせてしまったというのにっ」

　誰かと思えば、いつぞやの巨体のオジサン!?　書架の陰から出てきてオロオロしてるけど、本当だよ!!　自分の容姿に自覚持ってよ！

　図書館で大きな声を出す訳にはいかないからグッと口を閉じて我慢してるけど、可能なら恨み言を捲し立ててやりたい！

「ほら、こっちで椅子に座ろう」

　オジサンが僕の側《そば》にしゃがんでそう言うけど、痛くて歩ける訳ないでしょ！

　流石に一言言わなきゃ気が収まらない、と地面を睨んでいた顔を上げてオジサンに苦言を投げつけてやろうとしたら、それよりも先に僕の体が浮き上がった。

「？？？？？」

「ふむ、軽いな……。まるで羽毛のようじゃないか」

「は？　え、ちょっと!?」

　オジサンは僕を片腕に座らせるように軽々と抱き上げると、スタスタと書架の間を歩いて行く。

　わー、流石の巨体と筋肉。安定感が半端ないねぇ。じゃなくって！　急になにすんの!?

　巨体のオジサンに抱っこされた事で目線は滅茶苦茶高いし、こんな高さから周りを見る事なんて未経験で、あまりの地面の遠さに目の前のオジサンの太い首に縋《すが》り付く。

べ、別に怖くないし!? オジサンがうっかり僕を落としちゃうかもしれないから保険で引っ付いてるだけだし!?

「お、降ろして」

「大丈夫、椅子まで運ぶだけだよ。さ、この椅子に座って、足を見せてごらん?」

人気《ひとけ》の少ない場所にある、書架が立ち並ぶ壁際に一脚ポツンと置かれた椅子に僕を座らせると、あろうことかオジサンは僕の足を自分の跪《ひざまず》いた足の上に置いた。

「!!」

「腫れていたり怪我《けが》をしていないか確認しよう」

「ちょちょちょっ!!」

押し止《とど》めようとする僕の抵抗をものともせず、手慣れた仕草でスルスルと僕の靴と靴下を脱がしたオジサンは、裸足《はだし》になった僕の足を手に取る。

大きな手の平にすっぽりと乗る僕の足を愛《め》でるように撫で、顔を近付けるオジサンに僕の顔が炎で炙《あぶ》られたように熱い。

一級品だろう白いトラウザーズに素足を乗せるのも信じられないけど、人の手で足を裸にされるなんて!

普段、人目に晒《さら》される事のない足から靴下を脱がし触れる事は性行為を連想させる行い。本来なら親密な恋人や夫婦がひっそり人目を憚《はばか》って楽しむ行為だぞ!!

ド田舎の農民ならいざ知らず、貴族で分からない訳ないだろ!

真剣な顔で僕の足を凝視しているオジサンの顔面を蹴り上げてやりたい衝動に駆られるけど、今ここでソレをやって、騒音で人が来てしまったら? それは、非常にマズい……今のこの状態を見られでもしたら、僕等は図書館という公共の場であられもない行為を楽しんでいた変態になってしまう。

「少し、赤くなっているようには見えるが、傷があったり骨に異常はないようだね。良かった……この、桜貝のような爪が割れていたらと思うと、ゾッとするよ。痛みはどうだい? 酷くなってな……ど、ど、どうした!? そんなに痛いのか!?」

足の指の一本一本を撫で上げていたオジサンが顔を

上げ、僕の表情を見た瞬間、慌てふためいて僕の足から手を離した。

「僕の、足……変態。まだ、誰にも触られた事ないのにぃ」

「あ……」

口を両手で押さえプルプル震える僕の言葉で、やっと自分のした事を理解したのか、オジサンの顔が褐色でも分かるくらい青くなった。

今頃気が付いたのか、この変態オジサン！　あれだけ撫で回して堪能しておいて、うっかりでした、で済むと思うなよ！　僕の足は安くないぞ！

「すすす、すまない！　そんなつもりじゃっ……私は、君が怪我をしていないか確認をしようとしただけでっ、辱めようなんて思惑は一切なかったんだ!!」

「しー！　しー!!　大きな声出さないで！　誰か来たら変な誤解されちゃうでしょ！」

血相を変えて弁明だか釈明だかをするオジサンの声が静かな図書館に響きそうで、慌ててオジサンの口を両手で塞ぐ。

ひぃっ、オジサンの短く刈られた顎髭が手の平にチクチクしてくすぐったい！

「す、すまん」

「っ！　い、今、喋らないでっ」

口を塞いだ手の下で喋られると、オジサンの肉厚な唇と吐息が僕の手の平を刺激してゾクリと身が竦《すく》む。

も～！　勘弁してくれ～。

「こんなところを誰かに見られでもしたら、お互い立場的によろしくないでしょ。足なら大丈夫だから、靴をちょうだい」

オジサンの口を塞いでいた手を離して、オジサンの足元に綺麗に並べられている靴を指さす。

さっさと靴を履いてしまいたい。オジサンの逞しい太腿《ふともも》の上に、僕の足と一緒に皺もなく置かれていた靴下を手に取って足を降ろそうと持ち上げたところで、ハシ、とオジサンの手に取られ、再び太腿の上に戻されてしまった。

「ちょっと、僕の話聞いてた？　それとも理解出来なかったの？」

誰かに見られたら困るって言ってんだけど⁉　こめかみにピキピキッと力が入りながらも声を荒らげずにいた僕の我慢強さを誰か褒めて欲しい。

「床に足を置いたら汚れてしまう。このまま私の足の上を使ってくれたらいい」

「……は？」

なに？　それは、どういうプレイ？

理解を超えるオジサンの申し出に戸惑っている僕の手から靴下を抜き取ると、オジサンは脱がされた時を巻き戻したかのような手際の良さで、スルスルと僕の足に靴下と靴を履かせていく。

勿論、オジサンの太腿の上で……いや、まぁ、オジサンの太腿って僕のウエストくらい太さあるし、固さも充分でフットレストには申し分ないんだけど……って、問題はそこじゃないんだよなぁ。

「どうだろうか、問題はないかな？」

ようやく絨毯《じゅうたん》の上に足を降ろして立ち上がる事が出来た僕は、いまだ跪いているオジサンを腕を組みながら見下ろす。

オジサンは足の状態を聞いているんだろうけど、そんな事はどうでもいいんだよ！

「問題はありありだけど？　僕をそこいらのご婦人達と一緒にしないでくれるかな。随分と手慣れていたようだけど、相手は選びたまえ」

「本当にそんなつもりはなかったんだ」

「だったらなおさらでしょ。そんなつもりじゃなかった、で誰彼構わずひん剝《む》いていちゃ、いずれ刺されるよ」

並みのナイフじゃ、その筋肉が邪魔をしてビクともしなさそうだけど、痛みくらいは感じるでしょ？

「誰彼構わずだなんて……。君だったから、思わず心配が先立って後先考えずに動いてしまったんだ。本当に申し訳ない。君が望むなら責任だって」

「あ～、いらないいらない。責任とか勘弁してよ」

どんな責任の取り方をするのかは知らないけど、面倒臭い匂いしかしないからいらない。

「今回の事はグリズリーに舐《な》められたと思って不問にしてあげるから、もう二度としないで」

「グ、グリズリー!?　わ、分かった。しかし、何も詫《わ》びをしない訳には」

「だから、いらないってばぁ」

いらないって言ってるのになおも食い下がってくるとは、しつこいオジサンめ……。

「もしかして、口説こうとしてる？」

「え!?　いやッ、口説こうだなんて！」

今度は顔を真っ赤にして焦っているオジサンを下からねめつける。

「困るな～、そういうの。僕、既婚者だから」

僕の皮肉を真に受けてワタワタとするオジサンには悪いけど残念でした～、って感じで自分にとっては面倒臭いだけの事実を教えてあげる。

これも使える時は使わないとねぇ。ゴミ屑《くず》だって火を起こす事も出来れば穴を塞ぐ事も出来るんだから。

「き、既婚!?　本、当に？」

「一応ね～。じゃ、そういう事で。僕忙しいから」

だから、火遊びしたいなら他を当たってね～。

僕をどういう風に見ていたのかは知らないけど、僕は結構いい歳だし、結婚していても何らおかしくないからね。だから、そんな唖然呆然《あぜんぼうぜん》、みたいな顔をされるのはちょっと納得いかない。

僕が落とした本も拾ってくれていたらしく、側に置かれていたのを取ってオジサンの横を通り抜ける。

「待ってくれ！」

一歩が大きいのか、巨体のわりに動きが素早いのか。いや、両方か。確かに、僕はさっきオジサンの横を通り抜けたはずなのに、もう目の前にオジサンと言う名の壁が通せんぼ状態で立っている。

「もぉ～、何!?　僕、しつこいの嫌い！」

「嫌い……き、嫌い……」

目に見えてショックを受けるオジサンの姿に少しイライラの勢いが削がれる。

厳ついナリして嫌い、って言われたくらいでショック受けないで欲しい。見てくれはグリズリーなのにメンタルアナグマなの？

「す、すまない……少しだけ、私の話を聞いてもらえないだろうか？　……実は、君に聞きたい事があって、ずっとここに通っていたんだ。だが、なかなか会えなくて、やっと今日会えて……本当に良かった」

「話ぃ？」

「話というか……相談なんだが。オーレローラの言語の事なんだ。頼む！　少し、時間を貰えないだろうか」

声と表情から真摯な感じは窺えるけど、どうかなぁ？　さっきの事もあるし、ホイホイと気軽にお話を聞きます、って言うのも……。

だからと言って、こんな人気のない所で「聞かない」って言って押し問答になるのも困るし……ずっとここに通ってたって言うくらいなんだから、そうそう簡単に諦めるとかなさそうだもんなぁ。

「聞く聞かないは置いておいて。取り敢えず、あそこの机がある所まで移動していい？」

「分かった。本は私が持とう」

僕の要望にあっさりと頷《うなず》いたオジサンは、僕の手から本を抜き取るとエスコートするかのように塞いでいた道を開けた。

やっぱり、実にスマートなんだよなぁ。エスコート慣れしていると言うか、何と言うか……。騎士団の偉いさんだったりしたら、そういう『お付き合い』も忙しいんだろうし、身に沁《し》みついているんだろうな。

「手慣れてるねぇ。モテるでしょ」

「そんな事はない……出来る事をしているだけだ。……こんな事くらいで好意を持ってもらえるのなら、安いものなんだが……」

「パーフェクトな返答までお備えとか。流石～」

僕の皮肉半分賞讃《しょうさん》半分な言葉に真面目に返されて出端《でばな》をくじかれた気分。少しくらい皮肉に引っかかってくれても良いのに。つまんないの。

チラホラと人がいる閲覧スペースの一角まで来ると、僕とオジサンは向かい合う形で座る。

「この前のオーレローラの文章は翻訳出来たの？」

オジサンが運んでくれた本を受け取るついでに何気なく聞いてみる。一応、オーレローラの翻訳家としては気になるじゃん？

「情けない事に、全然だ。外務を統《す》べる文官として恥ずかしい限りだ」

「文官んんぅぅ!?」

あまりの衝撃に思わず受け取った本をダンッ、と机に叩《たた》き付けながら叫ぶ。

当然、周りにいた人達が何事だ？　とこちらを振り返るけど、今はそんな事どうだっていいよ！

このオジサンが文官だって!?　この巨体と筋肉で!?　百戦錬磨の武人で、五千人の敵を一晩で薙《な》ぎ倒せます、みたいな顔しておいて!?　あの太い指で紙を捲《めく》りペンを握るって言うの？　五メートルの槍を縦横無尽に振り回す、の間違いじゃないの？

今、僕の頭の中にはサイズの合っていない椅子と机にキュウキュウになりながら座っているオジサンが、背中を縮こませながら書き物をしている姿が浮かんでいるけど……いやいやいや、無理があるだろ！

どう考えたって武官の間違いでしょ!?

「君のように驚かれる事も多いが、私は外務省に席を置いている文官だ」

見えないよな、とはにかみながらオジサンは頰《ほお》を搔くけど、端的に言って、僕の頭は大パニックだ。

「騎士じゃなくて？　騎士団からの出向とか」

「いや、根っからの文官だ」

「その筋肉で!?　その巨体で!?　肉体の無駄遣いもいいところだろ！」

「こ、声を抑えてっ」

指を突き付けて叫ぶ僕に、オロオロと周りを見渡してはペコペコと頭を下げるオジサンの姿にムクムクと興味が湧いてきた。興味と言っても話を聞いてあげてもいい、程度のものだけど。

「オジサン面白いから、お話聞いてあげるよ。僕に相談があるんでしょ？」

「いいのか!?　ありがとう！」

「ただ、話を聞く前に……場所を移動しようか」

強面でぎこちないながらも笑顔で喜ぶオジサン越しに迷惑顔でこちらを見る人達と、眉尻を吊り上げた司書が速足で来る姿が見えて、僕はアハハと苦笑いで外へと続く扉を指さした。

「ただいま〜」

「おかえりなっ……」

　居辛さマックスになった図書館からそそくさと出て来た僕とオジサンは、僕のサンクチュアリであり、一日の大半を過ごす向かいのカフェへと場所を移動した。

　二ヶ月以上、毎日十二時間は居座る超常連な僕の声に店主のマスターが振り返り、そして、僕の背後に立つ巨体を目にしてビシッと固まった。

　あー、うん、そうだよね。そうなるよね。

「いらっしゃいませ」

　それでも、一瞬で接客業の手本のような笑顔を取り繕って迎えてくれるマスターはプロだ。

「マスター、僕のお客さんなんだ。いつもの奥の席、大丈夫かな？」

　この「大丈夫かな？」は空いてる？　ではなく、この巨体が座っても大丈夫？　の「大丈夫かな？」だから。

「ご心配には及びませんよ。大丈夫です」

「本当？　良かった〜。じゃ、紅茶を二つお願い」

「かしこまりました」

　マスターの保証も貰えた事だし、オジサンを僕の特等席へと案内する。

　それなりに大きなソファーにもかかわらず、オジサンが座ると小さな一人掛けのソファーに見えるんだから頭が混乱しそう。

「ここは……？」

　僕の「ただいま」発言から不思議そうにしていたオジサンが店内を見渡しながら聞いてくる。

　王立図書館の向かい、と言うだけあってか、貴族も気兼ねなく使えるだけの質の良さはあるから、そんなに物珍しさはないと思うけどな。

「なかなか良いカフェだと思わない？　僕ね、ここの常連なの。朝から晩までここにいるし、半分住んでいるようなものだね」

　足を組み、ゆったりと背凭《もた》れにもたれ掛かる。あ〜、落ち着く。

「朝から晩まで？　しかし、君は既婚者と言っていなかったか？」

「ああ、既婚者と言っても『一応』だから」

「一応？」

「ん～？　僕ねぇ、婚家で冷遇受けてるの。狭い物置部屋に追いやられて、ご飯も貰えないし、水場も井戸しか使わせてもらえないし、妻としての屋敷の仕事は与えられないし、屋敷自体出歩くなって言われるし。だから、遠慮なく屋敷の外で朝から晩まで悠々自適に過ごさせてもらってるって訳」

　別に隠す事でもないから聞かれたら普通に話すよ？　この事実が人に知られて困るのは僕じゃなくてカルニセス子爵だし。多少……いや、かなり、悪評が立って困りまくれば良い、って思っているし。

　僕の性格が悪い？　いやいや当然でしょ。

「そんな……食事すら与えられないだなんて、それは冷遇で済ませて良いレベルを超えている！　妻という事は、相手は男か……君は、どこの家に嫁がされたんだ？　教えてくれさえすれば、私がっ！」

　おおぅ。この話に、そこまで反応されるとは思わなかった。ちょっと「君の婚家やばくない？　カルニセス子爵？　うわ～、引くわぁ」くらいの反応が返って来ると思ってたからさ……。

　知り合いとも言えない相手の面白くもない結婚生活の話にそこまで憤るなんて、お人好し過ぎない？

「多少の不便はあるけど、今のところ快適な冷遇生活中だから悲壮感はないよ。お相手もこの結婚を続けるつもりはない、って言ってるし。当然、僕もないし。遅かれ早かれ離婚するのは決定しているからね」

「だから、お気になさらず～」と言う僕の言葉にオジサンは納得出来ないのか「君は……それで良いのか!?」と、なおも食い下がって来て、思わず気圧されてしまう。

　オジサン顔コワ!!　まるで威嚇する猛獣だ。カフェの他のお客さんも怯《おび》えちゃって、いつでも逃げられるように身構えてる人までいて、これじゃ営業妨害だよ。

　このいるだけで敵を蹴散らしそうな覇気。やっぱり文官じゃなくて武官じゃないの？

「それで良い、って言うか……こうなってしまった事はしょうがないし、嘆いたところでお腹が膨れる訳でもないでしょ。それだったら、その中で出来る事を考えて動いた方が建設的だし？　思うところは色々あるけど、そんな相手だった、って事が早々に発覚した分、僕は幸運だったと思うよ」

そして、あちらはそんな事をした相手が僕だった事が最大の不運だ。あちらが期待するように、僕は大人しく泣き寝入りするようなタマじゃないからねぇ。

「君は、強いな。このような酷い状況にあってなお、腐りもせず、悲嘆にくれる事もないとは……。だが、一人で乗り越え抗《あらが》うのは生半可な事ではなかっただろう？　先程は快適な冷遇生活と言っていたが、本当に大丈夫なのかい？」

まさか、僕の手紙を受けたお父様ですらかけてくれなかった心配と労《ねぎら》いの言葉を目の前の名前も知らないオジサンから言われるとは……。少し予想外だ。

「それこそご心配なく。あんな屋敷にいるより、ここにいる方が何百倍もマシ。それに、自由気ままに仕事が出来る今の環境って気に入ってるんだ」

「そうは言ってもだな……何か困った事があれば言ってくれ。これも何かの縁だ、力になろう」

「オジサン、人が良過ぎるって、よく言われない？」

「いや？」

常に家族からも『逞しい』と称されている僕は、そういう風に気遣われる事も少なく、どうにも面映ゆい気持ちに落ち着かず足を組み変える。

別に心配されたい、とか慰められたい、とか思ってはいないけど、僕の苦労を分かってもらえるのは存外嬉しい。実際、四面楚歌《そか》の孤立無援状態で滅茶苦茶大変だったんだから！　お父様はこのオジサンの爪の垢《あか》でも煎じて飲んだ方が良いよ！

「僕の苦労を理解してくれた事は感謝するよ。本当に困った人達だからさぁ。……まぁ、そんな話は今はいいや。それより、僕に相談したい事って何？」

思いもかけず、話題が大きく逸れちゃったからね。本題に戻そう。

「そんな話で済ます事でははっ……いや、先に相談の話をしよう……単刀直入に言う。君のオーレローラの言語の師を紹介して欲しいんだ」

「言語の師？」

「最初は、君が言語の勉強をしている学生だと思っていたんだが……結婚し、このような生活を強いられているのなら学生ではないのだろうな。だが、今、どなたからかオーレローラの言語を教わっているのだろう？」

「教わってないよ？」

「え？」

まさかの学生と思われていたとは。

多少、実年齢よりは若く見られる自覚はあるけど、そこまで幼くは見えないと思うんだけどなぁ。

「僕はオーレローラの言語を勉強する学生じゃなくて、オーレローラの本を翻訳する翻訳家だよ」

「翻訳家……」

「そ。ちなみに、僕にオーレローラの言語を教えてくれたのは僕のお祖母《ばあ》様なんだ。けど、もう亡くなってるから紹介は無理だね」

ご希望に添えず申し訳ないね～。きっと目の前のオジサンは大きな肩をガックリ落としている事だろう。けど、亡くなられているものは、どうしようもない。

見なくても分かるオジサンの落胆を敢えて見ず、運ばれて来た紅茶のカップに手を伸ばす。

「君のような人を求めていた！」

「は？」

紅茶のカップに伸ばしていた僕の両手が、気が付けばオジサンのゴツゴツとした大きな手の中に消えていた。

「頼む！　私の所で働いてくれないか!?　いや、働いてくれ!!」

「わ、おお？」

僕の手を握ったオジサンが、それはもう目をかっ開《ぴら》いて僕に迫って来た。

握り込まれた手は熱いし、鬼気迫る迫力のオジサンの眼光に睨み据えられて、気分は大型獣に捕食されそうな砂鼠《ねずみ》だ。

「実は、オーレローラとの国交が始まる事になりそうなんだ。だが、今まで疎遠だったあまり、通訳を出来る者が一人しかいなかったんだ。それも高齢で……間が悪い、などと言うべきではないのだが。先日、急逝されてしまい……」

「ほとほと困っている……と。それでこの前、図書館で必死に辞書と睨めっこしてたんだ」

「情けない話、このような事態になるまで誰一人としてオーレローラの言語を重要視しておらず、次代の教育すら疎《おろそ》かにしていた。そして今、書簡が届いても誰も読めない事に気が付いて、初めて事態の深刻さを理解した有様だ。直ぐにオーレローラの言語が分かる者を探したが、そうそう見つかる訳もなく」

いくら疎遠だとはいえ最低限の国交くらいはあっただろうに、どれだけ不人気な言語なんだ。

オジサンの話を聞いていると、愛着のある国が蔑《ないがし》ろにされているような気がして複雑。

「どうか、頼めないだろうか？」

さっきまでの目をギラギラさせた大型獣のような勢いから、今は地面に伏せてキュンキュン鳴く大型犬にメタモルフォーゼしたオジサンに「う……」と答えに詰まる。

オジサンのくせしてあざとい。でも、だからといって、やすやすと頼まれる訳には……。

「あ～、のさぁ、申し訳ないんだけど、通訳が必要なんでしょ？　僕は翻訳家であって通訳じゃないから、リスニングもスピーキングも出来ないんだけど」

「そうなのか……だが、それでも構わない。今必要なのは翻訳なんだ。オーレローラとの書簡のやり取りが中心になるから安心してくれ。それに、今も通訳は方々にて探している」

それを聞いたところで全然安心出来ないんだよなぁ。だって、探しているって言ったって、探して見つからなかったらどうすんの？

「あ！　僕のお祖父様！　お祖父様なら僕よりリスニングもスピーキングも出来るよ！　お祖母様がオーレローラの人でさ、一目惚《ぼ》れして勢いのみの片言のオーレローラ語でお祖母様を口説き落として国に連れ帰った猛者だからさ、お勧め！」

「お祖母様が!?　では、君にはオーレローラの血が入っているのか。どうりで……その白い肌に美しい巻き毛はオーレローラの血筋だったのか」

「巻き毛の事は言わないでぇ……」

確かに、雪のように真っ白な肌と豊かな巻き毛はオーレローラ人の特徴だけどさ……。

白い肌はいいけど巻き毛はやだ。だって、くるんくるんなんだよ？　くるんくるん。

実家にいた頃は時間をかけてトリートメントして、メイドに綺麗に伸ばしてもらって……って、それはそれは努力してくるんくるんの髪を緩やかなウェーブ程度には押さえてたのに、今はそれが出来ないせいでくるんくるんなんだよぉお!!

もー、こんなの赤ちゃんじゃん！　宗教画でよく見る空飛ぶ裸の赤ちゃんじゃん！　あー、やだやだ。

「ところで、お祖父さまは素晴らしい行動力と胆力をお持ちの方のようだが、ご高齢ではないか？　どちらにお住まいかは知らないが、事ある毎《ごと》に王城に来ていただく事は出来るのだろうか？」

「…………無理だぁ……」

御年八十歳になるお祖父様は、お祖母様が亡くなられてから一気に老け込んでしまい、今は田舎の別荘でゆっくり余生を送られている。その状態で王都に何度も足を運ぶとか、ましてや住むなんて到底無理。

「では、やはり君に」

「でもでも！　僕には翻訳の仕事があるんだよ？　それを辞めるなんて絶対に嫌だし、疎かにするなんて無理！　しかも、僕が翻訳する本は子供向けの童話や児童書、詩集とかが中心だから、国同士の難しい話で使う言葉なんて翻訳出来ないよ」

「ほほう、子供向けの本の翻訳をしているのか。それはなんとも君らしさを感じるな。今度、君が翻訳した本を読ませてはもらえないだろうか？　大変興味がある」

「あ、本当？　オーレローラの伝承を元にした童話なんかがお勧めなんだけど、今度持って来ようか？　じゃなくって！　子供向けの翻訳しかしてないから難しい言葉は分からないって言ってんの！」

オーレローラの本に興味があるなんて言うから、つ

「取り敢えず手を放して。お茶が飲めない」

「あっ！　すすすまない！」

今の今まで、ずーっと握られたままだった手がやっと自由になってようやくお茶にありつける。

少し温《ぬる》くなっちゃった紅茶で喉の渇きを潤して、はてさてどうしようか。

正直、僕には荷が重い。けど、オジサンが困っているのも分かるし、オジサンがなんとかして僕にお願いしたい理由も分からないでもない。

「君が貴族だと拝察して頼みたいんだ」

「やっぱり、そこだよねぇ」

『オーレローラの言語が分かる人』なら時間はかかっても見付ける事は出来ると思う。商人とか冒険者とか傭兵《ようへい》とか、探せばいない事もないでしょ。ただ、そこに『貴族』もしくは『三代遡って身元が分かり学のある者』を条件に付けると途端に難しくなる。

外務という国を左右する職務に、おいそれと下手な人物を関わらせる訳にはいかないもんなぁ。

そんな時に、少しでもオーレローラの言語が分かるいうっかり話が逸れちゃったじゃん！

本当に僕はお祖母様から子供の頃に教えてもらっただけで、後は独学だから難しい言葉は分からないんだよ。

「なにも、君一人に負担を押し付けるつもりはないし、翻訳の仕事を辞めろ、などと言う事は絶対にしない。君の仕事の合間で良いんだ。分からない部分は我々も協力する。過去の書簡や資料もあるから、そこから探っていく事も出来る。それで本なのだが。是非、お勧めのものを持って来てくれないかな。出来るなら買い取りたいのだが、可能だろうか？」

「……考えさせて」

「それは、本を持って来てくれる事かな？　それとも書簡の翻訳の事？」

「書簡の翻訳だよ！」

もー！　なんなの？　このオジサン。調子狂うなぁ。

どうにも色々と真《ま》っ直《す》ぐな性格らしいオジサンのペースに飲まれて、思うように会話の手綱を握れない。

この僕とした事が……こんな人、初めてだよ！

僕が現れたとあっちゃあ縋るのも仕方ない、か。お互い名乗ってもないけれど、貴族だって事は雰囲気で分かっちゃうもんな。

　貴族なら『三代遡って身元が分かり学のある者』だし、それに加え、家名だけでどのような派閥、思想で育って来たかも分かる。王城で働かせるとなると身分の事も含め、一番無難だ。

「政略結婚が貴族の義務なら、王城で召し抱えられるのもまた義務、か」

「無理強いするつもりはないが……こちらも切羽詰まった状態なんだ」

　オジサンが紅茶に口を付けながら、僕をチラリと見る。

「君がうちで働いてくれるなら衣食住は保証する。離婚するならその手助けもする。君の生活、尊厳、全てを私が保証し守る。婚家での冷遇からいつ解放されるか分からないままいる事を思えば、悪い話ではないと思う。だから、この話を呑《の》んでもらえないだろうか」

「わ〜、随分手厚い保証だねぇ。がっつり囲い込む気満々なの駄々《だだ》洩《も》れ。でも悪い話ではない」

　別に今の冷遇生活に不満はないし離婚もいつでも良いとは思っているけど、早く終了させられるなら、それに越した事はない。いつまでも嘗《な》められている趣味もないし、そろそろカルニセス子爵家からお暇《いとま》させてもらうのも良いかな。それなりに義理も果たしただろうし。

　そのお手伝いをしてくれるって言うなら、僕も色々と考えないでもないな。

「本当に翻訳の仕事優先で良いんだね？　後から本業の翻訳より、そっちの翻訳優先で通訳も全部やれ、責任全部取れ、とか言わないよね？」

「言わない。今ここで私の家名は言えないが、それに誓ってもいい。契約書も作ろう。契約内容に異議があれば変更もする」

　翻訳しか出来ない僕に対して、そこまでの好待遇とは……それほどまでに至急通訳が必要という事か。

　真意を探るつもりでオジサンの水色の瞳をジッと見るけど、一切逸らす事もなく見つめ返されて本気が窺える。

「分かった、良いよ。お手伝いしてあげる。僕にはオーレローラの血が四分の一入っているし、お祖母様の故郷の為になるなら協力しよう」

「本当か！　ありがとう、恩に着る！　直ぐに君の家を用意しよう。名乗るのが遅くなったが、私の名はベルンハルトだ。これからよろしく頼む」

「ノエル・カルニセス。旧姓はノエル・モンテスだよ。よろしくね、ベルンハルトさん」

オジサン改めベルンハルトさんから差し出された手を、僕は握り返した。

5　巨人の正体、そして契約

これからの事を話し合いたいから三日後に王城へ来てくれ、と言われて来たものの、実は僕、王城に来るのなんて初めてなんだよね。侯爵令息だけど三男で末っ子、というのを良い事に社交から逃げ続けた結果、王家の夜会は勿論、茶会ですら出た事がない。

だって、人付き合いって面倒臭いじゃん！　人より本の方が断然面白いよ。

門番の人に見せれば入れる、っていう札を貰ったけど、本当に大丈夫かな？　首根っこ摑《つか》まれて放り出されたりしない？

一人、王城の正門の前で札を手に考える事数分。

えーい、男は度胸！　ノエル、行っきまーす‼

「すいませーん。えっと……これ」

揃《そろ》いの甲冑《かっちゅう》を着て立っている二人の門番のうち、一人に札を見せてみる。

「ん？　なんだ？　ああ、入城証を拾ったのか？　わざわざ持って来てくれたのか、すまんな」

　ちっがーう!!　なんでそうなるんだよ！

　札を受け取ろうとした門番から、手を遠ざける。

「おいおい、お前と遊んでやるほど暇じゃないんだぞ？　いいから、さっさとそれを渡しなさい」

「拾ったんじゃなくて、これ僕の！　用があって来たから入れて欲しいんだけど」

「そんなバレバレの嘘を吐《つ》いちゃ駄目だろ。たまにいるんだよ、君みたいに拾って来たり、知り合いを語って不正に王城に入ろうとする子が。ほら、渡しなさい。渡さないと罪に問われるぞ！」

　だから、なんでよ！　なんで疑いから入るんだよ！　僕って、そんなに怪しい!?　どこからどう見ても無害な好青年でしょ！

　眉を吊り上げて僕の手から札を奪い取った門番が「ふん」と荒い鼻息を吹き出して僕を見下ろす。

「ほらほら、諦めて帰れ」

「え〜、外務省のベルンハルトさんに呼ばれて来たんだけど〜？」

「適当な事を言うな」

　もう、取りつく島もないじゃん。当初の入れてくれないかも、って不安も的中しちゃったし。は〜、しょうがない帰ろ。今回はご縁がなかった、という事で……。

　僕、悪くないしぃ、ちゃんと約束通り来たしぃ、入れてくれなかった門番が悪いしぃ、義理は果たしたしぃ、とクルリと回れ右、で元来た道を戻る。

　折角、王城まで来たんだしケーキでも食べて帰ろうかなぁ。それとも久しぶりに本屋に寄るか。急に時間が出来ると、これはこれでワクワクしちゃうんだよね〜。

「ノエル！」

「ほ？」

　背後から大声で僕の名前を呼ばれて足が止まる。

　さらにはドドドド、と軍馬でも走って来たのか？　って重い音も聞こえてきて、恐る恐る後ろを振り返る。

「待ってくれノエル！　帰らないでくれ!!」

「うわぁあああっ！」

王城の中から暴走する勢いで走って来たのは軍馬ではなく、必死の形相のベルンハルトさんだった。鉄で出来たフェンス状の門を吹き飛ばす荒々しさで開け放ち、一直線で僕へ向かって走り込んで来る。

ひぃぃぃぃッ！　アレは人でも軍馬でもなく、バッファローだよ！　踏み殺されるぅ!!

「な、なぜ帰る！」

目の前ギリギリで立ち止まったベルンハルトさんが僕の手をガシッと摑み、鬼気迫る表情で詰め寄った。

目が血走ってて怖いぃ！　落ち着いてぇ〜！

「も、門番が入れてくれなかったから」

「何！」

「ぴッ！」

僕の近くで大声出さないで！　鼓膜破れる!!

こっちはベルンハルトさんが手を摑んでいるせいで耳を塞ぐ事も逃げる事も出来ないんだよ!?　モロに耳に大打撃！

「声大きい！　耳壊れる！」

「す、すまん。申し訳ないノエル、何かの手違いがあったようだ。門番！　どういう事だ」

「ももも、申し訳ございません！」

ベルンハルトさんの剣幕に、僕を追い払った門番が顔色を真っ青にして飛び出して来た。

「今日、私の所に来客があると伝えたはずだ」

「す、すみませんでした！　まさかこのような、あの……お若い方だとは思わず……落とし物の入城証を届けに来たのだとばかり」

僕をチラリ、と見て決まり悪そうに言う門番。今、聞き捨てならない言葉が聞こえたんだけど？

「僕、そこまで若くないよ!!」

「思い込みで来客を追い払う奴があるか!!」

「申し訳ございませんでしたぁぁ!!」

僕とベルンハルトさんが同時に上げた怒声に、門番がズシャーとひれ伏して謝って来る。

ベルンハルトさんの、地獄の噴火口から生まれ出たデーモンみたいな形相に門番は完璧に怯えてるし。これだけの迫力と威圧感出すのに文官って事がやっぱり信じられない。絶対進路間違えたでしょ？

「彼はこれから私の元で仕事をしてもらう者だ。今後、このような事のないように全員に注意喚起をしておけ」

「はいぃっ!!」

「行こう、ノエル。案内する」

「え？　うん」

ベルンハルトさんに促され、ひれ伏す門番を横目に王城へと足を踏み入れる。

「本当に申し訳ない。もっと早くに迎えに来れば良かった」

「別にベルンハルトさんが悪い訳じゃないでしょ？　今思うと、僕の服装も良くなかったと思う」

普通、王城に赴くとなればそれ相応の格好でないと駄目なんだけど、今の僕はここには似つかわしくないラフなシャツにトラウザーズ姿だ。

だって、ウェストコートもトラウザーズも手元にないんだもん。僕の荷物は誰も持って来てくれないし、どこにあるかも知らないし。だからそのままで来ちゃったんだけど、やっぱ駄目だったかな。

「ごめんね。今、服がこれしかないんだ。社交に出ない僕にはこれで充分、って言われちゃっててさ～」

てへ、と笑って誤魔化す僕にベルンハルトさんの眉尻が吊り上がる。

ご、ごめんって～、そんなに怒らなくってもいいじゃん！　やっぱり帰りまーす、って回れ右しちゃ駄目かな？

「服すらまともに渡されていないのか……大丈夫だ、こちらでいくらでも用意するから気にしないでくれ。私こそ気が回らなくてすまなかった」

吊り上げた眉尻を今度はシュン……と下げて謝られてしまった。

う……実は、服がないなら買えば良いし、それくらいのお金はあるんだけど、面倒臭くて普段着で来ちゃったんだよね。

うう、罪悪感が……次、来る時はちゃんと用意します。

「別に今の服のままでも問題はないが、衣食住の保証はするのだから気にせず言ってくれ」

「必要だったらお願いするよ。ちゃんとした服を着ればもう少し年相応に見られると思うし……しっかし、まさかこの歳で子供扱いされるとは思わなかったなぁ～」

はっ！　もしかして原因は髪か？　この、くるんくるんの赤ちゃんヘアーのせいか？

くぅ～、服はどうでも良いから、この髪どうにかしてぇ～！

「お酒もたばこも嗜めるいい歳した大人なんだけどなぁ。そこそこいってるんだよ？　ぶっちゃけ晩婚だったし」

「晩婚って……そんな事はないだろう。私より、ずっと若いんだろうし」

「オジサンから見れば僕くらいの歳なんて若く思えるかもしれないけど、世間一般的にはそうなの！」

「またオジサンっ……ま、まぁ、ノエルから見れば私もオジサンか……これでもまだ三十代なんだが……」

「はぁ!?　三十代!?」

僕の絶叫が王城の通路に響いて慌てて口を閉じる。

今、三十代って言った!?　四十代じゃないの!?　もしくは若く見える五十代だと思ってたのに……それくらいの貫禄《かんろく》があるよ!?

「え～、ちょっと待った……三十代にも色々あるけど、詳しくは何歳？」

三十と三十九では大違いだからね、一応。一応聞いておきたい。

「三十二だが……」

「さんじゅーにぃ!?　僕と四つしか違わないの!?」

「は？　四つ!?　待てっノエル、君の歳は……」

「二十八……」

「……」

ベルンハルトさんが信じられない、って顔で僕を見下ろす。

ちょっと、何、その顔は!?　ベルンハルトさんこそ僕を何歳だと思ってたんだよ!?　僕は立派な成人男性なんだぞ！　ぐぐぐ、髪さえ、髪さえストレートなら……。

「ど、どうやら、お互い年齢の認識に齟齬《そご》があったみたいだけど。ま、まぁ、年齢なんて些細《ささい》な事、だよね」

「そう、だな」

これ以上年齢の事をつつくのは、互いに良くなさそうだ。

ベルンハルトさんが僕を何歳だと思っていたのかは、僕の精神衛生上敢えて聞かないでおく。


「まずは、仕事と契約の話をしよう」

そう言って案内された応接室で、ベルンハルトさんが自ら淹《い》れたお茶を出してくれる。

あんなグローブみたいな手で繊細なティーセットを危なげなく使いこなせるのが凄い。味も悪くないし、貴族の男でそつなくお茶を淹れられるってなかなかいないぞ？

「昨日は家名も名乗らず失礼したね。あまり、外では身分を知られたくないんだ」

「ふーん、まぁそう言う事もあるよね。僕は気にしてないよ」

身分にも色々あるし、事情も人それぞれだもんね。それ相応に誠意を持って対応してくれるなら、細かい事は気にしない質《たち》だから、僕。

「そうか、ありがとう。では、改めて名乗らせてもらおう。私の名はベルンハルト・リヴィエール。今は外務省長官として国に従事している。公爵の位を頂いている」

「リヴィッ？　……は、はぁああ!?」

リヴィエール公爵だって!?　まずもって公爵って王族じゃん！　しかもリヴィエール公爵と言えば現国王様の弟君、王弟じゃん！

どうりで、良い体格しているはずだよ。だって国王様ってムキムキマッチョな巨体なんだよ!?　だから、ベルンハルトさんの体格が良いのって明らかに王家の血筋……。

褐色の肌だって、王弟のお母上は異国から来た褐色の肌をした側妃《そくひ》様で、って……うわぁ～、どこからどう見てもモロ王弟！

あまり表に出る事を好まない方だとかで、今までお見かけする事がなかったから気が付かなかった。しかも、外務省長官って……お偉いさんだとは思ってたけど、まさか外務省で一番偉いだなんて思わなかった。

やっちゃった〜。高位貴族令息として一生の不覚。

「数々のご無礼を失礼いたしました。殿下」

ソファーから立ち上がり片膝をついて頭を下げる。

「やめてくれ！　そんな風に畏まらないで、君には今までのように接して欲しいんだ」

「しかし……」

そう言われて、はいそうですか〜、なんて出来る訳ないじゃん。

僕が常に誰に対しても不遜な姿勢なのは、僕よりも高位な存在が滅多にいないから。だから、僕は誰であろうとも態度を変える事はない。

だって、僕、侯爵令息だよ？　そんな高位貴族の僕がへりくだった態度を取ったら貴族全体の威厳も下げてしまう事になるでしょ？　だって、今のこの国の爵位では侯爵家より上となったら王族しかいないいんだから。

そう、王族以外にはへりくだる必要もつもりもない僕だけど、王族となったら話は別！　なのに、ベルンハルトさんはあろう事か僕の前に跪いてしまった。

ちょっと!?　王族が、たかが一貴族の前で跪いちゃ駄目でしょ！

焦る僕にお構いなしで、ベルンハルトさんは僕の頭全てを覆ってしまうような大きな両手で、下げた僕の頭を掬《すく》うように持ち上げた。

「確かに私は王弟だ。だが、ノエルには私が誰かを知った上で、私自身を見て欲しいんだ。王弟の私が言えばそれは命令になってしまうのは分かっている。だから、これは命令じゃない、お願いなんだ。今までの気安いノエルのままでいてはくれないか？」

ベルンハルトさんの両手に頬を包まれて、水色の瞳と間近で見つめ合う。凛々しい太い眉を情けなくへにょん、と下げて、折角の整った顔が台無しだ。

たかが格下の令息一人に、なにをそんなに必死になる事があるのか不思議でしょうがない。しょうがないけど……その顔はズルいなぁ……本っ当ズルいよ。

「もぉ〜っ！　お願いじゃあしょうがない！　特別だよ!?」

「いいのか!?」

まぁ、僕は心優しいから？　真摯にお願いされちゃ嫌とも言えないし？　しかも、こんな捨てられた子犬みたいな顔でお願いされて「嫌です」なんて断ったら、僕、人の心がないみたいじゃん。

「その代わり！　公の場ではしないから。僕だって立場ってものがあるんだからね」

「ああ、ありがとう！」

顔面いっぱいに喜色を浮かべて、まるで子供みたいに嬉しそうにするベルンハルトさんを見ていると、こっちがむず痒《がゆ》くなる！　もう〜、なんなの？　本当に……もしかして友達いないの？

「はいはーい、じゃーそういう事で話の続きをよろしく」

僕の頬を覆っていたベルンハルトさんの手をベリッと剝がしてソファーに座り直す。遠慮するな、と言うのなら本当に遠慮しないのが僕だから。

少し動転した気持ちを落ち着かせるために紅茶へ手を伸ばす。王族が直々に淹れてくれたお茶を飲むなんて贅沢だなぁ〜。

「そうだな。まず、オーレローラとの国交が始まる理由から話した方がいいだろう」

僕に無遠慮に手を剝がされたにもかかわらず、気にした素振りも見せずにベルンハルトさんはソファーに座り直して話を再開させた。

「実は、我が国の王太子の元にオーレローラの姫が輿入れする事になりそうなんだ」

「ええ？　なんでまた……交友関係なんてあったっけ？」

「留学先で知り合ったらしい」

「わぁ、青春。いいねぇ」

留学先で偶然出会って惹《ひ》かれ合って、って？　素敵やん？

「その為に、今オーレローラと色々と取り交わさなければいけない問題が山積みなんだ。それなのに……こちらが姫を貰い受ける立場故に、やり取りは全てオーレローラの言語で行っていたんだが、今更こちらの言語で、なんて」

「格好悪いもんねぇ。国のプライドとして、それは出来ないか」

「出来ないな……そこで、ノエルにはオーレローラとの書簡の翻訳を頼みたい。届けられた書簡を翻訳し書き出し、あちらへ送る書簡の内容をオーレローラの言語に翻訳して書き出して欲しい」

「ふんふん。それなら僕の得意分野だから出来るかな。難しい表現とか単語になると時間はかかるかもしれないけど、出来るだけの事はするよ」

「ありがとう、ノエルが来てくれて心強いよ」

ホッとした顔のベルンハルトさんを見るに、本当に切羽詰まっていたんだな。

「なんとなくお祖父様とお祖母様の馴れ初め《なそ》に似た状況だし、親近感湧いたしね。僕、お祖母様からいつもオーレローラの話を聞いててさ、凄く憧れてたんだ。だから、オーレローラのお姫様が来るんなら、お手伝いするのもやぶさかじゃないかな。お祖母様も、きっとそれを望むだろうし」

これは本心。お国の為、貴族の務め、っていうのもあるけど。これを機会にオーレローラとの仲が良くなって交流も頻繁になるなら、それはそれで嬉しいもんね。

「そうか、お祖母様がご存命であれば、嫁いで来られる姫も心強かっただろうに。私も、オーレローラから来られたというお祖母様にお会いしてみたかったな」

「ふふ、綺麗な方だったよ。それに強かった」

「それは、ノエルを見れば容易に知れるな。きっと、君はお祖母様似なんだろうね」

「うん、四分の一の確率のはずなんだけど、僕にはオーレローラの特徴が色濃く出てるからね。二分の一のお父様より僕ってばオーレローラなんだよねぇ」

だからこそ、兄弟の誰よりもオーレローラに興味を持って、オーレローラ語の翻訳家になったんだから。

「そんな君にこの仕事を依頼する事になるなんて、縁というものは不思議だな……。では、仕事を頼む上での規約は、この紙に書いてあるから読んでおいてくれ。

それと、こちらが約束の契約書だ。ノエルの希望に沿えているか確認して欲しい」

おお、本当に契約書作ってくれたんだぁ。有言実行、大変素晴らしい。

手渡された紙の束をパラパラと捲りながら目を走らせていく。

本業の翻訳優先ＯＫ。過度な束縛なし。翻訳する上での補助有。通訳者は迅速に探し出し、僕には求めない。うんうん、良いんじゃないかな？　これは僕の要望通りだね。

しかも、衣食住保証。離婚への支援有、まで入っている。あの話本気だったんだ。助かるけど。

「申し訳ないのだが、住居は直ぐには用意出来なかったんだ。一先《ひとま》ず、王城勤務者用の宿舎に入れるよう手はずを整えた。狭くて不便だとは思うが、王城の近くで良い邸宅が見つかり次第、移ってもらえるようにする。それまで我慢してもらえるだろうか」

「僕、宿舎で全然いいよ？　部屋中埃まみれじゃなくって寝具も腐っていない、贅沢を言うなら風呂や洗面が自由に使えるならどんな所でも大丈夫！　王城が管理している宿舎なら、そこのところ絶対しっかりしてそうじゃん。だから無理に邸宅なんて探さなくてもいいよ」

僕が一人で暮らすだけの為に邸宅とか無駄無駄。机の前にいるくらいしかしない僕には勿体《もったい》ないって。だいたい、一時的に住まわせてもらうだけの住居なんだよ？

「そんな部屋、探す方が難しくないか？」

「そうなの？　僕の今の部屋そんな所なんだけど。一生懸命掃除して寝具も取り換えてなんとかしたけど、もう一度あの大掃除をしろ、って言われたら勘弁して欲しいからさ、そうじゃないならどこだって良いよ」

「…………」

「顔コワ！」

地獄のデーモンが復活した！　ピキピキッと音がしそうな浮き出た額の血管にビビる。

「ノエルのお父上であるモンテス侯爵は、君がそこまで冷遇されている事をご存じないのか？」

「うーん、一応手紙に書いて送ったんだけど、伝わり切ってないって言うか、本気にしてないって言うか……もともと、僕って自分の事は自分でなんとかするタイプだったから、今回もそうすると思われてるのかも？　だから遠慮なく好き勝手してるんだけどさ。それでお父様達の友情にヒビが入っても僕は知らないし」

「なんだ、それは……」

「あ〜、でも義父《ちち》であるサマニエゴ伯爵に確認はするって言ってたな。どうなったんだろ？　返事がないから分かんないけど、僕宛ての手紙を勝手に開ける家だからなぁ。来てても僕に渡してない可能性が高いかも。だから、実際はお父様がどこまで知っていて、どう思っているのかは分かんないや」

「手紙を⁉　人としてモラルもないのか⁉　何を考えているんだ、カルニセス子爵というのは」

ほーんと最低だよね〜。話は聞かないし、思い込みは激しいし、人権無視するしで、擁護する余地も無い。

なんでお父様はそんな息子を育てたサマニエゴ伯爵と仲が良いんだろ？

「お父様には、あの屋敷から出たらもう一度連絡取ってみるけど。親が勝手に決めた政略結婚だし、こんな短期間での離婚となると両家当主の問題だからね。話し合いはお父様達にやってもらわないと」

「なら、今日にでも宿舎に移ってもらって構わない。なんだったら今からでも行こう」

「いやいやいやいや」

立ち上がって今にも部屋から出て行きそうなベルンハルトさんの腰のベルトを掴んで引き止める。

全体重をかけて引っ張ってもズルズル引きずられるんだから、まるで暴れ牛の手綱を握っているみたいで気分は牧童《ぼくどう》だよ！

「今、急に出て行ったら、まるで僕が逃げ出したみたいになるでしょ！　僕にもプライドがあるんだから逃げたなんて思われたくないの‼　ちゃーんとカルニセス子爵に三行半《みくだりはん》突き付けて堂々と出て行くんだから！」

僕の譲れない主張にピタリと足を止めたベルンハルトさんが、頭上から僕をジロジロと見下ろしてくる。

立ち止まってくれたのは良いけど、何よ。

「見かけによらず、負けん気が強いんだな」

「見かけによらず、とは失礼な！　僕が言いたい事も言えないような男に見える？」

散々ベルンハルトさんの見た目とのギャップにあれこれ突っ込んでおいてなんだけど、その発言は気に入らない。

「いや……黙っていれば儚《はかな》げだな……とは」

「儚げって……まぁ、よく言われるけど……」

確かに、顔付きは柔らかい雰囲気だからそう見られがちだけどさぁ。それに騙されて痛い目に合う人に同情はしないし、それで油断を誘えるならそれも武器になる、とは思ってるくらいには受け入れているけど……。

「だけど、ベルンハルトさんには、そういう風には見て欲しくはないなぁ。ベルンハルトさんが自分自身を見て欲しい、と言ったように、僕も外見じゃなく中身を見て欲しいな。だって、僕は強《したた》かな男だからね」

「そうか……そうだったな。そのような過酷な状況にもかかわらず、今まで無事に過ごしてきたノエルはとても強い。分かっていたはずなのに、失礼した。だが、だからこそ、私はノエルの力になりたい」

ベルンハルトさんは丁寧な手付きでベルトを摑んでいた僕の手を取ると、その場に膝を折って僕と目線を合わせて来た。

またそんな王子様みたいな……って、そう言えばベルンハルトさんって正真正銘の王子様だった。

じゃぁ、そんな王子様に手を取られて跪かれている僕って……複雑な気分だな。

「いいだろうか？」

「うん。力になってもらえるのはとても助かるから、お願いしたいな。早速だけど、宿舎に直ぐにでも入居出来るならさ、出来るだけ早くカルニセス子爵に離婚の意思を伝えて引っ越したいんだけど、何人か借りられる？　嫁入り道具が多くって一人じゃとても……」

「そんな事で良いなら容易《たやす》いものだ。では次の休息日に人員を出そう、任せてくれ」

「ありがとう、ベルンハルトさん！」

思った以上にベルンハルトさんが協力的で助かる。

この調子なら、思ったよりも早く僕の結婚生活は終わりそうかも。

「あ、そうだ！　こんなのじゃお礼にならないかもだけど……僕、持って来たんだよ」

「何をだい？」

ベルンハルトさんに取られていた手を引き抜き、鞄から二冊の本を取り出して跪いたままのベルンハルトさんに差し出す。

「はいこれ、僕が翻訳したオーレローラの本だよ。『森の白フクロウと小人』は僕の翻訳デビュー作で、とっても好きな本なんだ。それと、『屋根の下の雨』これもね、とても面白いんだよ！　オーレローラの文化と考え方が凄く現れている作品なんだ」

「本当に持って来てくれたのか!?」

目を大きくしたベルンハルトさんが僕からしっかりと二冊を受け取り、早速本を開いて読み始める。

興味深げに文字を追うその姿に嬉しくなって、僕の口角がニマニマと吊り上がっちゃう。

「その本はベルンハルトさんにあげるよ」

「いいのか!?　しかし、このような素晴らしい本を貰うなんて悪い。せめて買い取らせてくれ」

「いいからいいから。僕の翻訳業に興味と理解を持ってくれたお礼だから貰ってよ」

僕の翻訳業、ましてやオーレローラの本に興味を持ってくれる人って僕の周りでは稀《まれ》だからさ。実は、ちょっと嬉しかったりするんだよね。しかも、ベルンハルトさんは子供向けの本を翻訳しているって言っても馬鹿《ばか》にしなかった上に、読みたい、とまで言ってくれたんだから。

通訳が欲しいという打算上の社交辞令かも、と思ったりもしたけど、大きな手で丁寧に一枚一枚ページを捲り、時折頷きながら読むベルンハルトさんの姿からそんな思惑は見えなくて、心から本に興味を持ってくれているのが分かる。

「そうか……では、ありがたく受け取ろう。ありがとう、大切に読ませてもらうよ」

「えへへ～」

柔らかく目を細めただけの、その笑顔とも言えない表情の中に確かに喜びが見えて、ベルンハルトさんに本を渡せて良かった、と心から思う。

どうやら僕は、仕事に理解のある、とっても良い上司を手に入れたようだ！

その後の話し合いの結果、雇用面も契約面も問題なし！　となり、僕は正式に翻訳の仕事を請け負う事になった。

翻訳＆翻訳のダブルワークだけど頑張るぞぉ〜！

「仕事をする、となったならチャッチャとやっちゃうよ！　翻訳出来てない書簡があって困ってるんでしょ？　今からやろうか？」

「それは助かるが、良いのか？」

「大切な外交の対応が遅くちゃ国の信用にも関わるでしょ。今なら急ぎの仕事もないし大丈夫。それに、翻訳のお手伝い頑張るからさ、引っ越しのお手伝いヨロシクね」

「そんな事をしなくても手伝うが……だが、今は君の気遣いに甘えさせてもらおう」

それでは早速仕事場に……と応接室を出たところでエスコートするように手を差し出されて、僕はそのベルンハルトさんの大きくて肉厚な手をジトーッと眺める。

これは何を思っての手なのかな？

「お気遣いはありがたいけどね。僕にエスコートは必要ないよ」

「そ、そうか。すまない、つい……では行こうか」

ベルンハルトさんは残念、って顔を隠しもしないで差し出した手を下ろし、行きと同じように王城の廊下を先導して案内してくれる。

『つい』ねぇ。王子様ともなると、息をするように誰彼構わずエスコートするものなの？　男の僕にエスコートは必要ないのに、身に付いた習慣っていうのは難儀だねぇ。


「ここが私の仕事場だ」

「お、おお〜」

そう言って案内された部屋は、小さな図書室をそのまま執務室にしたかのような一室だった。

壁一面を覆う本棚に、執務机が等間隔に並ぶ。その部屋の一番奥には一際大きな執務机。明らかに、アレはベルンハルトさん仕様に作られた特注品だね。

初めて見る部屋の雰囲気に、ちょっとワクワクしながらベルンハルトさんに促されて僕が一歩、部屋の中に足を進めた途端。

「ようこそいらっしゃいましたぁ！」

「ありがとうございます。ありがとうございます」

「天は我々を見捨ててはいなかった!!」

「あなたが神か……いや天使だ！」

数人の男の人達が一斉に僕を取り囲み、かしずき拝み倒し始めた。

「何!?　なんなの!?」

「通訳様ぁ～、お助けくだせ～。読めない書けない俺達を救ってくれ！」

拝んだと思ったら、今度は男泣きで迫って来る人達に、こっちが泣きそうなんだけど！

「やめんか、お前達!!　ノエルが怯えているだろうが！　これで通訳を拒否されたらどうするつもりだ！」

ベルンハルトさんの一喝で僕の前でかしずいている人達が一斉に飛びのき、横一列にピシっと並んだ。

あれ？　ここって軍隊？

「本当に重ね重ね申し訳ない……」

「王城って変な人達しかいないの？」

「……面目ない……」

巨体をシュン、と小さくしたベルンハルトさんに、一列に並んだ男の人達が顔をギョッとさせ、小声で「マジ？」「借りて来た獅子《しし》じゃん」「あの子、通訳だよな？」とかコソコソ囁《ささや》いているけど、全部丸聞こえなんだよなぁ。

「聞こえてるぞ」

低く地を這うような声で凄むベルンハルトさんに、どの人も途端に口を噤《つぐ》んで白々しく視線を逸らす。

「すまない。こいつ等はこの部署で働いている私の部下達なんだが、君が来てくれるのを、とても心待ちにしていたんだ。そのせいか少し羽目を外してしまったようだ」

「この度《たび》は通訳の任をお受けくださるとの事、我々一同、大変嬉しく思っております」

「むしろ長官の方が心待ちにしてましたけどね」

「この十日間ほどずっとソワソワして落ち着かないし、毎日図書館に行って戻って来ないし」

「今日なんて檻《おり》に入れられたグリズリーみたいに部屋の中をウロウロしっぱなしだし、朝から門が見える窓の前から離れないし」

　ベルンハルトさんってば、相当通訳がいない事態にヤラれてしまってたんだね。続々と部下だという人達から挙動不審だった事を暴露されちゃって……可哀想に。

　でも、部下の人達、青筋を立てて泣く子もひきつけを起こしそうな形相のベルンハルトさんをものともしないんだから、相当に強かな性格なのか、はたまたベルンハルトさんが慕われているのか……両方かな。

「余計な事を言うな！　口を慎め！」

「ほうほう、職務怠慢していたと」

「ノエル⁉　そんな事はしていない！　仕事はきちんとしている！　こいつらの言う事をあまり真に受けないでくれ」

　僕の一言に必死に弁解するベルンハルトさんの姿に、部下の人達がまたビックリした顔で僕とベルンハルトさんの表情を交互に見てくる。

　さっきから、それはいったいどういった意味での視線なんだろうか？

　ゴホン！　とベルンハルトさんが咳払《せきばら》いした事で、僕に向いていた視線が一旦外れる。

「彼が以前伝えていた翻訳家だ。今日から手伝ってくれる事になった。ノエル、見ての通り、ここの連中は遠慮というものを知らない者ばかりだ。だから、君もここでは普段通り過ごしてくれ」

　それはつまり、対王弟にするような畏まった態度は取らないで欲しい、って事ね？

「はいはい、把握。今日からここで翻訳の仕事をさせてもらうノエル・モンテスです。よろしくお願いします！　申し訳ないんだけど、僕、通訳は出来ないんだ。

その代わり翻訳は任せて。書簡関係は僕に持って来てくれたら翻訳するよ」

この場では婚家のカルニセスではなく実家のモンテスを名乗る。だって、どうせ離婚するし、名乗る意味も理由もないし、関係ありとも思われたくないしね。

既に、あの家に対しての義理も人情もないのだよ。

「今、早急に必要なのは書簡の翻訳ですので、これ以上ないほどにあなたの存在は心強い。私は副官をしております、ローマン・シューベと申します。気軽にローマン、とお呼びください」

「キリアン・ラフォン。筆耕士《ひっこうし》だ。よろしく」

「俺はサミ・リュベル。本っ当に来てくれて助かったよ」

「ニコラ・アフネル。お会い出来て光栄です」

「ステファン・テイル。歓迎する」

横一列に並んでいた部下の人達が順番に自己紹介をしてくれる。

皆、笑顔で愛想良く挨拶してくれるから嬉しい。どっかの屋敷なんて、愛想ゼロのギスギス対応で、名前なんて一人しか知らないからねぇ。

「外務の文官が働く部屋は他にもあるが、この執務室には基本この五人がいる。ノエルには仕事があるなしに関わらず、一日一回はこの執務室に顔を出してもらいたい。いつ書簡が届くかも分からないからな。毎日確認して欲しい」

「ん、分かった」

それくらいの拘束なら全然問題ないからオッケー！

「それと、ここがノエルの机だ。使ってくれ」

「わー、机まで用意してくれたんだ！　ありがとう」

まさかの僕用の執務机も用意してくれていたらしく、ベルンハルトさんの大きな机の斜め横にある席に座る。

ほほう、流石は王城で使用するだけの事はあって座り心地が凄く良い。暫《しばら》くカフェの机か図書館の机で仕事していたから、このデスクワークに特化した机のポテンシャルには感動すら覚える。

うーん、いい机だと仕事も捗りそう。

「それじゃ早速、翻訳が必要な書簡見せてくーださーい」

「はい、あの……無理に一度に全部、とは言わないので……可能な限りで、お願いします」

副官さんがおずおずと差し出した箱の中を覗くと、束になった封筒や巻物が……わんさか……わんさか!?

「えぇえ!?」

なんだこの量!? これ、いつから通訳いなかったの?


それなりに数はあるだろうと思ってはいたけど、予想を上回る書簡の山で丁寧に一つ一つ翻訳している余裕はない! と僕がザッと触りだけ翻訳して、急ぐものとそうでないものを判断してもらい、急ぐものから翻訳していく作業に従事する事三日。

その間に外務省の皆ともだいぶ打ち解けて、膨大な作業に追われながらも楽しい日々を過ごしている。

いやぁ、皆が気さくで優しい人達で良かった。お仕事の合間に雑談とかさ、いつも一人で仕事をしていた僕には凄く新鮮。

「ノエルはさぁ、長官の事怖くないのか?」

「僕達は付き合いが長いから慣れたし、実際そんなに怖い人じゃない、って知ってるから大丈夫だけど。あの顔と威圧感だろ?」

ステファンとニコラに分からない単語を調べる手伝いをしてもらいながらお喋りに花を咲かせていると、話題はベルンハルトさんの事に……。

「う〜ん? 確かに最初はビックリしたし顔も厳ついとは思うけど、怖くはないかなぁ? だってほら、よくションボリしてたりするじゃん。あんなの見てたら、別に怖いとか思わなくなるよ」

「ションボリ……?」

二人が言うようにベルンハルトさんの第一印象が悪いのは分かる。

実際、この執務室で仕事をしていて気が付いたのは、仕事中のベルンハルトさんって常に顔が怖いってこと。もともと厳ついし怖い顔だけど、輪をかけて表情も声も固くて、人を寄せ付けない雰囲気を醸し出している。

だけど、それだけじゃん？

「ほら、話し方とかも穏やかだし」

「穏やか……？」

「ぎこちなくっても笑ってくれるし？　あ、最近は前ほど怖い笑顔でもなくなって来たよね」

「笑顔……？」

「それに、ちゃんと紳士的だし優しいからさ」

「紳士……？」

「優しい……？」

だから、見た目は置いておいて、ベルンハルトさん自身を怖いとは思わないよ～、って事を二人に伝えたんだけど……何？　その口いっぱいにミントを突っ込まれた、みたいな顔。

「あの不愛想で堅物な長官が完璧に飼いならされている」

「ノエル……やっぱり、君は猛獣使いだよ」

「はぁ!?」

完全に単語を調べる手が止まってしまった二人が頭を抱えて唸り始めてしまった。

そんなに僕のベルンハルトさんの印象っておかしいかな？

6　決戦は休息日に

　そんな楽しくも忙しい日々を得て、今日は皆大好き休息日！

　いやぁ、休息日って良いよね。学園に通っていた時なんて休み明けから指折り数えていたもんだよ。卒業してからは個人で翻訳業に従事しちゃったから関係なく働いてたけどさ。

　そんな久しぶりの休息日を堪能したいのはやまやまなれど、今日の僕の休息日は決戦日！


「やぁやぁやぁ、エステラ久しぶりぃ。丁度良かった、カルニセス子爵に用があるんだけど、どちら？」

　爽やかな朝だっていうのに、よっぽど僕が屋敷の廊下を歩いているのが気に食わないらしく、僕の姿を見た途端、顔を歪めたエステラのあからさまな悪感情に噴き出しちゃう。

　そんなに眉間に皺を寄せたらファンデーションがよれちゃうし、ほうれい線も浮き出ちゃうよ？

　僕が屋敷の外へ飛び出して行くようになって以来、久しぶりに会ったんだけど、お変わりないようで。

「勝手に屋敷内を出歩かないでください、とお伝えしたはずですが？」

「まぁまぁ、今日で最後だから良いじゃん。で？　カルニセス子爵は？」

「あなたの相手をするほど旦那様はお暇ではありません。全く、泣いて部屋に閉じこもっていると思ったら、我慢出来なくなって縋り付くおつもりですか？」

「だから、そういうのはいらないって言ってんじゃん。も〜、本当に人の話聞かないなぁ。いいよ、自分で探すから。おーい、カールニーセスく〜ん！」

「ちょ！　ちょっと、待ちなさい!!」

　こんなの話してても時間の無駄！　僕、無駄な事嫌〜い。

さっさとエステラとの会話を打ち切って二階へと続く階段を上る。

僕が一番最初に通された部屋は確か二階だったし、当主の部屋なら二階でしょ？　それに、朝のこの時間ならまだ部屋にいるはず、ってね。

「カルニセス子爵や～い、ちょっとお話があるんだけど、いる～？」

「旦那様のご迷惑です！　速やかに部屋に戻りなさい!!」

僕の後を追って来たエステラが徐《おもむろ》に僕の腕を掴み、引っ張って来たのを振り解《ほど》く。

そういう不躾《ぶしつけ》な行動は頂けないな。当然、偉そうに命令して来るのも褒められたものじゃないけど、それ以上に勝手に僕に触れたのは許されないな。

「——誰に命令してるの？　メイド風情が、弁えろよ」

身分を笠に着るつもりはないし、多少の事には目を瞑《つぶ》ってあげる寛容な僕だけど、貴族としてのプライドは持っているからね。平民の礼儀も弁えられないメイドが軽々しく僕に触れて良い訳ないでしょ。

だから、立場を弁えろ、って教えてあげたのに。そんなに僕に言い返されたのがショックなのか、ビクッ、と肩を跳ね上げて、まるで信じられないものを見るような目を僕に向けて来た。

当然の事を言っただけだと思うよ？　僕。むしろ一言だけで抑えてあげてるって優しいと思うけどなぁ？

「なんだ、騒々し、い……っ！　貴様……なぜ、ここにいる」

「お、いたいた。話があるから探してたんだよ」

二階に上がった所で騒いだ甲斐《かい》があったのか、カルニセス子爵が奥の部屋から出て来た。

で、出会いがしらにこちらもエステラ同様、苦々しい顔を僕に見せて来るんだけど。どうかした？　苦虫でも口の中に入っちゃった？　結婚式の夜以来、久しぶりに顔を合わせた嫁（一応）にそんな顔するなんて酷いなぁ。

あ、いや、にこやかフレンドリーに来られても気持ち悪いからそのままでいいや。

「あのさぁ——」

「旦那様ぁ！　奥様が!!」

　やーっと話が出来る、と思った矢先、エステラがカルニセス子爵に泣き付きに行っちゃったもんだから、僕の話が遮られる。

　しかも、腕に抱き付いてしな垂れかかって……いいの？　それ。ボンキュッボンのボンを押し付けて、あからさま過ぎない？　目の前に妻（一応）がいるんだけど。

「わ、私は旦那様のご迷惑になるから、お部屋にお戻りください、って言っただけなのに……メ、メイドだからって……身分を弁えろって……私、私ぃ」

「ああ、エステラ、可哀想に……。貴様！　エステラは何時如何なる時も私を慈しみ癒してくれている心優しい女性なんだぞ！　それを、私に相手にされないからと言って侮辱するとはっ……この際だ、はっきり言ってやろう。私の愛は彼女の為だけにある。貴様のような我欲ばかりで心の醜い者がどう足掻《あが》こうとも私達が引き裂かれる事はない。分かったら二度と彼女に近付くな!!」

「旦那様っ」

「エステラ……大丈夫、私達は運命で結ばれているんだ。あのような者の事など気にするな」

「あ～……少しは隠したら？」

　いや、薄々勘付いてはいたんだよ？　不自然なまでに厚化粧のお色気ムンムンなボンキュッボンが女主人気取りで屋敷を取り仕切ってたらさ、誰だって「おーん」（納得）ってなるでしょ？

　恋愛は自由だし身分差もアクセントになって良いと思うよ？　だけどさぁ、既婚だったり主従関係だったり色々あるんだから、もうちょっと慎《つつ》ましやかにしようとか思わない訳？

　僕のシラーっとした視線の意味を分かっているのかいないのか、二人は僕の目の前でイチャイチャイチャイチャと……僕はいったい何を見せつけられているんだ。

　しかも、この騒ぎに何事だ？　と集まって来た使用人達はそんな二人を見て驚きもしない。むしろ微笑《ほほえ》ましい表情を浮かべている。

あ～はいはい。これって、メイドが当主と良い仲になってのし上がっていくサクセスストーリーを、皆で応援して見守っているつもりなヤツね。今、そんなストーリーの小説とか演劇とかが平民の間では人気だもんねぇ。大方、カルニセス子爵とエステラの関係を物語になぞらえて傾倒している感じか。

対して、僕には嘲りと嫌悪を含んだ目を向けて来ているんだから、役回り的に僕は二人の邪魔をする悪役令息ってところかな？

「ねぇ、見てアレ。今更お二人の関係に気付いてショック受けてんじゃないの？」

「旦那様に懸想《けそう》して無理やり嫁いできたんでしょ？　そんな恥知らずな事をするからよ」

「いつまでも屋敷に居座って……さっさと諦めれば良いものを」

「ショックで泣くんじゃね？　可哀想になぁ。誰か慰めてやれよ」

「性格は悪くても見た目は良いもんなぁ。寂しい夜を慰めて差し上げるのも使用人の仕事ってか？　ハハハ」

しかもコソコソと……下品で勝手な妄想の内容が丸聞こえなんだよなぁ。勘弁してよ、本当。

僕はねぇ、ただでさえ見たくもないものを見せられてゲンナリしてるんだから、これ以上ウンザリさせないで欲しい。

本当に、なんだこの屋敷？　さっさとお暇《いとま》したいわ～。

「はいはいはいはい、二人がどういう関係だろうがこの際どうでも良いからイチャ付くのは後にしてくれる？　僕、カルニセス子爵に話があるの」

「話？　丁度良い、私も貴様に話がある」

「ほほ～？」

不遜な態度で僕を見下ろすカルニセス子爵を真正面から見据え返す。そちらからも話があるとは奇遇ですなぁ。今すぐ離婚しよう、とかだと嬉しいんだけど。

「貴様、随分と我が子爵家の金で好き勝手しているようだな」

「……なんて？」

なんでそんな話になってんの？

誰の金で、誰が、何してるって？

なんで僕が子爵家のお金なんて使わなきゃいけないのさ。いらないよ、そんなシケた金。

「誤魔化そうったって、そうはいかんぞ。我が子爵家の資産が不自然に減っている。貴様がこの家に来てからな」

「はぁ、それで？」

「しらばっくれるつもりか!?　だが無駄だぞ、使用人からも報告が上がっている。私が仕事で屋敷を空けている間に宝石商や仕立屋を呼んで散財しているとな！」

「ふ～ん、報告ねぇ」

チラリ、とエステラと使用人達へ視線を巡らせれば、どいつもこいつも悦に入ったような歪んだ目でニヤニヤと僕を見ている。

なるほど……この場にいる使用人全員がこの虚言に噛《か》んでいるって事ね。ＯＫ理解した。本当、こいつ等碌《ろく》でもないな。

もう、どこから突っ込めば良いのか迷っちゃうし、どいつもこいつも頭が悪過ぎて僕は頭が痛いよ。

ドヤ顔で鼻息フゴフゴしているカルニセス子爵も、その腕に抱き付いてニヤ～と嫌な笑みを僕に送って来るエステラも、僕が一方的に責め立てられているのをニタニタと悪意満載な顔で見ている使用人達も、この家に次代はないだろうなって思わせるには充分だね。

あ～、やだやだ。なんで僕、こんなのと結婚しちゃったんだろ。お父様め、末代まで祟《たた》って……やっちゃったら僕まで祟る事になっちゃうから出来ないのが残念だな。

「何を黙っている。なんとか言ったらどうだ！」

「は～……どうやって？」

「何？」

「だから、どうやって僕がこの子爵家のお金を使うの？　てか、使えるの？」

「何を言っている。言い訳をするなら、もう少しまともに」

「あのねぇ、僕に妻の仕事をさせないって言ったのはカルニセス子爵でしょ？　そこのメイド長とかっていうのに、この家の妻の仕事を全部任せてるんでしょ？

それなのに僕がどうやってこの家の資産に手を出せるの？　資産がどこに、どういう形で、いくらあるかも知らないのに、どうやって使えるの？」

「そ、それは……」

僕に言われて、やっとその事に気が付いたって顔してるけど、気付くの遅過ぎない？　考えなくても分かるでしょ、それくらい。

なのに、その事実を認めたくないのか悔しそうに僕を睨んで来るし。そこで間違いを認めればまだ救いもあるのに。馬鹿だねぇ。

「だ、だが、この屋敷に商会の者を呼んで散財していたのは確かだろう！　昨日だって来ていたそうじゃないか！　使用人達の証言もあるんだ！　調べれば分かる事なんだぞ！」

「じゃぁ、調べてよ。て言うか、調べてないの？　調べもせずに僕がやったって言ってんの？」

よくそんな事で僕の事糾弾出来たよね？

そこまで言うなら、きっちりかっちり調べてもらおうじゃないの。僕が散財していると使用人達が言っているなら、使用人達はその証拠を出せるって事だよね？

「使用人達！　僕が呼んだっていうのはどこの商会？　宝石商と仕立屋もどこの店？　屋敷の中に入れたんだったらどこの者か分かっていて当然だよね？　今すぐ全て呼んで。それと、資産の帳面を出して。いつ、どこで、いくら使ったのか、全て分かるようにして」

「え……」

「いや、あの……」

「それは……」

僕がそう指示した途端、どいつもこいつもしどろもどろになって目線を逸らし誰も動こうとしない。

「偉そうに……良いだろう！　今すぐ貴様の悪事を暴いてやる！　おい、何をしている。早く商会に連絡しろ！」

「ほらほら、カルニセス子爵もこう言ってるんだから、遠慮せずどんどん持ってこ～い」

おかしいなぁ？　僕を断罪する絶好の機会なのに、どうして誰も動かないんだろ？　エステラに至っては

「そこまでしなくてもいいじゃない、ねぇ」なんて、焦燥を隠せていない引き攣った笑顔でカルニセス子爵の腕を引っ張っちゃって。

あー本当、イラッと来る。自分達が言い出したんだから最後まで発言に責任持ってよ。

「旦那様から放置されたお飾り妻の分際で、偉そうに命令するんじゃないわよ！　あんたがやったのよ！　お金はあんたが使ったの！　認めなさいよ！」

「ええ〜？」

ここに来てエステラが喚《わめ》き出したんだけど、完璧逆ギレ。唾を飛ばす勢いでキーキー喚いてうるさーい。

「やってもないのに認める訳ないじゃん。それでもやってるって言うなら証拠を出せ、って言ってあげてるんだから、僕って優しくない？」

「いっつもいっつも、口を開けば減らず口ばっかりっ！　旦那様、あいつは商人達をタラシ込んでるんです！　ふしだらに股を開いて、言う事を聞かせて……だから、商人を呼んでも本当の事は言わないわ！　でも、私達はあいつが好き勝手にお金を使ってるのを見てるの！　信じてくださいますわよね!?」

「エ、エステラ？」

とんでもない事を言い出したけど、貴族に対する侮辱罪で牢屋《ろうや》に入りたいのかな？　それに、いくらなんでもその後付け設定は無理があるでしょ。

カルニセス子爵に至っては、明らかにエステラの発言に戸惑った顔をしてるし。確実に自分の味方だった愛人ですら疑問を抱いてしまうような滅茶苦茶な虚言ってどうなの？　怪しさマックスじゃん。下手クソか。

なのに、この変化に気が付かないのが、ここの使用人達の残念なところだね。

「旦那様！　俺達は確かにそいつが商人を呼んで買い物をしてるのを見てるんです！」

「部屋に商人を連れ込んでるのも見ました！」

「私達が証人なんですもの、商会の者を呼ぶ必要なんてありませんよ！」

さっきまでオロオロしてたクセに、ここぞとばかりにエステラに便乗して喚き始めた。明らかに悪手で逆効果なのに、分かんないのかな？　喋れば喋るほど、カルニセス子爵の顔がどんどん強張《こわば》って来ていて、凄い面白い事になってるのにさぁ。

そして、そんな事で僕を黙らせられると思ったら甘いよ、君達。

「だったら弁護士でも衛兵でもなんでも立ち合ってもらっても良いよ。それに帳簿を確認して照会するくらい出来るでしょ。後、この屋敷に僕が商人を呼んでるって言うけどさ。僕、日中この屋敷にいないからね？アリバイもあるよ？」

「嘘よ!!」

「嘘じゃないんだな、これが～。王立図書館とその向かいのカフェにこの二ヶ月半ほど毎日いたから、僕の目撃証言はいくらでも取れるよ。図書館には入館記録もあるしね。それと、数日前からは王城にいたから、それって誤魔化しようがないアリバイでしょ？」

「お、王城!?　う、嘘よ……部屋で大人しくしてなさいって、出歩くなって言ったじゃない！」

僕がアリバイの話をした途端、証人だなんだと騒いでいた使用人達が一斉に口を閉じ、青い顔でジリジリと後ろに下がって行く。

これこれ、逃げるんじゃないよ。率先して僕に突っかかって来たエステラがまだここにいるんだよ？　貴族とのシンデレラストーリーを駆け上がっていく、君達の希望の星なんじゃなかったの？

可哀想に、厚化粧が溶けるんじゃないか、ってくらい脂汗を垂れ流しながらも、いまだにカルニセス子爵にへばり付いて頑張ってるんだから、健気《けなげ》じゃないか。一蓮托生《いちれんたくしょう》してあげなさいよ。

さっきまで人目を憚らずイチャ付いていたのに、今は必死の形相でカルニセス子爵にへばり付くエステラと、そんなエステラから逃げ腰なカルニセス子爵、という何とも言えない惨憺《さんたん》たる光景。コメディーとして見れば面白いけど、現実に目の前で繰り広げられるとうんざりするね。

「エステラ……あいつが、資産を勝手に使っていると、言うのは……」

「本当です！　嘘じゃありませんわ!!　あんな奴の言う事を信じないで！　ハッタリよ!!」

「しかし……」

「ハッタリだと思うなら、それでも良いけどさ。僕はいくらでも証明する方法はあるし。ていうか、僕が屋敷にいなかったの、本当に気付いてなかったの？　部屋から出るなって言うのに、一度だって部屋に食事を持って来てくれた様子もなかったから、知っているのかと思っていたんだけど」

僕が部屋にいると思っていながら食事を持って来ないって事は……。

「あれ？　やっぱり僕の事、殺そうとしてた？　埃が原因の病死の次は餓死狙い？　エステラ～、前にも言ったでしょ？　流石に侯爵令息を殺すのは良くないって。平民が貴族を殺そうとするだなんて大罪だよ？　拷問の末に死刑はかたいよ？　その際、愛人として囲っていたカルニセス子爵も疑われちゃうんだよ？　いや、たとえ関わってなくても監督不行き届きで厳罰食らうかな？」

やだ、こわ～い。そんな未来が待っているにもかかわらず殺そうとするなんて殺意高過ぎぃ。

エステラもカルニセス子爵も顔色が青を通り越して真っ白だけど、どうしたの？　大丈夫？

「わ、私の屋敷でそんな事があって堪るか!!　貴様が部屋にいなかったと言うなら、食事を渡しようがないだろ！　そうだよな!?　エステラ」

「そ、そうですわ！　毎日お持ちしていましたのに、いらっしゃらないからっ」

「じゃぁ、僕が毎日いないの知ってたって事だよね？それで？　誰が商人を呼んで散財してたって？」

「あ、ぁ、ぁ……お、おい！　エステラ!!」

「あ、ぁ、ぁ……ち、違うの。違うのよ？　旦那様。そ、そうそう、勘違いしてたわ。屋敷に商人を呼んでいたんじゃなくって、街で散財していたのよ！　そうよね!?　アンタ達！　ちょっとっ、なんとか言いなさいよ!!　旦那様、わ、私は皆から聞いただけで、私は関係ないの!!　食事だって、持って行くのは私の仕事じゃないわ！」

はい詰んだ～。

脂汗でテカテカになったエステラが引き攣った笑顔

でカルニセス子爵に弁解するけど、その内容は支離滅裂でもう滅茶苦茶。

「エステラはこう言ってるけど、他の使用人達はどうなの？　さっき僕が商人を屋敷に呼んでたって断言してたよね？　おーい、目線を逸らしても現実からは逃げられないぞ〜」

使用人達は薄情にもエステラが助けを求めても目線を合わせないし、卑怯だねぇ。尻馬には乗りまくるけど、いざその馬が転べば見捨てるなんてさ。

「で、カルニセス子爵は？　これでも僕がお金を使いまくったって言う？」

「ッ……どうやら、何か行き違いがあったようだ。なぜこのような事になったのかは私が調べる。貴様はさっさと部屋に戻れ。だが、もう勝手に屋敷を抜け出すんじゃないぞ。食事ならちゃんと部屋に運ばせる。それで文句はないだろ」

「そんな事はどうだって良いんだけどさ」

「何⁉」

冤罪《えんざい》に対してなんの謝罪もなく、ただ忌々しそうに部屋に戻れ、なんて言うカルニセス子爵には憤りを通り越して呆れる。

言いたい事はいっぱいあるけど、食事やるから文句ないだろ、が最高に意味分かんない。

「僕、話があるって言ったでしょ？　こんな茶番に付き合わされるの本当困るんだけど。時間が勿体ないから簡単に言うね。僕、この屋敷から出て行くから、ご希望通り離婚もしようね。融資云々《うんぬん》は親同士の問題だから気にしなくて良いよ。協議も親同士がするだろうし、サクッと離婚しちゃっても、な〜んにも問題ないから。一応僕のサインが入った離婚同意書も用意しておいたから」

はいどーぞ、と準備万端用意していた離婚同意書をカルニセス子爵に渡してあげる。

きっと諸手《もろて》を挙げて泣いて喜ぶだろう姿を想像していたのに、カルニセス子爵は鳩《はと》が豆鉄砲を食らったみたいな顔で紙を受け取るだけで動かない。

あれ？　と、こっちまでキョトンとした表情になっていたら、急に手の中の離婚同意書をグシャグシャにして慌て始めた。あれ？　なんで？

「待て！　何を勝手に決めている。貴様が屋敷から出て行くだと!?　駄目だ！　しかも、離婚などと……私の気を引きたいのは分かるが度を越えている！　つまらない事を言っていないで部屋に戻っていろ!!」

「はぁ？」

　意味分かんない。なんでそこで拒否る!?

「ちょっと！　こんな男、出て行かせれば良いじゃない！」

　僕が突っ込むより先に、お上品ぶった仮面がキレイさっぱり剝がれたエステラがカルニセス子爵に食ってかかる。

　おお!?　ここに来て、まさかのエステラが僕の味方になるとは……。いいぞエステラ！　もっと言ってやれ！　僕は君の活躍を応援するぞ！

「持参金さえ貰えれば用はないんでしょ!?　肩書上の妻なんて忌々しいだけだって、早く離婚したいって言ってたじゃない!!」

「ほほぉ～？」

　そんな事を言っていたのかぁ。それは聞き捨てなりませんなぁ。

「や、やめろエステラ！」

「真実の妻は私だからって、金が入ったら追い出して、私と盛大な結婚式をするって、そう言ってたじゃない！」

「ひゅ～ぅ」

　無責任で盛大で他力本願な夢だなぁ。そんな夢が許されるのは十歳までだよ。

「だ、だから今はその時じゃないんだ!!」

「その時じゃないって何よ！　そんな事ばかり言って全然結婚してくれないじゃない！」

「うぇぇ」

　安っぽい三文恋愛小説で百回は読んだセリフだぁ。リアルで聞ける日が来るなんてなぁ。ある意味感激……。

「違う！　そういう意味じゃない！　今はまだ出て行かれたら困るんだ」

「なんでよ！　持参金は手に入れたじゃない！　お金

の為に一度だけ我慢してくれって言うから私っ、旦那様が結婚するのを我慢したのよ!!　なのに……なのに!!」

「泥沼ぁ～」

なるほどねぇ。僕と離婚したがらない理由は持参金かぁ。確かに、離婚したら持参金は全額返金だもんね。下衆《ゲス》いなぁ～。

当事者の僕を置いてけぼりで、二人の世界なお二人さんには悪いけど……。

「僕は出て行くって決めたら出て行くけどね」

「ま！　待て!!　一度、話し合おう。急に出て行くにしても、色々と大変だろ？　そうだ、今日は晩餐《ばんさん》を一緒にしないか？」

「ちょっと、旦那様!?」

「うるさい！　お前は少し黙ってろ！　お前が余計な事をしたせいでこんな事になっているんだぞ！」

ええ？　急に擦り寄って来ないで欲しいし、僕を挟んで醜い愛憎劇を繰り広げるのも止めて欲しいんだけど。

「全然大変じゃないからご心配なく～。もう準備は万端だし、なーんにも問題はないから。唯一の問題は、ダダを捏《こ》ねてるカルニセス子爵くらいかな」

「っ！　私を馬鹿にしているのかっ――」

どんだけ沸点低いの？　僕を懐柔したいなら、もうちょっと頑張ろうよ。

「旦那様っ大変です!!」

青筋を立て、縋り付いているエステラを引きずる勢いで僕に迫ろうとするカルニセス子爵の元に、使用人が慌てた様子で階段を駆け上って来た。

「今、王城のお役人様と騎士様達が何台もの馬車と共に来られて、お屋敷の中に！」

「何!?　なぜ、役人と騎士がうちに来るんだ!?」

「あ、来た？」

「え？」

「僕一人じゃ、荷物を運ぶの大変だから助っ人《すけと》お願いしてたんだ。おーい、こっちこっち～。二階だよぉ～」

階段の手すりから身を乗り出して下の階を見ると、屈強な騎士達を引き連れたローマンが見えて手を振る。

いや～、ビックリだよねぇ。ベルンハルトさんにお願いしていた荷物を運び出す為の人員が、まさかの王城の騎士とローマンなんだもん。いいのかなぁ？　こんな贅沢な引っ越しをしちゃって……。

「なんだお前達は!?　勝手に屋敷に入って来るとは、どういう了見だ！」

二階へと上って来たローマンにカルニセス子爵が噛みつくけど、ローマンは我関せず、って顔で僕の元へとやって来る。

「ノエル、お待たせいたしました。お手伝いに参りましたよ」

「ローマン、来てくれてありがとう。騎士の人達もありがとうねぇ。大助かりだよ～」

サラッと、屋敷の主を無視するローマンって、結構良い性格してるなぁ。

「おい、聞いているのか！　こんな事をしてただで済むと思っているのか!!　どこの小役人かは知らんが、私は王城にも顔が利くんだぞ。お前の横暴な振る舞いは報告させてもらうからな！」

ローマンに無視された事が相当頭に来ちゃったのか、顔を真っ赤にしたカルニセス子爵が随分大きく出る。けど、そんな事言って大丈夫？

「ん？　ああ、これはこれは。もしや、カルニセス子爵であられましたか。お初にお目にかかります。わたくし、外務省副長官のローマン・シューベと申します。本日は、外務省長官ベルンハルト・リヴィエールの代理で参りました」

「ぇ、ぁ……外務省、副長官……。リヴィエール殿下の……」

「突然の訪問で失礼いたします。荷物を運び出しましたら、すぐにお暇させて頂きますので」

カルニセス子爵の存在に今気が付いた、とばかりなローマンに軽くあしらわれて、最初の勢いはどこへやら。カルニセス子爵はプシュー、と空気が抜けたみたいに小さくなっちゃった。

ローマンって実は宮中伯らしいから、カルニセス子爵よりずーっと階級高いんだよね。更には外務省副長官っていう肩書まで付いてるし。そんな人に小役人って言っちゃうなんてなぁ。罵倒するなら、せめて相手が誰か確認してからにしようよ。

「な、なぜ外務省の方が。こいつの荷物を……」

「僕、今外務省でお手伝いをしているんだ。そうしたら、今の僕の居住環境があまりにも悪い、って事で新しい住居を用意してくれてね。衣食住完備で引っ越しのお手伝いまでしてくれるなんて手厚い保障だと思わない？　僕にさせる妻の仕事はないって言ってたんだし、問題ないでしょ？　まぁ、元々妻じゃなかったみたいだし」

「外務省で……仕事？　まさか、そんな……聞いていないぞ!!」

「そりゃ会わないんだからしょうがないじゃん。だから、今こうしてわざわざ伝えてるんでしょ？」

カルニセス子爵が目を見開いて口をパクパクさせて、まるで釣り上げた魚みたいになっちゃった。

そんなに驚いてくれると、僕としても嬉しいなぁ。

「妻じゃなかったんですか？　一応は既婚と仰ってませんでしたっけ？」

僕とカルニセス子爵の話を聞いていたローマンが「おや？」と首を傾《かし》げる。

「妻とは認めないって結婚一日目に宣言して来たんだよ。持参金欲しさに肩書上は妻にしてるだけなんだってさ。これはさっき言ってた新情報ね」

「そ、そこまではっ、い、言ってないだろ！」

「言ってたよ？」

なーんか、カルニセス子爵がしらばっくれようとしてるけど、今更誤魔化したって遅いよ～。横からエステラが「言ってたわよ！」って喚いてるし。

「最低ですね。今ここに長官がいたら、あの男半殺しにされてましたよ」

「あ～、ベルンハルトさんって、そういうところ潔癖そうだもんね」

「それもありますけど……それだけじゃないと思いますよ」

「ふーん。まぁ、その事はいいや。で、荷物だよね？うーん、どこだろう？　ねぇねぇ、エステラ。僕の荷物はどこ？」

「え、あ……さ、さぁ……私は、知りませんわ」

エステラに聞いたら、プイッと顔を逸らして知らないって言われちゃったんだけど。え～？　それは困るなぁ。

「知らないの？　メイド長なのに？　部屋に運んでって言っても、実家に送ってって言っても、預かっておくって言ったのはエステラだよ？　本当に分からないの？」

「そ、それは……」

「無責任だなぁ。他の使用人は？　知らない？」

騎士達にビビッて端に寄り集まっている使用人達へも聞いてみるけど、首を横に振るか互いに目配せしてオドオドしてるだけで、なんの役にも立たない。

「しょうがない。ローマン、最初に置いてあった部屋を見てみよう。確か……あの部屋だったかな」

「何を勝手に!!」

無責任ではっきりしないエステラに聞いても時間の無駄。って事で、止めるエステラを無視して最初に連れて来られた部屋の扉を開ける。

「やっぱり、この部屋にあるじゃーん」

僕の予想通り、奥の間と言われていた部屋に僕の荷物が積まれていた。

ただまぁ、一言言わせてもらえれば……人の物をどういう扱いしてくれてんの？

蓋が開いたままの箱。漁られた様子の窺えるトランク。僕の後から入って来たローマンも「なんですか、これ……」と絶句のご様子。

だよね。僕も呆れてものが言えないって感じ。

「ローマン、荷物を運ぶま――」

「運ばなくて良い」

僕が背後のローマンへ振り返り、これからの指示をしようとすると、ブスッとした顔のカルニセス子爵が口を挟んで来た。

「荷物は運び出さなくて良い。はぁ……貴様がこの部屋を使う事を許してやる。それと、毎日朝食も一緒に取ってやる。夜は私も付き合いがあるからな、無理は言うなよ」

「なんの話をしてんの？」

「なっ、貴様！　私がこんなにも譲歩してやっているんだぞ！　なんの不満があると言うんだ!!」

　いやだって、本当に何言ってんのか分かんないんだけど。

「『許してやる』ってさぁ……いつ僕がこの部屋を使いたいって言った？　それに、一緒に食事したいだなんて思った事もなければ言った事もないよね？　ずーっと思ってたんだけど、思い上がるのも大概にしてくれない？」

「お、思い上がり、だと？」

「だーかーらー。僕はカルニセス子爵に好意はないって何度も否定してるでしょ？　この結婚は策略。親同士が勝手に決めた事。僕の意思は一ミリだって入ってないの！」

　もし選べたならカルニセス子爵なんて絶対に夫にしてないよ。暇を持て余した結婚初夜の日に考えたような……えーっと、なんだったっけ？　確か、僕の仕事を理解して、雨が降ろうが槍が降ろうが突風吹きさらす嵐の中だろうが壁になってくれるくらい滅茶苦茶大きくて強い人、だっけ？　そんな人を選ぶよ。まぁ、いないだろうけど…………何か、今一瞬、誰かが脳裏を過《よぎ》った気が……。

　けど、今はそんな事より目の前のカルニセス子爵だ。

「奥の間を使うとか、一緒に食事とか、罰ゲーム以外の何物でもないんだって。譲歩する、とか言うなら持参金の事は諦めて離婚してよ。もういい加減迷惑過ぎるって」

　以前から何度もぶつけて来た僕の本心を、もう一度剛速球で投げてみる。

　そんな僕の思いが通じたのかどうかは分からないけど、カルニセス子爵のお顔は真っ赤っか。それが怒りか羞恥かは知らないけど、プルプル震えているカルニセス子爵は放っておいて、僕は数枚の紙をジャジャーンと取り出してローマンと騎士達に声をかける。

「はーい、それじゃあチャッチャと荷物を検《あらた》めようか！　運び出す前に全て揃っているか確認するよ。もし、運び忘れやカルニセス子爵家の物が混入していたりしたら大変だからね。この嫁入り道具の目録で確認出来た物だけ運び出すから。よろしく～」

「よし、お前達。箱をこちらへ」

そう僕が言えば、ローマンが騎士達に指示を出し、テキパキと荷物が入った箱やトランクが僕の前に並べられていった。

そこからはひたすら荷物を検めては運び出し、検めては運び出し、で……優秀な助っ人達のおかげで、今、奥の間には調度品以外何もない状態。

「綺麗さっぱり片付いたねぇ……」

僕が嫁入り道具のチェックをしている間、僕の意向でカルニセス子爵だけでなくエステラや使用人達もこの場に留《とど》まってもらっている。だって、こういうのって立ち合いが大切じゃん？　だから、一切の不正がないか、みーんなに見ていてもらおうと思って。

なぜか、お通夜みたいになっていたり、落ち着きがなく滝のように汗を流していたりする人もいるけど、周りを騎士に囲まれ睨まれているせいか、皆大人しく見ていてくれて僕嬉しいなぁ～。

でも、そろそろ皆もお疲れでしょ。ペラペラと嫁入り道具の目録を捲る僕の動きに、いちいちビクビクしていて可哀想だし、早く終わらせてあげよう。うーん、僕って慈悲深い。

（それにしても……これはなぁ）

目録に視線を落として、あまりの現状に溜息が出る。

「毛皮のコートからシルクのハンカチまで、色々と足りないねぇ。カーフスキンで作られた靴なんて僕のお気に入りだったのにケースごとないし、クラバットも全部ない。金糸の刺繍が入っているウェストコートは馬車が買える値段が付くし、セーブルの毛皮は郊外の小さな家くらいなら買えちゃうような物なのに、ない。どこかの隙間に潜り込むような大きさでもないのにねぇ。ね？　ローマン、不思議だよね？」

「これで問題にならないと思っているのなら、素晴らしくお粗末過ぎて不思議ですよ」

ローマンに同意を求めたら半目で同意してくれたから、やっぱりこれは不思議現象なんだね。

「はてさて、これはいったいどういう事なんだろ？」

「な、何よ！　私達を疑ってるの!?　そんな紙に書いてある物が何だって言うのよ！　そんなの、いくらでも捏造《ねつぞう》出来るじゃない！」

　はい？　ここに来てまだ言う？　どれだけ引っこ抜かれても逞しく生えて来る、雑草のようなその根性は天晴《あっぱれ》。でも、別の分野で発揮して欲しかったな。

「お役人様、騎士様。聞いてくださいませ！　私達は無実です！　そいつは私達を不当に貶《おとし》めようとしているんです。持って来てもいない物をなくなった、盗《と》られただなんて言って、言い掛かりをつけて来ているんです！　お願いします！　信じてください!!」

　突然、エステラがローマン達の前に踊り出たと思ったら、胸を強調するように体をくねらせながら懇願を始めたんだけど、もしかして、これ色仕掛けのつもりだったりする？

　ただ、ローマンも騎士達もそんなエステラの姿に鼻の下を伸ばすどころか、氷点下の冷めた目で見下ろしていて効果はゼロどころかマイナスだけど。愛人関係のカルニセス子爵もすぐ側にいるっていうのに、これ以上印象悪くして、何がしたいんだろう。

　早く楽にしてあげよう、っていう僕の親切心はエステラには届かないみたいで、悲しいよ。

「あのさぁ、一番初めに荷物を運び込んだ時、この屋敷の者と僕の実家の者とで一緒に目録と照らし合わせて中身を確認したでしょ？　それで全て揃っている、って証明のサインもしてあるし、その時の目録も両家共に同じのを保管してるんだから不正なんて不可能なの。なんだったら、この目録とこの屋敷で保管してる目録が同じかどうか、確認する？」

「～っ！　何よ！　何よっ何よっ何よ!!　本っ当にあんたって生意気！　そんなんだから旦那様に相手にもされないのよ！　ふん！　私は知らないわよ！　だいたい、盗られたって証拠はあるの？　ないでしょ！」

　渾身《こんしん》の色仕掛けが誰にも相手にされず、今度は癇癪《かんしゃく》を起こしたエステラのキンキン声が耳に響く。

「証拠を探すのは僕の仕事じゃないから。ほら、馬は馬方って言うじゃない？」

「は？」

　エステラは何か勘違いをしているよね。

僕は、やろうと思えばここにあった荷物を全部別の場所に移すくらい造作もない事だったんだよ。街で人夫を雇って運んでしまえば良いし、実家に送ろうが倉庫を借りようが出来るんだから。

それをせず、なんでエステラに言われるがままに預けていたのか。

「ローマン様、ノエル様」

エステラの相手をしていたら、一人の騎士が部屋に入って来て僕達に声をかけて来た。

「使用人達の部屋から毛皮のコートや、ノエル様の私物だと思われる品が多数発見されました」

「あ〜らら」

発見されちゃったか〜。

実は、屋敷の人間をこの場に留まらせている間に数人の騎士が家捜しをしてたんだよね。

ほら、実際に物がなくなっていた訳だし？　万が一、物盗りが入って来て盗んだとかだったら大変じゃん？　そんな現場に騎士がいたらさぁ、普通、捜査するよねぇ？

「勝手に部屋に入ったの!?」

「賊が侵入した可能性がありますから。捜査をするのは必然かと」

エステラが顔色を変えて怒鳴るけど、ローマンの一言に悔しそうな目で僕を睨んで来る。当然の行動なのに、なんで僕がそうされなきゃいけないんだか。

他の使用人達は真っ青な顔でガタガタと震えてるし、何人かその場から逃げ出そうとしては騎士に止められてるし。もう、取り繕う余裕もない感じだね。

「今、盗品が確認出来た使用人部屋は西側から一つ目、二つ目、四つ目、五つ目の部屋です。引き続き捜索中ですが、不自然な大金を隠している部屋も……」

「お許しください！　メイド長に唆《そそのか》されたんです！　少しくらいなら盗ってもバレないって!!」

「な！　なんて事を言うのよ！　私のせいにする気!?」

「すみません！　すみません！　盗った物はお返しいたしますから！」

騎士から淡々と報告される内容に言い逃れ出来ないと思ったのか、一人の使用人が半泣きで盗んだ事を自白し始めた。その中で唆したって名指しされたエステラは反論しているけど、残念な事に後から続く他の使用人達の自白に掻き消されちゃって聞こえなーい。

こういうのってさ、一人が始めちゃうと次々に追随するから、本当、人の性《さが》を感じるよね。

「旦那様に相手にもされない奥様だから、社交の場に行く事もないからバレないって！　そう言われて、出来心だったんです!!」

「どうしても、お金が必要だったんだ！　だから、い、一着だけ、俺は一着だけなんです！　他の奴等はいくつも持って行ってたんだ」

「奥様には必要のない物だから私達で使った方が良いって、メイド長がっ。メ、メイド長は旦那様の愛人だから、メイド長に言われたらそうなんだって、思うじゃないですか！」

わー、どいつもこいつも自己弁護と責任転嫁と責任放棄ばっか。僕がどうであれ、僕の物を盗って良い、なんて理由にはならないのにねぇ。

次々に使用人達が窃盗の自白をしていくのを黙って眺める。ほとんどの使用人が自白してるっぽいんだけど、この屋敷大丈夫？

しかもさ、みーんな騎士に向かって謝ってんの。報告に来た騎士の足元に縋って「ごめんなさい」してるんだけどさ、窃盗の被害者、僕だよね？　僕には誰一人として見向きもしないし謝りもしないんだけど。おかしくない？

これを見るに、彼等は後悔はしているけれど、誰一人として反省はしてないんだろうね。まぁ、今更謝られたって許す事はないけど。

「なんで僕が以前、わざわざ優し～く『人の物なんだから触らないでね』って忠告してあげたと思ってるの？」

「ま、まさか……あんた……わざと」

まぁ、その忠告を聞いたエステラが他の使用人達を唆してるんだから救えない。本当、馬鹿だなぁ。ちゃんと忠告を聞いていれば、こんな事にはならなかったのにね。

わなわなと唇を震わせるエステラにニーッコリ笑顔

だけを返してあげる。

あ~あ、僕の物を盗もうなんてしなかったら、僕への理不尽な対応は大目に見てあげようと思ってたのにな~。実に残念。

そろそろ暴露大会にも飽きてきたし、後は騎士達に任せてお暇しようか、なんて考えていると、突然カルニセス子爵の怒号が部屋の中に響いた。

「貴様等、ふざけるな！　全員クビだ！　私の屋敷から犯罪者だなんて、なんて事をしてくれたんだ!!」

うるさ！　ちょっと急に怒鳴らないでよ。

荷物を検め始めたあたりから一言も喋らないし大人しかったから、すっかり存在を忘れてた。

「それもこれも全部、エステラ！　お前のせいだ!!　調子に乗ったお前が余計な事ばかりするからこんな事態になったんだ！」

「なんですって!?　なんで私のせいなのよ！」

「ノエル、君を邪険に扱った事は謝る。だが、私は君を害するような事は何一つ許していないし指示もしていない。信じてくれ、私はこの女に騙されていたんだ」

「何言ってんのよ！　男なんかと結婚しなきゃいけないなんて最悪だ、って言ってたじゃない！　金の為に一応は結婚するけど、その後は一階の端の小部屋に押し込んでおけって。自分に惚れ込んでて文句も言わないだろうから放っておいても問題ないって言ったのは旦那様でしょ！」

うわ。見苦しいまでの罪のなすりつけ合いが始まったよ。僕からしたらカルニセス子爵もエステラもどっちもどっちなんだけど。

「うるさい!!　黙れっ、この性悪が！　この女の言う事は嘘ばかりなんだ。ああ、ノエル。聡明《そうめい》な君なら分かってくれるよね」

このままでは色々とマズいと思っての事なんだろうけど、結局カルニセス子爵は僕に縋ってくるんだね。プライドってないのかな?

片膝をついて僕を見上げて来るカルニセス子爵の姿は、いつぞやのベルンハルトさんがしたみたいな王子様スタイルだけど、全然様になってない。芝居がかっていてぎこちないし不格好だ。

ベルンハルトさんのはめっちゃ自然で、あの厳ついい見た目で不自然さも違和感もないんだよ？　やるなら少しはあの格好良さを見習ってからやって欲しかった。

「うん、僕聡明だから、よーく分かってるよ」

「良かった、君ならそう言ってくれると思っていたよ」

ホッとした顔で笑うカルニセス子爵の顔面にはデカデカと『助かった』って書いてあるのが見える。

僕も、そんなに喜んでもらえるなんて嬉しいよ。

「僕を冷遇するよう彼女達に仕向けたのも、切っ掛けを与えたのもカルニセス子爵だよね。エステラや他の使用人達は、そんなカルニセス子爵の態度に調子に乗って、僕には何をしても良いと思って好き勝手やってくれたんだよね？」

ね？　僕、よく分かってるでしょ？

「違う！　それは誤解なんだ！　私は――」

「うんうん、分かってる分かってる。後の事は騎士達にちゃーんとお任せするから安心して。ほら、立つ鳥跡を濁さずって言うじゃん？　僕ってば気配りと配慮が完璧だね。それじゃー、約三ヶ月間お世話になってないけどお世話になりました～。騎士の皆様～、後はよろしく～」

ご挨拶も終わったしお暇しましょーね。

カルニセス子爵が何かゴチャゴチャ言ってるけど、もう僕がそれを聞く義理はない。

縋り付こうとするカルニセス子爵を騎士が止めてくれてる間に、ボーゼンと絶望顔で佇む使用人達の横を通り抜けて部屋を出る。

「最悪な家ですね。話には聞いていましたが、ここまでとは……」

「ね～。僕もここまでとは思わなかったよ。まさか冤罪まで吹っ掛けてくるなんてね～」

以前、装飾品の入った箱が傷だらけになったのを見て窃盗はあるだろうな、って予想はしていたけど、資産の使い込みを僕に被せる事までしてくるのは予想外だった。

「冤罪？　そう言えば、先程も仰っていましたよね。なんですか、それは？」

「あれ？　……あ！　そっか、知らないのか」

そういえば、冤罪騒動の時には、まだローマン達は来ていなかったっけ。

「ノエル。その話を詳しく」

「え？　お、おう」

ズズイ、といやに真剣な目のローマンに迫られ、僕は冤罪騒動の一部始終、細部にわたって説明する。すると、ローマンが「騎士団長‼」って絶叫しながら奥の間へと戻って行っちゃった。

あ～ぁ、これで窃盗に加えて、もしかしたら虚偽告訴の罪が加わっちゃうかも。僕、知～らない。

7　決戦のその後

「屋敷に商人を呼んで資産を散財していたのは子爵の愛人だったようだな。子爵に冷遇される妻という丁度良いスケープゴートが現れた事で、他の使用人達と画策して資産を使い込んでいたらしい。ノエルの私物を盗んだのもそうだ。愛人のメイド長が盗んでもバレない、バレても問題にならない、と言って盗み始めたのが切っ掛けだそうだ。彼女も一人でやるのではなく、屋敷全体を共犯にするあたりタチが悪い」

「ふーん。実質、あの屋敷の女主人だったみたいだし。当主が娶《めと》った妻を足蹴にして愛人とヨロシクやっちゃってたらさぁ、そりゃあ、皆愛人の方に媚《こび》も売るし従順にもなっちゃうんじゃない？」

「愛人も使用人も、あそこまで増長させた責任は子爵にある」

「それは、そう」

王城での仕事中、ちょっと休憩、とビスケットを齧っていると、ベルンハルトさんからカルニセス子爵家の捜査結果の書類を渡された。

僕が屋敷を出てから一週間。つまり、一週間みっちり騎士やら法務のお役人やらに調べられちゃったカルニセス子爵家は、今てんやわんやの大騒ぎらしい。僕の知ったこっちゃないけどね〜。

ビスケットをポリポリしつつ、書類をパラパラと捲っていく。

ざっと読んだ感想は僕の予想通り、カルニセス子爵も使用人達も完璧に僕を嘗めてかかっていたんだね、って事。あんまりにも意外性がないからショックも怒りも湧かない残念な有様。

取り敢えず、これからは僕から盗んだ物の弁償と賠償金の支払いを頑張ってね〜、って感じかな。

「離婚の話は進んでいるか？」

「全っ然駄目。お父様が何度も言ってくれてるみたいだけど、サマニエゴ伯爵は平謝りするばっかりで応じてくれないみたい。息子も深く反省してるし教育し直すからって。そういう問題じゃないんだけどねぇ。あちらさんもお金の為に必死みたい」

僕の郵便物の受け取りを王城勤務者用の宿舎に変えた事によって、お父様とは無事、連絡が取れるようになった。

やっぱり、カルニセス子爵がわざと僕にお父様の手紙を渡してなかったっぽいね。お父様は何度も僕宛てに手紙を出していたらしいけど、一向に僕からの返信が来ないから不審に思ってたって。

連絡が途絶える前に僕から冷遇されている、という手紙が届いているし、サマニエゴ伯爵に聞いても「ちょっとすれ違いがあっただけで〜」しか言わないし。で、流石のお父様もヤバイかも……と思って動こうとしたところで僕から今回の大騒動の報告が届いて吃驚仰天。十年は寿命が縮んだって泣いてた。

いやいや、こんな結婚させられた僕の方が泣きたいからね。

って事で、お父様には僕を離婚させる義務があるんだから、しっかりサマニエゴ伯爵と話し合って離婚を勝ち取ってきて！　って言ってある。

　お父様自身も、今回の事は人を見極められなかった自分が悪かった、って反省してくれたし、サマニエゴ伯爵とカルニセス子爵にも大激怒で「愛する末っ子をこんな目に遭わせるなんて、絶対許さん！　何がなんでも絶対離婚！」って言ってくれてる。

　ただなぁ、サマニエゴ伯爵が「こんな事になってるなんて知らなかったんだよ～。ごめんって～、許してって～。馬鹿息子も泣いて反省してるし、やり直したいって言ってるし。今度こそ幸せにするから～」とかなんとか言って逃げているらしいんだよねぇ。

　折角手に入れた金づるを手放したくはないのかもしれないけどさぁ、このままだと大切な友情までなくしちゃいそうなの、分かってるのかな？

「そうか……必要なら王家から圧力をかける事も出来るが？」

「それはやり過ぎ！　王家から離婚しろ、なんて言われたら、なんか裏があるって思われちゃいそうじゃん。痛くもない腹を探られるのも気持ち悪いから、それは……最終手段でお願いしまっす！」

　ううむ、って眉根を寄せ、顎髭を触りながら唸るベルンハルトさんも親身になって考えてくれているみたいだけど、こればっかりはなぁ。

　今の段階では両者の同意がないと離婚出来ないし……。

「『白い結婚』狙いで三年待たなきゃ駄目なのかなぁ？」

　初夜を済ませないまま婚姻関係を三年続けていれば、それは結婚自体が成立していない、と見なされて、それを理由に離婚出来るから最悪それでもいいけど、時間がかかり過ぎなのがなぁ。だって、アレと結婚しているなんて事実自体がダルイじゃん？

「白い結婚なのか!?」

「は？」

　僕の小さくぽろりと零《こぼ》した言葉に、ベルンハルトさんが前のめりで食い付いて来て面食らう。

　何？　急に……。

「結婚式の夜に物置部屋に追いやられて、それから顔すら合わせてないんだから白い結婚なのは当然でしよ？」

そんなにビックリする事？　っていうか……。

「冷遇されていたのにヤる事はヤッてた、と思われていたんだったら凄く嫌なんだけど」

そう呟《つぶや》いた途端、見ているこっちが心配になるくらいベルンハルトさんの顔色が赤や青やと忙《せわ》しなく変わる。

「すすす、すまない！　そんなつもりで言った訳じゃないんだ‼」

わたわたと挙動不審な動きで目に見えて動揺するベルンハルトさんに、これ見よがしにジトー、とした視線を送る。

「ノエル、長官を揶揄《からか》うのもそれくらいで……」

必死に謝罪をするベルンハルトさんを見かねたらしいローマンに、苦笑いで「流石に可哀想です」と声をかけられたので、肩を竦めて責めるようなその目を収めた。

いや～、あんまりにも、僕の皮肉を真に受けてくれるものだから、つい……。

「ごめんね、ベルンハルトさん。別に怒ってる訳じゃないんだよ」

ただ、あのカルニセス子爵と『そういう事』があった、なんて思われるのが凄く嫌だっただけ。

眉尻を下げながらも、どこかホッとした表情をするベルンハルトさんに、いくら反応が面白くても程々にしよう、と心の中で反省して、新しいビスケットに手を伸ばす。

「ところで、ノエルが言う追いやられた物置部屋って、あの一階にあった部屋でしょう？　なかなかに凄い部屋でしたよ。鶏《とり》小屋かと思いました」

丁度今、話題にした事で、先日見たあの物置部屋を思い出したのか、ローマンが「人の住む部屋じゃありませんよ」と顔を顰《しか》める。

「そんなにかなぁ？　物語とかに出てきそうな秘密の小部屋っぽい雰囲気があって良くなかった？」

「アレをそんな風にポジティブに捉えられるのはノエルだけですよ。全体的に埃っぽくて、今にも抜けそうな床に穴の開いた壁。ベッドなんて天蓋もなく薄い板を敷いただけ。平民ですら藁《わら》を敷いて寝るというのに」

そうなの⁉　藁を敷いて寝るなんて考えもしなかった。そっかぁ、良い事知った。今度何かあったらそうしよっと。

「あれでも頑張って掃除したんだけどなぁ。天井は蜘蛛の巣だらけだし、窓は蔦で埋まってたし、鼠の糞《ふん》と埃なんて数センチ積もってたし、椅子なんて一回座って折れたからね。僕の涙ぐましい努力の結果がアレなんだよ」

そこのところ考慮して欲しいね。と思って言ったのに、ローマンは「あれで……」とドン引きの表情だ。

「待て、先程から鶏小屋だとか何だとか、いったいどのような部屋だったんだ？　以前、少し話は聞いたが……そこまでなのか？」

僕とローマンのやり取りを横で聞いていたベルンハルトさんが、ヒクヒクと眉間と口元を引き攣らせながら訊《たず》ねて来た。

別に寝起きしていただけで、暮らしているって言うほど暮らしてはなかったけど。うーん、高位貴族には超無縁な部屋だから想像するのも難しいか。

「気になる？」

気になるならば教えて進ぜよう。知的好奇心を持つ事は素晴らしいからね。

その事でカルニセス子爵と使用人に虐待の罪が増えたらしいけど。僕、知～らない。

8　王太子殿下の頼み事

依然、離婚の話は進まないけど日常はとっても穏やかで平和で、僕は大満足で過ごしている。

お父様は実家に帰って来て〜、って言って来るけど、やーだよ。

だって、今の宿舎暮らしは誰に気兼ねする事もなくのびのび出来て凄く快適なんだもん。身の回りのお世話をしてくれる使用人はいないけど、自分の事は自分で出来るしね。髪の毛のセット以外……。

何より、今は王城で働いているんだから、帰っちゃったら通えないでしょ？

「キリアン、あっちに送る書簡の翻訳出来たよ。清書よろしく〜」

「はい、承りました。これで、今オーレローラに送る分の書簡は終わりかな？」

「そうだってニコラは言ってたけど……」

キリアンに聞かれて、自分の席で書類をまとめていたニコラに目をやる。

「それで今送らなければいけない分は終わりだよ。ノエル、お疲れ様。しばらくは急ぎで翻訳してもらわなきゃいけないのはないかな？　多分だけど」

「わーい、やった〜」

僕等の話を聞いていたのか、ニコラからの仕事終了の宣言に、その場でクルンと回って自分の席に着く。

あっはは〜、やっと、あの膨大な量の書簡が片付いたぞ〜。

「ねぇ、ベルンハルトさん。僕、ここで本業の仕事してちゃ駄目かな？」

急な翻訳の仕事が入っても、ここにいたら直ぐに対応出来るもんね……なんて、本音はここには辞書も本もいっぱいあって便利だから、だけど。

「勿論だ。ノエルがここにいてくれる方が、こちらとしても助かる」

「やったね、認可頂きました～」

ここの長であるベルンハルトさんから許可を貰ったのなら、こっちのもの！

本業を優先して良い、って言われていてもさ、やらなきゃいけないものがあると思うとソワソワして集中出来なかったんだよね。これでやっと本業の翻訳が心穏やかに出来る～。

またオーレローラから書簡が来たりしたら中断しちゃうから今のうちに、と翻訳中の原本を開いてウキウキと物語の内容を読む。直訳しちゃうと情緒も何もなくなっちゃうからね。表現にも気を遣って……色々と難しいんだよ。

一文終わって、次の文……と集中して進めていると、コンコンコン、と扉を叩く音がして、誰かがこの執務室を訪ねて来た気配がした。

誰だろ？　とは思うけれど、顔を上げたら集中が途切れる気がして上げられない。

「っ！　このような所に、どうされたのですか？」

声からして扉を開けたのはサミかな？　サミが丁寧な言葉を使ってるなんて珍しい。って事は地位の高い人が来たって事かな？

「すまない、急に……どうしても頼みたい事があって」

おや？　声が若い男性だ。勝手にオジサンかお爺《じい》さんくらいを予想していたから意外だな。

「どうしたんだ？　お前が来るなんて珍しい」

お、ベルンハルトさんが行ったぞ。しかも、親し気？　え？　なおさら、誰？　誰？　誰？

ベルンハルトさんってさ、僕には気を遣っているのか優しく対応してくれるんだけど、周りには結構厳しいんだよ。もう喋り方からして固いし顔も怖い。常に眉間に皺が寄っていて睨んでいる感じ。

それが、今来た人に対しては声とかも柔らかいし、凄く優し気。

（ああ～、駄目だ。誰か気になって全然集中出来ない。文字の上を目が滑ってく～――）

もう、諦めて顔を上げちゃうか。なんか、途中から顔を上げたら負け、みたいな意地が入ってきちゃってて気が散るし本末転倒だわ。

「オーレローラの通訳の方にお願いがあって来たのですが、おられるだろうか？」

僕か!? 僕に用事だったのか!? それこそ本当に、誰!? もしかして新たな仕事とか？ つい今しがた終わったところなのに？

「いるにはいるが……ノエル、いいだろうか？」

「……はい」

呼ばれちゃったならしょうがない。難しい事言われませんよーに、って願いを込めながらゆっくりとペンを置いてベルンハルトさんの元へ行く。すると、そこには今来られた来客だろう青年が立っていて僕を見て少し驚いた顔をしていた。

「叔父上、この方が？」

ん？ おじうえ？ ……叔父上!?!?

ベルンハルトさんの事を叔父上って呼んだ!? て事は、この青年はベルンハルトさんの甥《おい》？ 甥って事は？ ……ベルンハルトさんのご兄弟は国王様ただお一人だから、つまり？ 国王様のご子息で……王太子殿下!?

ベルンハルトさんと同じシルバーアッシュの髪と、既に逞しさの片鱗《へんりん》を見せる肩幅。顔付きはベルンハルトさんとは正反対の甘い雰囲気ではあるけど、所々似ていて確かな血縁関係を感じさせる。

おっふ、まさかの王太子殿下のおなりとは……しかも僕にご用で……でしょ？

えー、気が重いなぁ。

「叔父上、彼はオーレローラの方ではないのですか？」

「いや、お祖母様がオーレローラの方で、彼はこの国の民だ。ノエル、これは私の甥のシュリアンだ。何やら、君に頼みたい事があるらしくてね。申し訳ないが、少し聞いてやってくれないか？」

「はい。お初にお目にかかります。ノエル・モンテスと申します。シュリアン殿下にお会い出来て大変光栄に存じます。僕などでお力になれる事があるのでしたら、なんなりと」

嘘ですぅ〜。なんなりと、なんて思ってません〜。だけど、立場上言っておかないとじゃない？ だって僕、今は不本意ながらも子爵夫人だけど、元は侯爵令息！　王族には絶対服従！

心の内は置いておいて、表情だけは微笑んでボウ・アンド・スクレープ！　これ貴族の基本。

ちょっと！　今、背後で「腐っても侯爵令息」って言ったの誰!?　ステファンか!?

「お祖母様がオーレローラとは、そのような方がいてくれるのはとても心強いな。お祖母様はご健在なのだろうか？」

「いえ、祖母はもう何年も前に亡くなりました……」

「そうなのか、それは残念だ。一度お会いしてみたかったたな。君は聞いているとは思うが、僕の妻となる者はオーレローラの皇女なんだ。一人、初めての国に嫁ぐのは不安な事も多いだろう。祖国の血を受け継いだ者が近くにいてくれたなら、どんなに心強い事か。良かったら、彼女が国に来た時には会ってやってくれないか？　君の肌や髪はオーレローラ人そのものだ。きっと彼女も気に入ってくれる」

「あ、ありがたいお言葉です」

なんか、話がデカくなって来たぞ!?　僕、出世欲とか人脈発掘趣味とかない引きこもりタイプだから、王太子とか皇女とかとお近づきになる、っていうのは荷が重いってぇ！

「シュリアン。話はそれくらいにして、頼みたい事とはなんだ？」

「あ、そうだった。すまない、オーレローラと縁のある方だったから、つい」

「いえ……」

シュリアン殿下の勢いにタジタジだったところにベルンハルトさんの助け船が入り、ふ〜、と息が抜ける。助かったぁ……。ベルンハルトさん、ナイス。

「頼みたい事なんだが……俺に、オーレローラの言語を教えてはもらえないだろうか!?」

「はひ？」

言語を、教える？

言われた事に戸惑いつつ、シュリアン殿下のお話を立ったまま聞くのも……という事で、場所を広い庭の一画に移して、ベルンハルトさんと僕とシュリアン殿下の三人で仲良くテーブルを囲む。

　王位継承第二位の叔父と王位継承第一位の甥に挟まれる、という事態に、多少でもギスギスした雰囲気とかあったら困るなぁ、と思って身構えていたのに反し、普通に仲の良い叔父と甥らしい様子に肩透かしを食らう。

　シュリアン殿下がベルンハルトさんに何気ない日常の話を振り、それをベルンハルトさんが穏やかに聞く、なんて、普通の叔父さんと甥っ子じゃん。

「ベルンハルト殿下とシュリアン殿下は仲がよろしいんですね」

　とっても良いと思います！　という気持ちを込めて言えばベルンハルトさんがギョッ、とした顔で僕を振り返り「殿下……」と唸った。

　どうやら僕がベルンハルトさんを「殿下」と呼んだ事がご不満のようだけど、シュリアン殿下の前では公扱いだからね。普段の馴れ馴れしい態度は駄目だよ？　しないよ！

　僕の立場もあるけど、自分の叔父が下位の者にタメ口を利かれているのなんて嫌に決まってるじゃないか。だから、嫌そうな顔をするベルンハルトさんは無視します！

「叔父上は忙しい父上に代わり、俺に本を読んでくださったり、遠駆けに連れて行ってくださったりとよく遊んでくださっていたから。恥ずかしい話、いまだに甘え癖が治らないんだ」

「兄上はお忙しい方だったからな。私と兄上は年齢もかなり開いていたから、シュリアンは甥というより歳の離れた弟のような感覚なんだよ」

　へ〜。確かに、ベルンハルトさんは三十二歳だって言ってたから、シュリアン殿下とは十歳程度しか違わないのか。だから兄弟感覚になっちゃうのも頷けるけど、それでも仲が良いのは凄いと思う。ただ、今の厳つい巨体のベルンハルトさんからは小さい子供と遊んであげる、っていう絵面が想像つかないけど。

　でもなんであれ、派閥だなんだって騒ぐ外野はいるかもしれないけど、当人達が争う気はないようで僕的にはブラボー！　って言いたい。

無駄な争いは国を傾敗《けいはい》させるだけだからね。ほら、仲良き事は素晴らしきかな、ってやつだ。

そんな平和な雰囲気の中、午後のうららかな日差しと色とりどりの花。テーブルの上には香りのいい紅茶に焼き菓子。

これが今からシュリアン殿下の頼み事、とかいうのを聞くんじゃなければ最高なんだけどなぁ。

「オーレローラの言語を教えて欲しい理由なんだけれどね」

紅茶のカップに口を付けたところでシュリアン殿下が口を開いた。

「彼女、パオラにオーレローラの言葉で手紙を書きたいんだ。今までは共通語でやり取りをしていたんだが、彼女が最近、我が国ストーハルスの言語を勉強してくれているらしくってね、こちらの言語で手紙をくれるんだ。だから、私も彼女の国の言葉で返したいと思って」

「ははぁ、なるほど」

彼女が頑張っているから自分も同じように頑張りたい、と……ほっほ〜、青春だなぁ。

僕にはない健気さだ。

「一つ、お伺いしたいのですが。シュリアン殿下は、オーレローラの言語をどの程度ご理解されておられるのでしょう？」

一応ね、聞いておきたいじゃん？　百知っていなくても一でも知っているなら、それとゼロとでは雲泥の差だからね。

「理解、と言えるほどでは……自分でもどれだけ理解出来ているのか分からないんだ。自分で調べながら書いてみたものがあるんだが、一度見てもらっても良いだろうか？」

「僕なんかが読んでよろしいのですか？」

まさか、恋文じゃないよね？　そういうのって人に読まれて恥ずかしくない？　こっちも人の恋文を読むって凄く恥ずかしいよ？　しかも、書いた本人を目の前にしてでしょ!?

「勿論！　教えを乞うのだ。俺の今の実力をしっかり見てもらわなければ」

おおぅ、眩《まぶ》しい！　曇りなき眼《め》ってやつだ!!

後ろめたい事なんて、何一つない！　とばかりに輝く笑顔で言い切るシュリアン殿下に、僕がこれ以上何を言えるというのか。

僕に差し出された紙を目の前に、本当に読んで良いのか……視線をベルンハルトさんへ向けると無言で頷かれたから良いらしい。

「それでは、失礼いたします」

覚悟を決め、両手で受け取り開く。

内容は予想通り恋文だった。けど、それは熱烈なものではなく、たわいのない日常の事が書かれているだけでホッと胸を撫で下ろす。

いやぁ、これで、あなたを思いホニャララ～とか、何々を見るとあなたのナンチャラを思い出し～とかだったら、どんな顔をして読んだらいいのか、って不安だったんだ。

しかし、シュリアン殿下の書かれたこの手紙、読めるんだよなぁ。

綴《つづ》りが間違っていたり、文法がおかしかったり、適切な単語じゃなかったりする所はあるんだけど、だいたい言いたい事は分かるレベル。凄くないか？

これはオーレローラの言語をそれなりに理解していないと出来ない事だよ。

「シュリアン殿下は、今までどなたかからオーレローラの言語を学ばれておられたのですか？」

「パオラから少し。ケレジア公国への留学を終えて国に帰って来てからは、自分でオーレローラの書物を原本と翻訳の両方を見比べて調べたりして、独学で……」

ええ、それだけで？　地頭が良いのもあるんだろうけど、努力家でもあるのか。

やっぱり、王様になる人って凄いな。これが天賦の才。

「素晴らしいですね……それでここまでの文章が書けるのは凄い事ですよ。『モアの花が綺麗に咲き、城からの眺めが青く染まっている。それらを一緒に見られる日を心待ちにしている』という事を書かれたのですよね？」

「そうだ！　読めるか!?」

「はい、多少粗い所はありますが、充分読み取れますよ。どんな書物で勉強されたのですか？」

「書物はいい歳をして恥ずかしいが、分かりやすい物を、と思って子供向けの物語を選んだんだ。知っているかな？　『大きな足の男の唄』とか『森の白フクロウと小人』という本なんだが」

「んぇ!?」

思いがけない作品名に、取り繕っていた澄まし顔が崩れそうになって慌てて開いた口元を引き締める。

今、凄く聞き覚えのある作品名が聞こえたような……。

「『森の白フクロウと小人』と言えば、以前ノエルがくれたあの本か？　それに、『大きな足の男の唄』も、ノエルが翻訳した本だろう」

「え!?」

ベルンハルトさんの呟きにシュリアン殿下が、物凄くビックリした顔をして僕を凝視してくる。

そうなんだよ。その両方とも僕が翻訳した児童書なんだよね。

「あ～……はい。それにしてもベルンハルト殿下、よく『大きな足の男の唄』をご存じでしたね」

「ノエルが翻訳したであろう本は全て購入して読ませてもらったからな」

「へ？　は!?」

「どれも面白かった。今、翻訳している本も、出版する時は教えてくれ」

いつの間に!?　いや、それ以前に全部!?　あの子供向けの可愛い挿絵が入った本や、ファンシーな詩集も!?

なんて事だ、ベルンハルトさんが知らぬ間に僕が翻訳した本のお得意様になっていたなんて!?

「ノエルは、書物の翻訳をしていたのか？」

少し驚きを含んだ声に、唖然とベルンハルトさんを見上げていた視線をシュリアン殿下へと移す。

「はい……実は、翻訳を本業とさせて頂いております。あくまでも、外務省のお仕事はお手伝いなんです」

「以前からオーレローラの翻訳をしてくれていた者が亡くなってな。急遽、無理を言って来てもらっているんだ。だから彼は正規の文官じゃない」

「そうだったのか。それは本業もある中大変だろうに……君のような優秀な翻訳家が来てくれた事に感謝する」

「そんな、勿体ないお言葉」

「いやいや、君の翻訳した書物はとても丁寧に書かれていて、言語の勉強をするのに打って付けなんだよ」

もともとが子供向けに書かれた本だから分かりやすい言葉と文章なのは確かなんだけど、まさか勉強に使われるとは思ってもみなかったな。

どんな形で在《あ》れ、人の役に立っているのであれば、これほど喜ばしい事はないよ。

「僕の翻訳した本がシュリアン殿下のお役に立てたのでしたら嬉しい限りです」

「内容も分かりやすくてよく出来ている。俺は『大きな足の男の唄』で、男が最後に歌う唄が気に入っているんだ。あの切なさをほのかに感じさせるところが実に良い」

「わぁ、本当ですか！　あの部分の翻訳はなかなかにこだわった部分なんですよ！　原文そのままだと、こちらにはない表現なので悩んだ末にあのような言葉を選んだのですが、あの切なさを受け取って頂けたなら翻訳家冥利に尽きます」

「やはりそうなのか。あそこの部分はどう調べても分からなくて……なるほど、ノエルの感性で成り立っている一節だったんだな。それを聞いてさらにあの作品が好きになったよ。『森の白フクロウと小人』も優しい話と言葉選びで手紙を書く時の参考にさせてもらっているんだ。他にもノエルが翻訳した書物を読んでみたいんだが、お勧めとかはあるかい？」

「ありがたいお言葉……そう言って頂けて、とても嬉しいです！　そうですね、手紙を書く上での参考になるかは分かりませんが、月に昇った父と海に残った娘がお互いを思い、文通する物語はいかがでしょう？『月と海と一滴の墨』というのですが」

「へぇ、なかなか面白そうだね。必ず読んでみるよ」

「シュリアン。そこまで出来るなら、わざわざ教えてもらわなくてもいいんじゃないか？」

僕とシュリアン殿下が思わず本の話題で盛り上がってしまっている中、突然入って来たベルンハルトさんの淡々とした声に、弾んでいた会話が断ち切られる。

ベルンハルトさんは、僕の手元にあるシュリアン殿下の書かれた手紙を覗き込んで「大したもんじゃないか」と笑顔をシュリアン殿下に向けているけど、その笑顔の胡散臭《うさんくさ》い事。

顔が厳ついだけで、そこまでの胡散臭さは出ないと思うんだけど。何がそんなに気に食わないのか。

けれどもまぁ、ベルンハルトさんの機嫌は置いておいて、言っている事は分からないでもない。僕も充分書けていると思うし。

だけどなぁ、一人でここまで学ぶ人がこのレベルで納得する訳ないと思うんだよね。しかも、恋人に送る手紙となったらなおさら。妥協なんて絶対しないでしょ。

「何を言うんですか、叔父上。ノエルは粗い所があるって言っていたんですよ？　パオラはこの国へ嫁ぐ為に一生懸命学んでいるんです。それなのに、俺がこんなところで満足していてどうするのです」

ですよねぇ〜。予想通りの返答だったわ。

だけど、ベルンハルトさんは教わらない、という選択肢が元からない様子のシュリアン殿下に「しかしなぁ」と渋い顔をしている。

「ノエルには本業があるのを無理言って翻訳作業をお願いしているのだ。これ以上負担になってしまうのは」

「うーん……あのぉ、ベルンハルト殿下」

僕も都合とかあるし、思うところも色々あるんだけど、それらを踏まえて……。

「僕は良いですよ」

「え？」

「シュリアン殿下にオーレローラの言語をお教えいたします」

「本当か!?　ありがとう！　ノエル！」

満面の笑みで僕の手を握り、喜びを前面に押し出して来ているシュリアン殿下とは反対に、ベルンハルトさんは渋面のまま納得いかないって顔だ。

「ノエル……本当にいいのか？」

「ええ、僕は構いません。お手紙を書かれるお手伝いをする程度にお教えするくらいでしたら、仕事の合間でも可能ですし」

ほら、僕って向上心のある人間は嫌いじゃないし？　何より、これだけ出来るんなら教えるのも楽そうじゃない？　だったら別に良いかなって。相手が王太子っていう点は気が重いけど、王太子だからこそ断りにくいし。

「ただ、僕は外務省のお仕事をする為に王城に迎えて頂いている身ですし、色々と都合もあると思いますので、お受けするかはベルンハルト殿下の意向に従います」

って事で、最終決定をベルンハルトさんに押し付ける、という他人任せ戦法で行こうと思います！

これなら受けても断っても僕にダメージはないし、何やら渋っているベルンハルトさんも納得の解決法でしょ!?　これぞ平和的解決！　僕ってば頭いい〜。

僕が笑顔を携えそう言えば、ベルンハルトさんを説得すべきと判断したらしいシュリアン殿下が「叔父上」と、矛先をベルンハルトさんへ向ける。

「そちらの仕事が差し支えるような事はしない。週に一回一時間、その程度でいい。叔父上、駄目だろうか？」

「む……」

「なぜそんなに頭ごなしに渋られるのですか？　いつもなら駄目でも一度は検討してくださるじゃないですか。何がそんなに気に食わな……」

もう、僕の出番はないし後はベルンハルトさんとシュリアン殿下に任せて、と解放感に浸りながら紅茶の香りを楽しんでいるとシュリアン殿下からの視線を感じる。

え？　何？　もしかして責任感ないのバレた？

「ノエル……君は今、誰かとお付き合いしていたりする？」

「はい？」

「シュリアン！　彼はっ」

僕に顔を近付けて真剣な顔で聞いて来るシュリアン殿下に、お付き合いも何も既婚者です、と答える前に、シュリアン殿下がベルンハルトさんによって勢いよく引き剝がされた。

「あ～、なるほど……なんとなく分かった気がします」

乱暴に引き剝がされたにもかかわらず、シュリアン殿下は嫌な顔もせず寧《むし》ろ合点がいった、とばかりの顔でベルンハルトさんの肩を叩く。

「叔父上、俺にはパオラがいますし、彼女一筋です。側室を持つ気がないほど、彼女を愛しています。だから間違ってもそんな気はありません。まさか、叔父上がこんなにも不器用だとは思いませんでした」

「……そういうのでは」

「ご迷惑でなければ、外務省の執務室の一角をお借りして教えて頂く、というのはいかがでしょうか？　そうすれば、叔父上の不安要素の二～三個は解消されるんじゃありませんか？」

「お前のその諦めの悪さは本当に兄上によく似ている」

「すなわち、叔父上にも似ている、って事ですね。光栄です」

「はぁ～……繁忙期以外で、だからな。ノエル、申し訳ないのだが、シュリアンにオーレローラの言語を教えてやってくれ。都合が悪い時や嫌になったら遠慮なく言ってくれて構わないからな」

「はぁ……」

どうやら、今の会話で僕がシュリアン殿下にオーレローラの言語を教える事が決定したらしい。

「よろしく」と上機嫌のシュリアン殿下と、疲れ切った顔のベルンハルトさんに挟まれ、僕はチビチビと紅茶を飲む。

これは、平和的解決……になったのか？

9　持ちつ持たれつが僕らの関係

　今までの外務省の仕事に加えて週に一回、シュリアン殿下がオーレローラの言語で書いた手紙の下書きを持って執務室にやって来るようになった。

　それを元にしてオーレローラの言語を教えるんだけど、やっぱり飲み込みが早い。持って来る度に稚拙さが抜け、今じゃ僕が指摘しなきゃいけない所なんて、ほんの数か所だけだ。

　そうして上達するにつれて手紙の内容も熱烈になってくるから困る。

『君と会えない日々、俺を慰めてくれるのは君の文字だけ』だとか、『今、パオラの為の庭を造らせている。君の好きな花が咲き乱れる中で共に身を寄せ、愛を語れる日が来るのが待ち遠しい』だとか。読んでいるだけでも背筋がむず痒くなってくるっていうのに、その文章で間違っている所を指摘して正しい言語を教えなきゃいけないんだよ？

「この『慰めて』ですが、この単語では泣いている人や痛みを『慰める』意味になります。心を慰める意味では、こちらの単語を用いるのが正しいので、こちらに直していただいて……あと、『身を寄せ』ですが、これでは……少し……性的な表現になってしまいまして……えっと、よろしいんでしょうか？　まだ正式なご婚約前ですよね？」

　なーんて、教えているこっちが恥ずかしいから、もう少し抑えて！　これだから若い子は!!

　それだけじゃなく、シュリアン殿下にオーレローラの言語を教えている間、ベルンハルトさんからの視線が痛い。

　そんなに監視しなくても変な言葉を教えたりしないよ。間違っても破廉恥な内容の手紙を送らないように、清く正しく美しい言葉に変換させているくらいなんだから!!

「ノエル、ありがとう。おかげで素晴らしい手紙になったよ」

「とんでもない。シュリアン殿下の努力の結果ですよ」

「ああ、もう外がこんなにも暗くなってしまっているじゃないか。すまない、俺が来るのが遅くなってしまったばかりに」

「いえ、大丈夫ですよ。この後に用がある訳でもない気ままな宿舎暮らしですから」

シュリアン殿下が言われるように、外はすっかり夜の様相で街灯の光が遠くポツリポツリと見える。

普段は陽《ひ》が沈む前には終業している事を思ったら、すっごい残業した感がある。

「叔父上、すみません。こんな時間までノエルをお借りしてしまって。本来なら遅くなったお詫びに俺が馬車を出すべきなんですが、生憎《あいにく》、都合が付かなくて……申し訳ないのですが、叔父上が俺の代わりにノエルを送ってはもらえませんか？」

「いやいや！　そこまでして頂かなくても！」

宿舎なんて馬車に乗るほどの距離じゃないよ!?　しかも、僕二十八よ？　そんないい歳をした男を送る必要性ある？

「シュリアン……お前な……」

ほらぁ、ベルンハルトさんも呆れて、頭痛が痛い、みたいな摩訶《まか》不思議な顔してるよ？

「いいじゃないですか。今日はもう特に仕事はないとローマンから聞きましたよ？　不器用な叔父上の事を俺だけでなく父上も心配しているんですよ」

「兄上を出すな。全く、なぜ今日はこんなに遅いのかと思ったら、そういう事か。はぁ……余計な気を回すんじゃない」

おや？　これはもしかしてシュリアン殿下は僕をダシにしてベルンハルトさんを早く帰したい感じ？　国王様まで心配しているって言ってるし、最近そんなに忙しかったのかな？　でも、ベルンハルトさんは何か渋っている雰囲気があるし、帰りたくない感じか。

うーん、これは僕が空気を読んで送ってもらい、ベルンハルトさんには早く帰ってもらうべきなのかな？

ああ、僕ってば気配り上手。

「ベルンハルト殿下。シュリアン殿下もそう仰ってますし、お願いしてもよろしいですか？」

「え!?　ノエル？」

「ほらほら、ノエルもこう言ってますし。ローマン、叔父上はもう帰られても問題はないんだよな？」

「大丈夫ですよ。むしろ帰って頂いた方が我々も帰宅しやすいので。どうぞどうぞ、ノエルを送ってくださ
い」

可哀想に、ローマンだけでなくまだ残っていたニコラやサミまでもが「どうぞどうぞ」とベルンハルトさんに帰るよう促していて、完璧なまでに帰らざるを得ない雰囲気が出来上がってしまっている。

そんな状況に、ベルンハルトさんは僕を見下ろして何か言いたそうな顔をしているけど、僕はシュリアン殿下に忖度《そんたく》しただけだからね。僕を見ても状況は何も変わらないぞ。

いつまでもその場で足踏みされてちゃ、僕まで帰るに帰れない。しょうがないから小さい子にする気分でベルンハルトさんの手を取ってニッコリ笑顔で見上げる。

「ベルンハルト殿下、参りましょうか」

「分かった、送ろう！」

途端にベルンハルトさんに、取った手を力強く握り返されたんだけど。急にそんな帰る気出さなくっても……。

「良かったら、食事でもして帰らないか？」

「え？」

馬車に乗ろうとステップに足をかけたところでベルンハルトさんに声をかけられ動きが止まる。

何言ってんの？　早く帰れ、って仕事場から追い出されておいて寄り道するつもり？　純粋に帰る途中に食事がしたいだけなのか、はたまた、なんとかして帰る時間を遅くしようとしているのか……どっちだ？

ステップに片足だけ乗せた状態で、普段より近くなったベルンハルトさんの顔をマジマジと見る。

顔はいつも通りの厳つさ。顔色は褐色だから分かり辛いけど多分悪くはない。太くて凛々しい眉が若干ひ

そめられているけど、これはよくある事だし判断付かないなぁ。

「ベルンハルトさん、帰りたくないの？」

「いや……帰りが遅くなったし、まだ食べていないだろう？　なら一緒に、と思ったんだが」

ああ、なんだ、ただ気を遣ってくれただけね。だったら僕の事はお気になさらず〜、なんだけど。

「でも、お屋敷に早く帰らなくて良いの？　あれだけシュリアン殿下達に早く帰れ、って促されてたじゃん。僕をダシにしてまでだからよっぽどだと思ったんだけど」

「は？　何を言って……いや……あ〜、あいつ等は、別に私を早く帰らせようとした訳ではなくだな……いや、まぁ、なんだその……」

普段、仕事をしている時は主義主張がはっきりしているくせに、なんで今はこんなにも視線をウロウロさせるのか……。

も〜！　大きな体でモジモジするんじゃない！

「早く帰らなきゃいけないの？　いけなくないの？　どっち!?」

「帰らなければいけない用事も理由もない」

僕の一喝でやっとベルンハルトさんが答えてくれたけど、もう、世話が焼けるなぁ。

「ただ、あいつ等が変に気を回しただけだ。このまま帰ってもする事がないし、ならばゆっくり食事を楽しみたい……しかし、一人の食事は味気ないだろ。だからノエル……ご一緒願えませんか？」

本当にベルンハルトさんに何も用事がない、って言うなら、僕にはお誘いを断る理由はないけど。僕も宿舎に戻る前に食事したかったし、雇い主と食事をご一緒するのも職場関係を円滑にする為に必要か。

(だったら、淑女にするように気取った物言いで手を差し出して来るベルンハルトさんに乗ってあげるのも礼儀かな)

ベルンハルトさんの手を取り、僕は淑女の真似事《まね》で軽く膝を折って笑いかけた。

「そういう事なら、喜んで」

「私がいつも利用している所でも構わないか？」

そう言ってベルンハルトさんが連れて来てくれた店は落ち着いた感じの高級店で、店員はベルンハルトさんの顔を見ただけで何も言わずとも奥の部屋へと僕等を案内してくれた。

そして、目の前にはどんどんどん運ばれて来る料理の数々。どんどん……どんどん……って！　どんだけ持って来んの⁉

大きな固まり肉のロースト、まるまる魚一匹の煮込み、鍋ごと乗せられたシチュー、山盛りの芋と豆、他にもフレッシュな野菜、チーズ、果物、パン、全部が皿と籠いっぱいに盛られて、六人掛けの大きなテーブルの上が料理でいっぱいになっちゃったけど、これを二人で食べるの⁉

だけど僕の戸惑いを余所《よそ》に、そんな大量の食べ物がまるで吸い込まれるかのようにベルンハルトさんの口の中に消えて行く。それはもう、大きな口でバックンバックンと凄いスピードで……。

大きなグローブのような手で器用にナイフとフォークを操ってさ、零しもしないし口元も汚れない。見事なまでに綺麗に品良く食べていく様は一種のエンターテイメント。

凄くない？　これはもう、ずっと見ていられる。

「シュリアンが、すまんな」

「へっ⁉」

ナイフとフォークを手に、自分が食べる事も忘れてベルンハルトさんの姿を鑑賞していたところに声をかけられ、ハッ、と我に返る。

シュリアン殿下がなんて？　なんかあったっけ？

「言語の勉強だけでなく、手紙の添削まがいの事までさせてしまっているだろう」

「ああ、その事？　少々内容が情熱的になってきているのは言語に慣れてきた証拠だし、むしろ添削程度しかしていない事が申し訳ないくらいだよ。シュリアン殿下はとても優秀であらせられるから。本当、僕がお教えする事なんてちょっとしかないよ」

「優秀だからこそ、いらん気を回したり余計なお節介を焼くんだ。今日、遅く来たのもワザとだろ……。全く、次期国王となるのだから、もう少し周りの事に首を突っ込むのを控えて欲しいのだがな」

はぁ……と溜息を吐くベルンハルトさんの顔は険しいけど、悪戯《いたずら》っ子に手を焼く気の優しい年長者のそれで、眉間の皺すら微笑ましい。

「本当にシュリアン殿下の事を認めてるんだねぇ。ベルンハルトさんとシュリアン殿下を見てると、この国も安泰だなって毎回思うよ」

だって、シュリアン殿下にはご兄弟がいない。そうなると、ベルンハルトさんの王位継承権は不動の二位。やろうと思えば王位に就く事だって出来るんだよ？まぁ、やろうと思えば、の時に『やる事』が穏やかじゃないけど。

だから、ベルンハルトさんの口から次期国王がシュリアン殿下だって出た事は大きい。

「シュリアンは優秀だ。何より、兄に似て王の器を持っている。私は小心者だからな、どうひっくり返したって王には向かないし、なりたいとも思わない。出来るなら王位継承権は放棄したいんだ。万が一のスペアがいない今、それも叶《かな》わないが……。シュリアンが早く子を二人以上もうけてくれさえすれば、な」

そうすれば、私は解放される。そう自嘲気味に笑うベルンハルトさんからは普段の鋭さは失われ、老いさらばえた退役軍人みたいな雰囲気を漂わせている。

いつも迷いなんて微塵《みじん》も感じさせない顔をして、大きくて逞しい背中をピシリと伸ばしている姿からは想像も出来ない様子に、唇にキュッと力が入る。

王弟って立場で、僕なんかでは想像も出来ないようなプレッシャーや苦労があるんだろう事が、俯《うつむ》き加減の顔にさした影から滲《にじ》み出ている。

「すまん、こんな事——」

「じゃぁ、後もう少しの辛抱だよ」

「え？」

「シュリアン殿下は、もうすぐご結婚されるんだよ？殿下のお手紙を見てると、本当に皇女様一筋で一緒になれるのを待ち望んでいらっしゃるのがありありと出ててさ、もう、僕毎回砂糖吐きそうになるんだから。そんなシュリアン殿下だよ？　すぐに御子にも恵まれるって」

　ちょっと楽観的過ぎて無責任な発言かもしれないけど、ベルンハルトさんには、これくらい軽い方が良いでしょ。

　普段から皮肉ばっか言ってる僕に言われたところで、なんの慰めにもならないかもしれないけど、折角の巨体がシワシワに萎《しぼ》んでしまいそうなほどに弱っているベルンハルトさんを前に、勝手に口が開いてしまう。

　他人の事に、ましてや王家のいざこざに自分から口を出すなんて普段の僕からは考えられないけど、一度出てしまったなら、もう戻せない。

「心配しなくても、僕がシュリアン殿下の恋文を添削してるんだよ？　乙女心を萎《な》えさせるような恋文には絶対にさせないし、むしろ好印象で好感度抜群なものにして皇女様を絶対に逃がさないからね。僕がベルンハルトさんを王位継承権からさっさと離脱出来るようにしてあげようじゃないか。あっはは～、任せなさい！」

「っ……、ノエルは……王位継承を放棄したいと思う事を無責任だと言わないのか？」

　胸を張って言い切る僕を、ベルンハルトさんが信じられない、とばかりに唖然とした顔で見て来る。

　王位継承権の放棄が無責任？　兄も甥もいるのに？　なんで？

「なんでやりたくない事をやりたくない、って思う事が無責任なの？　思うのは自由じゃん。それに、ベルンハルトさんは自分に王は向いてないって自己分析した上で言ってるんでしょ？　じゃぁ、いいじゃない。現状を把握してスペアに収まってあげてるんだから責任放棄だってしてないんだし。むしろ責任感の塊じゃん。すっごい偉いじゃん！」

　自慢じゃないけど、僕なんてしょっちゅうアレもやりたくない、コレもやりたくない、って思ってるんだから。

　だから、胸を張って自分の頑張りを自画自賛したまえ。

そんな感じで僕の持論を披露したら目の前のベルンハルトさんは鳩が豆鉄砲、じゃなくってグリズリーがどんぐり鉄砲を食らったみたいなキョトンとした顔をして固まっていた。

まぁ、真面目なベルンハルトさんだもんね。僕の暴論なんか聞かされたらそんな顔にもなるか。

「無責任では、ない？　は、ははは、そうか、ノエルは、私が無責任ではないと、そう言ってくれるのか。そうか……はは、あはははは、はっ！」

突然のベルンハルトさんの笑い声にビックリして僕の肩が大きく跳ねる。

え？　何？　そんな爆笑するような事？

いつもの、どこかぎこちない笑顔じゃなく、下手くそじゃない思い切りの笑顔なんて珍しいものを見れたからか、ほのかに嬉しさに似た感情が芽生えて来る。

「全然、無責任じゃないよ。て言うかさ。やりたい、やりたくない、は一旦置いておいて、シュリアン殿下がいるのに王位継承したいって思う方が問題あるんじゃないの？」

「ははは。確かにそうだ。私は、いったい今まで何をこんなにも怯えていたんだ。あははは」

半個室の空間に響き渡るベルンハルトさんの笑い声に、流石に心配になって来た。お酒そんなに飲んでなかったと思うんだけど、まさか激弱な訳じゃないよね？

心配になってチェイサーを手元に置いてあげると、その手をベルンハルトさんに取られ握り込まれた。

「王位継承を考えていないと言うのは弱気だ、と。そのような小胆でどうすると叱責《しっせき》されてきた。ノエルくらいだ、私の王位継承権の放棄を後押ししてくれたのは。私の意思を自由だと、無責任ではないと認めてくれたのは……ノエルだけだ……」

「……う、うん」

「あれだけ気に病んでいた事が嘘のように楽になったよ。ノエルの言葉は、いつ聞いても不思議だ……ありがとう」

「うん……」

ぼ、僕……自分の発言がこんなにも好意的に取られた事ないんだけど……顔を歪められる事はあっても頬を染められる事なんてなかったし。こんな時、どんな顔をして、なんて返したら良いんだ？

　しかも握られた僕の手を、ベルンハルトさんの長くて太い指が形をなぞるように撫でて来て、ゾクゾク、とした何かが這い上がってくる感覚に背筋が強張る。

　ちょっと何してんの!?　セクハラ？　セクハラですか!?　女性にやったら即アウトだからね、それ！　手の甲を撫でるな！　手の平をくすぐるな！

　これが嫌悪感を伴っていたなら速攻で手を振り払っていたけど、不思議とそうじゃないし、ベルンハルトさんも、どこかしんみりとしているもんだから……。

（調子狂うなぁ……）

　でも、僕のこんな言葉で少しでも気が楽になったと笑ってくれるのは、幾分か嬉しいものだね。

「書簡の翻訳といい、シュリアンの事といい、私はノエルに助けてもらってばかりだな……」

「ん～？　いや、それはないかな……だってほら、僕の引っ越しに騎士団とローマンを貸してくれた訳だし？　あれのおかげでカルニセス子爵側の悪事をすんなり表に出す事が出来て僕はとても助かったんだよ？　それに、ベルンハルトさんは僕の離婚を手助けしてくれるんでしょ？　だから、これは……そうだなぁ、相互扶助の関係だ！」

「相互扶助？」

　僕の手を手慰みのように撫でていた動きが止まって、変わりに不思議そうな目が僕へと向く。

「そう、お互いに助け合い支え合うって事。僕は離婚したい。ベルンハルトさんは王位継承権を放棄したい。お互いに嫌な事から逃げる手助けをする関係」

「嫌な事から……逃げる……逃げて、いいのか？」

「逃げるのは何も悪い事ばかりじゃないでしょ？　『逃げるは恥だが役に立つ』『三十六計逃げるに如《し》かず』『逃ぐるが一の手』色んな国で逃げる事も必要だって言葉があるくらいなんだから、逃げていいのいいの」

　真面目なのは好感持てるし良い事だけど、自分を追い詰め過ぎるのは頂けないよ。

「だから、僕と一緒に逃げたら良いと思うよ」

「ノエルと、一緒に……」

「一人だと気が引ける事も、二人だと堂々と出来たりするもんじゃゃない？」


まるで悪い道へと唆してる気分だけど、真面目過ぎる王子様の手を引いて、少しだけ肩の力を抜くお手伝いをするくらい許されるでしょ。

僕なんかがベルンハルトさんの悩みを理解出来るとも思ってないし、救ってあげるんだ、なんて思い上がりもしないけど。それでも、僕のペラッペラな言葉で少しでも気が楽になるなら、それはそれで良いんじゃないかな。

僕が誰かにこんな事してあげるなんて滅多にないからね！　出血大サービスだよ！

「また気に病む事があったら僕に言って。ベルンハルトさんの悩みなんて吹っ飛んじゃうような事を言ってあげるよ。それで、さっきみたいに笑ってよ」

「え？」

「ベルンハルトさんって、笑うと若返るんだねぇ。絶対笑ってた方が良いよ！」


眉間の皺の代わりに目尻に笑い皺を作るベルンハルトさんからは、厳つさが抜けて一気に若返って見えたから、元はそこまで老けてはいないんだと思う。きっと原因は顰められた顔なんだよ。

「そ、そうか……」

僕の言葉に戸惑った様子のベルンハルトさんが視線を泳がせた隙に、大きな手に握られていた僕の手を抜き取る。

「僕の手は安くないからね、元気になったならお返しください」

一瞬呆気《あっけ》に取られたような表情をしたベルンハルトさんが、「ふはっ」と噴き出す。

それが、なんの不自然さもない笑顔で、そんな笑顔をベルンハルトさんが僕に向けてくれた事がやっぱり嬉しくて、僕も笑い返した。


ひとしきり互いに笑った後、食事を再開したはいい

けど……。

「食べないのか?」

「食べてるよ」

「そうか?」

ついついね。やっぱり見ちゃうよね。ベルンハルトさんの口に吸い込まれる肉の塊。

それと、随分と薄まったベルンハルトさんの眉間の皺も……。表情も厳つさが抜けてかなり柔らかい印象になっていて、普段のベルンハルトさんを知っている人はビックリする事間違いなしだね。これは明日の皆の反応が楽しみだ、ククク……。と、ベルンハルトさんを眺めて楽しんでいたけど、僕だってちゃんと食べてるからね。

僕が食べる量なんてベルンハルトさんの五分の一くらいだから食べていないように見えるだけで、充分、世間一般的な量は食べてるから。冬眠前のグリズリー並みなベルンハルトさんと一緒にしないで欲しい。

「僕にはこのお皿に盛った量で充分なの。それより、ベルンハルトさんが食べてるのを見てる方が楽しいよ」

「そ、そうなのか?」

「そうなの。こんなに見応えのある食べっぷりは初めて見たよ。見ていて気持ちが良いね」

お行儀が悪いとは思うけど、肘をついて大きな肉の塊がベルンハルトさんの口の中に消えるのを眺める。

ベルンハルトさんの見た目的に大型獣が獲物を平らげてるみたいなのに、テーブルマナーは気品に溢れていて、そのミスマッチ加減が癖になりそう。

「そんな事も言われたのは初めてだ。ノエルの言葉はどれも新鮮だな」

戸惑った様子でワインに口を付けるベルンハルトさんの顔はちょっと赤い。まさか照れた、とか? 思いがけず可愛《かわい》らしい反応だ。

「あはは。ごめんね、ジロジロ見られちゃ食べにくいよねぇ。でも、本当に褒めてるんだよ?」

ちょっと、ジロジロ見過ぎるのは不躾だったかも。今度からは気を付けるね、見るけど。

ベルンハルトさんを鑑賞するのに夢中になっていて止まっていた手を動かし、魚をフィッシュスプーンで掬って口に運ぶ。うーん、美味しい。流石王族が行きつけにするだけの事はあるね。

「ノエルも……とても美味しそうに食べるね。私も見ていて楽しくなる」

楽しそうな声に前を向くと、魚をモグモグと食べる僕をベルンハルトさんが目を細めて見ていた。

おや？　もしかして、やり返されてる？

「だって、とっても美味しいからね」

どうぞどうぞ、見てくれて良いよ〜。と、もう一口、魚を口に運びソースに濡れた唇を舐め取る。うん、このクリームソース最高！

一口大に千切ったパンで皿のソースを拭って食べる。ずっとベルンハルトさんの視線を感じるけど、気にしなーい。見られて困るようなテーブルマナーなんてしないしね。

舌に乗るクリームと野菜の甘味に頬が緩むのを感じながら、全てのソースを拭う。ふぅ、満足。

「この魚にかかってるソース凄く良いね。……大丈夫？」

美味しさを伝えようとベルンハルトさんを見たら、手で口元を押さえテーブルに視線を落としていて、顔なんて首まで真っ赤だ。

どうした？　凄い辛い物でも食べちゃったのかな？

ベルンハルトさんのグラスにワインを注いで差し出す。

「だ、大丈夫だ。なんでもない……」

受け取ったグラスを呷《あお》ってワインを一気に飲んだベルンハルトさんが一息ついて椅子の背凭れにもたれ掛かる。

天なんか仰いじゃって、そんなに辛かったの？　僕、そんなに得意じゃないから辛い物があるなら教えて欲しいんだけど。

「ベルンハルトさんって辛いの苦手？」

「いや？　そんな事はないが？」

「そうなの？」

あれ？　じゃあ、何を食べてそんなに悶絶《もんぜつ》してた訳？

端から端まで並んでいる料理に目を走らせるけど、

特に苦手だからと言って悶絶しそうなほどの物はないと思うけど、もしかして舌でも噛んだ？

僕が首を傾げてそんな事を考えていると、気を取り直すかのような咳払いが聞こえた。

「ノエルは、その……魚料理を気に入っているようだが、好みの料理というのはあるのか？」

「好み？」

「どのような料理や食材が好きなんだ？」

好きな料理かぁ。僕って、基本好き嫌いなくなんでも満遍なく好きだからなぁ。でも、そんな話の膨らまない返答はナンセンスでしょ。食事での会話のマナーとして、ここはキチンと答えを出すくらいの気遣いは出来るのが僕だよ。

「なんでも好きだけどね、敢えて言うなら鴨《かも》料理が好きかな」

「鴨か……鴨と言えばコンフィーとかか？」

「そうそう、好き好き！　美味しいよねぇ。じっくりと火を通した柔らかい鴨のもも肉。特にオレンジソースで食べるのが好き～」

「なるほど、では今度は美味《うま》い鴨料理を出す店に行こう。丁度、良い店を知っているんだ」

「んんん？」

あれ？　そこは鴨料理美味しいよね～、って話で盛り上がって次の会話の懸け橋にするところじゃなかったの？　まさか、次のお誘いに繋《つな》がるなんて思いもしなかった。

言っちゃなんだけれど、見た目は怖くても紳士なベルンハルトさんなら、誘えば喜んで同伴してくれるご婦人なんていくらでもいそうだけどな。

「僕でいいの？」

「ノエルと行きたいんだ」

それは……気楽に食事に行く仲間が欲しい、って事で良いのかな？

今まで人付き合いが面倒臭くて特定の人と何度も食事に行く、なんて事はなかったけど、ベルンハルトさんなら話していても結構楽しいし、素晴らしいまでの食べっぷりを見ているのも愉快だから、そんな関係も悪くないかも。

うん、僕もベルンハルトさんと、また食事に行きたいな。

「ベルンハルトさんのお勧めなら絶対に間違いないね。楽しみだな～」

嬉しそうな顔で「私も楽しみだ」なんて言われちゃ、さらに悪い気もしない。

これで社交辞令でした、とか言われたら顎髭毟《むし》るけど。


後日、社交辞令という懸念もなんのその、本当にベルンハルトさんは僕を美味しい鴨料理の店に連れて行ってくれた。

その一回だけでなく、その後も色々な店に誘われ、その度に自分の事や仕事の事、家族の事や愚痴も笑い話も語り合って僕らの関係は急接近。

お互いに高位貴族で国外に興味がある、というところで馬が合うのか会話のテンポも内容も相性が良くて飽きない。それに、真面目過ぎて少し調子外れな問答をする事もあるベルンハルトさんとの会話は本当に愉快で、僕はベルンハルトさんと過ごすこの時間が甚《いた》く気に入ってしまった。

そして、今ではすっかりベルンハルトさんと僕は、立派な飲み仲間だ。

「僕、飲み仲間なんて出来たの初めてだよ」

「そ、そうか……仲間か」

子牛のロティを嚙みしめながらベルンハルトさんは渋い顔をするけど、僕達は飲み仲間だよね？

10　あり得ない来訪、まさかの反省なし!?

「正式に婚約発表が布告されると、次は結婚式な訳だけど……通訳って見つかってるの？」

「まぁ、なんとか……？」

「なんとかって」

　オーレローラから届いた書簡を翻訳して書き出す作業をしながら、近くにいたステファンに聞いてみるけど、何？　その返答。

　後もう少ししたら大々的に婚約発表するっていう事が決定したのに大丈夫？

「今まで、オーレローラって国自体が重要視されてこなかったもんだから、習得しようなんて人物が本当にいなくってさ。当然、貴族は旨味《うまみ》のない国の言語をわざわざ勉強する必要ないんだし」

「確かにそうだけどさぁ。でも、よくそんな、自国にとって旨味がないって評されている国の姫と王太子の結婚を許したよね。普通さ、政略を意識して相手を選ばない？」

「普通はな」

「長官」

　僕とステファンが話す背後からヌッとベルンハルトさんが現れ、会話に加わってきた。

　最初の頃は気配もなく死角から現れるベルンハルトさんにビクゥッ！　ってなってたけど、最近は特に驚く事もなくなったんだから、慣れって凄いよね。

　結局、執務室の中では元に戻っちゃう、厳つい表情を携えたベルンハルトさんを見上げる。

　一緒に食事に行ったり、僕しかいない時などは眉間の皺もマシになって笑顔も出るけど、他の誰かがいると途端にキュ……と眉間が寄るんだから、なかなか頑固な表情筋だと思う。と同時に、僕の前でだけ柔らかくなる顔付きに、まるで気難しい野生動物に懐かれたような優越感を覚えて、それはそれで悪い気はしない。

「特定の相手がいなければ、その考えで候補者を立てて王妃を選んだが、シュリアンが是が非でも、と選んだ相手がいるのなら、よっぽどの人物でない限り反対はしない。……と、いうのが兄上のお考えだ」

「ほへ～、懐が広いんだねぇ。うんうん、良いと思うよ。ギスギスした政略結婚なんて碌な事ないんだから。候補同士での醜い争いもあるだろうし、平和が一番」

「ノエル……」

あ、ステファンとベルンハルトさんから物凄く同情的な視線を感じる。ていうか、顔に思いっ切り『可哀想』って書いてあるのが読み取れるんだけど？

失礼な、僕は全然可哀想じゃないし！　今、僕が言った言葉は自分の事を投影したんじゃなくって一般論！　誰がギスギスした政略結婚だ！

「そういう目で見られるの嫌なんだけど……。そんな事より！　通訳はなんとかなりそうって事で良いの？」

逸れた話を元に戻して！　僕の事はいいの！　今、大事なのは、オーレローラの王族が勢ぞろいする結婚式に通訳は間に合うのか？　って話だよ！

「正直、今から既存の通訳達にオーレローラの言語を習得させたところで間に合うのか、と言われれば無理だ。多少出来る、止まりだろうな。そこで、隣国のサマランからオーレローラの通訳を雇う事にした」

「へ～、また思い切ったね」

自国の商人とかを調べ上げて雇用するより、他国で身元のはっきりしている人物を雇い入れるって事か。

「なかなかの冒険に打って出たと思うんだけど、それだけ良い人材がいたの？」

「ああ、その者もノエルと同じオーレローラの血が流れている。れっきとしたサラマンの貴族だが、父親がオーレローラの出身で、サマランに婿入りしたんだそうだ」

オーレローラの血!?　それはちょっと親近感が湧くし興味あるなぁ。だって、家族以外でオーレローラの血を引く人って会った事ないんだもん。

「じゃぁ、その人はサマランで通訳してたの？」

「そうだ。オーレローラとストーハルス、両方の言語が分かる上に身元のはっきりした友好国の貴族。しかも、オーレローラとの縁もある。先方もこちらの事情を知って快く引き受けてくれた。近々こちらに渡って来てくれるそうだ」

「へ〜、いいじゃんいいじゃん、よく見つけたねぇ。これで通訳問題も解決で一安心じゃん。来たら紹介してね！　どんな人か楽しみだなぁ」

そこまで決まってるんなら早く言ってくれれば良かったのに。まだ、会った事のない通訳の人を想像して今から楽しみでしょうがない。

「そんなに楽しみか？」

僕のワクワクと跳ねた声に、少し戸惑い気味のベルンハルトさんの声がかかる。

見上げると、ベルンハルトさんが微かに眉を寄せて僕を見ていた。

「そりゃあ、さぁ。念願の通訳なんだよ？　しかも同じオーレローラの血が流れてる、ってなったら気になるもんじゃない？」

「ああ、そうか……そういうものか……」

「え？　何か変だった？」

「いや、そんな事はない……ただ、ノエルがそんなに誰かに興味を持つとは思わなかったんだ」

「え〜？　何それ。ベルンハルトさんって僕の事、他人に興味のない無味な人間だとでも思ってたの？　僕だって人並みに他人に興味くらいあります〜」

そりゃあ、基本的にはあんまり興味はないけど……それでも、皆無って訳じゃないし。失礼だな！

「そうなのか？　では、どのような者だと興味を持つんだ？」

「ええ？　どんな？　う、うーん、そうだなぁ〜」

まさか、そう切り返されるとは……。そんなの急に聞かれても、パッと思い浮かばないんだけど。でも、人並みに興味あるって言った手前「分かんない」とも言い辛いしなぁ。

身を屈め、目に見えて興味津々に聞いて来るベルンハルトさんをチラリと見上げる。

(興味か……)

「強いて言うなら……」

「うむ」

「愉快な人かな」

「愉快……」

「面白さがあれば……じゃない？」

愉快。実に結構じゃないか。面白味がない人の何に興味を持てと言うのか。ちゃんと答えたんだから文句はあるまい！

「あっはははは！　長官ドンマイ！」

いつも寄っている眉間が広がるほどに目をキョトリと開いて固まっているベルンハルトさんと、そんなベルンハルトさんの背中を笑いながら叩くステファンを見るに、愉快な人に興味を持つのって、そんなに変な事なのかねぇ？

僕から見たらベルンハルトさんも、充分愉快だと思うんだけどなぁ。

「何やら外が騒がしいな」

ステファンに笑われながらもピクリとも動かず固まっていたベルンハルトさんが、ふ……と眉根を寄せて扉の方へと顔を向けた。

言われてみれば……扉の外が騒がしいような。

執務室の前には見張りの兵士が一人立っているはずだけど、どうもその兵士と言い争っている感じ？

こんな王城の中、しかも各省の仕事場がある一画の廊下で揉《も》め事が起きるなんて、僕がここに来てから初めてだ。

「ここで働く者は皆、文官でも武官であっても品性を重要視している。人目に付く所で言い争うなど決してしないはずだが……」

って事はよっぽどの事態が起きている？　え、滅茶苦茶怖いんだけど。

「様子を見て来ます」

そう言ってステファンが扉の前に向かうその姿を部屋の中にいる全員が注視していて、常にない雰囲気に僕も黙って成り行きを見守る。

「どうした。何事だ」

むやみに扉を開ける事はせず、ステファンが慎重に扉をコンコン、と叩いて外にいる兵士に合図を送る。

「実は、こちらで働いておられるノエル様に会わせろと言う男が」

外の兵士からの返答に、部屋にいる全員からの視線が僕に集中した。

僕!?　いやいやいや、止めて!?　何かの間違いだって！　こんな所で騒ぐ恥知らずなんて僕知らないって！

ブンブン首と両手を振って知らないってジェスチャーするけど、扉の外からは「会わせてくれ！」「ノエルがここで働いているのは分かっているんだ！」と叫んでいる声が微かに聞こえて来て、サー……と血の気が引く。

いやーっ!!　王城の廊下で僕の名前を叫ばないで！　王城の中心で騒いで恥を晒すのは勝手だけど、僕を巻き込まないで欲しい！

本当に誰だよ!?　ここで僕が働いているのを知っているのは僕の家族くらいなはずなのに。

「ノエル、何か心当たりはあるか？」

「ないないないない！」

「そうか……」

椅子の上で小さくなる僕の前に膝をついたベルンハルトさんの大きな手が、僕を落ち着かせるように背中を撫でる。

「大丈夫だ、ノエル。何があっても私が守るから、心配するな」

水色の瞳を細め、僕を安心させるかのように頬を緩めながら声をかけてくれるベルンハルトさんの言い知れぬ頼もしさに強張っていた体から力が抜ける。

それと同時にドキドキと高まる心臓の音は現状の異常事態からくる緊張か、はたまた思った以上に近いベルンハルトさんの顔と背中に感じる大きな手の感触のせいか……。

ベルンハルトさんに「何があっても私が守る」なんて言われちゃ、これ以上ないほどに頼りになるし嬉しいんだけど……。

(こんな時にそんな顔で優しくされると、勘違いしちゃう人だっているだろうから控えた方が良いと思うな。別に、僕がどうとかじゃないけど！)

下手に動くと触れてしまいそうなほど近いベルンハルトさんの顔から、そ……と身を引き、顔に集まる熱を逃がすように深呼吸をしてから、意識して笑顔を浮かべる。

「流石、頼もしいなぁ。ベルンハルトさんがそう言ってくれると、本当に大丈夫な気がしてきた」

絶対になんとかしてくれそうな安心感。その巨体と筋肉に勝るものなし！　って感じだもんね。

「私も、ノエルにそう言ってもらえると自信が持てるな。ステファン、私が出る」

「分かりました」

立ち上がりながら僕の頭をクシャリ、と撫でて、ベルンハルトさんがステファンと入れ替わる。

「おい、その男はどこの者だ？　今日は来客の予定は入っていないはずだが？」

ベルンハルトさんの質問に外の兵士から「それが……」と、おずおずと声が返って来る。

「それが、ノエル・カルニセス様の夫だと」

心当たりしかなかった!!

まさかのカルニセス子爵だと!?　わざわざこんな所にまで来るなんて……駄々を捏ねて離婚をしないだけでは飽き足らず、王城まで大恥を晒しに来るとは……最悪だ。

直接抗議しに来るとしても、他にいくらでも方法と場所はあっただろ！

「ノエルの夫という事は、カルニセス子爵か？　……その者の入城証は？」

「確認しております。財務課のラブレー男爵のサインがございました」

「ならば、そのラブレー男爵を呼んで引き取らせろ。このような場所で騒ぐような者をノエルに会わせる訳にはいかない。これ以上騒ぐようなら構わん、城外へ追い払え！」

「あ、ちょっと待ってベルンハルトさん！　僕、会うよ」

額に血管を浮き上がらせたベルンハルトさんが、カルニセス子爵を追い払うよう命令するのを駆け寄って止める。

ベルンハルトさん、顔が殺人鬼みたいになってるから。自分の大切な職場の前で騒がれてお怒りになるのも分かるけどさ、一旦落ち着こう？

「何を言っているんだノエル!?　あのような者に会う

必要などない！」

「そうだよ、会ってどうするんだよ」

　ベルンハルトさんだけでなく、ステファンもギョッ、とした顔で反対の声を上げる。

「こんな所に直接乗り込んで来るなんて、まともな奴のする事じゃないって」

「危険だから、ここは長官にお任せした方が良いですよ」

　サミもローマンも、側に寄って来て僕を止めようしてくれて、その皆の優しさに嬉し涙がちょちょぎれそう。けどさ、だからこそ僕が出なきゃ駄目だ。だって、すっごく不本意だし認めたくないけど、いまだにカルニセス子爵は僕の夫なんだから。

　誰か分からない人が僕に会わせろ、って言っているなら怖いけど、カルニセス子爵だからね。怖くはないよ。ただひたすらに迷惑でイラッとするけど！　僕だってベルンハルトさんに負けず劣らず怒ってるんだよ！

「カルニセス子爵がここに来て騒いでいる原因は僕なんだから、僕が出た方が早いでしょ。ここで追い返して、また来られても嫌だし……。それに、いつまで経っても離婚に応じない事に一言どころか百言は言いたかったんだよねぇ」

　僕だって男だ。出て来いって言うなら出て行ってやろうじゃないか!!

「しかしノエル。あんな事をしでかしておいてなお、王城で騒ぐような奴だぞ。何をするか」

　ベルンハルトさんが危惧するのも分かる。

　カルニセス子爵は、僕への虐待と使用人達の監督責任を問われ、それなりにお咎《とが》めを受けた。

　ただまぁ、お咎めと言っても、貴族って事でだいぶ大目に見てもらった生ぬる～いものだけどね。僕としては多少不満は残るけど、司法がそう決定しちゃったんだから、そこはもうしょうがない。

　それでも罪は罪。次はない執行猶予って感じだから、そこらへんをちゃ～んと理解出来る賢い子なら、こんな下手な事なんてしないもんねぇ。

「でもほら、ベルンハルトさん達もいてくれてるし！

もし、暴れたり危害を加えて来そうなら、その時はよろしく！　って事で」

そういう意味ではこんな安全な場所はないでしょ。背後に百戦錬磨の武人みたいな厳つい人がいて暴れられるほどの根性があったら、あんなせせこましい事しないって。

扉の前に集まっているベルンハルトさん達に「これ以上迷惑かけたくないし、決着付けたいから」とお願いすると渋々って感じで退《ど》いてくれる。申し訳ないね、本当。

「何かあれば問答無用で動くからな」

「うんうん、そこの判断は任せるよ。一～二発暴行受けた方がこっちの有利になりそうなら、それでも良いし。ダメだと思ったらどうとでもしてもらっていいから」

「馬鹿な事を言うな！　私はノエルに指一本触れさせるつもりはない。だから、ノエルも危険な事はしないと約束をしてくれ。そうでなければ行かせる事は無理だ」

「え、え～？」

なんで～？　執行猶予中なんだから、ここで問題起こせば一発退場じゃん？　って思うんだけど？

別に男なんだから数発食らったところでどうって事は……はい、ごめんなさい。ベルンハルトさん目が怖い。僕みたいなひ弱なひょろひょろ男が大口叩いてすいませんでした！

「ああ、うん、分かった。殴られるのはナシね。オーケー、オーケー、約束する」

「……」

「睨まないでよ……」

絶対に殴られるような危険な事はしない、と約束をさせられ、僕はベルンハルトさんを背後に従えて、扉の前に立つ。そして、一呼吸置いて勢いよく扉を開いた。人間、勢いと思い切りが大切だ！

「ノエル!?　会いたかった!!　君なら会ってくれると信じていたよ!!」

途端、兵士の横をすり抜けたカルニセス子爵の満面の笑顔が僕に迫って来た。

ぎぃや――――ッ！　殴りかかって来るのは警戒してたけど、これは未警戒!!　そして前言撤回！　怖いぃ！

突然の事に体が強張って動けなくなってしまった僕の体が、グイっ、と後ろへと引き戻される。

「それ以上、近付かないで頂こう」

目の前のカルニセス子爵にはステッキの先が顔面スレスレに突き付けられ、それ以上近寄れないよう足止めさせられていた。

何が起こったのか一瞬分からなかったけど、背後から回る太くて大きな腕からして、どうやら僕は早速ベルンハルトさんに助けられたっぽい？　意気揚々と出て行ってコレって、僕カッコ悪っ。

「早々にコレとか……ありがとうございます」

「はぁ……もう少し警戒心を持って扉を開けてくれ」

面目次第もございません……。背後からの溜息と呆れた声に申し訳なさから身が縮まる。

「なっ、にをする!!　私はノエルの夫なんだぞ！」

ステッキを突き付けられてなお、強気な態度で吠えるカルニセス子爵に視線を戻すと、顔を真っ赤にして唾を飛ばして……汚いなぁ。品も何も、あったもんじゃない。

しかも、こんな所で僕の夫だなんて大声で言わないでよ……ああ、恥ずかしい。

「本当、止めて。あくまでも書類の上では、でしょ？　今更都合良く夫を振りかざさないでくれるかな。迷惑だから……ベルンハルト殿下、ご迷惑をおかけしてしまい申し訳ございませんでした。助けてくださり、ありがとうございます」

危機一髪、背後から僕を引き戻し、カルニセス子爵へステッキを突き付けてくれたベルンハルトさんを振り返り、わざとらしいまでに大仰に礼をしてみせる。

常日頃、自分は文官だから……なんて言っておいて、こんなにも俊敏に動けるなんてさ、今から騎士に転職しても遜色ないんじゃない？

「で、殿下っ!?」

今しがた暴言を吐いた相手が王弟陛下だと気付いたらしいカルニセス子爵が慌てて自分の口を塞ぐけど、今更出たものは戻らないよ。

ここは王城なんだからさ、王族や高位貴族がうじゃうじゃいる事くらい考えなくても分かると思うんだけどな。ローマンの時も思ったけど、なんでどこでも自分が一番偉いって思えちゃうんだろ……まさか、僕（侯爵令息）の夫だから偉い、とか思ってないだろうね？

……あり得そうだから怖いわ。これ以上の無礼を晒す前に大人しく用件を言って帰ってくれ。頼むから。

「こ、これは失礼いたしました、ベルンハルト殿下。わたくし、ノエルの夫でレイナルド・カルニセスと申します。お会い出来て恐悦至極でございます。この度は我が妻を召し上げて頂き、誠にありがとうございます。是非、お礼をと――」

夫面は止めろ、と言ったにもかかわらずヘラヘラと笑いながら夫だとか妻だとかほざくカルニセス子爵の図太さに僕の顔が引き攣る。

しかも、用件を言うどころか媚を売り始めるって……僕の神経を逆撫でする事しか言わない、そんな口を石でも詰めて塞いでやりたい。

「貴様から礼を言われる筋合いはない」

もう一度止めろ、とカルニセス子爵に言おうと息を吸った瞬間、ベルンハルトさんの不機嫌を凝縮させたような低い声が頭上から聞こえ、吸った息を飲み込んだ。

「私はノエル・モンテスと雇用契約をしている。貴様は無関係だ」

「なぜ、そのような事を仰るのですか⁉　夫としてお礼を述べるのは当然……。もしや、ノエルから我が家で起こった事をお聞きになられたのですね……。全くお恥ずかしい話、屋敷の使用人達がノエルにした仕打ちは事実。それを知らず、止める事も出来ずノエルに辛く寂しい思いをさせてしまったのは全て私の不徳の致すところ。清廉なベルンハルト殿下がご不快に思われるのも尤《もっと》もでございます。本日は、その事でノエルに謝罪をしたく、王城に参らせて頂いた次第でございます」

口を挟ませる隙も与えず、ツラツラとカルニセス子爵が垂れ流す言葉のどれもが僕の癇に障る。

な〜にが「止める事が出来なかった」だ。まるで使用人達が勝手にやったみたいな言い草に、何一つ反省もしていなければ悪いとも思っていないのが丸見え。

どこまで僕の事を馬鹿にして嘗め腐っているんだか。

「あのねぇ、知らなかった訳ないでしょ。粗末な部屋に放り込んで放置しとけ、って言ったのも、冷遇するように指示を出したのもカルニセス子爵。その件で僕への虐待の罪で慰謝料の支払い命令も出てるんだけど？　それの意味する事が分からない訳じゃないよね。こんな所に来て僕の名前を出して騒いで、いい迷惑だよ。まだ誤解だなんだ言うつもりなら早々にお帰り頂けるかな？　話すだけ時間の無駄だから」

「ノエル、その事は本当に悪かったと思ってるんだ。私は君を見誤っていた。だから、君を私から遠ざけるつもりで言っただけで、君の尊厳を傷つける意図はなかったんだ。その事も含めて謝りたい。一度、話し合おう」

絵に描いたような安っぽい苦悩の表情を顔に浮かべて僕をチラ、チラ、と見て来て、いっそう癪に障る。

何が話し合おうだ！　そんな段階はとうに過ぎてるんだよ！

「今更謝られてもね、って感じだし、話し合いならお父様とやってくれる？　この結婚を決めたのはお父様で、僕じゃないの。僕は結婚初夜のあの時から離婚一択だから。分かったら今すぐ屋敷に戻って離婚届けにサインして来て」

「待ってくれ！　私は君とやり直したいんだ。だから頼む、離婚などと言わないでくれ」

「は？」

「あの時の使用人達は全員屋敷から追い出した。もう、ノエルにいじわるをする者は誰もいない。だから、安心して屋敷に戻って来てくれて良いんだよ。勿論、部屋は私の隣だ」

「え？　ヤダ気持ち悪い」

いやいや、一番安心出来ない存在がカルニセス子爵なんだけど。そんな存在の隣の部屋って、地獄じゃないか。勘弁してよ。

それに使用人達を追い出したって言うけどさ。全員、加害とか窃盗とか横領とか、それはもう色々な罪に問われてお縄についちゃったんだから、そりゃ自動的に解雇でしょ。いたらビックリするわ。

「カルニセス子爵には運命（笑）で結ばれたエステラがいるんだから、そちらとよろしくやってよ。僕は嫌って何度も言ってるでしょ。カルニセス子爵と一緒になったって、僕も、僕の実家も、なんのメリットもないし」

運命（笑）で結ばれてるんだから迎えに行ってやんなさいよ。牢獄に囚《とら》われている愛する人を迎えに行く。罪を乗り越えた愛（笑）に一緒に牢獄に入れられているだろう元使用人達も涙のスタンディングオベーションだよ。

「あれこそ何かの間違いだったんだよ。私はあの性悪女に騙されていたんだ。金輪際、あの女と関わる事はないから安心してくれ。それより、カルニセス子爵だなんて悲しい呼び方は止めてくれ。以前は可愛らしく、その愛らしい唇で旦那様、と呼んでくれていたではないか」

「重ね重ね気持ち悪いんで謹んでお断りします。だいたい、旦那様って呼んだら虫唾が走るから止めろ、って言ったのはカルニセス子爵じゃん」

「そんなに拗ねないで、可愛い私のノエル……もう一度、あの夜からやり直そう。もう、私達を邪魔する者は誰もいない。君は安心して僕の腕の中へと帰っておいで。決して君を縛り付けたりはしないから……王城で働いているのだって止めないよ。夫として、私は君を支えて行くつもりだ」

うっとりとした目で両手を広げるカルニセス子爵の姿にゾワ……と鳥肌が立つ。

発言全てが気持ち悪い……。どういう思考回路をしたらそんな発言になるんだ？　それで僕が喜ぶと思われているんだったら名誉棄損で訴えるぞ！

「ノエル……この男はどこかおかしい。今、衛兵を呼んだ。着き次第、強制的に連行させる」

背後のベルンハルトさんが身を屈めコソ……と耳打ちして来た内容に内心ホッとする。

だってこれ、話し合いにならないんだもん。無理だよ、相互理解不可能。だから、ベルンハルトさんの強制退場の判断は凄く助かる。

　だけど、衛兵が到着するまではこの訳の分からない話を聞かなきゃいけないのかと思うと、ゲンナリする……早く来てくれ衛兵、僕のメンタルがそろそろ限界だ！

「もう一度、私にチャンスをおくれ。今度こそ絶対に幸せにする。ノエルは自分のしたい事だけをやってくれて良いんだ。大丈夫、屋敷の方は私が責任を持って取り仕切るから。君は屋敷より外が好きなんだろう？　だから、ここで思う存分、好きなだけ働いていて良いんだよ？」

　衛兵がこちらに向かっているとも知らないでベラベラと……。黙って聞いていれば、僕の給料を狙っているのが駄々洩れ。相も変わらず離婚したくない理由がお金一択なのにも呆れ果てて言葉もない。

　僕の実家からの融資は欲しい、持参金は返したくない、に続いて？　今度は慰謝料払いたくない、王城で働く妻の収入欲しい、結婚続行で色々とチャラにしたい、と……。とんだ強欲男だな。

　これは実家のサマニエゴ伯爵のスネを齧っている、って予想もあながち外れてないかもな。

「お断りだって何度も言ってるでしょ。お帰りください！」

　さっさと帰れ！　って気持ちを込めてピシィッ、と正門の方角を指さす。

　今、自分の意思で帰れば衛兵によって強制退場されるという不名誉を受けずに済む、というチャンスをあげたというのに、カルニセス子爵は僕に向かって半笑いでヤレヤレ、と肩を竦めるだけで、本当に腹が立つ！

　しかも、今度はベルンハルトさんへと標的を変えたのか、僕の頭上へと目線を上げて来た。

「ベルンハルト殿下、私はノエルが殿下の為に力を尽くせるよう、夫としてサポートして参りたいのです。何卒《なにとぞ》、殿下からもノエルを説得してもらえませんでしょうか？　ノエルとは少々すれ違ってしまっただけで、本来は互いに想い合っていたのです。この子は少し天《あまの》邪鬼《じゃく》なところがあって今は拗ねているだけで……ベルンハルト殿下からのお言葉であれば素直になる良い切っ掛けになると思うのです。ね？　ノエル」

「いぃやぁあ!!　もう無理っ！　むりむりむりむりむりむり!!!!」

気持ちの悪い発言もだけど、最後に僕に見せた無駄に爽やかさを意識したらしい、白い歯が光る笑顔が無理！「ね？」と言われた瞬間、全身にさっきの比じゃない怖気《おぞけ》が走って僕は叫び声を上げていた。

今まで生きてきた中で最大の嫌悪感と恐怖に襲われ、半泣きになった僕は背後のベルンハルトさんにしがみ付く。

それだけ生理的に無理なの！　壁ぇ！　強大な壁が欲しい!!

「ノエルッ!?　近衛《このえ》！　直ちにこの不愉快な男を摘《つま》み出せ!!」

「はっ！」

丁度衛兵が到着したところだったらしく、バタバタと走って来た衛兵達がカルニセス子爵を取り押さえ、無理やり引きずって行く。

「まっ、待ってください！　私が何をしたというのです!?　ただ愛する妻に会いに来ただけではないですか！　ノエルッ、お前は私の事を好いているんだろう!?　私は分かっているんだ！　だから屋敷に戻ってっ、貴様、離せ！　さては貴様もノエルを狙っているのか！　ノエルは私のだぞ！　たかが兵士の分際で！ノエルッ、また迎えに来てやるからな!!　ノエル――」

廊下中に響き渡るカルニセス子爵の不快な喚き声が遠ざかって行くのを聞きながら、その場にいた全員が深い溜息を吐いた。

――本当に、ごめん。

「大変ご迷惑をおかけいたしました」

執務室に戻り、ガックリと肩を落として頭を下げる。

なんとも気遣わしげに「気にするな」「ノエルは何も悪くない」って皆言ってくれるけど、そんな事ない。

自分でなんとか出来ると思って、止める皆を押し切って行った結果が、アレなんだから。

さしもの僕もアレは駄目だった。カルニセス子爵を甘く見ていた。あんなに頭がおかしくて話が通じないなんて思わなかった。心が折れたんだ、それはもう綺麗にポッキリと……。

僕の浅慮のせいで皆には迷惑をかけるだけかけて騒ぎを大きくし、結果も残さず終わってしまった事は反省してもしきれない……。

「あの騒いでいた男がノエルの夫というのは……本当なのか？」

「ゥぐ……」

頭を下げ反省していると、戸惑ったシュリアン殿下の声がかかり、下げていた頭がさらに下がる。

何がキツイって、あの騒ぎをシュリアン殿下に見られちゃったのがキツイんだよ……。

今日はシュリアン殿下にオーレローラの言語を教える日だったから、来られる事は分かってはいたんだけど、まさか、不運にもあの騒動の最中に来られるなんて思ってもみなかった。

一応、同行していた騎士が異変に気付き、何かあってはいけない、とシュリアン殿下が近付かないようにはしてくれていたらしいんだけど。

（どうせなら引き返して欲しかった！）

以前なら事実は事実として、既婚だと知られようが、カルニセス子爵が夫だと知られようがどうでも良かったけど、夫がアレとなると話は別だ！　あんなのが夫だなんて知られるのはダメージが大き過ぎる！

恥ずかし過ぎて穴があったら全身入って蓋閉めたい!!

「お見苦しいところをお見せして申し訳ございませんでした。色々と諸事情がありまして……夫といっても書類上のみですし、初日から家庭内別居ですし、今は離婚に向けて動いておりますし……可能なら即時離婚したいんです人生の汚点なんです！」

思わず弁明に力が入ってしまう僕の剣幕に、シュリアン殿下から「ノエルが心底嫌がっているのは見ていて分かったから、落ち着いて」と慰められてしまった。

重ね重ねお恥ずかしい……。

「何か、事情があるんだな……叔父上は知っておられたのですか？」

「ああ。だから変な気を回すな、と言ったんだ」

「言ってくだされば良かったのに……」

「デリケートな問題だ。私が勝手に口外する事は出来ん」

「そうですけど」

ベルンハルトさんに窘《たしな》められ、むくれた表情を浮かべるシュリアン殿下の様子に焦る。

僕が既婚だと伝えていなかった事で二人が揉《も》めるのは困る！

「すみません、シュリアン殿下。どうせすぐに離婚するから、と思ってお伝えしていなかったのは僕の緩怠《かんたい》です。ベルンハルト殿下は何も悪くありませんから」

ここにいる人全員知っているのに自分だけが知らなかった、というのは確かにいい気がしないよな。

伝えなかったのは僕の落ち度ですが、元はと言えば全てカルニセス子爵が悪いので、咎はカルニセス子爵にお願いいたします。

「いや、謝らないでくれ。別に叔父上を責めている訳ではないんだ。俺が少し……気が逸《はや》って叔父上に差し出がましい事をしてしまっていたんだ。バツの悪さを誤魔化す為にあんな言い方になってしまって……叔父上、すみません」

「気にするな」

苦言を言うでもなく、フォローまでしてくれるなんて……シュリアン殿下もベルンハルトさんに似て、優しくて思慮深い方なんだね。きっと、シュリアン殿下と結婚出来るパオラ皇女は幸せになれるだろうな。最悪の結婚相手であるアレを見た後だからなおさらそう思えるよ。うんうん、いいねぇ。

「あの男の事だが」

「え？　あ、はい」

シュリアン殿下とパオラ皇女の未来を思ってほっこりしていたところに、ベルンハルトさんの声で現実に意識を引き戻される。

「確認したところ、あの男が持っていた入城証はあくまでも財務課のラブレー男爵へ謁見する為のもので、城内を自由に動き回って良いものではなかった。その上であの騒ぎだ。当然、城から抗議が行くだろう。しかも、兵士達には随分と横柄な態度を取っていたようだからな、今後王城への立ち入りは禁止になるだろう」

「お、おお。それは……貴族として、かなりの痛手ですね」

貴族で王城出禁って、なかなかに不名誉なんだけど。今後どうするんだろ。

「許しが出るまでは王家の夜会も、茶会にも出られん。これで、あの男が押しかけて来る事もないだろう。だから、ここでは安心してくれていい」

「ありがとうございます、ベルンハルト殿下！　……お手数をおかけしてすみません」

こんなにも早くカルニセス子爵の処遇が決まるって事は、恐らくベルンハルトさんが何か手を回してくれた可能性が高い。

ますます申し訳ない。今度、何か良いお酒でも贈ろうかな。

「私は大した事はしていない。それに、私達は相互扶助の関係なのだろう？　ならば、私がノエルの為に何かをするのは当然だ」

「あ……じゃあ、僕ももっと頑張らなきゃ、ですね」

まさかの僕が以前酒席で言った事を本当に実行してくれるなんて、律義かな？

これは、言い出しっぺの僕もうかうかしていられないぞ。しっかりとベルンハルトさんが王位継承権を放棄出来るように動かないと。

なのに、ベルンハルトさんは僕の頭の上にポフリ、と手を置き「ノエルにはいつも助けられている。今のままで充分だ」なんて言って、カールする髪に指を絡めるように撫でて来た。

「そういう訳にはいかないですよ！」

恩を受けっぱなしは良くない。良い事も悪い事も、やられたらやり返す。これは僕のモットーなんだから！

「相互扶助の関係？　とはなんだ？」

「あ……」

決意を新たにベルンハルトさんを見上げていたら、シュリアン殿下の不思議そうな声でハッとする。

ベルンハルトさんから目線を外して周囲を見ると、ローマン達も何だそれ？　って顔をしていて咄嗟《とっさ》に応える事が出来ず返答に困ってしまう。

ああ〜、これはしまったな、どうしよう。お互いに嫌な事から逃げる手助けをする関係、なんて流石に言えない。

僕ならまだ嫌な事が『結婚』だから良いけど、ベルンハルトさんは『王位継承』だよ？　王位継承権一位のシュリアン殿下の前で言える訳ないじゃん。しかも、王位継承権を放棄したい、って言うと周りから良い顔をされないって気にしているんだから、余計に言えない。

ベルンハルトさんもどう言えばいいか戸惑っているのか、しきりに顎髭を触っちゃってるし……。ちょっと、怪しいから普通にして！

「それは……」

「それはですね！　僕がベルンハルトさんの人生相談を聞く代わりに、僕の離婚が上手く進むように手助けしてもらうって事です!!　ほら、さっきみたいに、なかなか離婚に応じてくれなくって困ってましてですね」

意を決したような顔で口を開いたベルンハルトさんを遮って当たり障りのない内容を並べる。

ちょっと!?　今、馬鹿正直に話そうとしたでしょ!?　こういう時は差し障りのない内容でいいの！　嘘は吐いてないんだし。

そういう思いを目線に込めてベルンハルトさんを見上げ「そうですよね？」と言えば「あ、ああ」と慌てて首を縦に振ってくれた。

うんうん、正直な事は良いし僕も正直者は好きだけど、馬鹿正直なのは時として良くないからね。

「叔父上が、人生相談？」

「人間、生きていると色々ありますから。ほら、今回のオーレローラの通訳がいない事態しかり、明日の天気一つで悩む事もあるんです。そんな悩みを僕が聞く代わりに、今日みたいな事があれば助けてもらう。そういう相互扶助の関係なんです」

最初は戸惑った顔をしていたシュリアン殿下も、僕のこの説明に「なるほど」と笑顔で頷いてくれて、僕は心の中で安心の吐息を吐く。

良かったぁ～。人を疑わない純粋な良い人で本当に助かった。

「良い関係ですね、叔父上。いつの間に、そんなに仲良くなられたのですか？」

「そういうのではない」

なぜか嬉しそうなシュリアン殿下に、ベルンハルトさんはしかめっ面だ。

「すぐそういう事を……ノエル、このような事を無関係な俺が聞くのもなんだが。離婚した後はどうするつもりなんだい？」

「え？　離婚した後……ですか？」

「シュリアン！」

ベルンハルトさんがシュリアン殿下の肩を摑んで咎めるように名前を呼ぶけど、当のシュリアン殿下は全く気にする様子もなく、反対に「まぁまぁ」なんて言ってベルンハルトさんを宥《なだ》めている。

「一応、聞いておきたいだけですよ。叔父上だってノエルのこれからが心配じゃないんですか？　で？　どうなんだい？」

どうなんだい？　と聞かれても……。チラリ、とベルンハルトさんに視線を向けて、その苦々しい表情と目が合うけど、別に発言を止められてる訳でもないから答えるべきなのか？

別に、聞かれて困るような質問でもないからいいんだけどさ、大して面白い答えでもないよ？

「そうですねぇ。家には戻らず、独立しようかと思っています。翻訳家としての仕事もありますし、今回の結婚で使用人がいなくてもなんとかなるのも分かりましたし、気楽な今の暮らしも気に入っているんですよ。なので、平民になるのも悪くないかな、と」

「平民になるつもりなのか!?」

「それは、まぁ……継ぐもののない三男ですから。必然的にそうなりますね」

シュリアン殿下にビックリした顔をされるけど、どこかの貴族に養子に入るか、婿か嫁に行かない限り長男以下なんてそんなもんじゃない？

「それは、もう結婚はしないと？」

「うーん、もともと結婚願望とかありませんでしたし。だからこそ、この歳まで独り身だった訳ですし？　カルニセス子爵との結婚だって、父が勝手に決めて来てしまったもので僕が望んだ訳ではないですから。なので、結婚はもういいかな、と」

「結婚はもう、いい」

「興味ないですし」

「興味、ない」

シュリアン殿下は、初めて聞いた言葉のように戸惑った声で復唱する。

聞かれたから正直に答えたのに、唖然とされるのは少し納得がいかない。シュリアン殿下が思っていた答えと違っていたんだろうけど、こればっかりはしょうがない。正直、結婚に魅力も関心もないんだから。

大きく見開いた目を、横にいたベルンハルトさんへと向けたシュリアン殿下が一言「叔父上……」とバツが悪そうに呟いた。

「だから余計なお節介は止めろ、と言っているんだ」

「すみませんでした……」

深ーい溜息を吐いたベルンハルトさんの呆れた声と、シュン……と逞しい背中を小さくしたシュリアン殿下の様子から、どうやら僕は返答を間違ったらしい。でも、今現在の僕の状況でこれ以外の答えは出来ないよ。

で、どうすんの？　この空気感……。

「すまんな、ノエル。シュリアンが不躾な事を聞いた」

「い、いえ、これくらいのご質問でしたら、いくらでもお答えしますよ。それより、皆様にはお時間を取らせてしまってすみませんでした。僕はもう大丈夫なので、お仕事に戻ってください。シュリアン殿下、本日はお時間を無駄にしてしまって申し訳ございませんでした。今日も皇女様へのお手紙をお持ちになられたのですよね？　早速、確認いたしましょうか？」

「あ、ああ、頼む」

何か言いたげなシュリアン殿下の様子には気付かな

いふりで手紙の下書きだろう紙を受け取る。
カルニセス子爵のせいで時間も精神も空気も色々と無駄にしちゃったからね。時は金なり、取り戻せるところは取り戻さないと。

11　新しい仲間は巻き毛仲間!?

お父様へ
パパがさっさと離婚成立させてくれないから王城にまで馬鹿子爵が乗り込んで来て、てんやわんやの大騒ぎを起こされたんですけど？　王弟殿下のおかげで事なきを得たけど、そうじゃなかったらどうなっていた事か、想像するだけで恐ろしくて僕泣いちゃう。
このままだと家まで不名誉な噂《うわさ》の的にされかねないんだから、一発気合入れてサマニエゴ伯爵シメないと大惨事待ったなしだよ!?　金輪際関わって来ないなら、持参金くらいお慈悲でくれてやってもいいから大至急話つけて来て！

なーんて感じの内容をつらつらと書いた手紙をお父

様に送って早《はや》二週間。腹立たしい事に、まだ離婚は出来ていない。

父親のサマニエゴ伯爵は流石に王城でカルニセス子爵が騒動を起こした事と、俄然《がぜん》やる気を出したお父様から融資は打ち切り、離婚しないなら一括で返金請求する！　と言われ泣く泣く了承したらしいんだけど、カルニセス子爵の方が頑として拒否。今は説得するサマニエゴ伯爵から逃げ回っているらしい。

正直何やってんだ、って感じだけど、少しとはいえ前進しただけマシと思うしかない。

そして前進と言えば……外務省にも今現在、一つ前進した事が……。

「クリストフェル・ルーカス・ヘーグバリです。ヨロシクどうぞ」

挨拶と同時に揺れる豊かな巻き毛。

年の頃は恐らく僕と同年代。男性で、ベルンハルトさんと比べたら小さいけど、背はスラリと高い。そして何より、僕と同じように白い肌に栗《くり》色のくるんとカールした巻き毛の……外務省の皆が待ちに待った念願の通訳が、遂に今日、来てくれたのだ！

これで四日後の婚約発表とその後の結婚式は何とかなる!!　と外務省の面々は隣国のサマランからわざわざ来てもらった通訳、クリストフェルを前に喜色満面ホクホク顔だ。

「ストーハルスは学生以来ヒサシブリです。慣れない事も多いと思いますが、お願いします」

独特なイントネーションのある、それでも流暢《りゅうちょう》なストーハルス語で挨拶をするクリストフェルに僕の目は釘付《くぎづ》けだ。

いや、正確にはクリストフェルの髪の毛に釘付けだった。

僕ほどくるんくるんではないけど、全体に緩やかなウェーブがかかっていて毛先がくるん、となっている立派な巻き毛。

僕には分かる、分かるぞ！　この髪は手間暇かけて伸ばしていると!!　絶対、本来は僕くらいくるんくるんな巻き毛であると!!

「巻き毛仲間だ……」

「ノエル？　どうした？」

「へ？　あ、いえ。なんでも？」

僕を訝《いぶか》しむベルンハルトさんの声にハッとする。

いけない、いけない。ついついクリストフェルの揺れる巻き毛を凝視しちゃってた。それはもう、集中し過ぎて口元が緩んで涎が垂れそうなほどに。

間違っても涎が垂れちゃいました、なんてあってはならない、と口元をそれとなく拭う。

「えっと、オーレローラの言語限定で翻訳のお手伝いをしているノエル・モンテスです。君と同じオーレローラとのミックスなんだ。会えて嬉しいよ」

「オオ！　アナタがそうですか！　お話は聞いていました。こちらこそお会い出来て光栄です。同じオーレローラの血筋として、同じ言語を解する者として、ヨロシクお願いします」

僕の名乗りに満面の笑みで応え、差し出されたクリストフェルの手を握る。申し訳ないけど、強く握り返される手よりもクリストフェルの頭上で跳ねる巻き毛の方が気になってしょうがない。

その後はローマン達も代わる代わる名乗り、クリストフェルと握手を交わしていくんだけど、その間も、僕の目線はクリストフェルの巻き毛から離れない。

他にも回らなければいけない所があるから、とクリストフェルが執務室を去るまで、ずっと僕の目はクリストフェルの髪を追い続けた。

（クリストフェル……君は、どんなヘアケア用品を使って、どうやってくるんくるんの髪を伸ばしているの？　その髪は使用人が？　それとも自分で？　もし自分でやっているなら僕に髪のセットの仕方を教えてくれないだろうか!?）

僕はもういい加減、脱！　赤ちゃんヘアーしたいんだよぉ!!

巻き毛仲間の出現に興奮状態の僕は、次に会った時、何を聞くかで頭がいっぱいだ。

ウッキウキな僕とは正反対に、ベルンハルトさんは悪酒を飲んで二日酔いにでもなったかのような顔をしていたけど……大丈夫？

コンコンコン

「はいはい～？」

まだ微かに夕日が差し込む頃。宿舎の自室でベッドに寝転がりのんびり本を読んでいると、部屋の扉をノックする音がしてのそのそと起き上がる。

僕の部屋に誰かが来るなんて珍しい。

だってさ、僕、外務省のメンバー以外に王城で知り合いなんていないんだよ？　そのメンバーも皆自分の屋敷から通っているから、僕の部屋を訪れる人なんてほぼいないに等しいんだよね。……別に友達がいない訳じゃないからね。

「どちら様～？」

扉のノブに手をかけ、開ける前に一応問いかける。

いきなり扉を開けちゃうような警戒心のないオマヌケさんではないのだよ。

「コンバンワ。今日から隣の部屋に住むクリストフェル・ルーカス・ヘーグバリといいます。挨拶に来ました」

「なんだってぇ!?」

それはもう、ノータイムで開けたよね。スパーン、と。

「わぁっ!!　急に開けたら危ない……オゥ、ノエルさん!?　なんで、こんな所にいるんですか？」

勢いよく開けた扉の前には、扉に当たりそうになったらしいクリストフェルが、ビックリした顔で仰《の》け反《ぞ》りながら立っていた。申し訳ない。

「ここが僕の部屋だからだよ！　ええ!?　クリストフェルここに住むの!?　隣なの!?」

「ソ、ソーデス」

「やった！　僕、クリストフェルに聞きたい事がいっぱいあるんだよ！　ねぇ、良かったら部屋に入って話さない？」

これぞ絶好のチャンス！　とばかりに、不思議そうな顔をするクリストフェルの手を取って部屋に誘う。

「え、あ……で、でも、ですね。いいんで、しょうか？　私なんかが部屋に入って、大丈夫ですか？」

「大丈夫だから誘ってるんだけど？　何かマズい事でもある？」

「いえ……あ、あ～。じゃぁ、チョットだけ」

取られた手と僕を交互に見て、少しばかり迷う素振りを見せたクリストフェルだったけど、最終的には僕の誘いに乗っておずおずと部屋に招かれてくれた。

「オジャマします」

「どうぞ～。美味しいダリオルがあるんだけど、甘いのは好き？」

扉を顔面スレスレで開けた罪滅ぼしに、近所で美味しいと評判のお店で買って来た、卵とミルクをたっぷり使ったダリオルという名のタルトをいかが？　と見せる。

「ダリオル!?　好きです！　この街のダリオルは美味しいと聞いていますよ」

「美味しい紅茶もあるよ」

途端にクリストフェルが嬉しそうな顔をして部屋に備え付けの小さなテーブルセットに自ら座った。

紅茶を一口飲んで、チラリ、と目の前に視線を向けると、口の周りをカスタードで汚したクリストフェルが美味しそうにダリオルに齧り付いている。わんぱくかな？

「さて……さっきも言ったように、クリストフェルに聞きたい事があるんだけど、いいかな？」

僕が改まってそう声をかけると、ご満悦な顔でダリオルを味わっていたクリストフェルがピタリと動きを止め、真面目な顔で居住まいを正した。口の周りには依然、カスタードが付いていて残念な状態だけどね。

「なんでしょうか」

「あのさ……クリストフェルって、さ……」

「ハイ……」

「…………絶っ対！　僕みたいに巻き毛だよね!?」

「ハイ？」

これで違う、とか言われたらショックと恥ずかしさで地中深く埋まりたくなっちゃうけど、僕の見立てでは絶対そう！　長年、巻き毛で悩んで来た僕には分かる！

「ねぇ、どうなの？」

「そ、そうです……けど……、聞きたい事って、ソレですか？」

「そうだよ！　あ〜、やっぱりクリストフェルは巻き毛仲間だったんだね。会いたかったよ同士!!　ねぇ、洗髪剤は何使ってる？　ヘアクリームは？　どうやって巻き毛を伸ばしてるの？　自分でやってる？　コツとかある？」

「わわあわわ、マっ、マテ！　待って！」

矢継ぎ早に質問を投げかける僕から、アワアワと慌てた様子でクリストフェルが椅子ごと後ろに下がって行く。

両手を前に突き出して僕を止めようとして来るけど、一度喋り出して勢いが付いた僕をそれくらいの事で止められると思ったら甘いよ！　突き出した手をガシリ、と摑んで詰め寄って行く。

「ちょ、ちょっと!?」

「僕、このくるんくるんの髪をどうにかしたいんだけど、一人じゃ手入れ出来なくって……。この宿舎は関係者以外立ち入り禁止の厳重体勢。メイドも使用人も禁止。自分でどうにかするしかないじゃん！　だからさ、何か良い方法とか知ってたら教えて欲しいんだ！　ねぇ、お願い!!」

「分かったから！　近いから！　一回離れてコノヤロー!!」

今「分かった」って言ったね!?　よし！　言質《げんち》は頂いたぜ、やっほー!!

ホクホクと笑顔を止められない僕とは対照的に、ヨレヨレで疲れた顔をしたクリストフェルを見ると、ちょっと強引過ぎたかなぁ、という思いは無きにしも非《あら》ず。

だけど折角のオーレローラの血を引く者同士なんだから、巻き毛仲間としても仲良くしたいだけなんだよ、僕は。

「いくら朝綺麗にセットしても夕方にはカールが戻ってくるんだよ。本当に、この巻き毛にはウンザリする」

「本当にね～。僕のこの髪もさ、きちんとセットすれば肩に付くくらいあるんだよ？　それが今じゃ、ちょっと長めのショート程度。も～、頑張って伸ばした意味ないじゃん！　って感じ。雨なんか降ったらもっとくるんくるんで短くなっちゃうしさ!?　こんなの赤ちゃんみたいでヤダ！」

「ソウソウソウソウ！　ワカル～ゥ。こんなにも苦労が多くて悩んでるのに、周りはゼンゼン理解しない。親ですら高貴だとか尊いだとか言って話にもならない」

「クリスの所も!?　僕もなんだよ！　お父様もお兄様達も軽いカール程度だから僕の髪がどれだけ大変か全然分かってないんだよ！」

「同士!!」

意気！　投！　合！


切っ掛けは僕が強引に詰め寄った事だけど、話せば話すほどお互い同じ事で悩んでいたと分かり、巻き毛あるあるで盛り上がり、気が付けば熱い握手を交わしていた。

すっかり互いの事を「ノエル」「クリス」と呼んで、敬語なんてナンセンス！　とばかりにクリスも口調を崩して話してくれるようになった。

「イヤァ、最初はノエルの勢いに、部屋に連れ込まれて喰《く》われるのかと……ハハ」

「何それ、失礼過ぎ。だいたいそんな事思ってたなら、なんで部屋にノコノコ入って来たの？」

「え～、ダッテ……これから一緒に仕事をするのに変に断るのもダメかなと……キマズイのはキマズイと思って……」

両手の指をイジイジと擦《こす》り合わせながら可愛い子ぶって言うんじゃない！

最初に挨拶した時は爽やかで真面目な青年って感じだったけど、こうやって話してみると結構フランクな性格らしい。

「うーん、それもどうかと思うけど……怖がらせちゃったならゴメンね？」

喋り疲れた喉を冷めた紅茶で潤して一息つく。

クリスが来た頃は朱色の光が差し込んでいた窓の向こうも、もう真っ暗で、覗き込めば月がはっきりと出ている。結構な時間を巻き毛談義に費やしていたらしい。

そして、喋り倒して小腹が空いたのか、はたまたただ気に入ったからなのかは知らないけど、クリスはパクリパクリとダリオルを頬張っている。

「そんな心配しなくても、僕は既婚者だから不純な真似はしないよ」

「既婚者!?　エ？　だったら、なんで宿舎なんかに……」

「まぁ、色々あって？」

「もしかして……お相手はリヴィエール長官？」

「はぁ!?」

なんでそこでベルンハルトさんが出て来る!?　不敬罪でしょっ引かれるぞ!!

「そんな訳ないでしょ。なんでそう思ったのかは知らないけど違うから！」

「そうなのか？　てっきり……ジャア、なんであんなに睨まれたんだ？」

「たぶんそれ、睨んでないんじゃない？　ベルンハルトさん、目つきが悪くて顔が厳ついのが通常だから気にしない方が良いよ」

可哀想に。ベルンハルトさんの顔面の獰猛《どうもう》さに恐れ戦《おのの》いて正常な判断力を奪われたか。ベルンハルトさんって悪気なく覇者のオーラ出すから、しょうがないね。

クリスはどこか納得出来ない、って顔してるけど、実際そうなんだからしょうがないでしょ。

「結婚相手は子爵の男だけど、もう離婚するし。貴族の事情で結婚して冷遇されて離婚……って、よくある話でしょ？」

「ソウカ……だから髪のセットが出来ず困ってたのか……ノエル、見かけによらず苦労してるんだな」

しんみりとした口調と目線を向けて来るのは良いけど、見かけによらず、ってどういう意味かな？　僕は見た目通り繊細な青年だと思うんだけどな？　合った。

「よし！　マカセロ。その髪、私がセットしてあげよう」

「本当に⁉」

「部屋も隣だし、同じ巻き毛のヨシミ、というやつだ。ただ、私が出来るのは朝晩の髪の手入れとブラッシングだけだが良いか？　コテと違って一時的なものだし、この時間になると、ほら、私の髪は縮れたパスタに元通りだ」

　自分の髪を指に絡めて嘆くクリスの言う通り、王城で会った時と比べて彼の髪は短くなっており、全体的にボリュームが出ている。髪も緩やかなウェーブからスパイラルな感じに変化しているし、今の僕と似たような感じだね。

　それでもだ！

「僕からしたら充分に魔法みたいだよ！　ありがとうクリス！　よろしくね！」

「マカセトケー‼」

　僕達はニンマリと笑い、再びガッツリ手と手を取り

12　脱！　赤ちゃんヘアー!!　ふんわりカールヘアは嫌いですか？

ふわりと軽いカールを描いた髪が襟足を覆い隠す久しぶりの感触に、こそばゆく感じて手を伸ばす。

「ノエル。どうしたんだ、その髪は」

「おはよう、ベルンハルトさん。んふふふふふ、クリスにやってもらったんだ。どう？」

朝、執務室に入って来たベルンハルトさんが僕を見た瞬間、開口一番に言った言葉にニヤケが止まらない。

やっぱりこの違い、分かるよね～。全然違うよね～。

今日の朝は昨晩約束した通り、クリスが僕の髪をセットしてくれた。

どうせなら、と二人でヘアオイルやヘアクリームを持ち寄って、あれがいいこれがいい、な～んて和気あいあいとヘアケア用品談義で盛り上がりながらセットしてもらった結果、くるんくるんだった髪がふんわりカールヘアへと大変身！

火鉢で熱した鉄のコテで挟んで伸ばすのに比べると全然カールは残っているけど、今までの事を思えば大満足な伸び具合。襟足だけじゃなく、前髪だってサイドの髪の毛だって伸びて、それを耳にかける久しぶりの感覚に感動もひとしおだ。

この劇的な変貌を遂げた僕の自慢の髪をベルンハルトさんに一番に見てもらいたくて、朝早くから王城に来て待ってたんだから！

どうだ。脱！　赤ちゃんヘアー!!　だぞ！

「クリス？」

「クリストフェルだよ。宿舎で僕の部屋の隣になったんだ～」

「ッ……」

「ほら、彼も僕と同じで巻き毛だったでしょ？　だから意気投合しちゃってさ。今まで一人じゃ髪のセットが出来なくって、ちょっと困ってたんだよね。相談したらやってあげるって言ってくれてさ。クリスって良い人だよね～。わざわざ他国に渡って来てくれるだけの事はあるよ」

僕としては世間話と嬉しい報告のつもりで話していたんだけど、ベルンハルトさんの顔がみるみるうちに顰められていく。

まさかの反応にそれ以上言葉が続かず、ただ、黙ってベルンハルトさんの顔を見上げていると、何度かゆっくりと瞬《まばた》きをしたベルンハルトさんは「そうか……」とだけ言って僕に背を向け自分の席に行ってしまった。

え？　なんで？　ベルンハルトさんから、あんな顔をされるような事、僕した？

折角、くるんくるんな赤ちゃんヘアーじゃなくって、スマートな大人っぽい髪形になったんだよ？　絶対、くるんくるんより今の方が良くない？

それが笑ってもくれなくって「そうか……」だけ？もしかして、この髪型変!?

「ローマン！　僕の髪型変？　おかしい!?」

「おや、おはようございます。髪型ですか？　ああ、今日はいつもの巻き髪ではないのですね。いえ、おかしな所などございませんよ？　とってもお似合いです」

「だよね……だよねぇ……お世辞じゃないよね？　忖度なしだよ！」

「私は忖度なんてしませんよ。いつもよりアンニュイな感じが際立って素敵ですよ」

丁度、入室して来てたローマンを捕まえて聞いてみるけど、反応は悪くない。

じゃぁ、ベルンハルトさんはなんで？　まさか、この髪型が嫌いとか？　え？　ショックなんだけど。

いっつも僕が何か新しい物を着たり履いたりすれば真っ先に気が付いて褒めてくれるから、この髪型も大絶賛してくれるものだと……。念願の髪型なのに、それが一気に色褪《あ》せたように感じる。

………いや、待って。なんで僕こんなにショック受けてんの？

別にベルンハルトさんがふんわりカールヘアー嫌いでもなんでもいいじゃん。僕が好きでやってるんだから、他人から何か言われたからって自分の趣味趣向が揺らぐなんてあり得ない！

確かにちょっと、ベルンハルトさんから「凄く似合っている」って、目を細めながら褒めてもらえるんじゃないか、って期待してたかもしれないけど……。

（もぉ〜っ、調子狂うなぁ！　こんなの僕らしくない!!）

別にベルンハルトさんが褒めてくれなくったって他の人が褒めてくれるからいいもんね！　ローマンは似合ってる、って言ってくれたし！

その後は会う人会う人、皆が褒めてくれたおかげで受けたショックの半分くらいは解消出来た。

現金？　どうとでも言って。だって僕、褒められて伸びるタイプだから。

「折角セットしたのにさぁ……酷いよね！　絶対伸ばした方が良いよね!?」

宿舎に帰って今日の鬱憤《うっぷん》をクリスに吐き出す。

ただ聞いてもらうだけなのも悪いと思って、ちゃんとお茶請けに薄くてサックサクのウーブリっていう焼き菓子も用意してさ。クリスが甘い物好きなのは昨日で確信したから喜んでくれると思ったんだけど、青い顔で静かにウーブリを齧っているだけで元気がない。

「どうしたの？　クリス。ストーハルスの水が合わなかった？　それとも仕事で何かあった？」

「……今日、リヴィエール長官にモノスゴク睨まれた。昨日より怖かった……」

「ええ〜？　何かしたの？」

「何もしてないよ！　普通に打ち合わせしたり、今後の事を話したりしてただけなのに……ずっと睨んでくる」

あらら〜、随分と草臥れちゃって可哀想に。

お疲れなクリスに、蜂蜜をたっぷり入れた紅茶を差し出してあげる。こういう時は甘くて温かい物が良いよ。

「それってさ、昨日も言ったけど、気のせいじゃなくて？　ベルンハルトさんって常に目つき悪いよ？」

「……私も、最初は気のせいかとも思ったよ。でも、ずっと見て来るんだよ？　勇気をフリシボッて、私に何かご用でしょうか？　って聞いても何もないって言う。でも、また見て来るんだよ!?　そして、目線を逸らして溜息を吐く。私が何をした!?」

まるで自棄酒《やけ》を飲むようにクリスは蜂蜜入りの紅茶を一気に呷り「オカワリ！」とティーカップを差し出して来る。

おいおい、これ大丈夫なのか？　わざわざ他国から来てくれた通訳だっていうのに、怖がらせちゃ業務が円滑に進まないでしょ。

「うーん。ベルンハルトさん、今朝僕と喋ってても、な～んか様子がおかしかったんだよなぁ。もしかしたら、どこか体調が悪かったのかもよ？　お腹痛～いって眉間に皺を寄せてたのかも！　クリスの後ろにトイレがあって、行きたいが為に目線が行ってたとか!?　でも仕事中で行けないから溜息吐いてたとか？」

「アノネ～、子供じゃないんだから、そんな事になるまでトイレを我慢する訳ないでショ！　よくあのリヴィエール長官にそこまで言えるよな。ノエルはコワイモノシラズだ」

そうかな？　ベルンハルトさんって見た目は怖いけど、中身は普通に穏やかな良い人じゃないか？　クリスの為に、ご要望通り蜂蜜をたっぷり入れた紅茶のお代わりを作ってあげるから落ち着きなさい。

新しい茶葉をティーポットに入れながら、さっきクリスから聞いたベルンハルトさんの様子に思いを馳《は》せる。

クリスの手前、茶化して言ったけど、確かにベルンハルトさんの様子はおかしい気がする。

でも、わざわざ他国から引っ張って来たクリスが嫌い、なんて事は絶対にないだろうし、たとえ嫌いでも態度に出すような人じゃないと思う。

うーん、駄目だ！　考えても分からない！

ベルンハルトさんの事は一旦置いておいて、今大事なのはクリスだ。仕事仲間のメンタルケアも大切だからね。優し～い僕がよしよししてあげよう。

「よしよしクリス怖かったねぇ、大丈夫だからね。ベルンハルトさんは怖くないよ～。もし明日も睨まれたら僕に言いな。僕がちゃーんと『メッ』ってしてあげるからね？」

　全く、今ここでクリスがホームシックにかかって国に帰っちゃたりしたら、困るのはこっちなのベルンハルトさんも分かっているだろうに。

「ノエル……君はなんてイイヒトなんだ」

「ふふ、よく言われる～。でもほら、困った時はお互い様だから、ね。それに、同じオーレローラの血が流れてるよしみでしょ？」

　顔を感動で輝かせたクリスに、僕は笑顔でさっきよりも多く蜂蜜を入れた紅茶を渡してあげた。


「あれ？　ノエル、今日も髪を伸ばしてるんだ。最近ずっとだけど、もう前みたいにフワフワな髪型にしないのか？」

　ニコラが朝の挨拶もそこそこに、僕の机に来て何を言うのかと思えば……。

　毎日精を出してセットしている僕のこのふわりと伸びた髪に興味を持ってくれるのは嬉しいけど、ちょ～っと認識が違うんだよなぁ。

「おはよう、ニコラ。その質問は愚問かな。以前のあの巻き毛は僕の自前。そして、僕は自分の巻き毛が嫌なの。だから以前みたいな髪型はしないんじゃなくて、したくないの」

「え？　そうなのか？」

　僕の返答が意外だったのか、少し驚いた顔をしたニコラに僕の方も予想外だよ。僕のあの巻き毛って、もしかして好きでやっていると思われてた？

「凄く似合ってたからさ、僕はあのふわふわな髪も好きだったけどなぁ」

「ニコラは好きでも、僕は嫌」

　今日もクリスにセットを手伝って貰ったおかげで良い感じに伸びた髪が首筋にかかる。この感触が最高なんじゃないか。

「こういうのって、ない物ねだりだとは僕も思うんだよ？　だけどさ、僕は真っ直ぐな髪に憧れてるの」

　僕からしたら羨望の眼差《まなざ》しを送りたくなる真っ直ぐ

な髪を、わざわざコテでくるんくるんに巻いている人なんていっぱいいるし、その巻き毛がファッションとしても美的観点から見ても美しいと称されているのも知っている。

　そういう人から見れば、逆に僕の髪は憧憬《しょうけい》の念を抱くのかもしれないけど。

「それでも、僕は手櫛《てぐし》がすんなり通るような、風に靡《なび》く髪に憧れるなぁ。一度でいいから髪がつるつる滑ってくくりにくいって言ってみたい」

「はは、本当にない物ねだりだな」

　いいじゃん、夢くらい見たって。僕の髪なんて一度くくったら二度と解けないくらいだし、なんだったらヘアピン一本あれば髪はまとまっちゃうからね。

　たかが髪、されど髪。自分の一部なのに自分ではどうしようも出来ないって、ジレンマ凄いんだよ。

「でも、そんなに髪型にこだわりがあるなら、どうして今までやってなかったんだ？」

「ほら僕ってさ、結婚先で色々あったじゃん？　愚痴になっちゃうけど、嫁ぎ先では荷物のほとんどを盗られちゃうし、当然メイドなんて付かないから最低限の身嗜みを整えるので精一杯だったの。宿舎に入れた今だって、自分でやった事ないからどうしたら良いのか分からないし。だから、ずっと諦めてたんだ。そんな時に、僕と同じような巻き毛で、自分でどうにか出来る技能を持った人が現れたら？」

「飛び付く、かなぁ？」

「でしょ!?　なんとクリスがそうだったんだよ！　だから、今はクリスにセットしてもらいつつ、自分でも出来るように教えてもらって練習もしてるんだ」

　凄いでしょ、って肩にギリギリ付く長さになった髪を手ではらう。

　今はほとんどクリス任せだけど、いずれは一人でも出来るようになるのが目標だよ。

「クリスって、クリストフェル？　あ～……それで長官が」

　なんか納得した、って顔のニコラがチラリ、とベルンハルトさんの方を横目に見る。

何？　やっぱりクリスとベルンハルトさんってなん

かあるの？

「ベルンハルトさんが何？」

「いや……。それより、今はずっと我慢していた事が出来るようになったって事なんだ」

「うん。そうなんだよ。本当素敵。僕、ここで仕事のお手伝いさせてもらえて本当に幸運だったと思うよ」

クリスとの出会いもあるけど、ここに来なきゃカルニセス子爵の屋敷での傍若無人な行いをスムーズに告発出来なかったし、ここでのお手伝いもやり甲斐があるし楽しいしね。

全ての切っ掛けであるベルンハルトさんの存在が、何よりも大きくて、感謝してもしきれないなぁ。

「そっか……良かったな。やっぱり、僕もノエルの今の髪が好きだよ。よく似合ってる」

「本当!?　やったね！」

目頭を押さえて、ちょっとしんみりした雰囲気で言われるのは気になるけど、褒められた事には違いないから素直に嬉しい。

「でも、ブラッシングだけじゃ限界があるから、もう少し髪を伸ばそうと思ってるんだ。短いより長い方が伸びやすい気がするし。短いとどうしてもくるんくるんしやすいんだよね」

「へ～、良いんじゃないかな、絶対似合うと思うよ。でもそうなると、今以上に儚げで物憂げな印象に拍車がかかりそうだね」

皆それ言うよね～。自分でもそういう風に見られやすいのは自覚してはいるけど。

ま、見た目は儚げでも心は筋肉マッチョだけどね。

「ノエルと喋ってショックを受ける人が増えそうだ」

「それもよく言われる。昔、友人に『黙っていれば高嶺《たかね》の花。口を開けばトリカブト』って言われたっけなぁ。酷くない？」

「いや、言い得て妙だ。その友人良いセンスしてると思う」

「ここにも酷い人いた!!」

ニコラと他愛もない雑談をした後は、元気に本日の業務に精を出す。遊ぶ時は遊ぶけど、仕事をする時はきちんとしないとね。だって僕、良い大人だしぃ。

今日は数通の書簡の翻訳を頼まれて、それが終わったらお仕事は終了。後はこのままここで翻訳業の仕事をしても良いし帰っても良い、って言われているけど、さてどうしようか？

窓の外を見れば太陽の位置は結構下りて来ていて、後少しで空が朱色に変化しそうだ。急げば明るいうちに街に出られそうだし、たまには買い物にでも行こうかな。

先日、無事にシュリアン殿下とパオラ皇女の婚約発表もされて世間はお祝いムード一色。何か面白い物があるかもしれないじゃん？

よし！　そうとなれば、良い大人な僕はシャシャシャッと仕事を終わらせてベルンハルトさんに提出しよう。

良い大人は自分の時間は自分で作れるんです！

「ベルンハルトさん、確認お願いしまーす」

「ああ、もう終わったのかい？　いつも早くて助かるよ」

僕から受け取った紙を丁寧に一枚一枚捲りながら目を通すベルンハルトさんをジーッと観察する。

僕とクリスに対して様子のおかしかったベルンハルトさんも、次の日にはいつも通り……とまでは言わないけど。依然として僕の髪は褒めてくれないし、時たま何か言いたそうにするけど、それ以外は、厳つい顔なだけで人畜無害ないつも通りのベルンハルトさんだ。

クリスの方も、色々と宿舎での生活がどうとかは聞かれるけど、雇い主としての配慮だと思えば不自然ではない程度で、睨まれる事もなくなった、と言っていたし。

あれはいったい、なんだったんだろうな？　っていうのが僕とクリスの感想だ。

今も太い指で、繊細な紙を破る事も皺にする事もなく翻訳した文章に目を通しているベルンハルトさんの顔は穏やか……か、どうかは元が厳ついから表現として合っているかは分からないけど、恐らく穏やかだ。

「……あー、ノエル。私の顔に何か付いているのか？」

あ、観察してたの気付かれちゃった。

いや別にね？　そんなに深い意味はないんだよ？

ただ、ご機嫌いかがかな～？　って、思って見てただけでね……そんな戸惑った顔で見返して来ないでよ。

「いーえ、なーんにも付いてないよ？　大丈夫、安心して！」

「そ、そうか？」

僕の力強い否定に一応は納得したのか、再び書類に目を落としたベルンハルトさんは戸惑った顔のまま自分の顎髭を触っている。

ベルンハルトさんって顎髭触るの癖だよね。何か考え事する時とかよく触ってるし、触り心地良いのかな？

「うん、完璧だ。何の問題もない」

「本当？　良かった」

よしよし、これで今日のお仕事は終了！　さー、今から街に出てお買い物だ！

「今日、ノエルに頼んだ仕事はこれで以上だったな」

「うん、そう！」

だから、今日はもうこれで僕帰るね～、ってベルンハルトさんに言おうとしたら。

「なら、久しぶりに……食事でもどうだろうか？」

「ん？　ん～」

食事かぁ。確かに最近行ってなかったけどさぁ。でもなぁ……僕、今日はお買い物したい気分だし……。

「鴨の美味い店を紹介されたんだが……そこはリンゴと鴨のローストが評判らしい」

え？　何それ美味しそう。でも……買い物には行きたいし……。

頭の中で鴨と買い物が天秤《てんびん》に乗って激しく揺れ動いていた。

「ごめんね、ベルンハルトさん」

「いや、構わない。私が急に誘ったのが悪いのだから気にしないでくれ」

やっぱり、ベルンハルトさんって気遣いの出来る良い人だねぇ。

商店でペン先を選んでいる僕の隣で、ベルンハルトさんが眉間の皺を取り払った機嫌の良さそうな顔で立って僕を見下ろしていた。

「私も丁度買いたい物があったんだ。それに、ノエルとこうして買い物に出掛けられるなんて、とても新鮮で楽しいよ」

「そう言ってもらえると僕も助かるけど……」

ま～、なんて事でしょう。只今、僕はベルンハルトさんと一緒に買い物に来ちゃってるんだよね～。

いや、僕もね？　凄く悩んだんだよ？　だけどさぁ「先約があったか？」って捨てられた子犬みたいな目で見られたらさぁ。断れないってぇ。僕、本当にベルンハルトさんの『あの顔』に弱いんだよぉ。

（あの顔に見つめられると、どうしても「駄目」って言えないから困るんだよなぁ）

これも僕の調子を狂わせる原因だな。

それでも、どうしても買い物を諦め切れなかった僕が「買い物に行きたいから、その後でも良いなら」という折衷案を出した。すると、「では、私も一緒に行こう」と言ってサササッと仕事を片付けちゃって、一緒にお買い物、と相成った訳だけど……僕としては先に街で買い物してるから後から合流しよう、って感じで言ったつもりだったんだけどな。

「ベルンハルトさんの買いたい物って何？　このお店にある？」

この商店は、僕がペン先が欲しい、と言って訪れた店だから、もし宝飾品だとか嗜好品《しこう》だとかが欲しいならお店を変えないと。

「ああ。ペーパーウェイトを探しているんだ。私はいつも、適当にある物を使っていたから詳しくなくてな。どのような物が良いか意見を聞かせてもらえるかな？　仕事中、ノエルはいつも机に本や紙を広げているだろう？　そんな君の視点から欲しいと思う物を聞きたいのだが」

「ペーパーウェイトかぁ……」

ペーパーウェイトならこのお店にもあるけど、どんな物がいいかと聞かれると悩むなぁ。

本を開く為なら大きな物が良いし、文字を書くために紙を押さえるなら小さい方が良いし。目的と誰が使うかで変わるから難しいよ。

「ベルンハルトさんが使うの？」

「いや……贈り物だ」

「おっとぉ〜？」

ちょっとぉ、どこのどなたかは存じ上げないご婦人に贈る物だとしたら下手な事言えないじゃん！

僕がこれが良いと思うよ〜、とか言った物を贈って、ベルンハルトさんがセンスなし、って思われてフラれでもしたらどうすんの!?　僕、責任取れないよ!?

「それはちょっと責任重大過ぎて発言するの躊躇《ちゅうちょ》するんだけど……」

「え？　それは、どうしてだい？」

「誰かに物を贈るなら、他の人の意見を聞くのも大事だけど、自分で考えて選んだ物を贈った方が心が籠っていてお相手も喜ぶよ？　そういうのって、自分の為に考えて選んでくれたって事が大事じゃん？」

「ううむ……」

なーんて、それっぽい事言ったけど、責任取りたくないだけなんだけどね。

ベルンハルトさんみたいな紳士でご婦人の扱いに馴れた人なら何を選んでも大丈夫だよ。絶対センスある物を選ぶよ。だから自信を持って選んでくれたまえ。

そういう訳で、難しい顔をして顎髭を触っているベルンハルトさんの腕を引いてペーパーウェイトが置いてある一角に連れて行く。

「本を開くなら大きいの、字を書くなら小さいの。それくらいを気にしてればいいんじゃない？　僕もそれくらいしかこだわりないし」

「そうなのか？　……ノエルは、自分の為に考えて選んだ物を贈られた方が嬉しいのか？」

「そうだなぁ……ぶっちゃけちゃうと、相手による。けど、本当に気持ちが籠っていて、僕の事を考えて選んでくれたんだって思う物は駆け引きなしで嬉しいよ」

何度も言うけど、相手によるけどね。

仮に、カルニセス子爵から贈られたら純金だろうがダイヤモンドが付いていようが三日三晩不眠不休で悩み抜いていようが、それでカルニセス子爵の頭カチ割ってお返しするけどね。

素直に自分で選び出したベルンハルトさんの背中を見上げ、僕はニンマリ満足。

これで僕は一つの責任から回避された。人の色恋沙汰に巻き込まれるのなんて真っ平ゴメンさ〜。

僕の買いたいペン先は選び終わったけど、ベルンハルトさんの方はまだ悩んでいるっぽい。だったら先に会計しちゃおっかな、と店主のいる受付に向かうと、丁度納品された商品の荷解きをしていたのか、乱雑に色々な物が受付のテーブルの上に置かれていた。インク壺《つぼ》にシーリングスタンプ、羊皮紙の束なんかが所狭しと並んでいる。

「申し訳ございません、お客様。すぐに片付けますので」

僕が興味津々に覗き込むと、それに気が付いた店主が急いでテーブルの上を片付けようとするから、やんわりとそれを止める。そんなに慌てて片付けたら折角の商品が傷付いちゃうよ？

「ああ、いいよいいよ。ゆっくり片付けて。僕の連れもまだ悩んでるし急いでないから。それにしても色んな物がいっぱいだねぇ。見てるだけで楽しいから見てても良い？」

「お心遣い痛み入ります。どうぞ、お好きなだけご覧くださいませ」

そう言うと、店主は僕が見えやすいようにゆっくりと商品を箱に戻していく。

一品一品、どんな品物なのかよく分かるように正面を、裏を、確認する素振りで僕に見せてから箱に入れる。

うーん、商魂逞しい。押し付けがましくないその販促、嫌いじゃない。

店主のサービス精神に遠慮なく眺めさせてもらっていると、金色の馬がゆらゆらと机の上で揺れているのが目に付いた。

店内のランプの光を反射してキラキラと光りながら、ゆっくりと揺れる小さなロッキングホース。あの、子供が乗って揺れて戯れる木馬だ。

長く波打つ鬣《たてがみ》に豊かな尻尾。馬体に纏う豪奢《ごうしゃ》な馬具。それら全てが細かく表現されていて、その美しいディテールにはこだわりが窺える。

何これ、可愛いぃ！

「ねぇ、これは置物？」

動きが止まっちゃったロッキングホースを突いて、もう一度ゆらゆらと動かす。

「そちらのロッキングホースでございますか？　大変珍しい物でして、ペーパーウェイトなのでございますよ」

「へえ」

「馬の足元の台座に窪《くぼ》みがあるのがお分かりになりますか？　こちらにペン先を乗せて頂き、ペン置きとしてもご使用頂ける作りとなっております」

「なんと」

可愛いだけでなく、実用性も兼ね備えているとは。手に持つとペーパーウェイトとして作られただけあってズッシリと重い。

「いかがですか？　本日入荷したばかりでして一点物でございます。まだ一度も店頭に並べた事のない品でございますよ」

「なるほど……」

上手いな店主。希少性を好む貴族の購買意欲を巧みに突いてくる。

再びテーブルに置いて、揺らしてキラキラと光を反射する様を眺める。

「なんだ？　それは」

「ッ!!」

突如、声と同時にヌッと背後から現れたベルンハルトさんの存在にビクッ、と体が飛び跳ねる。

執務室ならビックリなんてしないのに、外出先のせいか、油断していた僕の体がバランスを崩して後ろにいたベルンハルトさんにぶつかる。けど、柔らかくボヨンとしたものに押し返されて頭の中に『？』が飛ぶ。

何、今の感触？　僕は何にぶつかったんだ？

「すまない、大丈夫か？」

「あ、あ〜、いや……」

振り返ってもベルンハルトさんが立っているだけで、頭の中は『?』でいっぱいだ。

「それは？　玩具か？」

「え？　いや……ペーパーウェイトらしいよ。変わってるよねぇ、僕こんなファンシーなの初めて見た。作りも悪くないし。見てこの首周り、花があしらってあって可愛らしくない？　しかもさ、ほらここ。ペン置きになってるんだってさ」

「ほほう。確かに変わった趣向の品だな。買うのか？」

ヒョイ、とロッキングホースを手に取ったベルンハルトさんが、色々な角度から細部まで見つつ聞いてくる。

「うーん、あ……そういえば、ベルンハルトさんはもう選び終わったの？」

買うのか？　と聞かれれば買っちゃおっかなぁ、と思っている。だけど、それを言う前にベルンハルトさんが探していたのもペーパーウェイトだった事を思い出し、その質問には答えず反対に聞き返す。

だってほら、もしかしたらベルンハルトさんがプレゼント用にこれが良い、って言うかもしれないじゃん？　こんなに可愛いんだしさ。どうせなら必要な人が買うべきだろうし。

「ああ、二点選んだ。どうだろうか？」

そう言って見せてくれたのが、銀色の可愛らしく寝転んだ猫とビスケットを食べる鼠のペーパーウェイトで。随分と可愛らしい物を選んだんだなぁ。

ゴツゴツと大きな手の平と、その上に乗る可愛い二匹とのミスマッチが凄い。ベルンハルトさんが唸りながらこれを選んだのかと思うと、面白過ぎる。

どこのどなたかは存じ上げないけど、ベルンハルトさんにここまでさせるなんて、やるなぁ。

「良いセンスだね。とっても可愛いし、猫と鼠のセットってところが良いよね」

「そうか、良かった」

僕の言葉に明らかにホッとした笑みを見せるなんて、

ないか。それだけ、大事な贈り物だって事か。

そう思うと、これを贈られる人が少し羨《うらや》ましい、なんて……自分らしくもない青臭い感情がチラリと顔を覗かせる。まるで、友達を取られて拗ねる子供みたいな感情を覚えて、どうやら僕は自分が思っている以上にベルンハルトさんの事が気に入っていたらしい。

「ノエルもペン先は選んだのか？」

「うん、バッチリ。丁度お会計しようと思ってたところ」

「そうか……。店主、会計を頼む」

「あ……」

ベルンハルトさんが手に持っていた猫と鼠のペーパーウェイトと一緒に、ロッキングホースが店主の手に渡る。

ロッキングホースのペーパーウェイトも買っちゃうんだ……っと、ベルンハルトさんの手で誰かも知らないご婦人にプレゼントされる未来に、少し残念な気持ちになる。

「それと、このペン先も一緒に」

そう言うと、ベルンハルトさんは僕の手からペン先が入った箱を抜き取り、店主に渡してしまった。

「ちょっと!? 自分の物は自分で支払うよ!?」

「ペン先は仕事で使うだろう。経費だ」

「執務室にある備品を使ってるならそうかもだけど、金属のペン先は僕のこだわりだし、本業の方でも使ってるから」

執務室には何本もの羽ペンが用意されていて、それを自由に使っていいようになっている。だけど、僕はどうしても金属のペン先の方が書きやすくて好きなものだから備品の羽ペンは全く使っていない。

だから、経費って言われても……。それに、値段だって安い物じゃないし。

「仕事で使うなら経費で問題ない。店主、全ての商品を王城の外務省、ベルンハルト・リヴィエール宛てに送り届けてくれ。ノエルも、それで問題ないか？」

「ええ？ あぁ、うん。ありがとう……」

「では、行こうか。店はここからそれほど離れていいから歩いて行こう」

もう、僕がどうこう言える隙もない手際の良さでベルンハルトさんは会計を済ませると、小さな荷物すら作る事なく、次の店へと僕をエスコートして行った。

だから、手際良過ぎるって……。

13 僕の意地とプライドと、それに挟まれた感情

表面はこんがりパリパリに。でも中の肉はピンク色の絶妙な焼き加減。それにコロコロ角切りのリンゴがたっぷりのソースがかかってて……こんなの絶対美味しいじゃーん!!

早速一口、と口の中に入れれば堪らず口角が上がるくらい、美味しい〜。

「そんなに美味しそうに食べてもらえると、誘った甲斐がある」

「本当に美味しいよ。焼き加減が良いのか凄く柔らかいし、付け合わせのビーツとルッコラの相性も抜群!」

「そうか」

そして、今日のベルンハルトさんの食べっぷりも抜群!

例の如く、鴨肉だけでも何羽分ですか? という量が皿に盛られて、大きな肉と野菜がゴロゴロのスープ

も、サラダも果物もチーズもパンも全てが大盛り。何度見てもこの量を食べきるベルンハルトさんのフードファイターっぷりは見飽きない。

食べる時には少し邪魔になるようになった髪を耳にかけ、ベルンハルトさんの口の中へとどんどん吸い込まれ消えてゆく食べ物を眺める。

僕が美味しそうに食べるって言うけどさ、充分ベルンハルトさんも美味しそうに食べていると思うんだよね。

特に表情がコロコロ変わる訳じゃないけどさ、ほんの少しだけ目元が緩むとか、食べる一口が大きいとか早いとか、そんな変化が「あ、美味しかったんだ」って、見ていてとても微笑ましい。

最近はベルンハルトさんの好みだって分かってきた。お肉は当然だけど、特にさっぱりとした赤身の部分が好き。焼き加減はレア。魚はフライにされた物が好き。意外と甘い物も好き。酸味の強い果物は苦手、とかさ。

だから今までの経験上、今日のこの鴨肉のローストは僕だけじゃなく、ベルンハルトさんの好みにも合っている気がする。

「そういえば今日、ニコラと話していただろう？　盗み聞きをするつもりはなかったんだが……すまない」

「執務室での雑談なんだから聞こえて当然だし気にしないでよ。それで？　何か気になる話題でもあった？」

「君の巻き毛だが……そんなに嫌だったとは、知らなかった」

そんな事？　改めて聞くから何かと思ったら。まぁ、気になる話題は人それぞれか。

「幼い頃にさ、学友達と行った絵画展で見た宗教画にね、僕とそっくりな巻き毛を持った赤ちゃんの絵があったんだよ。裸で、お尻から何から全部丸出しで空を飛びながら踊ってるの。それを見た学友に散々揶揄われてさ。これはお前だって。裸で踊り狂っていて恥ずかしい奴だってさ。子供って残酷だよねぇ。それからは、すっかりこの巻き毛がコンプレックスになっちゃった」

「それは……しかし、その絵の赤子とは天使ではないのか？　なら、とても高潔で尊い存在のはず。そのように恥を感じるような――」

「子供にはそんな事は関係ないって。天使だろうが悪魔だろうが、面白いと思えば面白いし、恥ずかしいと思えば恥ずかしい。単純なものなんだよ」

その単純さが僕はとても好きだけど、時には鋭く突き刺さるから怖いよねぇ。

「もう、いい大人だからね。持って生まれたものはしょうがないって理解してるし飲み込めてる。けど、努力でどうにか出来るなら足掻く大人でもあるんだよねぇ」

「そうか……では、今の髪型はその足掻いた努力の賜物という訳か。今までの巻き毛も蜂蜜で出来た金糸の菓子のようでとてもよく似合っていたが、今の緩やかに波打つ髪も、光のカーテンのようでノエルの雰囲気に合っている。どちらも私は好きだな」

「え？　……この、ふんわりカールな髪、嫌いじゃなかったの？」

「いや？　そんな事はないが？　なぜ、そんな事を？」

全く心外だ、と言わんばかりのベルンハルトさんの表情に嘘はなさそうで、嫌いじゃないんだって事に不思議とホッとすると同時に、だったらなんで今まで一言も褒めてくれなかったんだ、なんて自分勝手な恨み言が口を突いて出そうになってキュッ、と唇を閉じる。

自分がベルンハルトさんからの反応を、こんなにも気にしていた事にビックリだ。

「別に……それより、お菓子に喩《たと》えられるのは子供っぽくて嬉しくない。褒めてもらえるのは嬉しいけどさ。ありがと……」

髪をお菓子に喩えるなんて可愛らしい事をされて、なんとなく気になった僕は、癖は頑固なのに柔らかい自分の髪を指で摘んで見てみる。部屋のランプに照らされて、黄色味の強い金髪は確かに言われてみれば蜂蜜に見えなくもない？

「今日の髪も、クリストフェルに？」

「うん、そう。僕はぜーんぶメイド任せだったから何も出来ないけど、クリスは自分でやれるんだから凄いよね。見習わなきゃ」

「そうか……」

さっきまで饒舌《じょうぜつ》に喋っていたのに、クリスの話になった途端、黙り込んでグラスを傾け始めるベルンハルトさんは、やっぱりどこか変だ。

これは、今後の為にも聞いた方が良いのか？

「あのさぁ、ベルンハルトさん。ベルンハルトさんは、クリスの事――」

「ノエルは、クリストフェルに心を寄せているのか？」

「は？」

「同じオーレローラの血筋だ……惹かれ合うのは、当然か……」

はい？　なんて？

言われた言葉の意味が上手く分からなくてポカーンとしていると、徐《おもむろ》にベルンハルトさんは大きな溜息を吐き、粗暴な態度でテーブルに肘をついて僕を見据えて来た。

僕の知っている限りでのベルンハルトさんではあり得ない乱暴な仕草に、思わず椅子を引いて下がる。

「はぁ、駄目だな……ノエルに必要とされている存在があると思うだけで、冷静でいられなくなる」

「え……？」

「ノエルとクリストフェルの距離が縮まるのを、見ているのが辛いんだ。ノエルのそんな嬉しそうな顔を引き出せるクリストフェルが羨ましい……なんの能力もない自分が忌々しくて仕方がない。体ばかりが大きくて気はすこぶる小さい。普段はそれを隠してはいるが、所詮ハリボテだ……ノエルの事となると途端に何も隠せなくなる……ただ、君への想いに溺れる、情けない一人の男になってしまうんだ」

グシャグシャ、と髪を片手で掻き毟り、吐き捨てるように言ったベルンハルトさんは「すまん、忘れてくれ」と口にして一気にワインを呷る。

いやいやいやいやいや。そんな特大の爆弾発言しておいて、忘れてくれ？　それで、オッケー任せて！　って脳ミソの中身全消去出来るほど僕の脳ミソは高性能じゃないよ!!

ベルンハルトさんの言葉に僕の頭は軽くパニック状態だ。冷静になって考えようと思っても上手くいくはずもなく、考えもまとめられない。

でも、これだけは否定したい！

「勝手に僕の恋愛感情を捏造するのは止めて！　とっても腹立たしいんだけど。クリスは仕事仲間で友人。それ以上の感情なんて夜露の一滴もない!!」

僕の剣幕に、やさぐれていた顔をギョッとしたものに変えたベルンハルトさんの高い鼻先にビシッ、と指を突き付けてやる。

「そ、そうなの、か？」

「絶っ対に、あり得ないね」

どこをどうして、そんな妄想に到《いた》ったのかは怖いから聞かないけど、そんな風に思われるとか、クリスにとっても僕にとっても大迷惑だし、何より、上手くは言えないけど……。

（ベルンハルトさんには、僕が誰かを好きだとか……思われたくなかった）

完全否定する僕の言葉にベルンハルトさんは、はぁ……と力の抜けた息を吐き出し、口元を片手で覆い隠してテーブルに体を預けた。

「それに、僕は既婚者だ。恐ろしい事を言わないで」

忘れた訳じゃないだろうに。全く、とんでもない事を言うよ。

非常に不本意だけど、いまだにカルニセス子爵とは縁が続いているんだから。今、僕が誰かに心を寄せる事がどれだけ良ろしくない事か分からないのか？

「既婚者だとしても、相手はあのカルニセス子爵だぞ。そのような人に操を立てる必要などないだろう」

「問題はそこじゃない」

「何？」

ベルンハルトさんは考えが甘いよ。

「まず、僕はカルニセス子爵に操なんて立ててない。そこは勘違いしないで、気持ち悪いから。今回は許してあげるけど、今度また言ったら怒るからね！」

「す、すまない。分かった」

かくかくと何度も頷くベルンハルトさんに、よろしい、と溜飲《りゅういん》を下げる。素直に謝ってくれたから許してあげよう。素直な事は良い事だね。僕は好きだよ。

「僕はね、カルニセス子爵との離婚は絶対に完全勝利したいの。だって、あれだけの事をされたんだよ？

腹立たしいじゃん。だから百パーセント、カルニセス子爵の有責で離婚しないと気が済まない！　その為には一切の弱みを作る事も見せる事もしたくない。もし、ほんの少しでも僕に怪しいところがあってみなよ。頑として離婚を拒否し続けているカルニセス子爵は、絶対にそこに付け入ってくるよ」

これで、さらに離婚をゴネられたら目も当てられない。

常に人の目のある所で、僕のアリバイが完璧に立証されるように、疚《やま》しいところも後ろ暗い事もないように、って、どれだけ僕が気を遣ってこの数ヶ月間過ごして来たと思っているんだ。

ふん、と腕を組んで、ポカーンと間抜け面を晒しているベルンハルトさんを見据える。

ここまで言えば理解出来るでしょ？　僕は、負ける事が大っ嫌いなんだ！

「は……はは、はははははっ」

突然ベルンハルトさんが笑い始めてムッとする。何よ、僕何も可笑《おか》しな事は言ってないじゃん。

「本当に、君は……どれだけ負けん気が強いんだ」

「今更でしょ。先に喧嘩《けんか》を売ってきたのは向こうなんだから、それに対して僕が砂粒一つでも負けてやる義理も道理もないね」

「ははははははは！　そうか、それもそうだな。ふふ、ははは」

「どれだけ笑うんだよ」

そんな大きな声で笑ってたら他のお客さんの迷惑になるよ？　店員がいつ飛んで来るかとヒヤヒヤする。その時はベルンハルトさんが謝ってよね。

「クリストフェルの事は、すまなかった。完璧に私の思い違いだったようだ」

「本当だよ。でも、分かってくれたのなら良いよ」

「離婚が成立するまで、ノエルが誰かに心惹かれる事がないのは分かった。では、私はノエルの離婚が無事成立するまで待とう」

「え……」

「都合が良いかもしれないが、さっき忘れてくれ、と言った事は撤回させて欲しい」

え？　忘れてくれを撤回って……？

一瞬、ベルンハルトさんの言っている意味が理解出来なかったけれど、直ぐにさっきの会話を思い出して顔に熱が集まる。

ちょっと待って!?　……あれの意味って、もしかして？　僕の離婚を待つって、そういう事、だったり!?

「え？　ちょっと、あの……ベルンハルトさんは、その……僕の事……」

「今言ってしまうと、ノエルを困らせるだけだろう？」

「えう……うん」

そう言われると、これ以上聞けないじゃないか！　でも……気になって、しょうがないんだけど。

水色の瞳に微笑みを浮かべながら僕を見つめてくるベルンハルトさんに、不覚にもドキリと心臓が鳴って目線を逸らす。テーブルの木目を数えて落ち着こうとするけど、それより自分の心臓の音がうるさくて上手く数えられない。

「私は、ノエルの意思を尊重する。だから、今は私の心の中にある気持ちを告げる事はしない。その代わり……ノエルが離婚したら、私の話を聞いてもらえないだろうか？」

綺麗に磨かれた爪に、不釣り合いなペンだこがある大きな手が僕の手を握り込む。ゴツゴツとした大きな手に、『剣だこ』じゃなく『ペンだこ』があるところがベルンハルトさんらしい、なんて、現実逃避をしてみたり。

そんな手から視線を動かせない僕の頬が、さっきから熱い。なんだったら耳まで熱い。

何か返事を返さなきゃ、って思うのに、柄にもなく口を開いても言葉が出ず、何度もはくはくと口を動かす事しか出来ない。そんな僕をベルンハルトさんは急《せ》かすでもなく、握り締めた僕の手を愛《いと》おしそうに親指で撫で、黙って待ってくれている。

「話、ね……話。皆、僕と話すと疲れるって言うのに、ベルンハルトさんは物好きだね」

時間をかけて出た言葉が可愛げもない皮肉な事に、自分で自分にガッカリだ！　別に媚を売りたいとか可愛い子ぶりたいとかじゃないけど、これは酷い。

だけど、内心落ち込む僕とは違ってベルンハルトさんからは楽しそうな笑い声が返って来て、顔を上げると細められた水色の瞳が僕を見ていた。

「それは良かった。それなら、ノエルと話をするのを誰にも邪魔されないな」

「ふふ、言うねぇ」

してやったりと言わんばかりな顔で笑うベルンハルトさんは、やっぱり文官には見えないな。今の顔なら酒場で悪だくみをしている海賊って言っても誰も疑わないよ。

ベルンハルトさんが戯《おど》けてくれたおかげで少し落ち着く事が出来たのか、笑いと一緒に肩の力が抜けた気がする。

「離婚したらね……ベルンハルトさんが、どんな話を聞かせてくれるのか楽しみにしてるよ」

「それまでに、いい返事が聞けるように頑張らなければいけないな」

近距離であんな特大の爆弾を爆発されちゃ、避けようがない。

見事被弾したらしい僕は、無数の小さな欠片《かけら》が心に突き刺さった事は隠して笑い返した。

「おはよう、ローマン。今日は何か届いてる～？」

王城へ登城して、まず僕がする事はその日に届いた書簡のチェック。だから、執務室の扉をくぐったら、そのまま書簡や小包を検めているローマンの所へ直行が毎朝のルーティン。

「おはようございます。今日はオーレローラからの書簡は届いていませんね」

「って事は？　今日は僕のお仕事はなし？」

「そうですね。昨日お願いしたものは全て終わっていますし、今日はお好きに過ごしてもらって大丈夫ですけど、どうされます？」

「そーだなぁ、だったら」

帰って読書かな。まったりと本を読むだけの一日を過ごしたい気分なんだよねぇ。

だって、昨日の衝撃的な出来事から僕はまだ復活出来ていないんだよ。正直なところ、今日だってベルンハルトさんにどんな顔をして会えば良いのか分からない状態でここに来てるからね。

一晩経って、小さな欠片が突き刺さった僕の心からは色々な感情が滲み出ている。何気なく振る舞うのが精一杯で、笑顔の下で僕は混乱状態だ。

この感情が何なのかを考える前に、一度落ち着く時間が欲しい。だから、今日は本屋で取り置きしてもらっている本を受け取りに行って、サンドイッチとかの摘める軽食買って、一日な～んにも考えないでベッドの上の住人になるんだ。

「僕、今日は――」

帰るね。そう伝えようとした時、ローマンが「あ」と言って宛名を確認していた小包を持ちベルンハルトさんの方を振り返った。

「こちらは長官宛てですね。ピストッキ雑貨商からですよ」

ピストッキ雑貨商って、確か昨日買い物した店じゃなかったっけ？　ベルンハルトさんが買った物を全部送り届けるように言っていたけど、朝一番に届けてくれるなんて、なかなかサービスの良いお店だ。

と、いう事は僕のペン先も入っている訳か。流石にそれは受け取ってから帰らないと悪いな。

ローマンがベルンハルトさんに小包を渡しに行くのを見て、自分の執務机に向かう。

いくらなんでも今すぐ箱を開けてペン先をちょうだい、って言うのは失礼過ぎて出来ないからね。ベルンハルトさんが箱を開けて中を確認してから……と、いうのは言い訳で、顔を合わせる前に心の準備をしたいのが本音だったり。

「やぁ、ノエル、おはよう。早速仕事か？」

いつでも受け取って直ぐに帰れるように、ペン先の収納箱だけ先に用意していると、今来たところらしいサミが挨拶をしながら僕の執務机の前を通り過ぎて行く。

「サミ、おはよう。今日は書簡が届いてないみたいだから僕はお休みで～す。ベルンハルトさんからペン先だけ貰ったら帰るよ」

「はぁ～、いいなぁ。俺も帰りたい。今、街はシュリアン殿下のご婚約で盛り上がってお祭り騒ぎだろ？　遊びに行きたいよ～」

自分の執務机に鞄を投げ置き、肘をついたサミが僕にぼやいて来る。

そっかぁ、ただのお手伝いの僕と違って正規の文官であるサミは仕事がない、なんてないもんねぇ。次の休息日まで待つのも辛いその気持ち、分かるなぁ。

「サミ、可哀想……。僕が代わってあげられれば良いんだけど、こればっかりはなぁ……だから、代わりに僕が遊びに行って来てあげるね！」

「わー！　ノエルが苛《いじ》める～!!」

「わははは～」

実際には遊びに行くつもりはないけど、本を受け取りに行くついでに飴《あめ》でもお土産に買って来てあげるから元気出せ。

机に突っ伏して泣き真似をするサミを笑いながら揶揄っていると「ノエル」と低い声に呼ばれ、目の前にヌ……と大きな手と、それに摑まれた小箱が差し出された。

「ぅわ！」

「昨日のペン先だ」

「あ、ベルンハルトさん」

手に続いて大きな胴体が目の前に滑り込んで来て、たった今まで揶揄っていたサミが視界から消える。

どうやら僕とサミが雑談していたから、わざわざ持って来てくれたっぽい？　それはありがたいんだけど、急に目の前に差し出すのはビックリするから止めて欲しい。

それに、落ち着かない気持ちをサミとの雑談で誤魔化していた最中で、まだ心の準備が出来てないんだよ！

「あ……ありがとう。ごめんね、僕がベルンハルトさんの所に受け取りに行かなきゃ駄目だったのに」

「いや、そんな事はない」

昨日の事なんておくびにも出さず普段通りに接してくるベルンハルトさんに心の中で胸を撫で下ろし、少しぎこちない気もするけど、なんとか笑顔でペン先を受け取る。

やっぱり、流石に昨日今日で全く意識しないっていうのは無理だ。

ベルンハルトさんから受け取った新しいピカピカのペン先を、早速専用の箱の中に並べて収納していく。

綺麗な物が整然と並んでいる様が好きなんだよねぇ、僕。

箱の中がピカピカで一杯になったのを満足して眺めていると、コト……コト、という音と共に何かを机の上に置かれたのが目の端に映る。

窓から入る朝の光が反射してキラキラしていて……何？

「んん？　ん!?」

また、コト、と置かれた音に目を向けて、予想外の物が机の上にあって思わず二度見する。

銀色の可愛らしく寝転んだ猫とビスケットを食べる鼠。さらに、その横には金色のロッキングホースが小さくゆらゆらと揺れていて……。

「？？？？？」

確か、これって昨日ベルンハルトさんが贈り物だって言って買ったものじゃなかったか？

それを、なぜ僕の机に置く？

ベルンハルトさんを見上げ、三匹のペーパーウェイトを指さす。

「これ、贈り物だったんじゃないの？」

「贈り物だ……この猫、少しノエルに似ている気がしないか？」

「どこが!?」

このペーパーウェイトの猫は長毛種なのか、少し毛がカールしてるようだけど……もし似ているのがその点だとしたら、僕等には話し合いが必要だと思うんだけどね!?

「毎日、何枚もの紙を広げ、何冊もの本を開いている姿を見ていて、いつも私の手を貸したいと思っていたんだ。だが、いくら貸したくても貸せないだろう？」

「そりゃあねぇ」

ベルンハルトさん、外務省長官だし？　しかも王弟

殿下だし？　そんな人の手をペーパーウェイト代わりに本を開かせていたり、紙を固定させていたら大問題だ。

多方向から抗議と苦情が寄せられちゃうよ。

「私の手の代わりに使ってもらいたくて選んだんだ」

「うっ……」

「悩んだが、この二つが一番ノエルらしいかと思って」

「あぅ……」

照れ臭そうに言うベルンハルトさんの姿に思いがけず胸がっ……。顎髭の厳つい男性の照れ笑いに動悸《どうき》息切れが起きそうとか……僕の心臓はいったいどうなってるの⁉　お願い、さっきまでの普段通りの顔に戻してぇ！

まさか、いつもの厳ついベルンハルトさんの顔を切望する日が来るとは思わなかった。うう、鳩尾《みぞおち》の奥がぐるぐるして落ち着かないぃ。

「この、ロッキングホースを興味深そうに見ていたから、これが欲しいんだろう事は分かっていたんだが、どうしても私が選んだ物も贈りたくて、全部買ってしまったんだ」

「んぐ……」

昨日の小さな欠片が突き刺さった心がキュー、と締め付けられて耳に心臓が出来たのかと思うくらいドキドキうるさい。

これは、僕はいよいよもっておかしくなったらしい。

「どちらかのご婦人に贈るのかと、思ってたんだけど……」

「最初からノエルに贈るつもりで選んだ。ノエル以外に、何かを贈りたい者はいない」

「……」

ベルンハルトさんの言葉に、社交辞令もお世辞もない事を知ってしまった今、飾りっ気のない直接的な言葉に顔が熱くなる。

意識をしたら駄目だと思うのに、一度してしまうと自分でも軌道修正が出来ない。

「使ってもらえるだろうか？」

「喜んで！」

いや、だって、物は悪くないし、可愛いし。あれば便利だから断る理由なんてないし？

それに……それに、凄く悩んで選んでくれていたの見てたし、滅茶苦茶真剣に時間かけてくれてたのも知ってるから……それが僕の為だって思ったら、純粋に……嬉しい。

まぁ、何度も言うけど、カルニセス子爵だったら迷いなく突き返すけどね。

「受け取ってもらえて良かった」

「こういう可愛らしいの、僕は好きだよ。ありがとう、大事に使うね」

そう僕がお礼を言うと、ベルンハルトさんは安堵《あんど》の表情をして、満足気に自分の執務机に戻って行った。

そして、僕は机に残された三匹のペーパーウェイト達を見て……少し悩んでから本と紙を取り出すと執務机に座り直す。

「何よ……」

「いや～？　別に～？　ところで、帰るんじゃなかったの？」

ベルンハルトさんが去って、僕の視界に戻って来たサミからの遠慮のない視線にジト目を送る。けど、反対にニヤニヤした顔と目線を返されて腹立つ～！

絶対にそれ、別に、って顔じゃないじゃん!!

「ちょっとだけやっておきたい事があるのを思い出したの！」

ほら、折角貰ったのに使いもせずそのまま帰るのって、なんか悪いじゃん？　だから、少し使い心地を確認するだけだし！

「ふーん」

なーんか言いたそうなサミの声が聞こえた気がするけど、気のせいだな。僕は何も聞こえませーん！

14　二度目の来訪!?　いいえ襲来です！

仕事も終わり、一人、夕日が差し込む廊下を抜けて正門に向かう。

最近はオーレローラの王族を国に招いての盛大な結婚式の準備で、ベルンハルトさんにドギマギする暇もないくらいに大忙しだ。僕ですらそれだけ多忙だと当然、ベルンハルトさんと食事に行く余裕だってない。

だから、仕事が終わったら宿舎に帰るだけの毎日だ。

いや、それは別に全然良いんだよ？　ベルンハルトさんの驚異的な食べっぷりが見られないのとか、ゆっくり他愛のない話をする時間が取れないのは、ちょっとだけ残念だけど、帰ってからゆっくり読書出来るのって素敵な事だし？　甘い物を摘みながらのクリスとの夜のお茶会とかも楽しいし？

でも、その夜のお茶会もクリスはここ数日忙しいのか、ベルンハルトさんに呼び出されているらしく、帰りが遅くて出来てないんだよねぇ。

……別に寂しくなんてないしぃ、ちょっと暇でつまんない……とか思ってないしぃ！

夕飯を店で食べるか、それとも買って帰って宿舎で読書しながら食べるか、今の僕にはとっても重要な案件に頭を悩ませながら正門を抜けると、突然誰かが目の前に躍り出て来た気配に足が止まる。

「ノエル！」

「ヒンぎゃ!!」

足が止まる、というより、飛び上がるほど驚いて動けなくなった、というか……。

誰だよ！　急に人の目の前に飛び出ちゃいけません、って教わんなかったの!?

「ああ、ノエル。待っていたよ」

「！　カルニセス子爵!?」

小さい子ならまだ許すけど、シルエット的に大の大人だろう事から文句の一つも言ってやろうかと思ったら、まさかのカルニセス子爵!?

なんでこんな所に!?　王城への立ち入りは禁止にな

ったはず……いや、数歩とはいえ、ここは正門を抜けた所。王城の外だ……。

「ノエル、君を迎えに来たんだよ」

そう言って僕の前に立ち塞がるカルニセス子爵はどこかおかしい。顔は満面の笑みなのに目が笑っていないというか、どこを見ているのか分からない感じ。

上手く表現は出来ないけど、ヤバイって事だけは分かる。

「ノエル、何かがおかしいんだよ。私は王城へ入ってはいけないと言われるし、父からはノエルの事は諦めて離婚しろと言われるし。しかも、カルニセス子爵家を別の親戚に任せるって言うんだ。おかしいだろ？」

僕から言わせれば、今までの所業を思えば何もおかしい事はないんだけど。このカルニセス子爵には理解出来ないらしく、ずっと「おかしいおかしい」と僕に訴えてくる。

うん、明らかにおかしいよ。カルニセス子爵が。

サマニエゴ伯爵が遂に諦めて離婚に頷いてくれた事は大変喜ばしいのに、全然安心出来ないこの状況！

言いようのない危機感を感じ、刺激しないようにジリジリと後ろに下がってカルニセス子爵から距離を取ろうとするけど、嫌な事にカルニセス子爵も僕ににじり寄って来て距離が広がらない。

「モンテス侯爵が今までの融資を全て白紙にすると言い出して、父が大層お怒りなんだよ。君から融資を続けるようにモンテス侯爵に言ってくれないかい？」

「う～ん、お父様が決めた融資を僕がとやかく言う権利も義務もないかなぁ。それに縁を切るんだから当然の事じゃない？」

「なぜ縁を切るんだ？　ノエルは私と離婚しないんだし愛し合っているのだから融資は続けるべきだろ？　そうだ、私の父にもノエルから落ち着くように言ってくれ。事ある毎にノエルを可愛がれと口うるさく言って来ていたくらい父は君の事を気に入っているんだ。君から声をかけられれば喜んで機嫌も直るよ」

「いやいや、僕達が愛し合っている？　馬鹿な事言わないで!?　ほら、思い出して。あんなに結婚を嫌がってたじゃん。男と結婚なんて最悪だったんでしょ？

妻とは認めないって言ってたし、ね？」

さぁ、冷静になってあの頃の気持ちを思い出すんだ！　僕との結婚が嫌で嫌で堪らなかったあの頃を思い出して離婚届にサインして来るんだ！

「何を言っているんだノエル。少しお互いに素直になれなかっただけだろう？　それをやり直すのも、互いに歩み寄るのも夫夫じゃないか。よく見れば君は美しい。そこいらの女性よりよっぽど愛らしいその姿なら男でも悪くない。さぁ、愛してあげるから一緒に帰ろう。君が戻ってさえ来てくれれば全て元通りになるんだ。君さえいてくれたら……私は、子爵でいられるんだ!!」

はい、本音はそこですよね～。絶対に嫌、戻る訳ないじゃん！

ジリジリと、ゆっくりと後ずさりをしていたのが効を奏して、門番達が立っている所まで後少し。ここまで来れば、後はもう門番に任せて僕は撤退させてもらうよ！

「カルニセス子爵！　僕は少々やり残した仕事を思い出したから戻るね。だから、ここで失礼するよ。門番！　こちらの男性は王城内立ち入り禁止になってるから、後はよろしく！」

「ノエル!?　待ってくれノエル！」

門番もこちらの不穏な様子に気が付いて警戒していてくれたようで、僕が踵《きびす》を返すと同時に正門を通り抜けるのを誘導してくれる。しかも、追い縋ろうとして来るカルニセス子爵を素早く捕らえてくれて、その隙に僕はダッシュでその場を離れる。

「クソッ！　離せ！　私を誰だと思っているっ、子爵だぞ！　貴様達より高貴で貴い存在なんだぞ！　ノエル！　私は諦めないからな！」

ありがとう門番！　仕事が出来るね門番！

喚くカルニセス子爵の声を背中に、僕は城内へと戻り廊下を走り抜けて行く。これは敵前逃亡ではない！戦術的撤退である！

やぁやぁ皆様ごきげんよう、とばかりに息を切らして執務室に戻って来た僕に、残っていたベルンハルトさんとローマンが不思議そうな顔で振り返る。

「どうした？　忘れ物か？」

ベルンハルトさんからの疑問に僕からは、あはは～って苦笑いしか出ない。

「あ～、いや、それがさ……正門の前にカルニセス子爵がいてさぁ……。出待ちされるのって、歌劇場の花形役者くらいかと思ってたんだけど……あっは、参ったね」

「カルニセス子爵だと!?　何をそんなに軽く受け流しているんだ！　ふざけてる場合じゃないだろ！」

座っていた執務机から立ち上がったベルンハルトさんに詰め寄られて上半身が仰け反る。急に巨大な壁に迫って来られるのは生命の危機を感じてビビるから止めて欲しい。

僕だってね、別に本気でふざけている訳じゃないんだよ。ふざけないとやってらんないから、ふざけてんの!!

「本当だ……ここからだと誰かは分からないですが、確かに正門で門番が男と揉めていますね」

ローマンが窓から外を覗いて眉根を顰《ひそ》める。

え～？　まーだ、門番と揉めてんの～？　しつこい男は嫌われるって知らないのかな？

「チッ、どういうつもりだ、あの男は」

見た目は厳つくても、お上品さにおいては他の追随を許さなかったベルンハルトさんの、まさかの舌打ちにビックリして仰ぎ見ると、忌々し気に窓の外を睨んでいた。

「どうも復縁要請？　をしに来たっぽいね。僕のお父様から融資を切られて、子爵の爵位も取り上げられそうになって相当追い詰められちゃったっぽいんだよねぇ」

「どこまでも愚かな男だ……このままここにいても事態は変わらないだろう。私の馬車に乗って王城を出よう」

「え？」

僕が何かを言う隙も与えず、ベルンハルトさんは素早くコートを手に取ると、僕を扉までエスコートしようと背に手を回して来た。

「待って！　別にそこまでしてもらわなくてもいいよ。門番にカルニセス子爵を足止めして貰っている間に裏門から出て帰るから。その足止めの指示を出してもらいたくてここに戻って来たんだよ」

最近は忙しいのにさ、今だって残業だったんだろうに悪いよ。あんなお馬鹿なカルニセス子爵の為に時間を使うなんて非生産的過ぎる。

「何があるか分からないんですから、送ってもらった方が良いですよ。長官が残っていたのも私用で仕事じゃないんですから、帰ってもらってもなんの問題もありません。ねぇ？　長官」

「そうだな……そういう事だ。行こう」

「お？　おぉ？」

結局、ローマンに言葉で背中を押され、ベルンハルトさんには物理的に背中を押され、僕は馬車に乗せられて送ってもらう事になってしまった。


「ごめんね、ベルンハルトさん。お手数おかけいたします」

馬車の中、向かい合って座るベルンハルトさんへの謝罪の言葉と一緒に溜息を漏らす。

「あの男には何もされなかったか？」

「うん、詰め寄られただけ。明らかに目がイッちゃってたからさ、さっさと門番に押し付けて逃げて来た」

「そうか……何もされていないなら良かった」

はぁ、とベルンハルトさんも溜息を漏らしたきり黙り込んでしまい、馬車の中には馬の蹄《ひずめ》と車輪が固い地面を蹴る音だけが響き、なんだか重苦しい空気だ。

ううう。僕、こういう沈黙苦手なんだよなぁ〜。図書館とか食事中とかの沈黙とは訳が違うじゃん？　しかも、ベルンハルトさんと二人っきりになるのなんて、あの日以来だから変に意識しちゃうし……あ〜もう！　口がムズムズする！　何か喋ってないと落ち着かない！

「カルニセス子爵にも参ったもんだよねぇ。今更媚売って縋られてもさ、こっちはもう見限っちゃってるんだから困るよ」

「ああ……そうだな。自分の中では現実が見えたつもりでも、実際には全く見えていないんだろうな」

「最初から互いに歩み寄る、って姿勢を持っていればこんなに面倒臭い事にはならなかったのにねぇ。僕は寛容だからね、節度を持っていれば愛人だって認めるし、離婚だって円満に出来るようにお父様達にかけ合ってあげたのに。本当、今更」

お行儀は悪いけど、馬車の窓の桟《さん》に肘をついて外を覗く。既に裏門から出て城下街に向かっていて、その風景を眺めながら愚痴が零れる。

「貴族の政略結婚、しかも男同士なんだから肩肘張って考えなくて良いのにねぇ？　愛はなくても結婚なんて紙切れ一枚で出来るんだから」

「ノエルは愛のない結婚で良かったのか？　不満を感じたりは」

「ん？　不満も何も、貴族の政略結婚ってそんなもんじゃないの？　愛はなくても誠意と誠実さでやっていくもんでしょ？　その先に愛が芽生えたなら儲《もう》けもの、くらいに考えておかないと」

「達観しているな……」

そうかなぁ？

僕のお祖父様とお祖母様みたいなロマンスこそ珍しいんじゃない？　お父様とお母様だって今は仲睦《むつ》まじいけど、始まりはバリバリの政略結婚だったし。あの二人は政略結婚の先に愛を芽生えさせたタイプだね。

そんな事を話していると、僕らを乗せた馬車が宿舎の側で止まった。

王城から宿舎まで歩いて通える距離だから馬車なんて使っちゃったら、あっという間だ。

「送ってくれてありがとう、ベルンハルトさん。また明日」

「待ってくれ、ノエル」

馬車から降りようと鞄を手に取り、扉に手をかけたところでベルンハルトさんに呼び止められた。

「何？」

「宿舎に戻るのは止めておいた方がいい。王城の正門前で待ち伏せするような男だ、もしノエルがいると知られていれば宿舎でも同じ事をする可能性が高い。王城ほど警備が整っている訳でもないここでは、下手をすれば忍び込まれる可能性だってある」

「ちょっとぉ、怖い事言うの止めてよぉ」

「いたずらに怖がらせるつもりで言っているんじゃない。ただ、あの男の今までの行動を思えば考えつく事だ」

「ぅ……そうかもだけど……」

じゃぁ、今からどこか宿を取って避難する？

あ～ぁ、折角クリスっていう楽しい隣人が出来て、髪の毛のセットの仕方だって教えてもらってたのに……カルニセス子爵のバカッ！

「宿舎はあくまでも仮住まいの予定だっただろう。あの男に知られていない宿所として、ノエルがあの屋敷を出る際に用意しようとしていた邸宅もあるにはあるが、やはり警備が不安だ。そこでなんだが……私の屋敷に来ないか？」

「は？　はぁあ～!?」

「私の屋敷ならおいそれと侵入する事も、待ち伏せする事も不可能だろう。それに一緒に登城下城すれば、なお安全だ。空いている部屋もごまんとある。なんの問題もない」

「いやいやいやいや」

何言ってんの!?　僕がベルンハルトさんのお屋敷に行く？　そんなの問題ありまくりじゃないか!?

「ベルンハルトさん。王弟殿下のお屋敷に下宿っていうのは流石に恐れ多いと言うか、外聞も悪いし問題あるでしょ」

「なんの問題があると言うんだ？」

「あのねぇ。前にも言ったように、僕は弱みを作りたくないの。離婚目前とはいえ、既婚者が独身の男の屋敷に住まわせてもらうなんて怪しいでしょうが。面倒臭い事になったらどうすんの？　誤解されて困るのはベルンハルトさんもなんだよ？」

「問題ない」

「あーのーねー!?　夫のいる僕を屋敷に住まわせる。

これのどこが問題ないって言うんだ！　天下の王弟殿下が不倫を疑われてどうするの⁉　大スキャンダルじゃないか！　どう考えたってよろしくないだろ！」

ベルンハルトさんが善意から言ってくれているのは分かる。きっと、下心なんかない。けど……。

「私はあくまで外務省長官として、働いてくれている君を『保護』するんだ。何もおかしい事などない。それに、何か言われても、それを跳ね返す力くらいは持っている」

「それは……そうかもしれないけど」

こうも自信満々に疚しい事などない、って顔で言い切られちゃったら何も言い返せないじゃん。

僕も、これがベルンハルトさんからの申し入れじゃなかったら「渡りに船じゃん、ラッキー！」って、二つ返事でご厄介になる事を選んでたよ？

だけど、ベルンハルトさんは……。

「私はノエルの離婚を手助けする。住む所の保証もする。そういう契約だ。だから、なんの問題もない。心配しないで私の所に来て欲しい」

ベルンハルトさんの手が、僕の手から鞄のハンドルを抜き取り、大きくて太い指に僕の手の平が包み込まれる。

「ちょっ、ベルンハルトさん！」

僕の手首まで包み込む大き過ぎる手の感触に、鳩尾の奥がぐるぐるしてきて落ち着かない気持ちにさせられる。ベルンハルトさんに触れられている所が凄く熱くて、知らず息が乱れた。

僕の手を握っていた手がゆっくりと腕を伝って肩にまで上がり、そして、僕の頬に触れる。

「頼む、ノエル……君の事が心配なんだ。私に、君を守らせてくれ」

気が付けば、対面の座席に腰を下ろしていたはずのベルンハルトさんは僕の足元に膝をついていて、頬に触れる手と逆の手が、馬車の扉を塞ぐように僕の座る座席の背凭れに置かれていた。

まるで、ベルンハルトさんの腕の中に囚われたような感覚に、体が強張って動けない。至近距離から覗く水色の瞳の中に、戸惑う自分の顔が見える。

「ちっ、かい！　近いから、離れて！」

「大丈夫だ、これ以上は触れないし近付かない」

何が大丈夫なんだ！　全然大丈夫じゃない！　意外とベルンハルトさんって下睫毛《まつげ》が長いんだね……なんて所まで見えちゃうくらい近いのに、何が大丈夫なんだよ！

やっぱりベルンハルトさんといると調子が狂う。もう自分がどんな顔をすれば良いのか分からないし、現に今、自分がどんな表情をしているのかも分からない。

「格好悪く、足元を掬われるのは嫌だ」

「分かっている。私はノエルが不利になるような事はしない。あくまでも、君の保護だ」

「僕が離婚するまで何も言わないって言った」

「何も言っていない。私は、ただノエルを守ろうとしているだけだ。何もおかしな事はないだろ？」

「屁《へ》理屈！」

ハラリと頬に落ちる僕の髪をベルンハルトさんの太い指が優しく梳《す》いて耳にかけてくれる。そして、そのまま離れると思った指はサワ……と耳の裏を通り、僕の背中がゾクリ、と竦む。

意図して僕の耳の裏を掠《かす》めて行ったと分かる指の動きに睨むけど、ベルンハルトさんは普段の鋭い目を柔らかく細めるだけで、全然悪びれた様子も反省も見えない。

普段は情けない顔をするくせに、こういう時だけ余裕そうな表情をして、腹立つ！

僕の前では情けない顔をする事が多いベルンハルトさんだけど、実は結構頑固で強引だ。一度言ったら聞かないし、弱気に見せて強情だし。そして僕は、そんなベルンハルトさんの『お願い』がなぜか断れない。

きっと、今回も僕が頷くまで離れないだろう手の熱に、諦めの溜息が漏れる。

「大丈夫だ。私を信じて欲しい」

「ベルンハルトさんは今まで僕に嘘を吐いた事も、約束を反故《ほご》にした事もないから信用はしてるよ」

「なら……その信用を裏切らないと約束する」

「凄い……言うじゃん」

溢れ出して決壊しそうな胸のナニカを奥に押し込め

るように深呼吸し、意識していつもの『顔』を作る。

「それじゃぁ……お世話になろうかな！　王族のお屋敷にまで突撃するような馬鹿はいないだろうし、これ以上安全な場所はないのも確かだし。まさか、紳士なベルンハルトさんのお屋敷で不埒《ふらち》な事なんてされないだろうしね？」

　ほら、僕ってば目的の為なら使える物はなんでも使っちゃうタイプじゃん？　ベルンハルトさん自らが僕を『保護』するって言ってるんだし、僕の不利になるような事はしない、って約束するって言うんなら、そのご厚意に甘えるのも悪い事じゃないよね？

　ニヤリ、と笑ってベルンハルトさんの大きな手に自分から頬ずりをする。

　途端、余裕そうな顔をしていたベルンハルトさんがピシリ、と固まった隙にペイッ、と大きな手を頬から引き剝がす。

　この僕がいつまでもベルンハルトさんにペースを狂わされっぱなしだと思ったら大間違いなんだからね！

　背凭れに置いてある手もよっこいしょ、と退《ど》けて、今度こそ馬車の扉を開く。でも、いつも持っている鞄は座席の上に置いたまま。

「手ぶらで行くほど僕は身軽じゃないから少し待ってて。簡単な荷物だけ取って来るよ」

「急な来客にも、爪やすりからアビ・ア・ラ・フランセーズまで用意出来るように手はずは整えている。どうしても必要な物だけで大丈夫だ。残りは家の使用人に運ばせよう」

「うわぁ、凄い至れり尽くせり。流石……」

　馬車のステップに足をかけピョン、と飛び降りると「すぐに戻るよ」とだけ告げて宿舎の中へと速足で向かう。


　廊下ですれ違う人がギョッとするのも構わず、自分の部屋へと駆け込む。激しい音を気にする余裕もなく乱暴に扉を閉め、その場にズルズルと蹲る。

　顔が、凄く熱い……鳩尾のぐるぐるは止まず、胸の奥がざわざわして、さっきまでベルンハルトさんに触れられていた所が疼《うず》く。

名前が付きそうで付かないこの感情に追い立てられるみたいに、心臓がドキドキ鳴って苦しい。

「離婚さえ……」

その先は口の中だけで呟いて、溜息と一緒に吐き出した。

15　あくまでも『保護』って話じゃなかったっけ？

「この部屋を好きに使ってくれ」

腹を決めてベルンハルトさんのお屋敷に行けば、ベルンハルトさん直々に部屋まで案内され、入った所は随分と豪華だった。

「うは～」

客間なんだろうけど、流石王族のお屋敷といったところか。

ベッドもカウチソファーも、ありとあらゆる調度品が全て統一されていて、壁紙とカーテンまで計算し尽くされた色と模様で完璧の一言だ。うーん、素晴らしい。

僕の実家も高位貴族だけあって豪華な部屋ってあるけど、客室でここまでのものはないぞ。

「一通りは揃えているが、必要な物があれば言ってくれ、直ぐに用意する。ああ、そうだ。専属メイドは何人必要かな？　三人くらいで足りるか？」

「そんなにいらないよ。雑用をお願いするのに一人いてくれたら充分。大概の事はなんでも出来るようになったし、その方が気軽なんだよねぇ」

何人ものメイドに囲まれる生活をずっとしていたけど、ここ数ヶ月のメイドのいない生活に慣れちゃって、逆に沢山のメイドが周りにいたら絶対落ち着かない。しかも人様のお屋敷のメイドの前でだらけた姿を晒せるほど、僕の神経は図太くないし。

だって、僕は部屋にいる時は堅っ苦しい服を脱ぎ捨てて、ゆるゆるのシャツ一枚で過ごしたい派だから！　許されるならトラウザーズは勿論、靴も靴下も履きたくない！　そんな姿を何人ものメイドに、って……流石にねぇ？

「そうなのか？　今まで苦労した分、ここではゆっくりしてくれて良いんだぞ？」

「今まで苦労した分、気楽に過ごしたいから大丈夫。お気持ちだけ頂いておくよ」

「そうか、ノエルがその方が良いと言うなら……では、後ほど一人こちらに寄越す。それまでゆっくり寛いていてくれ」

そう言ってベルンハルトさんが部屋を出て、扉が閉められたのを確認した瞬間、僕は速攻でふっかふかのベッドの上へダイブした。

はぁ～。ふっかふかのふっわふわ～。数ヶ月ぶりの高級寝具だぁ～。

カルニセス子爵の物置小屋は論じる価値なしとして、宿舎の寝具は清潔だし充分寝心地も良かったけど高級品とされる物ではなかったから、羽毛たっぷりで体全体を包み込まれるこの感触に飢えてたんだよねぇ。

はぁ～、平民になって質素な生活になっても寝具だけは高級品にしたい。

ふかぁ～、と体が重力に引っ張られ、寝具に沈み込む感覚につられて、僕の意識も沈んで行くのが心地いい。

あ～、ヤバイこの感覚。今動かないと寝ちゃいそう。後少しだけ寝具のふかふかを堪能したら起き上がらなきゃ……起きたら、荷物を出して………それ……か、ら……。


「ノエル……ノエル？　このまま寝るかい？　せめて服だけでも着替えた方が――」

「んはッ!?」

熱くて大きな何かに背中を揺すられ、低く掠れた声に鼓膜をくすぐられた途端に意識がパチン！　と弾けるように覚醒して飛び起きる。

何？　何事!?　僕どこで寝てんの？　宿舎じゃないし……あれ？

体を支える為についた両手が、ふっかふかで真っ白な寝具に吸い込まれている？

「目が覚めたかい？」

「!?」

静かにパニックになっている僕の背後、すぐ側から聞こえる声に振り向けば、僕が寝ているベッドに腰を下ろしたベルンハルトさんが僕を見下ろすようにしていた。

「びッ！」

「すまん、気持ち良さげに寝ていたから起こすのは忍びなかったんだが、せめて楽な格好に着替えて、と思って声をかけたんだ」

「え？　ああ、そっか……ごめん、僕うっかり寝ちゃってた」

そうだった、ここはベルンハルトさんのお屋敷だ。少しだけ、と思ったのに、ふっかふかの寝具の魔力には逆らえなかったか～。

寝起きに頭上から巨人に覗き込まれる、という人生初の経験に胸がドッドッドッ、とうるさい。

はっ！　僕、変な顔で寝てなかったよね!?　涎とか垂らしてない？　いびきとかかいていたら最悪なんだけど!?

口元をそれとなく拭うけど濡れてないよね？　大丈夫だよね？

「疲れていたんだな。メイドが声をかけても返事がない、と呼ばれて来たら、すっかり夢の中だったよ。おかげで君の可愛らしい寝顔を見れて、私は僥倖《ぎょうこう》だったけどね」

またそういう歯の浮くような事を……。熱くなる頰をそれとなく隠そうと、髪を手櫛で整えるふりで顔周りを囲う。

この巨人は見た目だけなら獰猛だけど、中身は根っからの王子様なんだから。すーぐこういう事をポンポンと口に出して、油断出来ない。

「ちょっとふっかふかの寝具に負けただけだし、別に疲れてなんかないよ」

「そうかい？　なら、夕食を一緒にどうかな？　ノエルの好きなキノコのポタージュを用意させたんだが」

「キノコのポタージュ!?　うわ、嬉しい！　けど、よく知ってたね。僕、好きなんて言った事あったっけ？」

「以前食事に行った時、美味しそうに食べていたからね。好きだろうって事は分かったよ」

それって僕が滅茶苦茶ガッついてたみたいじゃん！　ちょっと恥ずかしいんだけど。僕って、そんなに分かりやすい？

「他にも、パンは白パンが好きだね。でも、ライ麦パンにチーズを塗って食べるのも好きだろう？」

「ちょーっと止めて、恥ずかしいから！　そんなの観察しないでよ！」

「ノエルだって私の好みを知っているじゃないか。赤身肉が好きだとか、焼き菓子が好きだとか、色々と気が付いているだろ？　それと同じだよ。私も、ノエルの事をずっと見ているから分かるんだよ」

「〜〜〜！」

「ノエル？」

恥ずかしさのあまり叫び出したいのを我慢する為にシーツに顔を埋め込む。

今まで、僕がベルンハルトさんの嗜好に気が付いている事を恥ずかしいなんて思った事はなかった。でも、いざベルンハルトさんに「私の事を見ていただろ？」的に指摘されると死ぬほど恥ずかしい！

「僕が気付いたのは観察眼が冴《さ》えているからであって、別に意識して見てた訳じゃないしっ！」

「何気なくでも、私の事を知ってくれるのは嬉しいよ」

楽しそうなベルンハルトさんの声音に胸の奥がむず痒くって足をバタつかせてしまう。

駄目だ、ベルンハルトさんがプラス思考過ぎて話になんない。このままだと、またベルンハルトさんの調子に惑わされて僕がおかしな感じになっちゃう。

「よし、この話はお終《しま》い！　夕食は勿論ご一緒させてもらうよ。でも、先に着替えても良いかな？　本当に僕、堅っ苦しい格好が苦手でさ、早く脱ぎたいの」

気持ちを切り替えて埋もれていた寝具から起き上がる。僕、まだコートすら脱いでない状態だからね。こんなの肩が凝ってしょうがないよ。

せめてシャツとトラウザーズのみのシンプルなスタイルになりたい。その事をコートの前をパタパタさせるジェスチャーで伝えれば分かってくれたようで、ベッドから素早く立ち上がったベルンハルトさんが「まだ脱がないでくれ！」と慌てて扉に向かって行った。

まるで、僕が今からストリップショーでも始めるかのような反応に納得いかない。ちょっと失礼じゃない？

「着替えが終わったら、そこのベルを鳴らしてくれ。君専属のメイドが食堂まで案内する」

「分かった～」

僕がコートから肩を抜いた瞬間、部屋の扉が勢い良く、それでいて静かに閉められた。


予想通り、と言うか。期待を裏切らず、と言うか。大量の料理がズラー、っと並んでいる食卓に僕とベルンハルトさんは向かい合って座る。

このお屋敷に料理人が何人いるのかは知らないけど、さぞかし毎回大変な事だろう。

「このキノコのポタージュ美味し～。クリーム仕立てなのも良いね。ベルンハルトさんのお屋敷の料理人は腕が良いんだね」

「それは良かった。ノエルにそう言ってもらえて料理人も喜ぶよ」

久しぶりにベルンハルトさんと一緒にする食事に、

あんな事があったというのに胸が弾む。

まるで子供のようにはしゃぐ感情をキノコのポタージュと一緒に嚥下《えんか》する。

「今日の事だが」

「んぅ？」

丁度、お肉を口に含んだ直後に話しかけられ、目線だけで返事を返して先を促す。すると、ナイフとフォークを置き、ベルンハルトさんが真面目な表情で口を開いた。

「カルニセス子爵はサマニエゴ伯爵の元へ強制的に送り帰した」

「ん!?」

わぁ、追い返すだけでなく送迎までしてあげるだなんて手厚過ぎぃ～。サービス満点じゃん。

しかも親元であるサマニエゴ伯爵の元、っていうところがツボを押さえていて高得点ですな。親の説得から逃げ回っていたらしいし、これが年貢の納め時って事で観念してくれたら良いんだけど。

「そこで一つ、ノエルに謝らなければいけない事がある」

「んっ？　んんッ……何？」

僕に謝る？　カルニセス子爵の事で僕が謝る事はあっても、ベルンハルトさんが謝る事なんてあるか？

それでも、深刻な表情で僕を見つめるベルンハルトさんに只事ではない雰囲気を感じ、口の中のお肉を飲み込み居住まいを正す。

「前回は王城から抗議が行われたが、今回は前回の狼《ろう》藉《ぜき》の理由も含め、外務省で働く者への付き纏い、それに精神的危害を加えたという事で、外務省長官である私の名でサマニエゴ伯爵への抗議、それとレイナルド・カルニセスへの貴族籍の剝奪命令を出した」

「貴族籍の、剝奪……」

「明日には、全ての書状が送り届けられるだろう。その事でサマニエゴ伯爵とカルニセス子爵がどう喚いたところで、貴族院の決定は絶対だ」

それはまた、随分と重い罰に……。貴族籍の剝奪だなんて、ただ平民になるのとは訳が違う。二度と貴族に返り咲く事は出来ないし、伯爵家の次男であった者が受けるには不名誉極まりない内容だ。

でも、それが僕に謝る事？　どこにも謝るような部分はないと思うけど。むしろ、そこまで手加減なしの対処に踏み込まなければいけない事態を引き起こした事に、僕が頭を下げるべきじゃないかな？

「そんなの、僕の方が多大なご迷惑をかけた事に謝罪と感謝こそすれ、ベルンハルトさんが謝る事なんて」

「いや、私が命令したのは、それだけではないんだ……貴族籍の剝奪と同時に、ノエルと即刻の離婚命令を出した」

「え……えぇッ!?」

離婚命令!?　命令、って事は強制だよね？　拒否権無しなんだよね？　ここに来て急に離婚にチェックメイト!?

突如現実味を帯びた離婚に、アルコール度数の高いお酒を一気に流し込んだようにカーッ、と胸と頭が熱くなる。湧き上がる高揚感に今すぐ立ち上がって走り出したい気分だ。

「すまない。以前、王家からの圧力は困ると言われていたのに……だが、このままではあの男は何時までもノエルに固執するのが目に見えていた。何を仕出かすか分からない状態で、これ以上の静観は出来なかったんだ」

勝手な事をして悪かった。そう言って、ベルンハルトさんが頭を下げる。眉間にはグッ、と力が入っていて、何か重大な覚悟を決めたかのような顔に、浮かれていた僕の胸にジリ……と緊張が走る。

「止めてよ、ベルンハルトさん。まずは頭を上げて。それでえっと……離婚命令って、それは外務省長官として、僕の上司として命令してくれた事でしょ？　それだったら、そもそも王家からの圧力じゃないし、ベルンハルトさんが考えて、一番最良だと判断した上での行動なんだから、謝る事なんてないよ」

「怒らないのか？」

「なんで僕が怒るって思われてるのかな!?」

怒らないよ！

頭を下げたまま、上目遣いで見てくるベルンハルトさんは眉尻が下がってしまって実に情けない顔だ。さっきの覚悟を決めた顔って、僕に怒られるのを覚悟した表情だったのか。

確かに、王家からの圧力で痛くもない腹を探られるのは気持ち悪い、って言ったけど。だからってそこまで決死の覚悟！　みたいな顔しなくても……何事かと思って焦ったじゃないか！

「怖い思いをしたノエルには申し訳ないが……今回の事は、公に処分を下せる……ノエルを、あの男から解放する絶好のチャンスだと思ったら、黙って見過ごす事が出来なかったんだ。たとえそれが私情でも、ノエルが止めて欲しいと言っていた方法だったとしても……なんとしてでも、離婚を成立させたかったんだ」

シュン……と萎《しお》れ切った子犬のように項垂《うなだ》れつつも話す声には一切の後悔は感じられず、ただ、僕の離婚を強く望んだ末の行動だとヒシヒシと伝わってくる。

そんなベルンハルトさんの様子に、胸の奥がむず痒いような、据わりの悪いような、そんな、言葉で上手く表現できない何かに耐えられず、テーブルの下で爪先を擦り合わせる。

「怖い思いをしたって結果オーライなんだし僕は全然平気！　それに、カルニセス子爵が貴族籍剝奪となるなら、離婚は正当な要求！　むしろ、なかなか離婚出来ない状況を打破してもらえて凄く助かったよ。情けないけど、僕じゃどうする事も出来なかったからさ……ありがとう、ベルンハルトさん」

「いや、そうか……良かった。ノエルに嫌われたらどうしようかと不安だったんだ」

ムズムズする何かを振り切るように至極明るく言う僕に、心底安心した、という顔で頭を上げたベルンハルトさんがはにかむのに、思わず視線を逸らす。

か、顔が熱いのは、ベルンハルトさんがはにかむ、なんて表情が出来た事にビックリしただけだし！

ベルンハルトさんがワインに手を伸ばしたのを見て、僕も気を取り直す為にワインを飲んで一呼吸入れる。

「僕の意地のせいで気を遣わせてごめんね。それにしても、いつの間に抗議や命令の申請を出したの？」

貴族籍剝奪も離婚命令も、貴族院を通して受理されないと執行出来ない訳で。いくら王弟殿下の要望だとしても、早過ぎやしないか？

「屋敷に帰って来てから、だな。ローマンには王城に残るよう言っておいたんだ。貴族院への報告や申請などはローマンに指示を出して任せる事が出来たから素早く動けた」

うわあ……僕がお気楽に惰眠を貪っている間に……ありがたいと同時に申し訳ない気持ちでいっぱいだ。

ベルンハルトさんはなんでもない事のように言っているけど、凄く手間を取らせてしまったんじゃないか。ごめんねローマン、ありがとうローマン。時間外労働もいいところだったよね。後日、絶対にお礼するからね！

「そうなんだ……ローマンに手伝ってもらったにしても、凄い大変だったでしょ？　こんな短時間で……ベルンハルトさんには感謝してもしきれないよ」

「伊達《だて》に長年文官をしていない、という事だ。書類仕事は任せてくれ」

得意満面の笑顔で筋肉隆々の二の腕を叩いて見せられても……視覚と発言のチグハグ感が凄い。

でも、能力がとても高いのは確かで……ん？　あれ？

「だったら、僕がベルンハルトさんのお屋敷に来る意味なかったんじゃないの？」

そもそも、カルニセス子爵を強制的に親元に送ったんだったら、宿舎に襲撃して来るなんてないんじゃ。

「ベルンハルトさん？」

ス……と僕から逸らされた視線を、体を伸ばして追いかける。けど、再び逸らされて目線が合わない。どう言う事かな!?

「あの時はまだ正門で取り押さえていた状態で、どうなるか分からなかったんだ。もし、逃げられでもしていたら……楽観視出来る状況ではなかっただろう？」

「じゃあ。僕、宿舎に戻って良い？」

「いや……まだ油断は出来ない。せめて、離婚が受理されて安全が確認される迄《まで》はここにいてくれ。それに、ノエルの宿舎の荷物は明日の朝一番に運び出すように言ってしまっている。今更、変更も出来ないだろう？」

明日の朝一番？　僕、そんな話聞いてないけどなぁ。

「へぇ～……なーんで、僕が知らない間に勝手に荷物を運び出す算段をつけてるのかな？」

　僕から目線を逸らしたままワインを傾けるベルンハルトさんにシラー、っとした目線を送る。

　疚しい事がないなら堂々と僕の目を見て言えばいいのにね？　なんで逸らすのかな？　不思議だなぁ。

　そんなベルンハルトさんはチラッ、と僕を見てはサッ、と目線を逸らす事数回……。

　これはもう、確信犯だねぇ!?　さっきまでのむず痒い感情を返してくれ！

　ムズムズする口の中にお肉を放り込んで噛みしめる。今、僕の口が空いていたら何を言うか分かったもんじゃない。取り敢えず、嫌みの十個や二十個は出てきそうだから、お肉を噛んで噛んで……嫌みと一緒に飲み込む。

　ジー、と見続ける僕の視線から顔を逸らし、まるで犬が悪戯したのを隠すような、あからさまにバレバレなベルンハルトさんの『素知らぬ顔』にだんだん笑えて来た。大きな体をした三十代の男がなんて顔をしているんだか。良くも悪くも、ベルンハルトさんは嘘が吐けないって事だな。

　なんか怒る気も文句を言う気も削がれちゃった。

　しょうがないから、今日のところはふっかふかの寝具に免じて見逃してあげよう。でも、次こんな騙し討ちみたいな事やったら、ご自慢の顎髭全部毟るから！


　食後には数ヶ月ぶりのバスタブに浸《つ》かって、温かいお風呂に身も心もホッコリ。ずっとお湯で流すだけだったから豊かな浴槽の存在は心底嬉しい。部屋に戻ればお腹もいっぱいで満足だし、このふわふわした感覚のなか寝てしまいたい。目の端に映るふっかふかの寝具が僕を誘惑してくるし、絶対このまま寝具にダイブすれば秒で眠れる自信がある。

　だけど、僕にはまだまだやらなければいけない事がある。それを果たすまでは寝る訳にはいかない！

　今日、宿舎に寄った時に少しだけ持ち出した荷物からヘアオイルとヘアブラシ、それに卓上用の鏡を取り出してカウチソファーの前にあるテーブルに並べる。

今からする事とはズバリ！　夜のヘアケア。髪が乾き切る前の今からが勝負だからね。

寝る前にしっかりと髪をトリートメントしてブラッシングすれば、翌日の髪の状態は格段に良くなる。だから、この作業はとっても重要！　眠たかろうがなんだろうが、しない訳にはいかない！

さぁやるぞ！　とヘアブラシを握り締めて気合を入れる。けど、いざ自分一人だけでやるとなると、ちょっと自信がない。

だって、後頭部とか自分でやるの凄く難しいんだよ？　どう頑張っても鏡一枚じゃ自分の後ろは見えないし。後頭部だけくるんくるんのままとか絶対にヤダ。

とはいえ、やらないとまた以前のように全体がくるんくるんの赤ちゃんヘアーに逆戻りしちゃうからね。頑張るしかない。

気を取り直して目の粗いヘアブラシで髪を梳《と》かし、さぁヘアオイルを塗るぞ！　という時に、扉を開ける

ガチャ……という音に手を止めた。

こんな時間に誰か来た？　僕に付いてくれたメイドならお風呂から出た時に下がってもらったけど、もしかして何かあって戻って来たのかな？

「リラ？」

僕のお母様くらいの年齢で、丸くて小さくて落ち着いた雰囲気のある、リラという名のメイドの姿を思い浮かべて扉へと振り向けば、そこにはリラとは似ても似つかない、厳つい顔の大男が開いた扉を塞ぐように立っていて……。

「ぴぃゃぁあああっ!!　って、なーんだベルンハルトさんか。何？　どうしたの？」

ここはベルンハルトさんのお屋敷なんだし、何時如何なる時間、どんな場所にいてもおかしくはないんだけどさ、急に部屋に入って来るのはどうかと思うよ!?　僕にも心の準備ってものがあるんだから。

「何？　夜這い？　だったら僕、パリーンと窓を突き破ってベルンハルトさんの名前を叫びながら夜の街を泣きながら走り回るよ？」

「ちちちちっ違う!!　そんな事はしない！　誤解だっ！」

突然のベルンハルトさんの訪問に、一瞬取り乱しそうになった気持ちを皮肉で隠して応戦すると、見ていて面白いくらいに慌てふためくもんだから、少し可哀想になって「冗談だよ」って声をかけてあげる。

ベルンハルトさんがそんな事しないって分かっているし、ちょっと揶揄っただけだよ。……しないよね？

「すまない。つい癖で……確認せずに入ってしまった」

扉を開けた状態のまま、その場でベルンハルトさんは目に見えてションボリと肩を落とす。

何あれ、雨に濡れた犬かな？　ほんの少し、体も小さくなったように見えるくらいしょぼくれている。

「自分の家だもんね。うっかりする事もあるよ。それで？　どうかした？」

これは、部屋に招き入れた方が良いのか悪いのか。しばし悩んだ結果、いつまでも扉を開けたままいられても困るし、このお屋敷の主がションボリ濡れた犬状態なのを使用人達に見せる訳にもいかないでしょ。って事でソファーから立ち上がりベルンハルトさんを部屋に招き入れる。

「ほら、そんな所に突っ立ってたら使用人達が何事かと思うでしょ？　中に入って。何か用事があって来たんじゃないの？」

「!!?」

立ち上がった僕の姿を見たベルンハルトさんが目を丸くして仰け反るけど、しょうがないじゃん！　髪を整え終わったら寝るつもりだったし、部屋の中でくらい、締め付けのない楽な格好でいたいんだよ!!

まだしっかりとシャツにトラウザーズ姿のベルンハルトさんと違って、寝巻の大きいロングシャツ一枚という、だらけ切った姿を見られる僕だって恥ずかしいんだから。

「寝巻で失礼。でも、急に来るベルンハルトさんが悪いんだからね。予《あらかじ》め言ってくれればトラウザーズくらいは穿いたよ。ほら、廊下から見えちゃうから扉閉めて」

「あ、ああ……すまない」

慌てて扉を閉め、自分のお屋敷の部屋だろうに随分と緊張した面持ちで中へと入って来たベルンハルトさんは、机の上に並べたヘアケア用品に目を向けて足を止めた。

「今から髪の手入れをするところだったのか？」

「うん、そう。見ての通り髪を洗ったらくるんくるんの赤ちゃんヘアーに逆戻りだからね。寝る前にオイルで整えるんだ」

「そうか、丁度良かった」

そう言うと、ベルンハルトさんはさっきまで僕が座っていたカウチソファーに座り、ヘアオイルを手にして僕を見てくる。

え？　何？　丁度良かったって、何が？　しかも心なしかウキウキしてない？　さっきまでの濡れた犬はどこへ行った？

「ベルンハルトさんも使いたいの？」

「いいや？　私がノエルの髪を整えるんだよ。さぁ、座って」

「はいぃ？」

カウチソファーの端、背凭れの無い部分を跨《また》ぐように足を広げて座ったベルンハルトさんは、その足の間に挟まれた座面をポンポンと叩き、僕に座るよう促してくる。

わ～、凄い！　足が長いとそんな所を跨いで座れるんだ～。なんて現実逃避をしてみるけれど、ヘアオイルの瓶を片手にベルンハルトさんが期待を込めた目を向けて来ている事には変わりない。

「なんで？」

「巻き毛を伸ばしたいんだろう？　やり方はクリストフェルに習って来た」

「クリスゥ!?　二人して何やってんの!?」

「私がノエルにやってあげたかったんだ」

いや、それは答えになってないし、やりたがらないでよ。

クリス……もしかして、最近宿舎に帰って来るのが遅かったのって、ベルンハルトさんに髪の整え方を教えてたから？　ベルンハルトさんも遅くまで王城に残ってたのって……そういう事!?　この忙しい時期に？

本当に何やってんの⁉

「人にやってもらった方が綺麗に出来るんだろう？　それに、手先は器用な方なんだ、任せてくれ」

「え、ええ～？」

ベルンハルトさんの大きな手が器用かどうかは置いておいて、人にしてもらった方が綺麗に出来るのは確かにそうだけど。後頭部とか上手に出来るか不安だったし……。

だけど……ベルンハルトさんにやってもらうとなると、ちょっと……。

「距離近過ぎない？」

「髪を触るんだ。これくらい近くないとやりにくいだろ？」

「そういう意味じゃない！」

人間関係の距離の事を言ってるんだよ！　だって、ベルンハルトさんって僕の勘違いでなければ……そういう目で僕を見てる、かもしれないし？　それに、僕もちょっと……恥ずかしいっていうか……。

ベルンハルトさんが座った事で近くに感じる水色の優しい視線に、らしくもなくモジモジと寝巻の裾を指で捻《ひね》くってしまう。

「クリストフェルには触らせているだろ？　なら、なんの問題もないさ。それにここは私の屋敷だ。誰の目もないし、誰も何も言わない」

さも当然のように言われて、これじゃまるで僕の方が変に意識して騒いでるみたいじゃん。違うからね！

僕は一般的で常識的な観点から言っている訳で、別に個人的な何かがある訳じゃないから！

「クリスは良くて、私は駄目なのか？」

「～～っ」

（そこを突かれると痛い……）

「そこまで言うなら、お願いしようかな！　特に襟足の癖が強いから一人じゃやりにくいし、クリスの残業を無駄にするのも悪いしね！」

あれだけ怖がっていたベルンハルトさんにヘアケアの仕方を教えたクリスの努力を無駄にするのは可哀想過ぎるからね。これはクリスの為でもある！

男は度胸！　で、思い切って背を向けると、ベルンハルトさんの足の間に挟まるようにカウチソファーに座る。ベルンハルトさんの逞しい太腿が、まるで肘掛けみたい。

そういえば以前、図書館でベルンハルトさんの太腿をフットレスト代わりに使ったけど、今度は肘掛けになるの？　万能過ぎない？

「図書館の時みたいに足を触ったりとかしちゃ駄目だよ？」

「ぜっ、絶対に触らない！」

チラッ、と振り返り、ちょっとした意趣返しのつもりで図書館での事を皮肉ってみれば、僕が思った以上に慌てふためくベルンハルトさんの姿が見れてちょっと溜飲が下がる。

だって、僕だけドギマギしてるのってフェアじゃないもんね。

だけど、スッキリした気分も一瞬だけで、背後でベルンハルトさんがヘアオイルの瓶を開ける気配がした途端、また体に力が入る。

う〜、やばい。ドキドキしてきた。メイドやクリスにやってもらう時にはこんな事なかったのに……。

「触るが、いいか？」

「うん……」

今までのメイドの小さくて薄い手や、クリスの僕より少し大きいくらいの手とは比べ物にならない大きくて逞しい手が僕の髪を撫でる。太い指が髪の中に潜り込んで来て、掻き混ぜるようにヘアオイルを髪全体に行き渡らせていく。

こ、これは……きもちぃぃぃ〜。

ベルンハルトさんが自分で器用だと言うだけの事はある。驚くほどに指の使い方も力加減も絶妙だ。太い指が少しだけ髪を掬っては指で撫でながら伸ばし、目の粗いヘアブラシで何度も髪を梳かしていく。体温の高いベルンハルトさんの手の相乗効果もあって、まるでマッサージをしてもらってるみたい。

はぁ〜、ぁわ〜、何これ〜。ベルンハルトさんにこんな才能があったなんて聞いてないよぉ。

太い指が頭皮を撫でるように髪を梳いて行く度に、ぁ〜、と息が漏れちゃう。それくらい気持ちいい。

もう、恥ずかしいとか、ベルンハルトさんとの距離だとか、そんな事は頭から全部すっ飛んで、今はひたすらベルンハルトさんの指による、めくるめくマッサージの快感にメロメロだ。

ん～、これは人を駄目にするやつだ。

「ベルンハルトさん……上手過ぎぃ……」

「そ、ぅか」

「ん～……きもちぃ」

「……」

だんだん体がポカポカしてきた。あ～、駄目だこれ、目を開けてられない。力も抜けてきて髪を梳くベルンハルトさんの指に引っ張られて体が傾く。

あ～、倒れる。そう思って一瞬覚醒しかけた時、ボヨン、と柔らかくって温かい感触の何かが僕の後頭部を支えた。

ふ、ふかふかだ……適度な弾力と温かさ、そのあまりの心地良さに覚醒しかけた意識が再び微睡《まどろ》み始め……そこから記憶がプツリと途切れた。

おはようございます。目が覚めたらふっかふかの寝具の中でぬっくぬくでした。

一度入ったら二度と出る事は叶わないんじゃないか、と思わせるようなふっかふかの寝具。だけど、それすらも凌駕《りょうが》する状況に飛び起きる。

「なぁっ!?」

なんで僕ベッドの中にいるの？　昨日、ベッドに入った記憶ないんだけど？　……え？　もしかして、考えたくはないけど……僕、寝落ちした？

まさか、ベルンハルトさんに髪を整えてもらってる最中に寝てしまうとは！　しかも、ベッドにまで運んでもらったとか？　ないでしょ!?

「一生の不覚!!」

そして、頭を抱えたその手に触れる髪がさっらさら。いつもの頑固に反発して来る巻き毛の感触じゃない。

寝落ちした事に恥じれば良いのか、ここまでに髪を整えたベルンハルトさんの手腕に驚けばいいのか。それとも寝落ちの面倒を見てもらって朝まで起きなかった自分の図太さに呆れればいいのか。

触り心地の良い髪を撫でながら、どの感情から処理しようか悩んでいるとコンコンコン、と扉がノックされた。

「ノエル様、お目覚めになられましたか？」

落ち着いた大人の女性の声からしてメイドのリラかな？　まさか、僕の絶叫で来たとかないよね？　だとしたら重ね重ね恥ずかし過ぎる。

「うん、起きてるよ」

「失礼いたします。朝のご準備に伺いました」

僕の応えを待ってからワゴンを押して部屋に入って来たリラは、手際よくテキパキとベッド脇にお湯を張ったタライと清潔なタオルを用意し、更には冷えた果実水まで手元に置いてくれる。

そうだよねぇ、メイドって、こうだよねぇ。カルニセス子爵の屋敷の面々が酷過ぎて、普通に仕事をしてくれるメイドの凄さとありがたさが胸に沁みるわぁ。

実家の使用人達ぃ、今までありがとう～。テキパキしていて当然、みたいに思っていたけど、君達がとても優秀だった事を二十八年かけて今やっと理解したよ。

遠く離れた使用人達に感謝の気持ちを送りつつ、用意された温かなお湯で顔を洗って果実水で喉を潤す。

はぁ～、久しぶりの貴族らしい朝にほっこりする～。

「朝食は食堂にご用意いたしますので、準備が済まれましたらご案内いたしますね」

「うん、分かった。ありがとー」

「それと、旦那様からの伝言でございます。朝食後、旦那様が髪のセットをされるそうなので、そのままで……との事でございます」

「は？　え？」

「ふふふ。とても仲がよろしいようで、リラは嬉しゅうございますわ」

年相応にある皺を笑い皺に変え、微笑ましい、と言わんばかりにニコニコと笑うリラの言葉に、シャツに片腕を通した状態で僕の動きが止まる。

「……へ？」

「ご幼少の頃から旦那様にお仕えして参りましたが、

あんなに物柔らかなお顔をされているのは久しぶりなんですのよ」

「へ、へ～……そうなんだぁ」

「料理も料理人任せでリクエストされる事なんてなかったのに、昨日からアレは出来るか、コレはあるか、って。うふふふふ。まるで小さな頃に戻られたようですわ。色々と難しい立場のお方ですから……今まで苦労された分、お幸せになって欲しいんですのよ。私達使用人は皆、ノエル様が旦那様のお側に来てくださって良かったと心より思っております。どうぞ、旦那様の事をよろしくお願いいたします」

「う……ぐぐ……こ、こちらこそぉ……」

ベルンハルトさんぅ!? 初めてお友達を家に招待する子供じゃないんだから、大人の落ち着いた行動を取ってよ！

まるで、ベルンハルトさんがはしゃいでいるかのような様子をリラから聞かされて、どんな顔をすれば良いのか分からず、シャツのボタンを留めるのに下を向いて顔を隠す。

何か誤解と勘違いをしているらしいリラに訂正したい。けど、ふくふくと心からベルンハルトさんの変化を喜び、嬉しそうに笑うリラに、僕等はあくまで上司と部下（期間限定）の関係です、とも言えず……。なんか、言ったらショック受けそうな気がするんだもん！

「さぁさぁ、髪以外はリラが腕によりをかけて整えて差し上げますからね！」

やたらと張り切ったリラに抵抗する事も出来ず、されるがままに身支度を終えた僕は、朝食の席に着く頃には早くもヘロヘロになってしまった。


「さぁ、やろうか」

「本気？」

昨日の夜を彷彿《ほうふつ》とさせる状態でカウチソファーに足を広げて座るベルンハルトさんを眺める。

朝食後、本当にベルンハルトさんは僕の部屋にやって来て、これだ。昨日も思ったけど、やっぱり距離近くない？

「でもなぁ、今更か……」

すでに昨日やってもらっちゃった後な訳だし。今更あーだこーだ言ったところで遅い気がする。

それに、期待の籠った眼差しで僕が座るのを待っているベルンハルトさんを見ていると、朝のリラから聞いた話と相まって、とてもじゃないけどお断りなんて出来ない。って事で、今日も覚悟を決めてベルンハルトさんの足の間に座って髪を差し出す。

素知らぬ顔で、僕は何も意識してませんけど？　って感じを装いながらも、やっぱり肩に力は入るし心臓もバクバクだ。

「痛くはないか？」

「うん」

髪全体に少しずつ、朝用のヘアクリームを塗っていくベルンハルトさんの手と指の動きに、渋々だった事なんて忘れてうっとりと目を閉じる。

ああ～、やっぱりベルンハルトさん上手過ぎ。きもちい～。

頭の天辺からゆっくりと首筋まで撫で、また天辺から首筋まで撫でる大きくて温かい手に、はぁ……っと全身の力が抜けていく。

丁寧にヘアクリームを塗り終わった髪を伸ばすようにブラッシングするベルンハルトさんの姿を、近くのテーブルに置いた卓上鏡越しに見る。

小さなヘアブラシでゆっくりと僕の髪をブラッシングする表情は真剣で、とてもじゃないけど髪を整えている顔じゃない。しかも、僕とベルンハルトさんの体格差があり過ぎて、まるでお人形遊びをするグリズリーみたい。

「くふ、ふふふ」

「どうした？　くすぐったかったかい？」

「違う違う、楽しそうだなぁって」

真剣な顔だけど、しかめっ面とかじゃなくて、どことなく楽しそうな雰囲気が伝わってくるんだよね。

天下の王弟外務省長官様が真剣な顔をして男の髪を朝晩梳く……B級ゴシップ紙に乗りそうな題材じゃな

い？　世のご婦人方もさぞかしガッカリしちゃうよ。

「ずっと、やりたいと願っていたからね。楽しいさ」

「へ〜、髪結い師にでもなりたかったの？」

「クリストフェルに髪を整えてもらっていると聞いた時に、自分にはない技術に焦りと渇望を抱いていたんだ。正直に言えば……妬みすら感じていた。それが、こうしてノエルの髪に触れる事が出来るようになったんだ。嬉しくない訳がない」

「そ……」

聞くんじゃなかった。

そもそもベルンハルトさんってば僕の嫌みも皮肉も効かないんだよな。全部素直に受け取って、全部素直に返してくるから調子が狂うんだよ。それが面白くもあるんだけどさ。

「さ、出来たぞ。どうかな？　確認してくれるかい？」

差し出された鏡を覗き込んで右見て〜、左見て〜。

毛先の先の先まで綺麗にブラッシングされた髪は、サラッサラで綺麗な天使の輪が出来るくらい光輝いているし、くるんくるんに巻いた癖は伸びて、緩やかなカールで広がる事もなく落ち着いて首筋に流れてる。

「……何、これ」

「駄目だったか？」

「そんな訳ない！　その逆だよ!!　凄い！　凄いよベルンハルトさん!!　うわぁ〜、クリスよりも上手だよこれ。どうやったの!?　ねぇ、手見せて！」

「え？　あ、ちょッ!!」

背後のベルンハルトさんの左手を掴んでマジマジと見る。僕の手より倍は大きいし、関節が大きくてゴツゴツしている。よく見ると、褐色の肌の中にペン先で刺してしまった時に出来る小さな刺青《いれずみ》のような点がポツポツ出来てるのを見付けて、ちょっと親近感が湧いちゃうような、そんな、大きさ以外は至って普通の手だ。

「なんでこんな大きな手で、こんな繊細な事が出来るのか不思議でしょうがないんだけど。ベルンハルトさんって本当に器用なんだね。髪結い師も目指せば本当に出来そう」

両手でモミモミ揉んでみても肉厚で硬くて、とても柔軟性を持っているようには感じられない。

　自分には技術がないからクリスに教えてもらった、って言ってたけど、それでここまでの事が出来るなんて……これが国を統べる王族のポテンシャル……。

「ねぇ、ベルンハルトさん。……ベルンハルトさん？」

　何も言わないベルンハルトさんを良い事に、遠慮なく大きな手を裏返したり指を引っ張ったり、僕の手と大きさを比べたりと好き放題していたんだけど、背後のベルンハルトさんはピクリとも動かないし、返事もない。

　あれ？　寝た？　いやそんな馬鹿な。と思って振り返ってみたら、褐色の肌を真っ赤に変色させたベルンハルトさんが目を見開いて硬直していた。それはもう、ガッキンゴッキンに。

「ベルンハルトさん!?　え？　ちょっと、息してる!?　ねぇ！」

　頭の中に『突然死』の文字が浮かんだ僕はベルンハルトさんの肩を摑んで揺する。けど全然動かない!?　おっも……どうなってんの、この人の体幹。気持ちはガックンガックン揺さぶっているつもりなんだけど、反対に僕の方が反動で揺れちゃってるんですけど!?

「もしかして死後硬直!?」

「い、生きている！　だ、大丈夫だ、私はちゃんと呼吸をしている！　なんの問題もない！」

「なーんだ。もう、ビックリさせないでよ。問題ないならそろそろ王城に行く準備しないと。僕の髪のセットで時間かかっちゃったでしょ？」

　僕はベルンハルトさんのおかげで後は着替えるだけだけど、ベルンハルトさんは髪も服もラフなままだ。

　髪を下ろした状態のベルンハルトさんもワイルドで新鮮で良いけど、そのままで行く訳にはいかないもんね。

　僕のせいで外務省長官が遅刻とか笑えない。

　肌の色も元通りになって動き出したベルンハルトさんの足の間から立ち上がる。

　今ので折角整えてもらった髪が乱れちゃったから直さなきゃな、と思っていると、ベルンハルトさんが僕よりも先にササッと手櫛で整え直してくれた。そして最後に仕上がりを確認して「うむ」と満足げに笑うそれは、最早職人の顔だ。

ベルンハルトさんって、いったい何処《どこ》に向かっているんだろう。

「時間は問題ないから、ゆっくり着替えてくれて大丈夫だ。後ほど、迎えに来る」

そう言ってベルンハルトさんが部屋を出て行き、一人になった僕はベルンハルトさんが乱れを直す為に触れた髪に手を重ねてみる。

ベルンハルトさんが触れた時みたいには温かさも何も感じない自分の手の感触に、物足りなさを感じて直ぐに手を下ろす。

僕の髪を整えるのが楽しいだなんて……少しだけ、自分の巻き毛が好きになれそうな気がした。


ベルンハルトさんと一緒に登城して、一緒に執務室に入る。そんな、いつもと全然違う慣れない朝。だけど、それを気にしてドギマギするよりも!!

「ローマーン！　昨日は大変ご迷惑をおかけいたしました！　僕のせいで残業させてごめんね、是非ともお礼とお詫びをさせて欲しいから好きな物教えて！」

既に自分の執務机に座り、届いた書簡の仕分けをしていたローマンの元へ駆け寄る。

いつもより早く来ているのに既にローマンがいるって、まさか昨日からずっと王城にいたとかじゃないよね!?

「いえいえ、お気遣いなく。残業代はしっかり長官から頂いてますし、私は大した事はしていませんから。それよりノエルがご無事で良かったですよ」

「懐、広過ぎない？」

ローマンの超大人な対応に感服しつつ、お礼だけは絶対にさせてね、って約束だけは取り付ける。

だって、カルニセス子爵の屋敷からの荷物の運び出しの時も色々助けてくれたし、お世話になりっぱなしは良くない。

「本当にお気になさらず。出来るなら、私の事より長官の事をよろしくお願いしたいのですが……今、長官のお屋敷にいらっしゃるんでしょ？」

「そうだけど……よろしくしてもらってるのは僕の方だよ？」

暴走した夫への対応に離婚への手助け、それに衣食住の面倒を見てもらって、朝晩の髪まで整えてもらうという好待遇。アレもコレもしてもらいっぱなしだし、ベルンハルトさんが完璧過ぎて何かをお返しする隙もない。

指折り数える僕にローマンは小さく笑うと、僕に聞こえるくらいの小さな声で「ノエルがここに来てくれてからというもの、随分と楽しそうにされてるんですよ、あの人」と言った。

「それまではずっと難しい顔で紙を睨んでペンを走らせているだけで、何時までも執務室に籠って帰らないですし」

「難しい顔は今もじゃん」

チラリ、と大きな執務机に腰を下ろしたベルンハルトさんを見る。眉間に皺を寄せて届けられた書簡に目を通していて、まるで果たし状でも読んでるんじゃないの？ってくらい険しい顔。屋敷での力の抜けた顔とは大違いだ。

「あの比じゃなかったんです」

嫌そうな顔をして言うローマンを見ると、相当よろしくない顔だったんだろうな。それは、さぞかし怖かった事だろう。

「怖がって他の部署の人が来たがらないので、どれだけ私達が大変だったか。それが、今は肩の力も抜けて随分と穏やかな顔をされてるんですよ」

あれでもね、とローマンは笑うけど……それ、まったく同じ事を今朝言われたばかりだよ。

なんとも複雑な気分だし、気の利いた言葉も出てこないしで、今朝と一緒で「へ～……そうなんだぁ」って返すので精一杯だ。

「あんな見た目ですが、体の大きさに似合わず繊細で純粋な方ですから……今なら引っ越しの手間もないですし、お勧めですよ？」

「うーん、なんの話かよく分かんないけど、考えとくね。だからローマンもお礼に何が欲しいか決めておいて。あ！　そーだ！　僕、今からシュリアン殿下の披露宴会場の確認に行かなきゃいけないんだった。じゃーねー。いってきまーす」

「いってらっしゃい」

笑顔で見送ってくれるローマンに手を振って、そそくさと執務室から抜け出す。

人好きのする笑顔で「全てお見通しです」と、言わんばかりに細められた目の奥に、つついちゃいけない藪《やぶ》が見え隠れしてて怖いんだよぉ。つついたら最後、ガッチリ足元摑まれて逃げられなくなりそうな気がして大変心臓によろしくない。

ローマンの事は好きだし信頼もしてるけど、こういう食えないところが怖いんだよなぁ。

冷えた肝を温めるように、小走りで王城の廊下を駆け抜けて披露宴会場となる離宮へ向かう。

結婚式目前の今、オーレローラの言語が分かる僕は、あちらこちらから呼ばれて大忙しだ。それはクリスも同じらしく、離宮の大広間に入ると僕に駆け寄って来た。

「ノエル!!」

「あ、クリス。昨日ぶり――」

「無事で良かった！　昨日、ノエルが夫に襲われたって聞いて凄く心配したんだよ!?　それでモシカシタラ、夫が宿舎にノエルを連れ去りに来るかもしれないからって、兵士が一晩中張り付いてて、もう宿舎の中は大騒ぎ」

「ごめんね――――!!」

僕の離婚問題が、まさか宿舎を巻き込んでの騒動になっていたなんて……しかも、その頃当事者である僕は吞気《のんき》にグースカ寝てたとか!?

どれだけ周りに迷惑をかけちゃってんの!?　それもこれも全部カルニセス子爵、じゃなくて。貴族籍を剝奪されて平民になるから、カルニセス元子爵かな？　なんでもいいけど、兎に角全部アレのせいだ!!

膝から崩れ落ちそうになるのをクリスの肩を摑んでなんとか耐える。もう、足が怒りからか罪悪感からかは分からないけどぷるぷるする。

「心配かけてごめんね。今はベルンハルトさんのお屋敷で保護してもらってて、離婚も今日明日にでも出来そうだから」

「だからもう大丈夫」そう続ける僕の言葉を聞いたクリスが「ああ〜」なんて、哀れな物を見るような、納得したような、そんな複雑な表情を浮かべて僕を見て来た。

「え？　何？」

「遂に捕まったか……。時間の問題な気はしていたが、ガンバレ。私は見守る事しか出来ない。でも応援はしているよ」

「ちょっと、待って！　どう言う意味⁉　凄く怖いんだけど⁉」

凄く不穏な事言ってない？　え？　僕の身に何かが起こるの？

「ときにノエル、今日の髪は凄く良い感じにセットされているね。髪の艶も良いし……リヴィエール長官がやった？」

「えぅ、うん。クリスに教えてもらったって聞いたんだけど」

「教えろって、凄い形相で言われてコワカッタよ」

ハハ、と乾いた笑いを漏らすクリスは明らかに精神的ダメージを受けてる⁉　遠いどこかを見る目が怖いよ、クリス‼　どうしよ、これで国に帰るとか言われたら大惨事だよ⁉

「クリス大丈夫⁉　しっかりして！　残業代と特別手当貰ってる？　貰ってないなら僕が取り立てて来るから、国に帰るとか言わないでね！」

「そこは大丈夫、心配ないよ。ガッツリ頂いてるから」

「ガッツリなんだ……」

「それにしても、ここまで綺麗に整えるなんて……リヴィエール長官はオソロシイね〜。誰にもツケイルスキを与えないって気迫が感じられてオソロシイ。ノエル、覚悟を決めた方が良いと思うよ。ノエルが嫌なら別だけど……」

「へ？　それはどういう——」

「おーい、通訳さんと翻訳さん。早くこっち来てくれ！」

意味？　と続く言葉が、僕達を呼ぶ声に遮られてしまう。

「おぅ、ナガバナシをしてしまったね。行こう」

「え⁉　ちょっと、待って⁉」

どういう意味かだけ教えて⁉　僕はいったいなんの覚悟を決めたら良いの⁉

クリスに急かされて僕等を呼ぶ人達の元へ連れて行かれてしまっては、それ以上聞くに聞けず……。

これ、僕の勘違いでなければ『外堀を埋められる』ってやつじゃないのか⁉

16　いってらっしゃい、お父様！

その日の夜も、お風呂上がりに当然のようにやって来たベルンハルトさんに髪を手入れをしてもらっている最中にスヤァ、といったらしく、気が付いたらふっかふかの寝具に包まれて朝だった。

衣服に乱れもなく、ガッツリ熟睡でスッキリ、かつ、ツヤツヤの髪で朝を迎える僕の気持ちよ……。

全てはベルンハルトさんの手入れテクが最高なのが悪い！　特に、僕がウトウトしてカクッ、と体勢を崩した時に支えてくれる、柔らかくて反発力のある、あの……あの枕の罪は重い。あれに後頭部を支えられると瞬間的にスヤァ、っといっちゃう。

なんか、申し訳なさより敗北感の方が大きくて悔しい！

そして、今もベルンハルトさんに朝から髪を整えてもらっている。背後からご機嫌な雰囲気が感じられる事から本人は楽しんでいるみたいだし、もう何も言わないけどさ。僕もベルンハルトさんに髪を整えてもらうの気に入ってるし……だって、凄く上手なんだもん。

ヘアクリームを髪全体に馴染ませ終わったのか、ブラシでゆっくりと髪を梳かし始めた頃「今日の予定だが……」と、ベルンハルトさんの改まった声に、うっとりと閉じていた目を開ける。

「この後、君のお父上が来られる」

「え!? 急にどうして!?」

ほんのりと開いていた目がガッ、と全開になり、微かに感じていた眠気も全て吹っ飛んだ。

今まで戻って来い、って言う事はあっても、来る事はなかったお父様が来るなんて、何事!?

「昨日、離婚届が無事受理されたそうだ」

「なぁ～にぃぃぃッ!?」

なんだってそんな重要な事を髪を整えている最中に言うの!? しかも、飛び上がりそうになる僕の体をベルンハルトさんがソファーに押し戻して、何事もなかったかのように髪に櫛を通し始めるからボディランゲージで喜びを表す事も出来ないんだけど!? もっとこう……わーい、バンザーイ! って、思いっ切り喜べる時に言ってよ!

「受理されたら来るように伝えていたんだ。急ぎで出ると言っていたから午前中にはここに到着するだろう。王城へは昼からで良い。私もその予定で動いているから問題はない……やっとだな……良かった」

「うん。本当に……」

本当にやっとだよ。あの意味の分からない最悪の初夜から半年も経ってないはずなのに、凄く長く感じる。ジワジワと湧き上がって来る、やっと離婚出来たという実感に胸がいっぱいで、今すぐにでも叫び出したいくらいだ。

は～……と、今まで自分でも分からないうちに張っていた気が抜けるように、長い息と一緒に力が抜けていく。

今思うと、本当にあの初夜に僕を拒否してくれて良かった。取り敢えずヤレるならヤッとこ精神で褥《しとね》を一緒にされていたらと思うと……。うわぁ、今更ながらゾッとして来た。

「ベルンハルトさんがいなきゃ、きっと白い結婚の三年を待つ事になっていたと思うし、もしかしたら、もっと状況が悪くなっていたかも。本当に、ベルンハルトさんには凄く感謝してるんだ……そうだ！　ベルンハルトさんにもお礼しなきゃだね！　色々いっぱい助けてもらったし、何かしてほしい事とか欲しい物ってある？　ローマンは城下街で話題のブリーチーズのタルトだって」

だから、今度みーんなで食べても余るくらいの山盛りを用意するんだ。勿論、美味しいワインも付けるよ。

ベルンハルトさんには、何が良いかな～？　実家の領地の馬とか？　そういえば、僕が嫁ぐ直前に引退した軍馬が仔《こ》を産んだって言ってたけど、どうかな？

「礼など私には……いや、待ってくれ。一つだけ、願いがあるんだが……良いだろうか？」

「お？　あるんだ！　何なに？　良いよぉ～、なんでも言って」

「では……愛称で、呼んでもらえないだろうか」

おずおず、と称するのがピッタリな、躊躇《ためら》いがちな声で背後のベルンハルトさんが呟く。

「あいしょう……愛称ってあれ？　クリストフェルをクリスみたいな？　ティメオをティムって呼んだりするような？　アビゲルをアビィって呼んだりする、あれ？」

ピタリ、と髪を梳くヘアブラシの感触が止まったのを感じて後ろを振り向けば、ベルンハルトさんが大きな体を小さく屈めてヘアブラシを両手でイジイジと弄《いじ》っていた。

「うむ……」

「……」

普段は悪魔の形相な天下の外務省長官が大きな体を小さくしてモジモジと……外務省の皆が見たらビックリし過ぎて泣いちゃうんじゃないか？

予想外のお礼のチョイスに戸惑いつつ、くるりとソファーの上で体勢を変えベルンハルトさんと向かい合う。

「本当に愛称がお礼で良いの？　軍馬の仔馬とかいら

ない？　僕の実家の領地にある別荘だって用意出来るよ？」

「いや、愛称がいいんだ……」

他の代替案を出すけど、駄目らしい。首を振って断固愛称で、と主張されてしまった。

うーん、そこまではっきり言われるとなぁ。王弟殿下を愛称で呼ぶって、凄くハードルが高いんだけど……さぁ、どうするか、と悩んでいると、期待と不安を浮かべた水色の瞳と目が合う。

「駄目か……」

「うぐっ……」

（そんな目で見られちゃうと、弱いんだよなぁ……）

正直なところ、駄目だと思う。けど……今回、離婚に漕《こ》ぎ着けたのはベルンハルトさんあっての事だし、そのお礼だったらいいの、か？　……本人からの強い希望でもあるし。

「……分かった、いいよ。ベルさん……これでいい？」

覚悟と諦めと、色々なものがごちゃ混ぜになった溜息を飲み込んで愛称を呼ぶ。

（ああ～、今回もベルンハルトさんからのお願いを断れなかったぁ）

なのに、僕の愛称呼びに、ピク、と肩をほんの少しだけ動かしたベルンハルトさんからは「敬称も、止めて欲しい」と……。

遠慮がちに言うだけで自己主張はしっかりするタイプなのね！　いいと思うよ！　変に気を遣って後から後悔してウジウジするより全然いいよ、うん!!

「いいけど。後から不敬だとかなんだとか問題にならないように守ってよ？　ベル」

「必ず守る！　誰にも文句は言わせない。ありがとう、ノエル」

あ～あ、王弟殿下を呼び捨てとか、いつか不敬罪だとか冒瀆《ぼうとく》だとかでお咎めを受けるんじゃないかとヒヤヒヤなんだけど。

でも、僕が「ベル」と呼んだ瞬間に今まで見た事のない満面の笑みを浮かべて喜んでいるのを見ると、そんな水を差すような事、言えないんだよなぁ。

「それじゃ、お父様が来る前に準備しなきゃだね」

「そうだな、昨日より綺麗に髪を整えてみせるから、任せてくれ」

「その意気込みは必要ないんじゃないかな？」


「ノエル!!」

「お父様！　お元気だった？」

「ノエルゥウゥ〜。すまない、本当にすまなかった！　私が勝手に結婚を決めたばっかりに……ぅう、お前にいらない苦労をかけて、あまつさえ付けなくてもいい疵《きず》を付けてしまった父を許してくれぇ〜！」

　顔を合わせた途端、僕にしがみ付いて泣き出すお父様。重い!!

　感動の再会が涙と鼻水で、それどころじゃないよ！

「ああ、顔を見せておくれ。やつれてはないかい？　少し草臥れたんじゃないか？」

「僕が草臥れて見えるのは、お父様が僕にへばり付いてギャイギャイ騒いでるからだよ!!　エクトル！　お父様を引き剝がして！」

　同伴していた見知った使用人にお父様を引き剝がすように命令すれば、それよりも先に背後から伸びて来た大きくて太い腕がお父様を引き剝がして、僕をヒョイと持ち上げた。

「大丈夫か？　ノエル」

　背中に感じる弾力のある筋肉の感触と落ち着いた低い声に見上げると、ベルの顔が至近距離で僕を見下ろしていた。

「ベル」

「モンテス侯爵、ノエルが嫌がっている。いくら父親といえども程々にされよ」

　僕をお父様から引き離してくれたのは、とってもありがたいし助かったけど、何も抱き上げなくっても良いんじゃないかな!?

　吐息がかかりそうなほど近いベルの顔に図らずも僕の胸がドキリ、と鳴る。慌てて地面から浮かんで心許《こころもと》ない足で空を蹴り、胸に回っている丸太みたいな腕をペチペチ叩いて暴れる。

父親の前で軽々と抱き上げられる息子の気持ちにもなってくれ!?

なんとか下ろしてくれた後もピッタリ背後に張り付かれて、お父様とどっちが保護者か分かったもんじゃない。

「も、申し訳ございません。自分の至らなさで可愛い末息子に苦しい日々を強いていたかと思うと、抑え切れず……」

「心配しなくても、ベルンハルト殿下に良くして頂いたおかげで元気溌剌《はつらつ》でピンピンしてるよ。むしろ実家にいた時よりバイタリティーに溢れた日々を送れて充実してるから大丈夫」

「うう……お祖父様に似て相も変わらず逞しい……」

涙を拭きなよ、お父様。そして元気出せ〜。エクトル、お父様にハンカチ一枚!

お父様は事ある毎に僕がお祖父様に似ているって言うけど、そんなにかなぁ?

だって、お祖父様ってやりたい事は我慢しない質《たち》で、惚れたら国だろうが言語だろうが文化だろうが関係ない! って勢いで、遠い国から気合と熱意だけでお嫁さんを連れ帰って来ちゃう超アグレッシブな人だからね。

そんな面白い人と似てるって言われるのは光栄だけど、僕、そこまでアグレッシブでアクティブじゃないよ。

「これが、離婚が受理された証明書だ」

涙を拭いたお父様から渡された羊皮紙には、確かに昨日の日付で僕とカルニセス子爵との離婚が受理されたと書かれていて、間違いなく僕の勝利の証明書だった。

心の中で「イヤッタァ――――!!」と、勝利の雄叫《おたけ》びを上げ、グッと握り拳《こぶし》を作って喜ぶ僕の上から覗き込んで来るベルも心なしか口角を上げて嬉しそうで、その笑顔の理由を考えて思わず目線を羊皮紙に戻す。

いや、別に何も意識とかしてないし!

「お前を解放してやるのが遅くなって悪かった。サマニエゴ伯爵とは小さい頃からの付き合いで信用しきっていたんだ……彼の息子なら間違いないと、きっとノエルを幸せにすると勝手に思い込んでいた。ノエルから冷遇されていると手紙を貰った後も、何かの間違いじゃないかと……すまない。どうしても、直ぐにサマニエゴ伯爵を見限る事が出来なかったんだ」

その言い分だと、僕よりサマニエゴ伯爵の方を取った、って聞こえるんだけど。

ムッとする僕に気が付いたお父様がバツの悪そうな顔をするけど、そんな顔したって許してあげないんだから！

せめて、お父様が最初から僕を信じて強気に出てくれていたら、ここまで時間もかからなかっただろうし事態も拗《こじ》れなかったのにな。

「たとえ知己の間柄だったとしても、実の息子と天秤にかけるほどのものとは思えんがな」

「ベルンハルト殿下の仰る通りでございます。全ては、私の人を見る目のなさと遅疑逡巡《ちぎしゅんじゅん》が原因。ベルンハルト殿下からのお叱《しか》りがなければ、その事に気付く事も出来ない愚か者でございました」

「え？　叱ったの!?」

「苦言を呈しただけだ」

ベルはサラリと言うけど、なるほど、今の一言で分かった。結局、お父様が動いたのもベルのおかげ、って事ね。

サマニエゴ伯爵とカルニセス子爵だけでなく、まさかお父様の方にも発破をかけてくれていたとは……それでやっと動いたにしては人情だか友情だかに絆《ほだ》されてダラダラと……。

僕が知らないところで色々と手を回してくれていたらしいベルには頭が上がらない。これ、ベルがいなかったら本気で僕、詰んでたね。

「はぁ～、もぉ情けない。お父様、反省して！　もう、サマニエゴ伯爵家とは縁を切ったほうが良いよ。碌な事にならないから」

「勿論、縁は切る！　サマニエゴ伯爵家への融資は全て取り止めて、今まで融資した分も全額返還請求している。ただでさえ資金難だったんだ、ノエルへの慰謝料と融資分の大金を一気に失えば、サマニエゴ伯爵家は没落していく事になるだろうが、私はもう一切の関わりを断つ。息子のレイナルドも貴族籍剝奪で、今はもうどこにいるかも分からないらしく再起も難しいだろう。悲しいが、ここで彼と私の長年の縁は終わりだ」

「ふ〜ん」

ちゃんと、スッキリサッパリ縁を切る気はあったんだ。良かった。お父様ってちょっとお人好しなところがあるから、またここで変に情を見せたりしたらどうしようかと心配だったんだよね。

これも、ベルに叱られたおかげってやつかな。

「今回の事で本当に反省したんだ。ノエルの為だと思った事は全て私の独りよがりだった。ノエルは強い子だからと事態を甘く見たのも私の慢心だった」

「なるほど、モンテス侯爵は本心から反省なさったようだ」

肩を落として反省の弁をつらつらと口にするお父様に、珍しく作り笑いと分かる口角だけを上げた笑顔のベルが声をかける。

しかも不自然に柔らかい声を出していて、気持ち悪いんだけど。

「それほどまでに反省をされたのなら、是非にもモンテス侯爵に頼みたい事があるのだが、聞いてもらえるかな？」

「はい！　ベルンハルト殿下直々のご要望とあれば、なんなりと」

ああ、ちょっと待ってお父様！　このベルなんか怪しいよ！

ベルの普段を知らないお父様はこの不自然さに気付かないかもしれないけど、何か良からぬ事を企《たくら》んでる顔だよ、これは！

ベルだから悪い事はしないと信じてるけどハラハラする。

「そうか、そう言ってもらえて私も安心した。ではモンテス侯爵、ストーハルスの外交官としてオーレローラへ行ってくれ」

「へ？」

「は？」

お父様をオーレローラへ!?

「待って、ベル！　それは困るよ！　お父様がいなくなったら侯爵家はどうなるの？　家の領地は侯爵であるお父様が主幹となって治めてるんだよ⁉」

「ノエル……」

僕がベルを問い質《ただ》すのを嬉しそうな顔でお父様が見て来るけど、僕は侯爵家の事を思って言ってるの！

お父様がいなくなって実家が傾くなんて事があったら、大変じゃないか！

「それなら問題ないよ、ノエル。これを機に跡継ぎの長男に家督を譲ればいい。次男もいるんだ、兄弟が力を合わせれば領地を切り盛りする事ぐらい造作ない。それに、こちらの都合で予定より早く代替わりしてもらうのだから、国がしっかりとバックアップする」

「え？　そうなの？」

お父様にではなく、僕へと向き直り説明してくれるベルの話をよくよく頭の中で捏ねて考える。

お兄様に家督を譲るのは確かにアリかも。それなら下のお兄様も一緒に領地の統治に携われて職にも困らなくて安泰？

しかも国がバックアップしてくれるなら、お父様が主軸となっている今よりも手堅いものになるんじゃ……。

「今、オーレローラには我が国の外交官がいないんだ。だが、王太子の婚約者の国に外交官がいない訳にはいかないだろう？　そこで、オーレローラの血が流れ、言語も多少は分かるだろうモンテス侯爵が一番の適任だと考えたんだよ」

「なるほど確かに。よし、お父様いってらっしゃい！」

これは全然悪い話じゃないね。むしろ良い話だ。

「ノエル⁉　何を言っているんだ、私がオーレローラに行っても良いのかい⁉　今以上に離れて暮らす事になるんだよ⁉　なかなか会えなくなるんだよ⁉　それに、家督を譲るなんてそんな簡単に……」

お父様ったら、何をそんなに顔色を悪くして慌てる事があるの？　侯爵位なら国の為に率先して動かなきゃ。

「大丈夫だよ、お父様。お兄様達はとっても優秀だし、国が支援についてくださるんだ。侯爵家を今以上に発展させる事だって出来るよ。それに、オーレローラの外交官なんて名誉ある事だし素敵じゃない。他に適任者もいないんだから、お父様が頑張んなきゃ、ね！」

ファイトー！　って拳を突き上げて応援するけど、顔にデカデカと『絶望』と書いてあるお父様は魂が抜けたように立ち尽くしている。

え〜？　僕だってお父様が勝手に決めた結婚を呑んだんだから、お父様も頑張って来てよ〜。

「これから国交も始まるし、僕もオーレローラには一度は行ってみたかったんだ〜。だから、時間が出来たら遊びに行くね！」

外交官になったら国に帰って来るのはなかなかに難しいだろうけど、住めば都って言うしね。お祖母様の祖国なんだもん、全くの知らない国って訳でもないんだから良いじゃないか。

「ノエルもこう言っているんだ。行ってくれるな？」

そう言ってベルが徐に僕の肩を抱き寄せ、体を密着させて来た。しかも、僕の髪に鼻先を触れさせるほどに顔を近付けて来て……。

ちょっ！　お父様の前で急に何すんの!?

突然の密着に僕の体はピシッ、と固まっちゃうし、頬は沸騰するように熱い。当然、そんな僕の醜態を見たお父様はギョッ、と驚いた顔で何度も僕とベルに視線を走らせて来る。

そうだよね、そういうリアクションになるよね！

僕はいったい、お父様になんて所を見られているんだ。

「ノエルの父上だからこそ、お願いしているのだが？」

「……っ、謹んで、拝命いたします」

ベルの否を許さない声色に何かを諦めた表情でガックリと肩を落としたお父様が、絞り出すように承諾の言葉を口にした。

17　悔いて気付いて思う事

「ノエル〜。これ、来賓表なんだけど全部オーレローラの言語に書き換えてくれないか？」

「いいよ〜。でも、今から写字室に行かなきゃだから、その後でもいい？」

「構わないよ。でも、出来るだけ早めでお願い！　家令達に急かされてるんだ」

「オーケー、直ぐ戻って来るね」

　オーレローラの王族が明日、明後日《あさって》には到着するとあって、王城内はどこもかしこも浮足立っているし、皆どこかソワソワとしていて落ち着かない。おかげで、僕が独楽鼠《こまねずみ》のように動き回っていても誰も気にしないのはありがたい。

　僕の離婚が受理されて一週間ほど、その間にベルとの関係に何か変わった事があったか、と言われれば……ない。

　いまだに僕はベルのお屋敷に厄介になっているし、ベルはどんなに忙しくても朝と夜は僕の部屋にやって来て僕の髪を整えてくれる。

　そして毎晩、気が付けば朝。なぜかベッドの中でぬっくぬくの寝具に包まれた状態で目を覚ますんだよ。

勿論、一人で……。

　いや、別に何かを期待している訳じゃないけどね！　それでも一応僕の自惚《うぬぼ》れでなければ、何かしらの感情を持ってくれているであろう人物を部屋に招き入れ、あまつさえ寝巻だとか、ラフな格好だとか、無防備な姿を晒すというのは……まぁ、そういう何かがあっても、良い、と言うか……なんと言うか……。

　もう、ここまで来れば僕もいい加減自分の気持ちに気が付いている。だって誤魔化しようがないじゃないか。

　僕は、ベルの事が好きになっていた。

　離婚する前は、必死に気付かないふりをして恋心に蓋をしていたけど、それもする意味がなくなったなら感情は正直だね。

今までのベルの優しさだったり好意だったり、何気ない時に僕にだけ見せてくれる笑顔だったり、そういうのが全部、堰《せき》を切ったように僕の中に流れ込んで来て、その全てに胸が高鳴って感情が止まらなくなって……そんなの、認めるしかないじゃん。

だけど、僕達の関係に変化は、無い。

何度か、ベルが何かを言おうとしてきた事はあったけど、その場で逡巡《しゅんじゅん》して「なんでもない」って言って終わり。な一んにも言わない。以前『離婚したら話を聞いて欲しい』って言ってたくせに……。

最近はベルが僕に好意を持っている、なんて僕の思い上がりだったのかもしれない、なんて思ってきたり……もしかしたら、僕もお父様と一緒にオーレローラに行って、あっちの貴族と政略結婚してきてくれ、って言われる可能性もあるんじゃないかとすら思っている。

ほら、僕ってば侯爵令息じゃん？　政略として差し出す貴族としては悪くない地位じゃん？

なんて……自分でもビックリな弱気っぷり。まさか自分がこんなにも色恋沙汰に弱腰だとは思ってもみなかった。

そんなだから自分からも何も言えず、ただベルの優しさに今だけでも……と甘え、モヤモヤとした変な焦燥感に駆られるままにせかせかと仕事に精を出して、迷走する感情を誤魔化している、って感じ。

ああ～、慣れない感情にこうも振り回されてちゃ、流石の僕の鋼のメンタルも疲労骨折起こしそう。

「確かに、お願いしていた枚数キッチリ受け取りました！　ありがとうございました～」

写字生から、お願いしていた文章を書き写して貰った紙の束を受け取って、また執務室に戻る。

戻ったら、さっき頼まれた来賓表の書き換えをして、それから翻訳した書類に漏れがないかをチェックして、それが終わったら……次、どうしよう？

うぅう～、何かやってないと落ち着かないんだよなぁ。

執務室に戻る為に庭を囲うように巡らされた回廊を紙の束を抱えて、てくてくと歩く。けど執務室までが遠い。なんで写字室と執務室がこんなに遠いんだよぉ！

王城は王族の居住地も含まれているから広いのは当然なんだけど、心に余裕がない今の僕はそんな事は関係ない。

いっそ、回廊から庭に降りて厨房《ちゅうぼう》の脇を突っ切っちゃえば少しは近道になると思うんだけど、やっても良いかな？　お願いされた来賓表の書き換えも急いで欲しそうだったし、早く戻った方が良いんだよね？

庭への出入りは禁止されてはいない。けど、一応周囲に人がいない事を確認してアーチ状の巨大な窓を乗り越えて庭に降りる。

こういうのってさ、ちょっと悪い事しているような、でも冒険っていうか探検っていうか、ワクワクするよね！　モヤモヤした気分を発散させる気分転換にもなりそうだし、僕、良い選択したかも！


軽い足取りで一面緑の絨毯が敷き詰められたような庭を一直線に横切って行く。回廊が続く端に厨房があるから、そこを越えて建物の中に入れば政務の為の執務室が連なる一画に到着するはず。

急ぐ為に降りた庭だけど、これが思いのほか楽しくって地を這っていた僕の心のコンディションが回復していく。

綺麗に手入れされた芝生に、季節に合わせて植えているのか色とりどりの花が咲いていて美しいし、小鳥なんかもやって来ていて目にも耳にも鮮やかで、お疲れ気味の僕が癒される〜。

こんなにも素晴らしい庭に触れちゃうと、急がなきゃ、って分かっていてもついつい目線は庭の草花に行ってしまうのはしょうがないよね。その代わり足はちゃんと動かして進んでいるから許して欲しい。

芝生を踏む足裏の感触を楽しみながらゆっくり歩いても、楽しい時間はあっという間。もう、目の前には野菜が詰められた袋が何個も並んだ厨房の裏口が見えてきた。

（あ～、残念、僕の気分転換もこれで終わりかぁ。もう少し楽しみたかったなぁ）

最後にもう一度だけ綺麗な庭を見てから戻ろう、と振り返って緑と多彩な色の花を眺める。

ああ、癒される……やっぱり庭を通ったのは正解だったな。今度、一緒に庭を散歩しよう、ってベルを誘ってみようかな。そうしたら、少しは本音で話せるかも……。

「これは運命だ」

綺麗な庭に似つかわしくない、ガサガサとささくれ立った不愉快な声が背後から聞こえたと同時に、僕の頭に強い衝撃が走った。


耳障りな声が絶え間なくブツブツと呟くのが聞こえ、意識がゆっくりと浮上して来るのを感じる……。

「これで戻れる。これで帰れる。やった、やった。私は子爵なんだぞ。子爵なんだ……庭のある屋敷に住んでいるんだ。使用人だっていて、毎日肉を食べて。ふへへへ。女だって……」

言ってる内容気持ち悪!?

明らかに常人じゃない呟きに一気に意識が覚醒する。

「は？」

目を開ければ、そこはボロボロの狭い小屋らしき中で……って、どこだここ!?

光は朽ちた木の壁の隙間から入る以外なくて薄暗いし、凄く埃っぽい。何かの倉庫だったのか、麻袋や農具らしき物が見えるけど、おおよそ人が寝転がって良い場所にはとてもじゃないけど思えない。

なんて所に連れて来てくれてるんだ！　って怒りの視線を、僕の目の前でブツブツと呟きながらユラユラと揺れている、恐らく男だろう背中に突き刺す。

なんでこんな事になっているのかは分からないけど、この男が僕の頭を殴ってここに連れ込んだんだろう事は察しがつく。

埃っぽいし暗いし床は固いしで最悪以外ないこんな場所から、さっさとオサラバしたいんだけど……なんとかして出られないかな？

気付かれないよう、ゆっくり目線だけを動かして抜け出せそうな所を探す。けど、確認出来たのは男の向こう側にある扉だけ。

窓すらないこの小屋から出て行こうと思ったら、この男を飛び越えて行かなきゃいけないとか、難易度高過ぎない？　幸いな事に手足が縛られていないのだけは良かったけど。

いつでも隙を見て逃げれるよう、そーっと体を起こす。

「ああ、起きたか」

「ひぴっ！」

手をついて上半身を起こしたところで、背中を向けていた男がグリン、と顔を僕に向けて来た。

何日も剃《そ》っていないだろう無精髭にボサボサの髪。風呂どころか水浴びすらしていないのか汚れた顔。それをニンマリとさせた男が僕ににじり寄って来る。

誰!?

「ノエルゥ、こんな所で会えるなんて、私達は運命で結ばれているんだね。嬉しいよ、君も私と同じ気持ちなんだね」

いや、だから誰!?　なんで僕の名前知ってるの!?　僕にこんな知り合いはいないし、絶対運命で結ばれてないし、確実に気持ちは同じじゃない！

「どちら様か名乗ってもらっても良いかな？　僕の記憶の中にあなたは入ってないんだよねぇ？　もしかしたら、さっき殴られたせいで吹っ飛んで行っちゃったのかも？」

「またそんな天邪鬼な事を言って私を困らせるのかい？　ノエル、君の夫のレイナルドじゃないか。会いたかっただろ？」

「レイナルド!?」

レイナルドって、まさかカルニセス元子爵!?　こんな汚れたボロを着て、最低限の身嗜みすら放棄したこの男が!?　言われてみれば面影はあるけど、言われなきゃ一生気付かないレベルで別人だぞ……。

そういえば、お父様がカルニセス元子爵は行方知れずだ、って言ってたけど、たった一週間程度でこんな平民以下の姿になるなんて、いったいどんな生活をしていたんだ!?

「なんで王城にいたの？　出入り禁止になってるはずでしょ？」

「王城？　ここは王城なのか？」

は？　自分がどこにいたのかも知らなかったの？

呆《ほう》けた顔で問い返してくるカルニセス元子爵は嘘を吐いているようにも、しらばっくれているようにも見えないけど、どういう事？

それに、カルニセス元子爵が「ここは」って言っているって事は、ここは王城だって事でいいんだよね？　良かったぁ、城外に連れ出されてたらどうしようかと思ったよ。

「私は芋をここに運べと言われて来たんだ。少しの賃金で毎日毎日……あいつら偉そうに私に指図しやがって、いつか不敬罪で牢獄に入れてやる!!　ああ……だが、今日ここでノエルに会えたんだ、許してやってもいいな。ノエルに会うために私は来たんだ、王城に……そうか、ここは王城だったのか。では私は許されたんだな！　王は私をお認めになられたんだ!!」

突如、興奮して喚き出したカルニセス元子爵の異様な雰囲気に、尻ですって後ずさる。

目だけを異様に爛々《らんらん》とさせ、支離滅裂な事を喋り続けるその姿は明らかにおかしい。

もともとその片鱗はあったけど、貴族籍を剝奪されて心の歯車が一気に外れ、現実と妄想の区別がつかなくなったのだろう……哀れとは思うけど、そこまでの原因を作ったのは自分自身なんだから、同情は出来ないかな。

「やはりノエルがいればいいんだ。ノエルが私の妻であれば、全て元に戻るんだ!!」

「何言ってッ!!」

急に叫び出したカルニセス元子爵が、僕へと倒れ込むように伸《の》しかかって来た。避ける暇もなく、僕の体は再び埃と土まみれの床へと押し倒されてしまって、強かに打った肩が痛い。

「何すん、だっ!!」

「何って、今から私達は夫夫になるんだよ。あの初夜の日にノエルを抱いてあげなかったから、私達は真の夫夫になれなかったんだ。だから私達は切り裂かれて、私だけが地獄に堕ちたんだ」

謎理論語り出したぁー!!　何？　その、自分のやった事全部棚に上げて被害者ぶってるストーリーは！

抱いてあげなかった、とか超気持ち悪い発言止めて！　発言が気持ち悪いせいか、不衛生で汚い男に押し倒されているせいか、その両方か。一瞬で鳥肌が全身にブボボボボボ、って立ったよ!!

「さぁ、今から優しく抱いてあげるからね。夫夫になろう。本当の夫夫になれば全て上手く行くんだ」

いやぁ――!!　絶対いやぁ――!!　何が悲しくてこんな男に抱かれなくちゃいけないんだ！　やだやだやだやだ!!

僕のシャツに手をかけ、一気に引き裂こうとする手を既《すんで》の所で引っ掴み、止める。

優しく抱いてあげる、って言った側からシャツを破こうとする行為のどこが優しいんだ!!

「待って！　待って!!　こ、こんな場所は、やだなぁ。ほら、汚いし。ムードもないし？　だから、ここを出よう？　この小屋の外に行こうよ、ね？」

こんな奴に媚を売るような真似はしたくないけど、悲しいかな、非力な僕じゃ抵抗もさして意味を成さないのが目に見えている。このままじゃ好き勝手にやられるだけだ。

だけど、ここが王城なら外に出れさえすれば何とかなる、はず……。その為なら多少の媚くらい激安で売りまくる！

「ほら、誰か来るかもしれないしさ。ね？　外に――」

「外は駄目だ。ノエルを探している兵士がうろついている。私も、ノエルを連れ出してあげたかったけど、外への出入り口が全部塞がれて無理だったんだ。きっと、あいつらは私からノエルを奪おうとしているんだ。私に成り代わって、子爵家を乗っ取ろうとしているに違いない……なんて、なんて小癪《こしゃく》な」

僕に覆い被さったまま、またカルニセス元子爵が呟き始める。ブツブツ言っている間はどうやら大人しいみたいだから、ずっとそのままでいてくれないかな？

それより、僕を探している兵士、って言ったよね？　カルニセス元子爵の言う事だから、どこまで真実かは分からないけど、もしかしたら僕がいなくなった事に気が付いて探してくれているのかも？

だとしたらなおの事、ここから出れさえすれば助かるかもしれない！

ならばブツブツ言ってる今がチャンス！　媚を激安で売るより、金的を大サービスでお見舞いして扉までダッシュだ！

グッと力を入れた足を一気に振り上げ、カルニセス元子爵の股間をバコーン！　と、強打すると思った僕の足は、自身の思いとは裏腹に、へぽん……とカルニセス元子爵の太腿を蹴った。

あいぃぃえええぇぇ!?　なんでぇええ!?　非力か!?　元引きこもり故の筋力のなさがここに来て裏目にぃぃぃぃ!!

折角気が逸れていたのに、今ので再び僕に意識が向いてしまったらしいカルニセス元子爵が、ギラギラとさせた目を僕に向けて来た。

「急いで夫夫にならなければっ！　誰かに盗られる前にっ、わ、私のものにするんだ！　こいつは私のものだ!!」

「!?」

心の歯車が大きく外れた拍子に錯乱状態に陥ったらしく、カルニセス元子爵が摑んでいた僕の手を振り払って一気に僕のシャツを引き裂いた。

布の裂ける乾いた音と飛び散ったボタンが落ちる音に啞然としていると、肌に直接感じるヒヤリとした空気で我に返る。

「やッ、やめて!!　やだ!!」

「犯してやるっ。ははっははは、犯してやるからぁ、夫夫になろうなぁ」

「っざけんな!!　お前なんか絶対に、嫌だ!!」

伸しかかって来るカルニセス元子爵を押し戻そうとした手は簡単に押さえ込まれ、蹴り上げてやろうとバタつかせた足の上には膝を落とされ、僕の抵抗は簡単に奪われてしまう。

昔何かの本で、頭のネジが吹き飛んだ人は力の加減も吹き飛ぶからとんでもない力が出る、って読んだ記憶があるけど、これかぁあ！　すっごく納得、滅茶苦茶力が強い!!　僕がひ弱とか以前に押さえ込む力が容赦なくって滅茶苦茶痛い！

絶対痣《あざ》になる、ってくらい強く押さえつけられ、抵抗する力が弱くなった隙に、カルニセス元子爵が片手で自分のトラウザーズの腰紐《ひも》を緩め始めて、僕の喉から引き攣った悲鳴が漏れる。

何を取り出そうとしてんの!?　止めて！　見たくないし気持ち悪い!!

「嫌だ!!　やだやだやだやだっ!!　離せッ、離せよ!!　お前にヤられるくらいなら犬の方がマシだ！」

「あは、あははは、そんなに嬉しいのかぁ。嬉しいなぁ」

「聞けよ!!」

必死で拒絶する僕を笑うカルニセス元子爵に鎖骨を噛まれ、痛みにヒリつくそこを今度はネットリと舐められ、あまりの気持ち悪さにえずく。

僕の胸の上に顔を落とすカルニセス元子爵の、汚れ切ったすえた臭いも相まって、本当に吐いてしまいそうだ。

なんで、僕がこんな目に……折角、離婚出来て自由になれたはずなのに。ベルに対する気持ちを自覚した途端に、こんな事ってないよ……。

息を荒くしたカルニセス元子爵が、僕の足の付け根辺りに腰を擦り付けゴリゴリとナニカを当てて来て気持ち悪さと恐怖が内臓を押し上げるように湧き上がって来た。

外は陽が沈んできているのか、壁の隙間から差し込んでくる光が弱くなっていて、それに同調するように僕の中に絶望が広がっていく。

ああ、最悪だ。こんな所でこんな奴に犯されるなんて、本当に最悪。

こんな事なら、ベルの事襲ってやれば良かった。ベルが僕に手を出さないなら、僕がベルの上に跨がってやれば良かったんだ、って……。諦め始めた心に自暴自棄な後悔が襲ってくる。

（そうしたら、まだ……一度でもベルに抱かれた後なら、こんな奴に犯されても、少しくらいはマシだったのに……）

こんな最悪な状況なのに頭の中に浮かぶのはベルの事ばかりだ。せめて一言、好きだって言えたら……。

「は……ぅう、ぃ、嫌だ……やっぱ、やだぁああッ!!」

やっぱ諦めたフリなんか出来ないぃ！　ベルじゃなきゃ嫌だ！　最初もその後も全部ベルが良い！

「離せっ！　ベルッ！　ベルゥッ！」

ベルの名前を叫んでないと気がおかしくなりそうで、喉が千切れそうなほど声を張り上げる。

こんな奴に黙って犯されるなんて真っ平ゴメンだ！　無駄でもなんでも良いから、暴れて暴れて暴れまくってやる！　誰が大人しく犯されてやるもんか!!

「貴様！　誰の名前だ!?　お前の夫は私だぞ！　このッ、黙れ!!」

「誰が黙るかッ、お前なんか嫌いだ!!　離せっ！　お前とは離婚したんだ！　夫じゃない！　ベル！　ベルッ!!」

「このッ、誰に向かって……二度と生意気な口が利けないようにしてやる!!」

「うっせ――」

やけくそで煽《あお》り倒し、暴れまくる僕に激昂《げっこう》したカルニセス元子爵が拳を振り上げる。僕に向けられるそれに奥歯を噛みしめ身構えた瞬間。

ドグァアッッ！　バギャッ!!

「え？」

物凄い振動と破壊音が小屋の中に響き、僕に殴りかかろうとしていたカルニセス元子爵が視界から消えた。

「は？」

何が起きたのか全く訳が分からず、戸惑う僕の視線の先には、砲弾でも当たったのかと思うほどに崩れ落ちた扉と、岩のように大きく屈強な体軀《たいく》を怒らせ、ハンマーのような腕を振り切った姿勢の――。

「ベル……？」

目を血走らせ、食いしばった歯の隙間から低い唸り声を漏らして、まるで悪鬼のような憤怒《ふんぬ》の形相が僕を見下ろしていた。

きっと、見る人全てを震え上がらせるだろう荒々しい相貌だけど、僕にとっては何よりも会いたくて、誰よりも愛おしくて、何よりも安心出来る顔に、ぶわりと涙が溢れてくる。

「ベル！　ベルッ!!」

「ノエル！」

ぐずる赤ん坊みたいに手を伸ばす僕を、ベルが軽々と抱き上げ強く抱き締めてくれる。

ああ、ベルだ……微かに香るインクの匂いと大きな腕に安心感が溢れて、喉が震える。

「ノエル、無事で良かった」

熱いくらいのベルの体温に全身包まれても、それでもまだ足りなくって、自分からもベルの太い首にしがみ付いて額をグリグリ擦り付ける。

小さい子供みたいで恥ずかしいとか、今はそんな事はどうでも良い！　兎に角ベルを感じたくってギューッ、と密着する。ベルもそんな僕を嫌がる事なく抱き締め返してくれて、落ち着かせるように優しく頭を撫でてくれる。

「助けに来るのが遅くなってすまない。怖かったな……もう大丈夫だ」

「うん、うん……怖か、った……でも、見つけてくれて、助けてくれて……ありが、とぅ」

本当に怖かった。このまま犯されるんだと思ったし、犯されて穢《けが》されたら、もう二度とベルの側には行けないって、拒絶されるかもしれないって思ったから……それが、痛い事とか苦しい事より、ずっとずっと怖かった。

「ノエル!?　怪我をしているじゃないか!?」

「あ……でも、これくらい大丈夫」

「大丈夫じゃない！　クソッ！　血が出ている。ノエル、手当てをしよう」

どうやら暴れたせいで痣や傷が出来ていたみたいだけど、それくらい犯される事を思ったら全然大した事じゃない。だから大丈夫、って言ったら怒られた。男なんだから多少の怪我くらいどうって事ないんだけどな。

「おい！」

僕が気付かなかっただけで外にも人がいたらしく、

ベルが声をかけると数名の兵士が小屋の中に雪崩《なだ》れ込んで来た。

「そいつがどこの者か、目的も含め徹底的に調べ上げろ。容赦はいらん！」

そいつ？

顔を横に向けたベルの視線の先を追うと、そこには木の壁を突き破って倒れ、ピクリとも動かないカルニセス元子爵が……。

目の前から消えたと思ったら、そんな所に!?

え？　もしかしなくっても、これをやったのってベル!?　まさかカルニセス元子爵を殴り飛ばしたの!?

という事は、あの跡形もなく破壊された扉も……？

ボロ雑巾のようになったカルニセス元子爵と、木屑となった扉を作り出した原因に思い当たり、僕の口からは「うは……」という感嘆詞しか出て来ない。

ベルが人を殴った事もビックリだけど、木の扉を一撃で破壊したり、成人男性が一瞬で目の前から消える威力を出すベルの腕の一振りにドン引きだ。

「あ、ベル。それカルニセス元子爵。芋を運ぶ仕事で王城に来たって……僕の元夫がご迷惑をおかけして申し訳ございませんでした……」

取り調べが少しでも楽になれば、と、僕の知り得る情報を伝えた途端、ベルの顔からスン……と表情が抜け落ちた。さっきの憤怒の表情より、ある意味怖い！


手当てをする、と言うベルに抱き上げられたまま運ばれたのは執務室でも医務室でもなく、広々とした誰かの私室を思わせる部屋だった。

「ここは？」

「私の私室だ」

「おぉ？」

「今の屋敷に移り住むまでは王城に住んでいたからね。部屋はそのまま残してあるんだ」

屋敷に帰る暇がない時など便利だろ？　と笑うベルが、わざわざ王族の主治医である侍医を部屋に呼び入れ僕を診てくれるという状況。

そうだったわ、ベルって王族だったわ。ついつい忘れがちだけど王子様だったわ。

「骨にも、殴られたという頭にも異常がないようで良かった」

「うん。僕、結構丈夫みたい」

見た目は肩や鎖骨周辺の噛み痕《あと》や、押さえ込まれた腕や足への内出血、それと暴れた時に出来た背中や腕の擦傷《さっしょう》で散々だけど、それほど痛くはない。だけど、ベルはそうは思ってないみたいで、さっきから全身くまなくチェックしては眉間に皺を作っている。

「今は興奮状態だから麻痺《まひ》しているだけだ。無理はしないでくれ」

「はーい」

ベルの体に合わせて作られたのだろう巨大なベッドに座らされ、温かい湯に浸されたタオルでベルが僕の体を拭いてくれる。

流石にベルにそこまでしてもらうのは心苦しいから自分でやる、って言ったんだけど、「私がやる」って言って譲らないんだもん。恐縮至極だけど、埃だらけの小屋の中で転がっていたから拭いてもらえるのはスッキリ気持ちがいい。

けど、破られて肩にかかっていただけの着るだけ無駄なシャツは早々に奪われ、膝で踏まれ続けていた足の状態を見るからとトラウザーズも脱がされた僕は、下着一枚の姿で何とも情けないし恥ずかしい。

せめて少しでも曝《さら》け出す部分を少なくしようとシーツを被るけど、真面目な顔で僕の足元に跪き、痣だらけになった足を睨み付けながらのベルに「拭けないだろう」と言われて剝がされちゃ、それ以上何か言うのも憚られ、ひたすら恥を忍んで我慢するしかない。

「私が、もっと早くノエルを見付ける事が出来ればこんな傷だらけには」

「これは僕が頑張った名誉の負傷だからいいの！　それに、ベルが僕を助けてくれた事には変わりないじゃん。僕はベルが来てくれて凄く嬉しかったよ。でも、よくあの場所が分かったね」

ベルに抱き上げられた状態で小屋の外に出て判明したけど、僕が閉じ込められていたのは庭園の奥にある、今は使われていない厩舎《きゅうしゃ》のさらに奥まった場所にある朽ちた倉庫だった。

　僕はあんな場所があったこと自体知らなかったし、草や木が雑然と伸びていて、倉庫がある事すら気付けないような場所だった。

「ノエルが写字室に向かったっきり戻らず心配していたところに、取りに行ったはずの書類が厨房の側に散らばっている、と報告が来たんだ。それで、只事ではない、と直ぐに王城の出入り口を封鎖して探し回ったんだが……」

「たったそれだけの報告で出入り口封鎖したの!?」

　おかげで外に連れ出されずに済んで助かったけど、初期段階の対応としてはご大層過ぎないか？

「そんな事はない！　仕事を疎かにしないノエルが書類を放ってどこかに行くなんてあり得ないだろ。何か事件に巻き込まれた可能性が高いと判断するのは当然だ。だが、なかなか見つけられず気ばかりが逸る中で、ノエルが私を呼ぶ声が聞こえたんだ。それで、やっと見付ける事が出来た」

　襲われている君を見た瞬間、怒りで脳が焼き切れる思いだった。そう言って僕を抱き締めてくれるベルに体重を預ける。

　そっか、僕の声を聞いて助けに来てくれたんだ……あのやけくその暴言を聞かれていたのは恥ずかしいけど、それでベルが気付いてくれたのなら叫びまくった甲斐もあったな。

　ベルの少し掠れた低い声で語られる内容と、抱き締める熱い腕に僕への特別な想いを覚えて胸が高鳴る。だけどそれと同時に、今感じているこれは僕の勘違いなんじゃないか、という不安も襲ってくる。

「僕、あの時凄く怖かったんだ。それでね、後悔した」

「そう、だな。あの男がまたノエルの前に現れるなんて、私の手落ちだ。私が――」

「そうじゃない！　僕は、あんな奴に純潔を奪われて、ベルから拒絶されてしまうんじゃないか、って怖かったんだ……こんな事になるなら、ベルの事を押し倒してでも抱かれれば良かったって……後悔したんだよ」

「ノエル!?」

抱き締めてくれていた腕の中から抜け出して、少しだけ見下ろす形になるベルの戸惑った水色の瞳を覗き込む。

このベルの当惑は、いったいどういった意味での感情なんだろう、なんて、考えたら怖気《おじけ》づいてしまいそうで一気に捲し立てる。

「僕、離婚したよ？　離婚したら、話したい事があるって言ったのベルじゃん。僕、ずっと待ってたんだよ。なのに、何も話してくれないから……ねぇ、ベルは僕の事どうしたいの？」

「私は……」

僕からそんな事を言われるなんて思ってもみなかった、って顔しないでよ。ベルが話してくれるのを楽しみにしてる、って僕、言ったのにな。忘れたの？

「はっきり言ってよ。どんな話だって僕は聞くし、ちょっとやそっとじゃ、どーって事ないよ。例えばさ……オーレローラの貴族の元に嫁いで欲しい、とか？」

全然どーって事ない訳ないけど、それでもプライドが邪魔して虚勢を張ってしまう。こういう可愛げのないところが僕の駄目な部分なのかもしれない。

「何を言ってるんだ!!　嫁ぐ……とか、結婚には興味がないと言っていたじゃないか!?」

「政略結婚に僕の興味や趣向は関係ないでしょ？　オーレローラとの関係を深める為に侯爵令息が嫁ぎに行く、なんて持って来いじゃん」

「行かせない!!　行かせる訳がないだろ！　なんの為に離婚させたとッ!!」

肩を摑まれ、焦りと怒りとが綯《な》い交ぜになった酷い形相のベルに詰め寄られる。

じゃあ、なんで何も言ってくれないんだよ。言ってくれなきゃ分かんないし、不安にしかならない。

（いや、何も言わなかったのは、僕も同じか……）

「僕さ、また今日みたいな事があるとして、同じような後悔はしたくないんだ。ベルから拒絶される恐怖なんて、もう嫌だ。だから、僕の事が好きなら……ベルが僕を好きだっていうのが、僕の勘違いじゃないなら、僕の事……抱いてよ」

「!?」

自分からこんな事を言うなんて、はしたない。けど、言わないで後悔するなんて、そんなの僕らしくない。だから、傷つこうが苦しもうが、僕はもう逃げないって決めたんだ。

「不安で堪らないんだよ。ベル……ぇ!?　ンゥッ!?」

急に体が押し倒され、ベッドに沈んだ僕の唇を何か、熱くて柔らかいものが塞いで、すぐに離れて行った。

僕の身に起こった事を理解するより前に、鼻が触れ合うほどの距離に目を獣のようにギラギラさせたベルの顔があって、気圧された子鼠みたいに身動きが取れなくなる。

しかも、倒された僕の体を跨ぐようにベッドに乗り上げたベルの四肢によって、体の下にすっぽりと閉じ込められてしまって逃げられない。

「駄目だよ、ノエル。そんな事を言っては……私が止まれなくなる」

「なんで、止まる必要があるの?」

「君を、壊してしまう……ノエル、君が好きなんだ。この想いは日に日に大きくなって、今では気が狂いそうなほどノエルを求めてしまっている。だが、この胸の内を吐露して君に受け入れてもらえなければ……その時は、自分を抑えられそうにないんだ。ノエルがどんなに嫌がっても、屋敷に閉じ込めてでも、もう離してあげられなさそうな自分に気が付いて、怖くなったんだ。怖くて……言葉に出来なくなってしまった」

今にも泣き出しそうな顔でベルが僕への想いを吐き出す。苦しそうに打ち明けるベルとは反対に、あんなにも苦しかった僕の心は雨空が晴れ渡っていくように軽くなっていく。

ベルが、僕の思っていた何倍も、何十倍も苛烈な感情を持っていてくれていた事が嬉しくて、僕を想って苦しむベルが愛おしくて、覆い被さるベルに手を伸ばして、その震える頬に触れる。

「だが、ノエルから離れる事も出来ないんだ。矛盾しているのは分かってる。でも、もう駄目なんだ、私の腕の中から離したくない。どんな手を使ってでも、ノエルを私から奪おうとする者は排除してしまいたくなる。いや、排除してしまった……」

懺悔《ざんげ》するように顔を歪めるベルの頭を、犬にするようにに両手でワッシャワッシャと撫で回してやる。少し崩れてかけていた髪型が、これで完全に崩れてボサボサだ。

髪型を鳥の巣のようにされて訳が分からない、って顔のベルの唇に、僕の唇を触れさせる。目を大きく見開いてさらに訳が分からない、って顔をするベルが可笑しい。

本当に馬鹿だなぁ。まさか、ベルの意気地のなさのせいで僕まで一週間悩まされてたのかと思えば、安心したような腹立たしいような……複雑な気分。

「意気地なしだなぁ……散々僕の事を甘やかして囲い込んでおいて、今更だよ。それに、心配しなくても僕はとっても寛容な男だからね、ベルのどんな想いを聞いても嫌いになんてならないよ。寧ろ聞きたいから聞かせてよ。ねぇ、ベル……僕も好き。ベルが好きだよ」

「！　本、当に……」

「だから、ね？　心配しなくても、壊れたりなんかしないからさ、僕の事、もっと求めてよ」

「本当に、もう離せないぞ」

「どーぞ。ベルこそ、後から返品したいって言っても無理だよ」

ニヤッ、と口角を上げた僕の唇に、ベルの肉厚な唇が噛みついて来た。

両手足の内出血から始まって、全身の傷という傷をベルに舐められて……僕の口からは鼻にかかった声が漏れる。

「そんな……所ばっか、んぅ、舐めないでっ」

ベルの舌が触れる度に色んな所がゾクゾクして変な感じがする。

「私以外の者がノエルに触れ、傷を付けた事が許せない。全て私で埋め直す」

「あは、執着すご……ぃんぅ」

「駄目か？」

「いい、よ。もっと、して……」

全然駄目じゃない。ベルから必死に執着されて嫌な気はしない。寧ろ、もっとして欲しい。

「ここは？　触られた？」

鎖骨に付けられた噛み痕に舌を這わされ、ベルの指が僕の乳首をいたずらにクニ……と捏ねる。

「あッ⁉」

初めて人に触られる刺激にビクンッ、と体が跳ねる。自分で触れたって、特に何かを感じた事なんてない。なのに、ベルの指が動く度、そこからジワジワと言い知れない痺れが広がって、僕の体がぶるり、と震える。

「んぁッ、ぁ……触られて、ない……」

「良かった。じゃぁ、ここからは全て私が初めてだね」

喜色を含ませた声でベルがそう言うと、僕の胸に顔を寄せ、微かにぷくりと尖《とが》り始めた乳首を舌先でつつく。

「あんッ、ふぅ、ん……」

むず痒さにも似た快感に思わず背筋が強張り、自分でも信じられない甘い声が出て咄嗟に唇を噛む。けど、それを許さないように熱い舌が僕の乳首を捏ね回し、反対の乳首も指で摘まれ引っ掻かれて……散々に胸をイジメられ、噛んだ唇が簡単に解けてしまう。

「気持ちいいかい？　ノエル」

「あっ……気持ち、いい……あ、ぁ」

僕がそう言うとチゥッ、と乳首を吸われて、一際大きな声が出る。恥ずかしいと思うのに抑えられない。

心地いいとさえ思える胸への愛撫《あいぶ》に、うっとりと身を委ねていると、徐に大きな手が僕の下着にかかった。

「あっ⁉　そこは駄目‼」

急いで上半身を起こして止めようとするけど、それよりも先にベルの手がスルリ、と下着の中に潜り込み、熱い指が迷いなく僕のものに触れた。

「ひぁッ！」

「勃《た》ってる……可愛いね、ノエル。ここが勃つほど、気持ち良かったのか？」

「〜〜ッ」

だから今、触られるのは嫌だったんだぁ！　自分でも下半身が反応し始めている事には気が付いてて、恥ずかしくってバレないようにしてたのに！

　そんな僕の努力を無駄にしたベルは、人の気も知らないで嬉しそうに僕の緩《ゆる》く勃《た》ち上がったものに指を絡めて来た。

「ぁっ、触っちゃ、駄目ッ……ぃあッ、あ、あぁ、それ……駄目ぇ、動かしちゃ、んッ」

「なぜ駄目なんだい？　ほら、私が触ったら、さらに反応してきたよ」

　駄目って言ってるのに、ベルはその制止も聞かず、僕のものを柔らかく手で包んで、撫でるように上下に擦り上げてくる。

「気持ちいい？　先が濡れてきた」

「ぁっ、あ……言わない、でぇ……あ、ベルッ……本、当に……駄目なの、駄目ぇ、あ、あ」

「ノエル、駄目じゃないよ」

　どれだけ駄目って言ってもベルは手を止めてくれなくって。それどころか、僕のものから零れたぬめりを塗り込めるように擦り上げられ、爪先にまで甘い快感の痺れが走る。

「あ、あ……そんな、しちゃ……あぁ、あっ、ぁ」

　熱いゴツゴツした指に緩急を付けながら擦り上げられて、僕の意に反して腰がはしたなく浮いてしまう。

　こんな所、人に触られるのは勿論、刺激されるのだって初めてで……。しかも、恋焦がれたベルから……だなんて。

　快感に蕩《とろ》けるみっともない顔を水色の瞳にジッ、と見下ろされ、羞恥も興奮も綯い交ぜになった官能に追い立てられる。

「やぁッ……あ、あ、あッ――――ッッ」

　湧き上がって来る快感に為《な》す術《すべ》もなく、腰をガクガクと震えさせながら、呆気なくベルの手の中でピュクッ、ピュクッ、と恥ずかしい液体を吐き出した。その度に大きく震える腰を止める事が出来ないどころか、ベルの手に擦り付けるように吐き出す快感に、声が甘く震える。

「あっ……はっ、ぁン……だから……駄目って、言ったのにぃ」

　僕だって健全な青少年！　性欲の一つや二つはある

訳で。だけど、カルニセス子爵の屋敷の日々では性欲どころではなかったし。第一、発散させるにも、あんな壁に穴の開いた物置小屋じゃ無理。

宿舎に移った後も壁を隔《へだ》てた向こう側に大勢の他人がいる、と思ったらとてもじゃないけど発散しようなんて思えない。

つまるところ、僕の下半身は何ヶ月もご無沙汰状態！　そんな状況でベルに触られたら、直ぐにイっちゃうに決まってるじゃないか！

「ベルの馬鹿！」

「すまない。あまりにもノエルの反応が可愛くて……ノエルが私の手で快感に身悶《みもだ》えていると思うと、止められなかったんだ」

そこは我慢して！　って声を大にして言いたい！　言いたいけど、それよりも先にベルが僕の唇や頬、額とあちらこちらに宥めるように口づけてきて、それはもう厳つい顔が幸せそうにやにに下がってて……そんな顔されちゃ怒れないじゃないか〜っ！

「もう、いい！　それよりベルも脱いで！　僕ばっか恥ずかしいのヤダ！」

僕は侍医によって下着以外全部脱がされちゃってるし、その最後の砦《とりで》だった下着も、今や自分の出したもので濡れてしまっている状態。かたや、ベルはいまだに一糸乱れず、って感じでウェストコートもトラウザーズも着たまんま。

僕だけ乱れた状態とか、恥ずかし過ぎる！

「そうか、分かった」

僕の慟哭《どうこく》にすんなりと起き上がったベルは、なんの躊躇もなくウェストコートのボタンを外し、シャツもトラウザーズも脱いでいき、あっという間に僕の目の前で下着一枚になってしまった。

そこまでサラッと脱ぎ捨てられると恥ずかしい、と騒いだ僕の立場がないんだけど。

「これでいいか？」

堂々と裸体を晒して僕の横に座り直したベルの体は、一切の余分などないほどに固く締まった筋肉に覆われていて、一言で言えば筋肉隆々。胸も腕も筋肉の形が浮き彫りになるように大きく盛り上がって、褐色の肌と相まってなんとも言えない男の色気がある。同性の僕から見ても魅惑的だ。

　ベルのボンボンキュッキュな筋肉美に思わず目を奪われて、ふと、自分の体を見下ろす。そこには、つるん、として、ストンとした体型が……同じ人間とは思えない形状の違い!!

　こんな物を見せられては、畏怖も憧憬も飛び越えて興味の方が先走ってしまうのは、しょうがないよね。一度火が付いた知的好奇心には逆らえず、僕はベルのパッツンパッツンな胸筋に手を伸ばし……フニ……と。

(手がめり込んだ!?)

「うえぇ!?」

　筋肉って固いものだと思ってたのに、予想外の感触!? しかも、クセになる柔らかさに何度もベルの胸筋をフニフニと押してしまう。

　柔らかくてフニフニとしていて適度なこの反発。顔を埋《うず》めたくなるこの感触。これ、どこかで覚えが……。

　あっ!? 僕が夜の髪の手入れ中に絶対に寝ちゃう、あれ! 例の枕! 原因はこれか!

「ノエルは、いつもこれを枕にして寝ているが、気に入ってるのか?」

「う……これあると寝ちゃうから、夜は仕舞っておいて」

「無茶を言うね」

　両手でフニフニとベルの胸筋を押し揉む僕をベルは止める事もなく笑ってるけど、本当にこれはウトウトしている時にあると一瞬で寝ちゃうから超危険なんだよ!

「まるで子猫のようで可愛いけど、今はこっちを向いて欲しいかな」

　顎に手を添えられ、上を向いた僕の唇にベルの口が重なる。

　ベルの肉厚な唇が、何度も角度を変えて僕の唇を啄《ついば》んで、舐めてきて。微かに開いた隙間から舌を差し込まれて、舌を絡め取られて……。そんなベルとの行為が気持ち良くて、自らもっと、と舌を伸ばす。

「んんぅ……んぅ、はッ、んっ」

　僕の舌を舐め上顎をくすぐり、ピチャピチャとはしたない音を立てるベルの舌に翻弄されて、くぐもった吐息を吐きながらベルにしがみ付く。

もっと、もっと……と膝立ちになってベルとの口付けに夢中になっていると、突如、僕のお尻の蕾《つぼみ》にヌルリ、と何かを塗り込められて飛び上がるほどにビックリする。

「やッ！　な、何⁉」

「大丈夫、ただのハンドクリームだよ。本当なら良い潤滑油を用意すべきなんだが、今はこれくらいしか持っていなかったんだ。ほら、こうやって……ノエルのここ、よく解さないといけないだろう」

ここ、と、言いながらベルが僕の蕾に指を押し付け、そして、くぷ、とほんの少しだけ割り入って来た。

「ひん⁉」

解すって、ベルの指で⁉

くぷ、くぷ、とほんの少しだけ挿《い》れては抜き、蕾の窄《すぼ》まりを解すようにクリームを何度もクルクルと塗り込められて、また、くぷ、とほんの少しだけ挿入《はい》って来る。

男同士が愛し合うのに『ここ』を使うのは知識として知ってはいたけど、実際に触られると、その違和感とか異物感に体が強張る。

だってこんな所、今まで触られた事なんてないし、僕初めてだしぃ‼

「あ、あ……ベル……ナカッ、ナカ、はいっちゃ……」

「大丈夫、一本だけだ……ゆっくり挿れるから、息を吐いて……そう、上手だね、ノエル」

最初はベルの指先がほんの少し押し入るくらいだったのが、くぷぷ、と確かな質量を持って僕のナカに入って来る感覚に背筋が戦く。

たとえ一本でも！　ゆっくりでも！　ベルの指太いんだよぉ‼

「はぁッ、ぁ、ん……あぁっ！」

「ここをよく解さないと、私を受け入れた時に怪我をしてしまうからね。大丈夫ゆっくりするから。痛くはないか？」

「痛く、ないけ、ど……変な、感じする、ぅ……」

僕のナカに入って来たベルの指がナカを広げるよう

に動き出して、引き攣るような感覚にベルに縋り付いた手に力が入る。

「ひぁッ！　あ、あ、あ」

「良い子だね、ノエル。私の指を上手に咥《くわ》え込んでるよ」

耳元で囁かれながらナカをベルの指で掻き回され、これから『ここ』にベルを受け入れるんだ、とまざまざと意識させられて、戦きとは違った震えで僕の下半身がガクガク震え始めた。


グチュ、グチュ、と音を立てながら太い指が丹念に僕のナカを掻き混ぜる。時折ナカを擦るように引き抜かれて、また押し入って来て、熱で溶けて流れ出すほどにたっぷりクリームをすり込まれて、もう僕のお尻の蕾がジンジンと熱い。

ベルは、僕が苦しくて鳴けば口付けて舌をくすぐって、僕が切なくてぐずれば乳首を引っ掻き、僕が辛いと漏らせば僕のものをゆるゆると撫でさすり、それはもう恐れ戦くほどの手練手管で僕はトロトロ状態だ。今じゃ僕のナカは違和感も異物感も薄まって、うっすらと快感さえ覚え始める始末。

しかも、もうナカに挿入ってるベルの指は一本じゃない、三本だ。あの太い指が三本だよ、三本！　お世辞にも体格に恵まれているとは言えない僕のナカに三本だなんて……これぞ人体の不思議。

「あ、あん……やぁ！　ベル、それ、もっ……んぁッ！　あ、ああッ」

「ここが気持ちがいいんだね、ノエル。もっと？」

「ヤンッ！　ぁ、駄目ぇ、そこ！　あ、あ、それ、駄目ぇ……ッ」

嘘ですぅ！　うっすらと快感、どころじゃないですぅ!!

僕のナカの浅い場所にある、ある一点をベルの指に擦られると、今まで感じた事のない未知の快感に襲われ、僕はさっきからはしたなく喘《あえ》いでる。三本の指が執拗《しつよう》にそこを叩いて擦って、僕もう駄目になっちゃう！

ベルの首にしがみ付いて、お尻だけを後ろに突き出す格好で延々とナカを掻き回されて、あまりの快感に何度もイっちゃいそうな波が来るのに、でもナカからの刺激だけじゃイけなくって、切なくって辛いぃ！

「ベル……あッ、ああッ、いじわる、しなぃでぇ」

こんな生殺し状態酷過ぎるよぉ。ベルの指が気持ち良過ぎて、僕のものがさっきからひとりでにヒクヒクと揺れて限界を訴えてる。

「ごめん、ノエル。快感に鳴く君があまりにも可愛くて……ほら、ナカのイイ所と一緒に前を触ってあげるから、一度イこうか」

「ひぁ!? あ、あッあ、ああッッッ――――！」

僕の泣き言も聞かず、ベルが僕のものに指を絡ませ擦り上げてくる。それと同時に、さっきからイジメられていたナカのイイ所もベルの指の腹で強く潰されて、ナカと前からの強烈な快感の高まりに腰を大きく痙攣《けいれん》させながら、僕は又しても呆気なく果ててしまった。

「っはぁ、はぁ、は、ぁ……っンンぅッ!!」

その後も絶頂感が抜けなくてヒクヒクしっぱなしな僕のお尻の蕾から、ベルの太い指が三本ともズルリと引き抜かれ、その刺激でまた僕のものから白濁した液体がピュクリ、と零れる。

「は、ぁ……ベル？」

ベルが力の入らない僕の体をベッドの上に優しく押し倒すと、辛うじて足に引っかかっていただけの下着を抜き取って投げ捨ててしまう。

水色の瞳に、あからさまに情欲の色を浮かべて息を乱したベルが、僕の足の間に割り入って来て自身のものを下着から取り出した。

「!?!?」

「少し……大きいかもしれないが……」

今まで人のものなんて見る機会のなかった僕には普通なんて分からない。けど……確実に『少し大きい』では済まないサイズなのは分かる!! 僕のと比べても大人と子供くらいの差があるよ！

音にするならボロン、と出て来たベルの大きなものは、血管が浮き上がり、臍《へそ》に付くほどに昂《たかぶ》っていて、僕の視線にヒクリ、と震えて凄く興奮しているのが分かる。

ベルのこの状態が僕の痴態を見ての事だと理解した瞬間、たった今までベルにイジメられ、まだ余韻の残っているナカがはしたなく疼く。

こんな大きなものを受け入れるのなんて、普通に考えたら怖い。でも、それよりも僕に挿れたそうに昂っている姿に感じる悦《よろこ》びの方が大きい。

「あ、は……僕を見て、興奮したんだ」

「当然だ。どれだけノエルを抱く事を夢想していたか。今でも夢の中にいるようだ」

太腿の裏を摑まれ、僕の足が大きく開かれた状態で持ち上げられる。クリームでぬるぬるになった蕾に、ベルのものが宛がわれ擦られて、そこからぬちゃり、といやらしい音がした。

遂に……という緊張か恐怖か。うるさいほどにドキドキと胸が鳴って心臓が飛び出そう。

「いいか?」

「ん……」

ベルの問いかけに僕が頷くと、固く昂ったベルのものが押し付けられ、メリメリ、と割り入って来る。

指とは比べ物にならない質量は、ほんの少し挿入って来るだけでも苦しいし、限界にまで広げられて引き攣る蕾の感覚に体が強張る。

「あ、あ、あ、あ、あ」

ベルが、ゆっくりと腰を前後に揺すりながら、少しずつ僕のナカへ腰を沈ませて来る。

少しでも僕が苦しそうにすれば、手や口で僕がトロトロになるまで愛撫され、快感で力が抜ければまたゆっくりとベルが僕のナカを優しく拓《ひら》いていく。

「ノエル、辛くはないか?」

「ん……大丈、夫……」

まだ、ベルのものは僕のナカに全部挿入ってない。でも、もうナカはベルでいっぱいだ。お腹も苦しいし、圧迫感で息をするのも精一杯。今で、こんなにギチギチなのに、まだまだ全部じゃないって脅威過ぎる。

けど、この苦しみが遂にベルと結ばれたからだと思うと、愛おしいものに感じるから不思議だ。それだけで、ベルを受け入れている奥がじんわりと熱を持って疼く。

「ぁッ……ベルのが、僕のナカでビクビク、してる……」

ベルは動きを止め、額に汗を滲ませながらも僕のナカがベルのものに馴染むのを待ってくれる。けど、僕のナカのベルは待てないかのようにビクビク跳ねていて、その健気さに僕の方が我慢出来なくなりそう。

(僕が抱いて、って言ったんだから我慢なんかしなくって良いのに)

「ベル……僕なら、だいじょーぶ、だから……動いて」

「っ……」

こんな時にまで生真面目で優し過ぎるベルに笑いかければ、僕の足を摑んでいた手を離したベルが覆い被さって来た。

「ゆっくりする……辛かったら言うんだぞ」

「うん……」

被さるベルの首に腕を回した僕の返事を待って、ベルがゆるゆると動き出す。

最初は優しく小刻みに、だんだんとナカの壁を搔き回すような動きに、散々ベルの指に刺激された僕のナカは直ぐにそれを快感として捉え僕を飲み込んでいく。

「あッ、あ、あ……ぁんぅ」

湧き上がる、覚えたての甘い痺れが背筋を駆け上がって来るのに夢中になってベルにしがみ付いていると、グリ、と僕のお腹側の浅い所を擦り上げられ、一際鋭い官能的な痺れに僕の体がしなった。

「ああッ！　んあっ、あ……ベル！　そこっ、ぁん！」

「ノエルの……イイ場所は、ここだね？」

「っあぁ、ま、って！　そこ、駄目ッ……僕、駄目になっちゃ……あ、ああッ」

そこ、僕が駄目になっちゃう場所!!

ベルの昴りが、僕のナカの一点に狙いを定めて、何度も何度も擦り上げた。

剝き出しの神経を直撃されるような強い快感に、堪らず大きく背を反らして悶えてしまう。

「あッ……あ、あ、ッあぁ!!　ダメッ、ダメにっ……なぅ、あッあ……あンぅッ！」

「いいよ。駄目になって、ノエル……」

耳元で囁かないで！　ベルの低くて掠れた声でそんな事を言われたら、本当に駄目になっちゃう！

何度も何度も激しく突かれ、その度に甲高《かんだか》い嬌声《きょうせい》が上がる。

体は勝手に跳ねるし、はしたなくも自分から大きく足を開いて、ベルに「ここを突いて」と差し出してるみたい。

指よりずっと気持ち良くって、ナカが熱くて何度もイっちゃいそうなほどの大きな波に襲われて頭がおかしくなりそう。

「ぁッ、あ、きもち、いい？　あン！　ベルッ……僕のナカ、きもち、いい？」

「ああ……凄く、いいよっ……ノエルも、気持ちいいかい？」

「んんぅッ、きもちぃぃ……あぁ、あ……ベルの、きもち、いいッ……あっあぁっ！」

気持ち良過ぎて涙が溢れて来る。ベルに抱かれるのが、こんなに気持ちいいなんて思わなかった。

涙を流しながら、何度目かも分からない大きな快感の波が押し寄せて来て、でもイけない切なさに足でシーツを蹴る。

イきそうになる度に、ナカがキュ一ッと締まる。イイ所に自分から押し付けちゃって、余計に追い詰められて、また涙が出て来る。

「ぃ、あッ……ベル、イきたいッ、もぉ、駄目……イきたいよぉ……んぅ！　あッ、あ……ベル、イかせてぇ」

さっきみたいに前を触って欲しくって、切なくって腰が浮く。ベルの熱くて大きな手で擦り上げられて、ナカも前も一緒に気持ち良くなってイきたい。

「いいよ、ノエル……触ってあげるから、一緒にイこうか」

ベルの優しい声と共に、僕のものにベルの指が絡みついた。

熱い指に先端を撫でられるように刺激されて、あっという間に絶頂へと押し流されていく。今までイけなかった余波が一気に来たかのような激しい快感に、縋

るようにベルの首に回した手に力が入る。

「あ……ん、あ、あっ、ベル、ベルッ、も……ぼくッ！」

「ああ、イって、ノエル……私も、もうイきそうだ……」

さっきまでの、ひたすら僕に快感を与え追い詰めるような動きとは違い、何かに急き立てられるような激しい抽挿にベルの限界も近いのが分かる。

ベルが僕のナカで気持ち良くなって絶頂へと向かっている事に、体に感じるのとは違う言い知れない快感がゾクゾクと胸の中に溢れて、もう我慢出来ないほどの官能の昂りに全身がガクガクと痙攣する。

「あっあっ、ベルッ、すき……あ、あぁッ、ぁンッッッ――――!!」

「ノエル!! 私もッ、愛してる！」

頭の中が真っ白になるような快感の波に飲まれ、何度も体が跳ねる。それと同時に僕のナカに広がる初めての熱に、僕の口から愉悦に濡れた声が漏れた。


「ん……」

もぞもぞと体にかかったブランケットが動く気配に意識が浮上してくる。

もう朝ぁ？ ……起きなきゃだけどまだ眠いし、もう少しふっかふかの寝具に包《くる》まってたいな～。

半覚醒の微睡み状態でブランケットに包まろうと伸ばした手がムニュ、と柔らかい何かを掴む。ああ、なんて素敵な弾力、そして暖かい……ムニュムニュ……ムニュムニュ……。

「あー……ノエル？」

「へ？」

普段の寝起きでは絶対に聞く事のない低い声に、一気に意識が浮上して目が開く。と、目の前にはむっちむちの褐色の胸筋？ と、それを揉みしだく僕の手!?

「わはぁあ!?」

「はは、おはよう。起こしてしまったか」

「ベル!? あ……」

なんでベルが⁉　と目の前のベルに驚いて、はたと思い出した。そうだ、僕、昨日ベルと……。

よく見ればここはベルのお屋敷の部屋ではないし、僕の体はだるくて重い、主に下半身が……。軽い鈍痛すら伴っているし、あらぬ場所には違和感がっ‼　うう、まだナカに挿入ってる感覚が残ってるよぉ。

力の入らない腰とお尻の違和感と戦いながらもフラフラと上体を起こせば、僕は下着も穿いていない全裸状態！

いや、おかしくはないんだけど……そういう事をしたんだから、おかしくはないんだけど。ベルも上半身裸だったし。でも、爽やかな朝日の元では駄目！　羞恥心で死んじゃう！

「僕の服は……」

そして、声がビックリするくらいにカスッカス。しかも、凄く喉が渇いてる。

これは、服よりも先に何か飲む物が欲しい……そう思っていると、シャツだけを羽織ったベルが水の入ったグラスを持って来てくれて、僕の手に握らせてくれた。

わぁ、ありがとうベル‼　すっごい気が利くぅ～！

遠慮なく一気に水を呷れば、ヒリつくほどに渇いていた喉が通り抜けて行く水に冷やされて潤っていくのが分かる。ああ～、これぞ生き返る～って感じ。

夢中になって飲んでいると「ゆっくり飲みなさい」と言うベルの声が聞こえるけど、む～り～。

ごっきゅごっきゅと飲み切って、ぷはぁ、とグラスから口を離す。

「無理をさせてしまったな。すまない」

申し訳なさそうなベルの言葉に「そんな事ないよ」と首を振る僕の手から、ひょい、とグラスを抜き取ったベルが、今度は新品のシャツと下着を手渡して来た。

「どうしたの？　これ」

明らかに僕にピッタリなサイズのシャツを摘むと、一言「用意させた」と。

「昨日の服はもう着れなくなっただろう？　急遽用意した物で悪いが、今はこれを着てくれ」

確かに、昨日思いっきりカルニセス元子爵にシャツをビリビリにされちゃったから、これはとってもありがたい。

裸の上にコートだけ羽織って……とか最悪だもんね。

「何から何まで痛み入ります……」

恐らく、昨日僕が気を失うように寝てしまった後に体を清めてくれたのだろう、べたつく事もなくサラサラの肌の上に遠慮なくシャツを羽織らせてもらう。急遽用意した、と言うわりにはサイズもピッタリなら質も良くて文句の付けようもない……。

「ノエル、その……少しだけ、抱き締めても、良いだろうか？」

僕が下着とシャツを着終わったタイミングで、ベルがいまだベッドの上にいる僕の側に座って、おずおずと聞いてくる。

凜々しい眉毛を少し下げて、遠慮がちに手を伸ばして来て。昨日、散々アレだけの事をしておいて今更？

僕との関係が色々と変化してなお、変わらないベルに、しょうがないなぁ、と手を広げる。

「いいよ」

僕がそう言うと、直ぐにベルの逞しい腕にヒョイ、と抱き上げられ、膝の上に乗せられた。

お互いシャツ一枚で触れ合い、ギュ、と抱き締められたベルの腕の中は筋肉に覆われていて熱いしむっちむち。だけど全然苦しくなくて、ベルが凄く優しく僕を抱き締めてくれているのが分かって心地がいい。

肩口に頬を寄せて、ベルの髪が僕の鼻をくすぐるのに「ふふ」と声を上げて笑ってしまう。

「夢のようだ……ノエルが私の腕の中にいるなんて……あの、口付けも」

「いちいち聞かなくていいよ！」

本当に今更だし、恥ずかしいから聞かないで欲しい！　凜々しい相好を不安げに崩すベルに呆れながらも、近付くベルの顔に唇を開いて受け入れる。

ベルの情けない顔には何度見ても呆れる。どれだけ厳つく威厳のある表情をしていたって、渋くて整った顔をしていたって、その全部を台無しにするんだから、本当に勿体ない。

だけど、どうやら僕はベルのキリッとした顔より、今のような顔が好きらしい。だって、この表情をしたベルのお願いを僕は今まで一度も断れた事がないんだから。

伸ばされるベルの舌を口内に招き入れ、互いを絡ませ合う。舌を吸われ、唇を甘噛みされ、昨日教えられ覚えたての口付けの快感に背筋が震える。

何度も、ちゅ、ちゅ、と音を立てて、僕の口からベルの唇が離れた時には唾液の糸が結ばれていて、そのあまりのみだりがわしさに頰に熱が籠る。

「ノエル。私の話を少し……聞いてもらえるかな？」

ベルの言葉に目線を上げれば、ほのかに笑みを浮かべた水色の瞳と目が合った。

「私達が、図書館で初めて会った時の事を、覚えているかな？　私はあの時、ノエルを一目見て天使が地上に舞い降りて来たと思ったんだ。金糸の巻き髪が陽の光に透けて輝き、雪のように真っ白な肌は触れると溶けてしまいそうなほどに儚い容姿で、あまりに浮世離れした美しさに見惚《みと》れて、気が付けばフラフラと君の側に吸い寄せられていた」

ベルはその時の事を思い出して笑うけど、僕としては複雑な心境だ。だって、僕が天使に見えただって⁉　ベルの目には僕がどう映り込んでいるのか、凄く不安になって来る。

「そうしたら、君は私が捜していたオーレローラの辞書や文献を高く積んで書き物をしていて……あの時は本当にビックリしたよ。神が困り果てていた私の為に遣わしてくださった天使なんだと本気で思ったほどだ。ノエルも私を見て驚いていたけど、私もあの時はずっと心臓が早鐘を打つように鳴り響いていたんだ」

「思いっ切り俗世間にまみれた人間だったでしょ？　天使みたいに神聖でも純真無垢《むく》でもなくて幻滅したんじゃない？」

「まさか！」

あり得ない！　と頭上のベルが眉を跳ね上げて頭を振るけど、どう話を聞いたって理想と現実が違い過ぎる。

悪童がそのまま大人になったようだ、と言われる僕だよ？　天使とは真逆の存在だと自負しているくらいなのに。

「君を知れば知るほど恋に落ちたよ。私を見るとね、皆怖がるんだ。この見てくれだろ？　驚き恐れて逃げてしまうんだ。だけど、君は違った。何度怖がらせてしまっても、全然逃げない。それどころか私に食ってかかってさえくる。こんなにも小さな体をピンと立たせて、この薄紫色の瞳を勝気に染めて私を見上げて来るその姿に、何度も目を奪われ、その度に君に心を奪われていく」

ベルが僕を胸に寄せ、髪を撫でる。すっかり元の巻き毛に戻った僕のくるんくるんの髪を愛おしそうに撫で、口付けを落とされて、その至極優しい手付きにまるで猫になった気分だ。

「それに、ノエルだけだったよ、王位継承権から逃げる事を嗤《わら》わず許してくれたのは。その周りに流されない強さに私は救われた。ノエル……君が好きだ。君の負けん気が強いところも、逞しいところも、ちょっとお人好しで人に頼まれると断れないところも、真面目なところも、恥ずかしがり屋なところも、少し破天荒で皮肉屋なところも、全部」

「全部は言い過ぎ！　別に、相いれないところがあったっていいよ」

無理して好きだって思うなら、それは違うと思うし。それに破天荒で皮肉屋って、好きになる要素ある？

いや、好きって言ってもらえるのは嬉しいけどさ……。

「ははは、君のそういうところが好きなんだ。全部好きだよ。この蜂蜜色の髪も、君は嫌いだと言うけど金細工のような巻き毛も、雪のように白い肌も、可憐《かれん》な薄紫色の瞳も、小さくて柔らかい唇も、全て……たとえその全てが崩れても愛している」

「焼けてなくなっても？」

「焼けても溶けても、君は君だ。何も変わらないよ」

「はぁ〜、強烈な愛の告白だね……」

「ずっと伝えたかったんだ。嫌だったかい？」

どれだけ僕の事好きなのさ。微かな狂気を含んだ熱烈な愛の告白をされて、大きな体に優しく抱き締められて、こんなにも全身で好意を示されて、嫌な訳がない。

「最高」

　ベルの背中に手を回してギューッ、って抱き付く。

固いし太いしビクともしないしで、まるで大木にしがみ付く蟬《せみ》の気分。だけど、この力強い感じが凄く安心出来るし好きだ。

「僕も好きだよ、ベル。僕は、誰かを好きになる感情って慣れてないしよく分からない。けど、ベルが笑ってくれると嬉しいし、ベルに触られるとドキドキするし、もっと触って欲しいって思う。何より、僕の皮肉が全く効かないベルって面白いし愉快だから、ずっと一緒にいたい。ねぇ、これって好きで良いんだよね？」

「ああ、私には過分な愛だよ」

　ベルに比べたら僕の好意ってまだまだ薄っぺらいけど、それでもベルは幸せだって笑ってくれた。だから僕の好きって感情は全部ベルにあげよう。

「あ、そうだ。まだあった。あのね、昨日みたいな事も、またして欲しい」

「ノッ、ノエル!?　なん、え!?　い、いいのか？」

「なんで？　駄目なの？」

　健全な男子ならしたいものじゃないの？　あれ？ベルってば、そこらへん淡白でいらっしゃる？

　僕が抱き付いてもビクともしなかったベルが挙動不審にガタガタと動き出して、蟬よろしく抱き付いていた僕が振り落とされそうなんだけど。

「駄目なら別に……」

「駄目ではない！　ノエルが良いのなら、それこそ毎日でもっ」

「ぉぉう」

　グワッと目を見開いたベルに肩を摑まれて、その剣幕にちょっと及び腰になっちゃったけど、駄目じゃないなら良かった。

　でも、毎日は、僕のお尻が壊れるので、ちょっと……。

「ノエルが私を求めてくれるなんて……それだけで私は……」

　感極まったとばかりに僕の腰を抱き、熱っぽい吐息を吐くベルの唇が下りて来て、後少しで……と、いうところで、僕はとんでもない事に気が付いてしまった。

「ところでベル。時間は？」

「え？　……はっ！」

二人同時にキャビネットの上に置かれた時計に目を走らせて、驚愕《きょうがく》に目を見開く。

なぜなら只今の時刻、就業開始三十分前!!

この忙しい時期にいちゃついて遅刻しました、とか笑えない！

「非常にマズい。もう時間がないぞ。ここから執務室に向かう分には問題ないが、一度屋敷に戻って着替える時間はない」

「いやーッ!?　で、でも、もうしょうがない！　急いで着替えよう！」

前日と同じ服でやって来る二人……という大変意味深な状況を晒してしまうが、こうなってしまった以上は諦めるしかない。せめて下着とシャツが新品な事が救いだ。

皆、大人なんだから見て見ぬふりとか、気付かないふりとかしてくれるよね！　頼むよ、本当！

そんな僕の願いは、足腰に力が入らず走れない僕を見かねたベルが抱きかかえ、執務室へと駆け込むという大惨事によって淡く消え去った。

18　冷遇されたその先に……

連日、準備に駆けずり回った甲斐もあり、本日シュリアン殿下とパオラ皇女の結婚式が盛大に催された。

王城のバルコニーで仲睦まじく寄り添い笑顔で手を振るお二人に集まった民衆から盛大な歓声が送られている。

僕はそれをバルコニーのある部屋の奥から眺めて心の中で拍手喝采、大喝采。

ああ～、これだよ、これを見る為に僕は頑張ってきたんだよ。

翻訳したものが本になるのと一緒で、自分の努力が成果として目の前に現れた時の、何物にも代えがたい喜び。

達成感をひしひしと感じながらチラリ、とバルコニーに立つ王族の方々と一緒に立っているベルの背中に視線をやる。

王太子の成婚とあって王族勢ぞろい。だから、その中にベルがいるのは当然。いつもの文官スタイルなウエストコート姿と違って礼装軍服に身を包んで民衆の前に立つベルは、どこからどう見ても気品漂う王族だ。決して荒くれた百戦錬磨な武人ではない。

赤いサッシュをかけた大きな背中をぼんやり見ていると、不意にベルがこちらを振り向いて、フ……と笑いかけて来た。

「あ～、オアツイねぇ」

ベルに微笑み返して、前を向け！　ってジェスチャーを返していると、横からクリスの揶揄うような声がかかる。

「何よ……」

随分と冷やかす言い方をするクリスを横目で睨むけど、当の本人は肩を竦めるだけで全然意に介してない感じで気分悪～い。

「リヴィエール外務省長官爆走事件があってから、二人の関係はアツ過ぎて見てられないね～」

「んぐう……」

リヴィエール外務省長官爆走事件。それは、ベルが行方不明となった臨時の文官を探して王城を爆走し、途中物置小屋を一棟破壊して不審者を捕縛。翌日早朝、その臨時の文官を抱えて王城を爆走した、という怪事件扱いされている例の大惨事の事だ。

ベルが走ったとなると、王城をバッファローが暴走したようなものだから『事件』と称されるのは分かるけど、当事者としては勘弁して欲しい！

「その出来事は今すぐ記憶から抹消して」

「どうやって!? 私はヨイ事だと思うけどなぁ。リヴィエール長官も睨んでこなくなったし、顔もコワくなくなってきた。とても平和でヨイね！」

ニッコリ笑顔でクリスはうんうん頷く。さては如何に自分に被害が来なくなるかで物事を見てるな!? 今の言葉で僕等の友情にはヒビが入ったからね!!

「クリスのオタンコナス！」

「オタンコナス？ 初めて聞く言葉だ。言葉の意味は後で調べるとして……ノエルは今幸せじゃないのか？」

「ぅ……し、幸せ、だよ」

「では、モンダイナシだな！ ノエルが不幸せなら抗議するが、幸せなら平和でヨイね！」

親指を立ててニカッと笑うクリスは、クリスなりに僕の事を心配してくれていたらしい。そんなクリスに一転して良い奴じゃん！ と手の平を返した僕が同じように親指を立てて笑い返すと、目の前のクリスの顔色が一変、一気に悪くなった。

「クリス？」

「あ～……ノエル、前言撤回だ。ゼンゼン平和じゃない」

顔を引き攣らせて前を向くクリスの目線を追えば、その先にはこっちを振り向いた体勢のまま悪魔の形相で睨み付けてくるベルが……。

「……うん、ごめんねクリス。僕は先に夜会の会場に行ってるから」

「私を見捨てるのか!? フォローは!?」

「大丈夫！ 睨むだけで害はないから！」

場所が場所だけに小声だけど悲痛な叫びを上げるクリスを置いて、僕は逃げるが勝ち、と部屋からさっさと出て行く。

クリスは、常にオーレローラの王族のいる所に張り付いてなきゃいけないから逃げるに逃げられないで可哀想だけど、僕がいなくなったらベルも落ち着くから、心配しないで～。

基本的には穏やかなベルだけど、僕が他の誰かと仲良くしているのを見るとヤキモチをやいて顔が怖くなる、って事が最近分かったんだよね。ただの可愛いヤキモチだけど、ベルとなると……ねぇ。

って事で、一人悪魔の形相のベルから逃げた僕は、普段と違って大勢の貴族で溢れ返った王城にげんなりしながら離宮へと向かった。


「この婚姻により、新たなる風が我がオーレローラと、このストーハルスに訪れる事を心から希望いたす。両国に幸福と繁栄を……」

オーレローラ皇帝の挨拶を通訳するクリスの声を聞きながら、僕は場内の様子を見渡す。

祝いの席とはいえ国同士の交友の目的もあってか、あちらこちらで挨拶と歓談が始まっていた。それを急遽オーレローラの言語を教え込まれた通訳達が必死の形相で訳していて、傍目《はため》から見ていても大変そう。

僕は筆談ならまだ可能だけど、リスニングとスピーキングに関しては駄目だからね。もう、この段階まで来ると僕の出番なんてほぼない。

そして、そんな賑やかな会場の中には僕のお父様もいるんだよねぇ。

ベルに外交官としてオーレローラに行くよう言われた当初は随分と落ち込んでいたけど、決まってしまったならしょうがない！　って心機一転、その日のうちにお祖父様の元へ赴き言語を叩き込んでもらい、今はオーレローラからの招待客に挨拶回りだ、と会場内を飛び回っている。

しかも、人を信用し過ぎるきらいのあるお父様を一人で行かせる訳にはいかない、って事でお母様が一緒に行ってくれる事になったもんだから、俄然お父様のやる気が上がって今やノリノリだ。

お父様は僕の事をお祖父様似だって言うけど、お父様の方こそ、その強メンタルで超アグレッシブなところ、凄くお祖父様似だと思うよ。


特にする事がないとはいえ、ただボーッ、と突っ立っているだけなのも体裁が悪い。そんな訳で仕事してますよ～、って顔でのんびり場内を移動していると「ノエル」と、耳に馴染んだ低い声に名前を呼ばれて振り返る。

「ベルンハルト殿下……それに、シュリアン殿下と、パオラ皇女!?」

ベルの姿を予想して振り返った先には、ベルだけでなく本日の主役でもあるシュリアン殿下とパオラ皇女までもが並んで僕の方へやって来ていて、慌てて礼の姿勢を取る。

何なに!?　なんで僕なんかの所に来た!?　このまま何もせずのんびり～、とか思っていたのがバレた？　隙を見てワインの一杯でも～、とか考えていたのを感付かれたか!?

「やぁ、ノエル。先日は大変だったみたいだね。元夫が乗り込んで来たんだって？」

「申し訳ございませんでした――――っ!!」

にこやかに片手を上げたシュリアン殿下からの発言に即座に深く頭を下げる。気持ちとしては土下座したいくらいだよ！

正確には乗り込んで来た訳でも侵入した訳でもなく、平民となって市中に放り出されたカルニセス元子爵が、たまたま働き出した市場の納品で、たまたま王城へ来て、たまたま僕を発見、という不運のドミノ倒し的な流れで起きた事で、故意に引き起こされた訳じゃなかったんだよね。

それでも、騒動の原因の一端は僕にある訳だし、あまつさえ国を挙げての大事な結婚式直前の大騒動だ。カルニセス元子爵がどうなったのかはベルが教えてくれないから分からないけど、あの精神状態じゃ責任なんで取れそうにないし……。なので、せめて僕からだけでも誠心誠意謝らせて頂きたい！　元夫が申し訳ございませんでしたっ!!

「ノエルは被害者だ。謝る必要はない。シュリアン、ノエルの心の傷もまだ癒えていないんだ。不用意に話題に出すのは控えなさい」

「あ！　すまない、ノエル」

「いえいえいえいえ、とんでもない！　僕は全然大丈夫ですから、お気になさらないでください」

僕、全然傷ついてませんし、気にも病んでませんから！

下げた僕の頭はベルの大きな手で元の位置に戻されちゃった上に、シュリアン殿下には申し訳なさそうな顔をされて、僕の方こそ恐縮です！

「申し訳ない、少し無神経だった。それに、その事を言いに来た訳じゃないんだ。パオラがどうしてもノエルに会いたいと言うのでね、叔父上に頼んで声をかけさせてもらったんだよ」

「僕に、ですか？」

僕に会いたいって、何用で？　と思ってシュリアン殿下に寄り添うパオラ皇女を見る。

僕と同じ色素の薄い白い肌に、くるんくるんで明るめのブラウンの髪を緩く結い上げた女性が、僕の視線を受け、それはもう花がほころぶ、とは正にこの事だろうな、と思うようなキラキラとした愛らしい笑顔を向けて来た。

ま、眩しい……、シュリアン殿下と同系統の澄んだ笑顔。きっとシュリアン殿下はこの微笑みに心を打ち抜かれたに違いない。僕には絶対に出来ないピュアな笑顔だわぁ～。

「俺の言語の先生はオーレローラの血が入った方だと言ったら興味を持ってね」

「コンニチワ、ノエル。お会い出来て、光栄デス。アナタにとてもアッテミタカッタ、のです」

「!?」

笑顔のパオラ皇女から多少のたどたどしさはあれど、しっかりとしたこの国の言葉で挨拶をされて驚く。

勉強されているとは聞いていたけど、こんなにもしっかりと話されるなんて……やっぱり王族のポテンシャルは並みじゃない。

「ノエル・モンテスと申します。この度は——」

「ああ、堅苦しい挨拶はいいよ、楽にして。ノエルには生まれ育った母国から離れ、この国に嫁ぐ彼女の友人になってもらいたいんだ。だから、もっと気安く接してくれ」

「そんな、恐れ多い！」

それ、以前も仰ってましたけど、本気だったの⁉　しかも友人だなんて。僕、繊細な女の子との接し方なんて分かんないよ。凄く気が重いんですけど。

これ、どうしたらいいの？　と、ベルに視線を向けて助けを求める。

ベルもなんとか言ってよ。若い女の子に二十代後半の男の友人は厳しいんじゃないか？　とかさ、あるじゃん？

僕の助けを求める視線を受け、ふむ……とベルが顎髭を触り考える素振りを見せ——。

「良いんじゃないか？」

「はぃ⁉」

「たまに茶話などご一緒すれば。その時は私も同行しよう」

はぁ⁉　ベルが裏切った！　しかも、何シレッとお茶会なんて勧めてんの⁉　それはあんまりだよ！

「叔父上が来たらパオラとノエルがのびのび話が出来ないではないですか。過干渉も良くないですよ。……ん？　でも、そうすれば家族ぐるみの付き合いが出来るのか……それはそれで悪くないかもしれないですね」

「ワタシ、叔父上サマとも仲良くしたいから、ゴイッショ出来るの嬉しいワ。ノエル、これからヨロシクしてね」

「はい……僕の方こそ、よろしくお願いいたします」

ニコニコと無垢でなんの疑いもない目で「よろしく」なんて言われて「はい」以外の返事があるなら教えて欲しい。

だって、可愛い女の子に罪はないんだ……罪は僕を裏切ったベルにある！　ベルなんて花咲く庭のテラスで女の子のふわふわした、それでいて鋭い会話をぶつけられて全身打撲すればいいんだ！

「そういえば、なぜノエルは髪を以前のように巻いていないいんだい？　パオラには負けるが、綺麗な巻き毛だったのに」

シュリアン殿下、今、何気に惚気《のろけ》たね。しかもパオラ皇女の綺麗な巻き毛を触りながら喋っていて、僕の事を全く見てないし。

それにしても巻き毛かぁ。これは困った質問をされてしまった。

だって、目の前にはオーレローラでは高貴で美しいとされる立派な巻き毛をお持ちのパオラ皇女と、その巻き毛を褒め称《たた》えているシュリアン殿下。そんな人達の前で「嫌いだから伸ばしてまーす」なんて怖くて言えない。

「えーっと……」

「巻き毛を伸ばしたいと言うから、今は私が毎日整えているんだ。よく出来ているだろう？」

「っ!?　ベッ、ベルンハルト殿下！」

「え!?」


「まぁ」

僕が答えに迷っていると、ベルがとんでもない事を暴露してしまった。

しかも、横からベルの手が伸びて来て僕の頬にかかった髪を掬い取って整えながら、という……そこは別にシュリアン殿下に対抗しなくってもいいんじゃないかな!?　ここは王城なんだぞ!?　周りには両国の王侯貴族！　目の前にはシュリアン殿下とパオラ皇女！　多数の目のある所で、そんな……。

「叔父上が……自ら、されているのですか……？」

「あ、いや、シュリアン殿下、これには……」

「やりましたね叔父上！　良かった、心配していたんですよ！」

「はいぃ？」

シュリアン殿下にとって大事な叔父であるベルに髪を整えさせる、という使用人のような扱いに渋い顔をされると思っていたら、まさかのお喜びですか？

「良いゴカンケイを築かれておいでなのですね。ステキですワ！」

パオラ皇女まで⁉　オーレローラの美の象徴ともいえる巻き毛をわざわざ伸ばすという愚行を僕は犯してますけど⁉

あなた達の叔父さん、朝晩お人形遊びをするグリズリーみたいになってるけど、いいの？

「これで父上も安心されますよ。俺、ずっと余計な事をしたんじゃないかって心配していたんですよ」

「お前はいちいち兄上に余計な事を言うんじゃない」

「必要な事しか言っていませんよ。折角のパーティーですから、叔父上はこのままノエルとお過ごしくださ い。パオラ、これ以上俺達が邪魔しては悪いから行こうか」

「ハイ、叔父上サマ、ノエル。また後ほど……」

「ノエル、叔父上の事をよろしく頼むよ」

「あ……はい……」

僕を挟んで繰り広げられる会話に理解が追いつかず、状況的に置いてけぼりにされた僕は、唖然とパオラ皇女をエスコートしながら去って行くシュリアン殿下を見送るしか出来なかった。

「あ～……シュリアンもああ言った事だし。少し、休憩がてらテラスにでも行って話そうか。少し疲れているだろう？」

「え？」

確かに、社交界慣れしていない僕は、この会場にいるだけでかなり疲れている。堅っ苦しい礼服にもうんざりしているしね……。でも、一応そういうのは顔に出さないように気を付けていたつもりなんだけど。

「顔に出てる？」

「いや、そんな事はないが。こういう場は苦手だろう？　何がどう、と言う訳ではないんだが少し、雰囲気がな……」

僕の得手不得手を理解した上で微々たる変化に気が付いてくれたって事か……その事が嬉しいような恥ずかしいような。くすぐったい気持ちに少し笑ってしまう。

「では、お言葉に甘えて……」

「そうか、ではワインでも飲みながら――」

「これは、これはベルンハルト殿下‼」

ベルが僕の背中に手を回しエスコートしようとしたその前へ、突然高齢の貴族男性が割り込み立ち塞がって来た。

「デュクドレー卿《きょう》！　失礼ではないか」

ビックリして足を止めた僕の前に体を滑り込ませたベルが、僕を背後に寄せながらデュクドレー卿と呼ばれたお爺さんに毅然《きぜん》とした態度で苦言を口にする。

ベルの背後に庇《かば》われた僕からはベルの顔は見えない。けど、この厳しい口調から絶対誰もが尻込みするような険しい顔でお爺さんの事を見下ろしているはず。なのに、お爺さんは意外なものを見た、という顔でベルの背後にいる僕に視線を向けニヤァ……、と嫌な笑みを浮かべた。

うわ、気持ち悪い。初対面の人に対して失礼かもしれないけど、本能的に不快な感じがビンビンする。

「なんと珍しい事もあるものですな。ベルンハルト殿下がどなたかを連れておられるとは……しかも隠されるほど、お気に召されているようで……ほっほっほっほっ、これは遂に……ですかな？」

「なんの話をされているのかは知らんが、彼はなんの関係もない。いらぬ憶測は不利益を生むだけだぞ」

「これは手厳しい。私はただ、老婆心で言っておるだけですよ。先程、シュリアン殿下と何やらお話しされておいででしたが……もしや、決心なされたのかと……」

本当になんの話をしてんの？　ベルの声が凄く固くて冷たい事から、いい話ではなさそうだけど……。

「そこの……」

突然お爺さんがベルの背後にいた僕へと視線を寄越して、まるで品定めをするかのようにジロジロ見て来て気持ち悪い。

「ほほぅ、なんとも美しい……なるほど、ベルンハルト殿下も趣味がよろしい。このように愛らしく美しい者は、さぞかし国の頂に立つ者の横が似合うでしょうなぁ。のう？　お主も隣に立つなら向上心のある者の方が良いだろう？」

「デュクドレー卿！　口を慎まれよ！」

ニヤニヤと僕に話を振って来るお爺さんから、更に僕を隠そうとするベルの手を摑んで止める。

さっきからなんなの？　このお爺さん。言葉の節々が嫌みったらしくて非常に不愉快！　なんか分かんないけど、よろしくない事だけはよく分かった！

「ノエル、相手にしなくていい」

ベルの背後から一歩出た僕を止めるようにベルに声をかけられたけど、無理だね。

相手が何も言って来なければまだ静観していたけど、あちらから話を振って来たんだ。相手にするに決まってるでしょ。

「ええ勿論。そのような方の隣にこそ立ちたいと思っております」

「ほほ、若いのによく分かっておるの」

「ええ、大変よく理解しておりますとも。ベルンハルト殿下は、それは優れた外交の手腕をお持ちですから。シュリアン殿下のご婚約でも八面六臂《はちめんろっぴ》の活躍をされ、このように盛大な婚姻の儀を催す事が出来たのも、ひとえにベルンハルト殿下のご尽力あっての事。それこそ素晴らしい向上心がなければ叶わなかった事でございます。我が国の外交の頂に立たれている、そのように立派なベルンハルト殿下の隣に立って恥ずかしくないよう、より一層精進したく存じます」

ニッコリ笑顔でお爺さんの言った事を肯定してあげたのに、お爺さんの顔は引き攣ったり、苦々しいものに変わったりと大忙しだ。そんなに顔の筋肉を動かしてたら筋肉痛になっちゃうよ？

ご老体なんだから、たとえ顔でもご無理なさらず〜。

「ふん。随分とベルンハルト殿下に懐かれておるようで……。しかし、傾国の気がありそうですな。充分お気を付けくだされ。では、私はこれで……そうそう、ベルンハルト殿下。私は何時でもベルンハルト殿下のお力になります故、その時は……」

そう言うと、お爺さんは忌々しそうに僕を一瞥《いちべつ》して去って行った。ふん、僕に口で勝とうなんて甘いんだよ。

結局、あのお爺さんはなんだったんだ？

「ノエル……すまない。不愉快な思いをさせた」

「いいえ、僕こそ出過ぎた真似を……ベルンハルト殿下、ここを離れましょうか」

「そうだな……」

ここに留まって、またさっきのお爺さんみたいな変なのが来たら堪ったもんじゃない。休憩は欲しいけど明らかに疲れた、って顔をしているベルにこそ必要だよ。


「なんだったの、あのお爺さん」

テラスに出て、近くに人がいない事を確認してから口調を戻してベルに問いかける。

手すりにもたれ掛かって城下を眺めれば、陽が沈んだ街のあちらこちらに灯《ひ》がともり、街全体がオレンジ色に浮かび上がっている。今頃、街でも王太子殿下の結婚を祝ってお祭り騒ぎなのかもしれないな。

「あれは、私に王位簒奪《おういさんだつ》をしろと唆す老獪《ろうかい》な古狸《だぬき》だ」

「簒奪!?」

それって、謀反を起こせって事!? ベルに国家転覆でもさせるつもりなの!? ちょっと許せないんだけど……くそっ、お上品ぶらずにもっと色々言ってやれば良かった。

「あの古狸がノエルと接触する事はもう二度とない。安心してくれ」

「お、お? うん」

二度とない、って決定なんだ……その言い方は穏やかじゃないなぁ。でも、国を混乱させるような事を企ててるんだから別に構わないか。

「ああいう碌でもない者とノエルを関わらせたくなかったんだが……本当に、すまなかった。しかも、私の為に言い返してくれたんだろう?」

「あんなの言い返したうちに入らないでしょ。それに本心だよ。ベルは凄いって言っただけ」

「ふっ……それは、嬉しいな」

少し照れ臭そうに笑うベルに僕もふふ、って笑い返す。

「で?」

簒奪ってどういう事?

僕の聞きたい事が分かったのか、ベルが「気持ちの良い話じゃないが」と前置きをしてから話し始めた。

「私は他国から嫁いだ側妃の子だからね。王になったとしても立場が弱い。そこに付け入り、裏から国を支配したいと考える者がどうしても出て来るんだ。捕らえようが処分しようが、大なり小なり愚かな欲を見せる者は後を絶たない。いい加減、三十年近くそのような輩《やから》の相手をしていると疲れてくるよ。さっきのデュクドレー卿のように言い逃れ出来るように回りくどい事を言って来る者は特にな……」

「それで、王位継承権を放棄したいって事か」

ベルが前に言っていた、王になる事を拒否すれば無責任だと、弱気で小胆だと言われ続けていた、っていうのも、そういう奴等に幼い頃からネチネチと言われ続けて来たって事か。そりゃぁ確かに疲れるし、嫌にもなるし、常に眉間に皺も刻むようになるよ。

ベルの顔が老けて厳ついのも、そういう人達のせいな気がしてきた。

「私から王位継承権さえなくなれば、そんな愚かな事を目論《もくろ》む者はいなくなる」

うんざりしたように短い溜息を吐いたベルが自棄気味に笑って僕の顔を覗き込んで来た。

「私の側が、恐ろしくなったかな？」

「なる訳ないでしょ。それに、王位継承権を放棄するまで後もう少しなんだよ？　それまでの間、悪い奴が来たって僕がさっきみたいに追い返してあげるから大丈夫！　僕達は相互扶助の関係なんでしょ？　だったら、大船に乗ったつもりで任せてよ。サクッと放棄しちゃって悔しそうにする奴等を見て一緒に大笑いしてやるんだから」

「ははは、君って子は本当に……気が強過ぎるのも危なっかしいから程々にしてくれ」

折角、胸を張って任せろ！　って言ったのに笑われるなんて納得出来ない！　攻撃は弱いけど口撃は得意なんだけどな。

やっぱり、体を鍛えないと説得力がないのかなぁ？　でも、僕がベルみたいにムッキムキになるのは何年かかっても無理だと思う……。

「ノエル」

「ん？」

さっきまで笑っていたベルがその笑顔を引っ込めて、いやに緊張した表情で僕を呼んだ。

「私は、剣よりペンを持つ方が性に合っているし、人を害するより書物を読んでいたい。王になるよりただの文官でいたい。そんな、どこにでもいる普通の人間だ。自分が王の器じゃない事も一番よく分かっている。だが、もし……もしノエルが王の隣を望むのなら、国の頂に立ちたいと言うのなら、私は王になっても――」

「いらないよ」

バチーン。

僕の振り下ろした手が綺麗にベルの額に入って良い音を鳴らした。

いや、だって急にベルが不穏な事を言い出したから……咄嗟に手も出るよ！

思った以上に会心の一撃を入れちゃった事に動揺しつつも、僕に叩かれた額に手をやってポカン、と僕を見下ろしているベルを睨み付ける。

「王様の隣なんて真っ平ゴメンだね。だいたい、自分でも器じゃない、って言ってる人を王にしてその隣に立つって、自殺行為じゃん。それに、僕はお気楽にゆっくり過ごしたいの。王様の隣なんて毎日堅っ苦しい服着なきゃいけないし、周りに人がいっぱいいるし、好きな事出来ないし、自由じゃないし、絶対にやだ」

「くくくく。そうだな……ノエルなら、そう言うと思ったよ」

じゃあ、なんで聞いた!?　何を考えてそんな事を言ったのか分かんないけど、滅多な事は言わないで欲しい。

意味の分からない事を言って一人で笑っているベルに呆れていると、ほどなくして笑いが収まったらしいベルが手すりから身を起こして、僕に体を向けて来た。

「ノエル……この後、王家からの式辞があるんだが……その時、私の隣にいてくれないだろうか？」

「え？」

どこか吹っ切れたような、清々《すがすが》しい笑顔を浮かべたベルが真っ直ぐ背を伸ばし僕を見下ろす。

式辞があるなら、王族は全員壇上に……そんな場でベルの隣にいるって事は、それは――。

「私と結婚して欲しい。私の伴侶として、私の横にいて欲しいんだ。永遠に」

「……本気？」

「冗談でこんな事は言わない。ノエルは前に結婚に興味が湧かない、と言っていたが、湧かないなら、ノエルの興味が湧くように努力する。ノエルが求めるものは全て用意するし、子供が欲しいなら養子を取ってもいい」

「まっ、待って!! 本気、で？ あの、さ……僕、バツイチだけど、いいの？」

僕とベルは、そういう関係にはなったけど、結婚となったらまた問題が……。

「それになんの問題があるのか分からないな。なら、私は王位継承権を放棄して、ただの貴族になるんだが、問題あるだろうか？」

「ある訳ないでしょ!?」

「では、私と一緒になってくれ」

腰に手を回され、ベルに抱き締められる。

会場から丸見えのテラスで誰かに見られるかもしれないのに、それでも構わずベルは僕を抱き締めて、僕の耳に唇を触れさせながら「愛している」と囁いた。

途端、ゾワリ、とした痺れが耳から首筋を通って背筋へと走り、僕の足がカク、と折れる。

「！」

「おっと」

既の所でベルに抱きかかえられて崩れ落ちる、という失態を晒さずには済んだけど、咄嗟にベルの胸にしがみ付いた僕の手はベルの着る礼装軍服に大きな皺を作ってしまい、慌てて手を離す。

「ベル！ ふ、服に皺が出来ちゃったじゃないか！」

「恋しい者に作られた皺は、何ものにも代えがたい愉悦だよ」

まるでベッドの上で呟かれるかのような熱を含んだ声と視線に、文句を言う為に開いた口を思わず噤んだ瞬間、ベルの唇が僕の唇に重なった。

「何度でも言う。ノエル、愛してる。君を手に入れる為なら、あれほど嫌だった王になっても良いと思うくらいに。……ノエルは？　答えを聞かせてくれないか？」

大きな背を屈め、凜々しい眉を不安げに下げて僕を見て来るベルは、情けない顔で格好良いのに全然格好良くない。だけど、そんな顔に凄く弱い僕には効果てきめんだ。全てのお願いを聞いてあげたくなるし、そんな顔をさせているのが自分なんだと思うと、言い表わせない優越感が湧いて来てゾクゾクする。

もし、僕がその顔に弱いのが分っていてわざとやっているんだとしたら、策士だな。

「ベル。僕、実は結婚相手に理想があるんだ。まず、僕のお仕事に理解があって、僕を自由にさせてくれて、ユーモアがあって真面目で。雨が降ろうが槍が降ろうが突風吹きさらす嵐の中だろうが壁になってくれるくらい滅茶苦茶大きくて強くて、僕を守ってくれる人」

半年前、最悪の初夜で暇つぶしに考えた理想の結婚相手で、そんな人いる訳ない、って思っていたけど、意外にもいるもんだね。それに、案外本気で僕の理想だったみたい。

僕のツラツラと語る理想の結婚相手の条件を真面目な顔をして聞いたベルが難しい顔をして「ユーモア以外なら、自信がある」なんて言うから、思わず噴き出してしまう。

そういうところがユーモラスで最高なんだよ！

「あははは、ごーかく！　ベル……僕も、ベルの事を愛してるよ。僕が一緒にいたいのは王様じゃなくて、ベルなんだ。だから、王様になんて――」

全てを言う前に、ベルが僕を抱き上げ強く抱き締めて来る。

いつも高いベルの体温がいつも以上に熱くって、それが感情の表われなんだと思うと愛おしくて、ベルの首に腕を回して強く抱き締め返す。

「ノエル……絶対に幸せにする！」

何度も名前を呼ばれ、その度に首筋にかかるベルの吐息にゾクゾクして吐息が漏れる。

どれくらいそうやって抱き合っていたのか、ベルが大きく息を吸い込み「駄目だ」と呟いた。

「このままだと我慢出来なくなりそうだ。名残り惜しいが、中へ戻ろう」

ベルが唸るように呟いて、僕をそっと床に下ろす。褐色の頬が少し赤味を帯びて見えるのは、会場からの光に照らされてるからか、それとも……。

「続きは、屋敷に帰ってからだな……」

「あははははは、ベルってば正直だね」

少し情けない、僕の好きな顔でそう言うベルが可愛くて、おかしくて笑っちゃう。

変に気取ってなくて良いと思うよ！　それに、僕も同じ気持ちだし……。

「明日は、部屋を移動させよう」

「へぇ、物置部屋？」

「まさか！　私の隣の部屋なんて、どうだろうか。最近、改装が終わって綺麗になったんだ」

おずおずと、僕を窺うようにベルが提案してくる。

「ベルの隣の部屋？　いつ改装なんてしてたの？」

「壁一面に大きい本棚を入れた。庭を一望出来る窓に面した大きな書斎机もある。それから……寝具は高級羽毛を使っているし、床は全面絨毯を敷いて裸足でも快適に過ごせるようになっている」

「何それ、想像するだけで快適過ぎるんだけど」

「……私の、隣の部屋なんだが……」

「それ、さっきも聞いたし」

ベルからのセールストークを聞いただけで、どれだけ素敵な部屋なのか想像出来て胸が躍っちゃうね。

いつの間にそこまで僕の好みにピッタリな部屋を作っていたんだか……全然知らなかったし気付かなかったんだけど。

「ねぇ、その部屋には大きなカウチソファーはある？」

「ある」

「完璧！　じゃあ、その部屋にお引っ越ししちゃおっかなぁ。でも、そんな部屋があったら僕お屋敷から出なくなっちゃうかもよ？　いいの？」

「それでいい。ノエルは迷いなく部屋の窓から外に飛び出してしまうからな。出たくないと思ってもらえる部屋にする」

「あっは」

僕は部屋が気にいらないと飛び出すモンスターか何かだと思われてるのかな？

「そろそろ戻ろうか、ノエル。私の、兄上と母上を紹介したいんだが……いいだろうか？」

「勿論」

ベルから差し出される大きくて熱い手の平に僕の小さな手を重ねる。

冷遇されたその先に、こんなにも幸せな優遇が待っているなんてなぁ……冷遇されたのも悪くないかもね。

19　エピローグ

シュリアン殿下とパオラ皇女の披露宴パーティーも終わり、ヘトヘトで帰って来たにもかかわらずベルが僕の髪の手入れをする、と言って部屋にやって来た。

「別に毎日じゃなくても……疲れてる時くらい休んだら？」

「ノエルの髪に触れた方が疲れが取れる」

僕の髪から何か人体に良い成分でも出てんの!?

そんなにやりたいなら、いいけど……って事で、結局ベルに髪を整えてもらう事になり、オイルを行き渡らせた髪を丁寧にブラッシングしてくれているベルの手の心地良さに早くも眠くなりそう。

「兄上も母上も、私達を祝福してくれている。万が一にも、反対する者はいないだろう」

「そうだね。皆、ベルの事を凄く心配してたみたいだったし、僕も祝福してもらえて良かったよ」

ベルが僕の事を皆に紹介した時のあのリアクション、あれは祝福というより、明らかに安堵だったけどね。

国王陛下なんて、色々と周りの思惑に振り回されて感情が拗れちゃった歳の離れた弟を心配する兄、って感じだったもん。

「ノエルは、今後外務省の手伝いはどうする？　このまま残るという道もある……私としては、そうして欲しいところなんだが」

「うーん、そうだなぁ」

僕が外務省の仕事のお手伝いをする契約では、シュリアン殿下のご結婚まで、って事になっているから、もう辞めても良いんだよねぇ。書簡もクリスがいるから大丈夫だし、他にも今頑張ってオーレローラの言語を学んでいる人達はいっぱいいるし。僕が残る必要も意味も正直ない。

それに、皆頑張って勉強し試験を受けて文官になってるのに、利用価値がオーレローラの翻訳一本な僕がのほほんと居座っているのも良くないと思うんだよ。

「やりたい事もあるし、クリスへの引き継ぎが終わり次第辞めるよ。それに、上司の妻が職場にいちゃ、皆仕事がやりにくくなるだろうしね」

「つ、妻か、そ、そうだな……。うぅむ、残念だが、それならば仕方がないか。ところで、やりたい事とは？」

「僕ね、今度は幼児向けの翻訳をしようと思うんだ」

「幼児向け？」

「そう！」

よくぞ聞いてくれました！　と、カウチソファーの上に膝立ちになって、体ごとベルを振り返り胸を張る。

「幼児向けの絵本を翻訳して、シュリアン殿下とパオラ皇女にプレゼントするの！　そうするとさ、子供がいる未来を想像しやすいでしょ？　まぁ、そんな事しなくっても大丈夫そうだけど」

「そんな事を考えていたのか」

「僕が児童向けの本以外にも幅を広げたい、って思ったのもあるけどね。そろそろ次の事にもチャレンジしてみたいし……それよりもさ……そういう話はもう、良いんじゃない？」

「ん？」

「続きは、屋敷に帰ってから、じゃないの？」

僕、期待してたんだけどな。

僕がそう言うと、ベルの手からポトリとヘアブラシが落ちる。それを拾おうとする僕の体がグイッ、とベルに引き寄せられて浮き上がった。

「なぜ、そんな煽るような事を言うんだ。……ノエルは、私の忍耐力を試しているのか？」

「煽ったかなぁ？」

僕を抱き上げたまま立ち上がったベルが、眉間に深い皺をくっきり浮かべながら溜息を吐くけど、僕は煽った覚えは全くない。思った事をそのままに言っただけなんだけど。

「まだ、髪の手入れも終わっていないんだぞ？」

そう文句を言いながらもベルの足はベッドに向かっていて、よく言うよ。

「髪くらい良いよ。だって、ベルは僕のくるんくるんの巻き毛も好きなんでしょ？　だったら、明日はくるんくるんの日にする」

ベルが僕の髪を褒めてくれるから、最近は以前ほどくるんくるんの髪が嫌じゃない。だから、今は明日の髪よりこっちを優先したい。

そういう僕の気持ちが伝わればいいな、と思って、抱き上げられて近くなったベルの唇に、自分から唇を触れさせた。


四つん這いになってお尻だけを高く上げた僕の後ろから、ベルが僕のナカを指で掻き回して、僕のイイ所を執拗に押しつぶしてくる。

数日前に散々イジメられ、快感を教え込まれたソコは気持ち良くなる事を忘れていなかったらしい。しかも、前よりずっと感じてしまってシーツに頭を擦り付け快楽に喘ぐ。

「んゃぁっ！　あッ、ぁんぅ、っあ……ベル、そこばっか……だめぇぇ、ああッ」

どれくらいそうして解され続けたのか、お尻の蕾もナカも痺れてきて、ベルの指が何本入っているのかも分からない。

グチユグチュと水音が鳴るほどナカで指を動かされて、腰が溶けるんじゃないかと思うほどに気持ち良くって、僕の下半身がずっと震えてる。

「ダメじゃないだろう？　ほら、前がこんなにも濡れてびしゃびしゃじゃないか」

「やっ、はずかしぃ、からぁ……ああっ、あんぅ！　あ、や、触っちゃッ！　やあッ！」

感じ過ぎて先っぽから引っ切りなしに垂れ続けている透明な液体を、僕のものに塗りたくるように指を絡められて、一気にせり上がって来る絶頂の波にシーツを摑んで身構える。

なのに、あともう少しでイく！　ってところでベルの指が僕のナカから引き抜かれてしまった。

「ひンッ！」

しかも、僕のものをゆるゆると扱《しご》いていた手も離されちゃって、行き場のなくなった快感にガクガクと震える膝が折れ、へたり込んでしまう。

「あぁ、あ……や、なんでぇ」

寸止めなんて酷過ぎる！　首だけで振り返って睨む僕を、背後から覆い被さって来たベルが顎を取って深く口付けてくる。舌を差し込まれ、口内をねぶられながら片足を高く持ち上げられて、ぴたりと僕の蕾に熱い昂りが押し付けられる。

「んんッ！　んッ、んむッぅ!!」

え？　まさか嘘でしょ!?　と思った時には後ろからベルが腰を押し進めて来ていて、僕のナカにベルの昂りがメリメリと入って来た。

時間をかけて解されたおかげか痛みはないけど、それでもベルのサイズが挿入って来る時の圧迫感は慣れなくて苦しい。下腹部がミチミチとナカから拡張され、急に挿れるなんて酷い！　そう文句の一つも言いたいのに、僕の唇はハクハクと動き息苦しさから逃げようと喘ぐので精一杯。

無理やり押し入られた性急な挿入。なのに、ベルの張りつめた昂りが僕のイイ所を擦り上げた途端、甘い雷に打たれたような快感が走り、全身がビクン！　と跳ねた。

「んぅッ、やあぁぁッ!!」

ただ、ひと撫でされただけなのに……それだけであんなに感じていた苦しさよりも快感が上回って、ベルの指で絶頂ギリギリまで高められていた官能は呆気なく決壊し、僕のものから何かが流れ出していく。

「ああ……今ので、軽くイったのか？　可愛いノエルのものから、白いのが溢れて来てる」

「ひ、ぅんんッ……う、そ……ぁ、ああッ！」

「嘘じゃないよ、ほらっ……ここを突いてあげると」

「ぁ！　あぅッ！　やッ……あ、ぁあッ！　またっ、んあぁぁッ！」

前を触られてもいないのに、ベルにナカのイイ所を突かれ揺すられる度に何かが小さく弾けて、何度も何度も気持ちいい波に飲まれて。その甘い官能にみっともなく喘ぎ声を上げて善《よ》がってしまう。

「ナカだけで、イってるね。そんなに、気持ちいい？」

「い、いい……あん！　あっ、あ、あぅんっ」

何度も訪れる甘い痺れにナカからの苦しさも感じなくなった頃、ベルの昂りが今まで突いていた浅い所よりも奥へと進み入って来た。

「はう、ンッ……あぁぁッ！」

数日前に拓かれた所よりも深い、もっと奥がある事を僕へ知らしめす動きに、堪らず背後から僕の足を抱えて広げるベルの腕へと手を伸ばして縋り付く。

「ひンッ！　く、ゥ……ふか、いっ……あッ！」

「ノエル……君の奥深くまで、もっと……私を……。すまない。今から、君に酷い事をしてしまう」

「はぁっ、あ……んんぅ」

再び、お腹の中全てを押し上げるような圧迫感に襲われ、ゆっくりと僕を揺さぶりながら奥を拓いていくベルの上擦った吐息が耳にかかる。

徐々に、以前よりも深い所へと鈍い痛みを伴って押し入って来るベルの昂りに恐怖心が湧き上がり、縋る腕に力が入る。でも、それと同時に興奮したベルが僕の蕾を拡《ひろ》げ、狭いナカをいっぱいにしてるんだと思うと、それだけで体内をくすぐられるような甘美な痺れが足先にまで走る。

本当に僕の体は、快感に忠実で困る。

「は、あッ……いいよ、ベルっ、ぼくも……ベルが、ほしぃ、あ、あぁッ」

「ッ！　そんな事を言うと、私の抑えが効かなくなってしまうぞ」

これで抑えてたんだ、っていう事が地味に衝撃なんだけど。

優しく僕を揺さぶっていたベルが一転して、甘美な痺れに身悶えするナカを激しい抽挿で奥へと突き進んで来る。

「やんッ、あ、あぁ！　ベルッ……ひ、あぅッ！」

さっき何度もイったせいで体が凄く敏感になっているのか、お腹の奥を突かれ、苦しくて息がつまるのに、その鈍痛すら僕を苛める快感の熱になって責め立てて来る。

「ノエル……ノエルッ」

「あン、あッ……ああッ!!」

摑まれていた片足をさらに持ち上げられ、息を乱したベルに何度も背後から突かれ、グチュグチュと結合部が濡れた音を鳴らす。その、度を過ぎた快感に頭の中が侵食されていく感覚に、シーツを掻いて無意識に体が逃げを打つ。

気持ち良いのに苦しい官能から頭を振って逃れようとするけど、ベルがそれを許してくれない。ガクガクと震える僕の腰を押さえ付けてグンッ、と奥まで突き上げて来た。

「ッ!?　あっ、あ、あああァァッッ!?!?」

途端に僕の体がビクン！　と跳ね、目の奥がチカチカと点滅する。

何が起きたのか……。それ以上進まない、って場所をベルの昂った先端に突かれ、雷に打たれたような強烈な快感に僕のものから恥ずかしい液体がビュクリ、とシーツの上に飛び、戦慄《わなな》いて閉まらない口からはひっきりなしに喜悦の声が漏れ出て止まらない。

「あぁ、あ、あっ、あっ……や、あんっ、あ、ンンッ」

イってるのに僕のナカをベルは責め続け、感じ過ぎる快感に止めて欲しいのに止めて欲しくなくって、やだって思うのにもっとして欲しくって、ちぐはぐな感情に訳が分かんなくなって、シーツに頭を擦り付けて悶える。

「はっ、や、あァッ……ベル、僕、イってる！　イってる、からぁ！　これッ、おかしくなっちゃ……あぁンッ！　あッ、や！」

さっきイったばかりなのに……何度も何度もイってるのに、気持ち良いのが終わらない。それどころか、どんどん快楽の波が大きくなって来て、底の見えないそれに為す術もなく頭がおかしくなりそう！

「はッ、さっきから……ずっと、ナカがビクビクしてるね……。奥をノックされるのが、そんなに、いい？」

「あンっ！　それ……きもちッ、すぎて……だめぇ、やッ、あッああ！」

「ッ……ノエル、そんなに、締め付けられると……くッぅ」

「あッ、あ、あンぅ！」

ガクガクと震える僕の体が、ベルによって身動きが出来ないほどに抱き込められ、切羽詰まった余裕のない動きでナカが掻き回される。

「やッ、はげしッ……やっ、あ、あぁッ、ああァッッ――!!」

「くッ」

激しく奥を突き上げられ、強制的に高められ大きく膨らんだ快感が爆《は》ぜ、全身に快楽の飛沫《しぶき》が飛ぶ。頭が、脳震盪《のうしんとう》を起こしたようにクラクラする。

それと同時に、僕のナカの一番奥に熱いものが注がれる。甘くて苦しい悦楽に、全身が痙攣を起こしたように震えた。


「本当にいいのか？」

「僕がいいって言ってるんだから、いいの」

少し前までのように、くるんくるんな髪のまま登城の準備をする僕に、ベルが大きな体を屈めて不安そうに聞いてくる。

昨日はあの後、一回じゃ収まらなかったベルに二回三回と揺さぶられちゃったんだから、しょうがないじゃん。それに、僕も拒否しなかったし……。

「昨日も言ったけど、ベルがこの髪を好きだって言ってくれたから、以前ほど嫌じゃないからいいの。だから……ああいう事した次の日くらい、いいよ……」

「……それだと、毎日巻き毛のままにならないか？」

「はぁ!?　毎日するつもり!?」

本気か!?　だから僕のお尻壊れるって！

僕の驚愕の叫びに「駄目か？」なんて、捨てられた子犬のように見てくるベルに「しょうがないな～」と言う言葉が出そうになったけど、既の所でグッと唇に力を入れて耐える。

危ない、危ない。絶対に僕がその顔に弱いって分かってて使ってるな!?

今ここで負けたら駄目だ！　とベルの顔を見ないようにひたすら逃げる僕と、眉を下げた情けない顔のベルが僕の後ろを付いて回る、という実にくだらない追いかけっこが朝からベルのお屋敷の中で繰り広げられた訳だけど……この戦いは絶対に負けられない!!

一階の廊下を早足で通っていると、一つの窓が開いているのを発見！　いいのみーっけ！　と、その窓へと駆け足で向かうと、勢い良く足をかけて屋敷の外へと飛び出した。

「ノエル!?」

背後から、ベルの叫び声が聞こえたけど知ーらない。

きっと、あの大きな体では僕を追って窓を飛び越える事なんで出来ないだろうから、今頃凄く焦っているだろう顔が想像出来て笑いが込み上げてくる。

きっと、後もう少ししたら暴走するバッファローみたいな足音を轟《とどろ》かせて走って来るんじゃないかな。そして、僕を軽々と抱き上げて怒られた子犬みたいにしょぼくれるから、僕が皮肉交じりに慰めてあげて、一緒に馬車に乗って王城に向かうんだ。そして馬車の中で仲直りの口付けをして……。

背後からドドドドドドド、と激しい地響きが聞こえて来て、僕は口元に浮かべていた笑みを拗ねたそれに変えて振り返る。

僕の予想通り、褐色の肌を焦りに染めたベルに抱き締められた僕は、緩む口元を隠すようにベルの逞しい首に腕を回した。

覚えていたのは砂漠と水色、それとほのかな……。

広くて綺麗《きれい》なお庭に、いっぱいのお菓子やケーキが乗った大きなテーブルが並んで、着飾った子供達がそれを囲んでワイワイキャイキャイ。

年に一度開かれる、社交界デビュー前の貴族の子供達を集めたお茶会に無理やり連れて来られて僕は不貞《ふて》腐《くさ》れ中だ。

「あなたのお兄様にはいつも仲良くして頂いていますの。良かったら、今度お屋敷に遊びに行ってもいいかしら？」

「この髪飾り、お母様が今日の為《ため》に買ってくださったのよ。ノエル様の目の色と一緒ね。似合うかしら？」

「僕の十歳の誕生日には馬を買ってもらうんだ。君さえ良ければ乗せてあげても良いよ」

「私のところは今度別荘を買うんだよ。是非、兄上様達と一緒に遊びにおいでよ」

美味《おい》しそうなフルーツが乗ったケーキにつられてテーブルに近付いてみれば、一斉に男の子も女の子も僕の周りを取り囲み、口々に侯爵家である僕との繋《つな》がりを持とうと話しかけて来て、もうウンザリ。

僕はどうやら小柄っていうヤツらしくって、同年代の子でも皆僕より体が大きいから迫って来られると怖い。それに、逃げる隙間もないくらいに囲まれて、食べたかったケーキも目の前にあるのに食べられないしで、最悪だよ。

今まではお兄様達だけが参加していたけど、今年は僕が六歳になったから、って……。何時間も馬車に揺られて、どこかも分からない場所に連れて来られて、お家《うち》に帰れるのは明日だって言うし。それだけの時間があれば、どれだけお部屋でゆっくり本が読めたか……。

将来の為にお友達をいっぱい作るお茶会だよ、ってお父様は言うけどさぁ。僕、こんなうるさいだけのお友達とかいらないもん。

こんな所に平然と混じれるお兄様達は凄《すご》いよ。僕には無理！

「君、モンテス侯爵の三男でしょ？　だったら僕の隣においでよ」

周りの子があれこれ喋《しゃべ》りまくる中、ただ立っているだけで何も言わないでいる僕の前に、一人の男の子が進み出て来て僕の手を摑《つか》むと、徐《おもむろ》に「ほら！」と引っ張ってきた。

何この子!?　失礼過ぎるし怖い!!

「ヤダ！　離して!!」

突然の事にバランスを崩した僕の体を気にする素振りも見せず、強引に引っ張る男の子の手を慌てて振り払うと、僕は囲まれていた人の輪の隙間から抜け出してお父様の元へと逃げ出した。


「ほら、ノエルの好きなケーキがあそこにあるわよ。行って来たらどう？」

「ヤダ」

お父様の背中に避難して、しがみ付いて離れない僕にお母様がテーブルを指さして言ってくるけど、ヤダよ。あそこに行ったら、また僕に子供達が群がって来るのが目に見えてるし、さっき手を摑まれたのだって凄く怖かったんだから！

だから、山のようにあるお菓子もケーキもいらないから帰りたい、って言ったんだけど、駄目って……。

お友達だけじゃなくって、大きくなった時の結婚相手を探す意味もあるから今日一日だけでも頑張《がんば》って参加しなさい、だってさ。僕、ここにいる子達とは誰とも結婚したくないよ。

「困ったわね……今日のお茶会には第二王子殿下も参加されるっていうのに」

「ノエル、そんな姿を王子様に見られちゃ恥ずかしいよ？　可愛《かわい》くて立派な姿でご挨拶しないと」

「しなくていいもん」

王子様とか知らないよ。僕には関係ないし、それこそお兄様達だけでいいじゃん。

ツーンとソッポを向く僕にお父様とお母様の溜息《ためいき》が聞こえるけど、無理やり連れて来られた僕の方が可哀《かわい》想《そう》だもん。

　お父様とお母様はお兄様達のご友人家族との交流や、新しい人脈作りで忙しいみたいで、僕の相手はしてられない、とばかりに子供達の輪の中に戻そうとするけど、絶対に嫌だもんね！

「モンテス侯爵。お久しぶりですな。おや、今年は可愛らしい末のご子息もご一緒ですか」

　僕が頑としてこの場から動かないぞ！　と地面を踏みしめていると、一人のオジサンが親しげにお父様に話しかけて来た。

　僕を一目見て『末のご子息』って言ったから、多分どこかで会った事があるのかもしれないけど、僕、興味ない事は全然覚えられないから誰か分かんないや。

「おや、バルイー伯爵。いやぁ、実は人見知りで……恥ずかしがってしまってお茶会の輪の中に行かないんだ。参ってしまうよ。ハハハ」

「ハハハハハ、初めての場所ですから、これくらいの歳《とし》の子だとよくある事ですよ」

　何が「ハハハ」だ！　僕は恥ずかしがってる訳じゃなくって、このお茶会が嫌なの！　なのに、お父様達ったら全然、僕の気持ちを分かってくれてない！

　僕のムキーッ、ってなる気持ちを、地面をダンダン踏む事でアピールするけど伝わらないみたいで、お父様達はそんな僕の様子を見て笑うだけ。

「よろしければ、私の息子にエスコートさせましょうか？　丁度、九歳で歳も近いですし、その方が輪の中に馴染《なじ》みやすいでしょう」

「いいのかい？　いやぁ、そうしてもらえると助かるよ」

「ノエル、良かったわね。お友達がご一緒してくれるそうよ」

　全然良くない！　僕を放置して勝手に話を進めないでよ！

　僕はヤダッ、って断固拒否の姿勢で首を横に振っているのに、お父様もお母様もバルイー伯爵とかいうオジサンのありがた迷惑な申し出に乗り気で見てくれないし、聞いてもくれない。

「セヴォル」

僕の奮闘虚《むな》しく、オジサンが息子らしい名前を呼ぶと、ワチャワチャと寄り集まっていた子供達の輪の中から僕より年上っぽい男の子が一人、こちらに駆けて来てオジサンの横に並ぶ。

（ゲッ）

その男の子の顔を見て、僕はお父様の背中に隠れて顔を顰《しか》めた。

だって！　さっき、勝手に僕の手を摑んで引っ張って来た子なんだもん!!

相手も、お父様の後ろに隠れている僕に気が付いたのか、馴れ馴れしく手を振って来たりなんかして。僕は絶対に急に手を引っ張られた事を許さないからな！

「セヴォル、ノエル坊ちゃんは慣れないお茶会で少しお恥ずかしいようだから、お前がエスコートして差し上げなさい」

「はい、お父様！　僕が付いていてあげるから心配ないよ。一緒に行こう！」

お父様達の手前か、さっきみたいに急に手を摑んで来る事はなかったけど、無遠慮に僕の目の前に手を差し出して来て、その手を取られて当然、みたいな態度がさっきと同じで図々しくてイヤ！

絶対、連れ回されて振り回されるのが目に見えてるじゃないか。

「ねぇ、お父様。僕、お庭をお散歩してきても良《い》い？」

「おや、それはいいねぇ、ではセヴォル君と――」

だから!!　こんな子と一緒に、しかもまたあの騒がしい輪の中に行きたくないから、逃げる為にもお庭に行きたい、って言ってるのに。お父様ったら逃げたい対象を僕に付けようとして最悪だよ！

「僕は一人がいいのっ！」

「あ！　ノエル!!」

僕はお父様の背中から離れると、お菓子の山と子供の群れとは反対側のお庭へと全力で走り出した。

普段からあまり走る事がなくて、直《す》ぐにヘトヘトになっちゃった僕は、迷路みたいになっている生垣《いけがき》の中に潜り込んで隠れながら広いお庭の中を移動する。

これが本で読んだ冒険奇譚《きたん》の中のワンシーンみたいで楽しい。あんなお茶会の事なんか忘れて、僕はすっかり魔物の棲《す》み処《か》にコッソリ侵入している勇者の気分だ！

（よし、あの蔦《つた》だらけの塔まで隠れて移動だ！　あの塔には悪いドラゴンがいて、囚《とら》われのお姫様を今から助けに行くのが勇者ノエルの使命！）

生垣の中から素早く飛び出して、木と木の間をすり抜け、体を低くして花壇に身を隠しながら塔に近付く。ソーッと慎重に、静かに、塔の根元まで到達すると、どこからともなくクスン……クスン……って誰かの泣き声が聞こえて来た。

（これは、もしかしてお姫様の泣き声!?　本当にここにはお姫様がいたんだ！　助けなきゃ!!）

慎重に……なんて事は吹き飛んで、お姫様を探して塔の周りを回っていると、入り口へと続く階段の陰に隠れて、蹲《うずくま》って泣いている子を発見！

「見つけた！」

お姫様だぁー!!　泣いているお姫様の側《そば》に駆け寄って階段の陰を覗《のぞ》き込むと、ビックリしたように大きく見開いた水色の瞳と目が合った。

「あれ？」

お姫様だと思った子は、僕の思い描いていたお姫様とはほど遠く……褐色の肌の男の子だった。

涙をいっぱいに浮かべた水色の瞳が僕を見て瞬《まただ》き、まるで瞳が溶けて流れてしまったみたいに涙が落ちるのがとても綺麗で、思わず男の子の目を見つめてしまう。

「天使？」

「天使じゃないもん！　勇者だもん!!」

男の子が口を開いたと思ったら、とんでもない事を言われた！　僕は天使じゃなくて勇者なの！　悪いドラゴンを倒すドラゴンスレイヤーなんだから！

「え……勇者？」

「そう、勇者！」

胸を張ってそう言う僕を、流れる涙を止めた男の子が目をぱちくりさせながら見てくる。

お姫様じゃなかったし、そもそも女の子でもないけど、僕は勇者としてここまで来たんだし、泣いてる子を放っておく事は出来ない！　って事で男の子の目の前にしゃがんで目線を合わせる。

「ねぇ、なんでこんな所で泣いてたの？」

「う……」

僕がそう聞くと、また男の子が目に涙を浮かべ、グスグスと鼻を鳴らしながら再び泣き始めちゃった！

え、ええぇぇ～～!?

これって、僕のせい!?　僕が泣かしちゃった感じなの!?

ポタポタ男の子の膝に涙が落ちていくのが気まずくって、僕は男の子の頭をギュッ、て胸に抱いてよしよしって撫《な》でてあげる。

だって、泣かすつもりはなくっても、僕の質問で泣いちゃったんだったら、なんかゴメンって感じなんだもん……。

「う、うぇぇ～……グス……わ、私が、弱虫……だから。すぐ、泣くのは……グス、軟弱だって……怒られてぇ」

暫《しば》くよしよしって撫でていたら、僕の胸に顔を埋《うず》めたまま、男の子が途切れ途切れに話し出した。僕はそれを、うんうん、そっかそっか、って聞いてあげる。

「そんな、意気地なし……では、兄上を、超えられない、って……駄目だって……ぅぅ、言われて……きょ、今日の、お茶会も……将来、の為、に……決められた家の子と、仲良くなれ……ってぇ……私、そんなのしたくない、のにぃ……ぅぇぇ」

「うんうん、僕も今日のお茶会に無理やり参加させられたから分かるよぉ。ヤダよねぇ」

「ほ……本当？　私、堂々としろ、って言われて……でも……でも怖くって……出来なく、て」

「うん、僕も将来の為に出なさい、って言われて連れて来られたんだけど、怖いし嫌だから逃げて来ちゃった！　えへ、一緒だね！」

泣きながらだから何を言ってるのかはよく分かんないけど、どうやら、この男の子も僕と同じで今日のお茶会から逃げて来たらしい。

うははは～、こんな所で僕と同じように逃げ出した子に会うなんて、あのお茶会が嫌なのって僕だけじゃなかったんだね！　泣いてるこの子には悪いけど、仲間がいてちょっと嬉《うれ》しいなぁ～。

「一緒……？」

「うん、一緒！　ねぇ、こんな所で泣いてるなら、僕と一緒にサボろうよ！　二人で遊ぼう？」

「で、でも、子供達と顔合わせ、しなきゃ駄目、って……」

「お父様に言われてるの？」

「ううん。父上は、無理は……しなくって良いって……で、でも、家臣が……最近、私に付いた教育係が……立派に、なる為には……ってぇ。このままじゃ……ヒック、兄上に、負けるからってぇ……うぅぅ」

ふむふむ、なるほど。どうやら口うるさい家臣がいて、その人の事が怖いって訳だね。

なーんだ。だったら、なんの問題もないじゃない。

「僕もあのお茶会に参加してる子供だよ。だから、言われた事はしてるんじゃない？」

「え？　そ、そうなの……かな？」

そうなの、そうなの！

僕がこういう事を言うと、いつもお母様が屁理屈《へりくつ》を捏《こ》ねるんじゃありません！　って怒るけど、今ここにはいないし良いもんね～。

「もし怒られたら、僕がその家臣にズバーン！　と言ってあげるから大丈夫！」

だって、僕は侯爵令息だもん！　そんな僕と顔合わせしてたんだから文句なんて言われないでしょ？

男の子の頭をギュッ、ってしていた腕を離したら、涙の止まった男の子がポカン、とした顔で僕を見上げてた。だから、ニヒヒ、って笑いかけて男の子の手を取り階段の陰から連れ出す。

軽く手を引いただけで、よろけながらも自分から立ち上がってくれた男の子は僕よりずっと大きくて、今年十四歳になる一番上のお兄様と同じくらい。

僕より大きくて年上だとは思ったけど、こんなに大きいなんて思わなかった。そんなに立派な体なのに、あんなにピーピー泣いてたの？　弱虫ですぐ泣くから怒られる、って言ってたけど、確かに泣き虫だね。

　塔があったジメジメして薄暗かった場所から明るいお庭の一画に出て来て改めて見る男の子は、濃い褐色の肌にシルバーアッシュの髪を一つにくくってて、お顔は凄く優し気で絵本に出てくる王子様みたいで格好いい。なのに眉毛がへにょん、と下がってるから弱々しくて情けない。

　しかも、どれだけここで泣いていたのか、褐色でも分かるくらい目元が赤くなってる。

「あんまり泣き過ぎると、目が溶けてなくなっちゃうから泣いちゃ駄目だよ？」

「溶けっ！　溶けるのか!?」

　僕が赤く充血してる目を指さして教えてあげると、男の子は自分の目を手で押さえて慌て始める。

　大丈夫！　まだ目はあるから安心して！

「お祖父様《じい》がね、教えてくれたの。涙は目が溶けて流れるから、泣き過ぎるとなくなっちゃうんだよ、って。折角《せっかく》綺麗な水色の瞳なのに、溶けてなくなっちゃったら勿体《もったい》ないよ」

「う、うん、分かった。もう、泣かない！」

　男の子はかくかく首を縦に振ると、真面目な顔で目にグッ、と力を入れる。そうそう、そうやって綺麗な瞳は守らないとね。

　そんな男の子を頑張れ！　って応援しながら、僕等はサボり場所を求めてお庭の中を移動する。勿論《もちろん》、お茶会が開かれている場所から離れた所でね。

「見つかったら、連れ戻されちゃうから」

　男の子はそう言うと、僕の手を引きながら人気《ひとけ》の少ない所を選んで進む。

「ここの生垣を越えた所だと静かだし、あまり誰も通らないんだ」

「へ〜、詳しいんだね」

「うん……まぁ……」

　この場所に詳しいらしい男の子との移動は、一人で冒険気分を味わっていた時とはまた違った庭の景色が見れて楽しい。

　しかも、僕の腰くらいの高さの小さな生垣なんて、男の子が僕の脇から手を入れてヒョイ、と軽々と持ち上げてくれて乗り越えたりなんかして！

「すっごーい！　力持ちだね！　ねぇねぇ、もう一回やって！」

「いいよ」

「きゃーっ！」

僕のおねだりに男の子は嫌な顔をする事もなく、さっきみたいに僕を高く抱き上げて、しかもそのままクルリ、と回ってくれたりして凄く楽しい。

このお茶会に連れて来られて最悪、って思ってたけど、今はこのお茶会に来て良かった、って思ってるよ。最高！

「ここ？」

「うん、ここならお茶会をやっている場所から見えないし、頻繁に人が来る事もないよ」

「うはぁ〜、こんな素敵な場所を知ってるなんて凄いね！　連れて来てくれてありがとう!!」

高低差のある庭の中に作られた階段と石垣に隠れ、周りを生垣に囲まれた小さな場所だけど、芝生というより雑草がわさわさ生い茂って野花も沢山生えていて、ここだけまるで春の野山みたい。

「ど……どう、いたしまして……。こんな事でお礼を言われるなんて、思わなかった」

「なんで？　僕はここに連れて来てもらえて嬉しいから、お礼を言うよ？」

早速、雑草がわさわさな地面に座って足を伸ばす。そのふかふかな座り心地を堪能しつつ、立ったままの男の子の手を引く。

僕に誘われるまま隣に座った男の子は、きょろきょろと落ち着かなく視線を動かした後、ギュッ、と目を強く瞑《つぶ》って「君は……私の肌の色を気にしないの？」と聞いて来た。

肌の色？

「あー、言われてみれば？」

僕の隣で何をキョドキョドしているのかと思えば、そんな事かぁ。

男の子の肌って、褐色でツヤツヤで、夏って感じだよね。

「いいんじゃない？　元気ーって感じで。太陽いっぱい浴びました、って感じで格好いいね」

「は？　元気？　いや、この肌は日焼けじゃ……」

「うん、分かってるよ？　あ、僕はねぇ、真っ白なんだよ。ほら、見て？　真逆だねぇ」

反対に僕の肌は真っ白で蠟燭《ろうそく》みたい。

男の子の手と僕の手を並べて見てみると、オセロみたいに正反対で真逆。

男の子は並べた僕の手と自分の手を見比べては、何度も僕を見て、また眉毛がへにょん、って下がる。

あ！　また泣いちゃう!?　って思って焦ったけど、男の子は泣くのを我慢するように鼻をグス……と啜《すす》っただけだった。

良かったぁ～、僕また泣かしちゃったかと思った。

「そんな風に言われたのは初めてだ。いつも混血だから、って言われて、皆物珍しそうにジロジロ見てくるから……」

「こんけつって何？」

初めて聞く言葉だなぁ。

「異国の血が混ざる事を混血と言うんだよ。私は……母上が異国の方なんだ」

「そうなんだ。じゃー僕も！　僕もそうだよ！」

「え？」

僕はお祖母様《ばあ》が異国の方だから、同じだ！

「僕のお祖母様はね、雪がいっぱいの国から来たんだって。だから僕の肌は真っ白で、髪はくるんくるんなんだってさ」

「そう、なんだ……異国の血が入っているのは同じなのに、君の肌は白くて綺麗なんだね。羨《うらや》ましいな」

「そう？　君の肌も綺麗だと思うけど？　ほら、ツヤツヤさらさら」

男の子の手を撫でてみても、ガサガサしてないし柔らかいし傷もないし、肌艶バッチリ。

僕と、そんなに変わりないと思うんだけどなぁ？

「僕の肌はさぁ、太陽に長く当たると真っ赤になって痛くなっちゃうんだ。だから、お天気がすっごく良い日は外に出られないんだ。ねぇ、君は？」

「え？　私？」

「君のお母様の国は？　どんな国？」

男の子の褐色の肌がお母様譲りなんだったら、その国って皆褐色の肌なのかな？

目の前の男の子を見てるだけで、異国を覗いているような気分になってワクワクする。どんな国なんだろう、すっごく気になる！

「あ、えっと……暑い国、だよ……年中夏で、砂漠とオアシスの国なんだ」

「砂漠とオアシス！　うわぁ、行ってみたい！　砂漠なんて本と絵でしか知らないから見てみたいなぁ、本当にあるんだね。ねぇねぇ、行った事は!?　あるの？」

「う、うん……一回、だけ……でも、母上の立場もあるから……多分、もう……行けないかも」

もう行けない、と言う男の子は泣きはしないけど、凄く寂しそう。きっと、また行きたいんだろうな、っていうのがヒシヒシと伝わってくる。

立場、かぁ……。お父様もよく貴族の立場が～とか、長男の立場と三男の立場は違うから～とか言ってるもんなぁ。

よく分かんないけど、立場って難しいなぁ。

「そっか～、立場って言われたら子供な僕達ではどうする事も出来ないから辛《つら》いよねぇ。僕はお祖母様の国は遠過ぎるから簡単には行けない、って言われて一回も行った事ないんだぁ」

子供だから一人で行く事なんて勿論出来ないし、だからといってお父様も侯爵の立場があるから、おいそれと何ヶ月も国を離れる事なんて出来ない、って言うし。だから、僕はお祖母様から聞くお話でしかお祖母様の国を知らないんだよね。

「行ってみたいなぁ、お祖母様の国。僕くらいだと埋まっちゃうくらい雪が積もるんだって。お互いにさ、いつか立場なんて気にせず行けるようになったら良いね。その時には君のお母様の国に僕も連れてってよ！　砂漠見てみたい!!」

「え!?　う、うん、連れて行く！　一緒に行こう!!」

「ヤッター！　約束だからね！　絶対だよ！」

僕の言葉に男の子はコクコクと何度も頷《うなず》いてくれて、約束だね！　って笑ってくれた。

泣き顔や元気のない顔ばっかり見てたから、笑ってくれたのは嬉しいな。どうせなら楽しい顔でお喋りしたいもんね。

「うふふふ、僕達ってさ、色んな事が一緒なのに、色んな事が正反対で面白《おもしろ》いね！」

「？」

「だってさ、白くって褐色で、寒くって暑くって。でも同じ混血で、もう一つの国には行けないし、お茶会には参加したくないし。ね？　凄くない？　一緒なのに正反対なんだよ⁉　面白いね！　僕達仲良しだね！」

「仲良し？　私と？」

「うん！」

一緒なのに正反対、凄い発見だ！

僕のこの大発見に、男の子は水色の瞳が落ちそうなくらい大きく目を見開いて僕を見てくる。

そうだろう、そうだろう、凄い大発見だろう。

エッヘン！　って胸を張る僕の耳に、男の子のヒグヒグとしゃくり上げる声が聞こえて来て、慌てて男の子の顔を見る。辛《かろ》うじて泣くのを我慢しているっぽいけど、ほとんど泣く直前⁉

今度は何⁉　本当に泣き虫なんだけど！

「僕、何か悪い事言っちゃった？」

「ヒッ、ヒグッ、ううん、う、嬉しくって……私の事……しら、知らないのに……仲良しって……ェぐ」

「……ぁ、ぅん」

「皆……私の地位を、聞いた途端に仲良くしましょう、って……そ、それまでは、混血だって……遠巻きにして、馬鹿《ばか》に……して……」

「あぁ、うん……そっか」

まさかの嬉し泣きかぁ‼

地位を知られた途端に態度が変わるって事は、もしかして、僕と同じで高位貴族の令息なのかな？　だとしたら、気持ちは分かるなぁ。

今日のお茶会だって、皆僕が侯爵令息だって知って群がって来てるんだもん。ああいうのでウンザリ嫌な気持ちになるの、よく分かる。

男の子は涙を流すのはなんとか我慢しているみたいだけど、眉尻は下がっちゃって情けない顔だし、何度も鼻を袖で擦《こす》るから鼻の頭も赤くなってる。

も〜、僕のお兄様くらい大きいのに……しょうがないなぁ！

「そんなに強く擦ったら、折角の高い鼻がもげちゃうよ。ほら、こうやってハンカチで優しく拭うんだよ」

鼻を擦ろうとする手を止めて、代わりにハンカチで鼻を拭ってあげる。

末っ子な僕は誰かのお世話なんてした事ないけど、気分は小さい子のお世話をするお兄ちゃんだ。男の子も大人しくされるがままに顔を差し出してるから、なおさらそんな感じになってる。

「そうそう、僕達は仲良し。一緒にお茶会をサボっちゃうくらい仲良し！　だから、泣くのを我慢出来ちゃう偉ーい君と、もっとお話ししたいな」

「本当？」

「本当！　そうだ、君はお母様の国に一度行ったんでしょ？　どんな所だったのか教えてよ。砂漠は見た？」

砂漠って気になるよね。海の砂浜は見た事はあるけど、どう違うんだろう、とか。オアシスって本当に砂漠の中にあるの？　とか。

だから、男の子ともっとお話ししたいのも本当だし、男の子のお母様の国の事を教えて欲しいのも本当。

「う、うん。砂漠、見たよ！　母上の国の事を聞きたいって言われたのも初めてだ。嬉しい」

「え〜？　こんな面白そうな話ってなかなか聞けないから僕は知りたいけどなぁ。皆、色々と損してるね。勿体ないなぁ」

「君は、とても優しい子なんだね。君みたいな子が私の側にいてくれたら良かったのに……」

「えへへ〜、僕が優しいのは当然！　だって僕だから！　ねぇ、そんな事より、砂漠とオアシスの国のお話を聞かせてよ！」

「そうだね。じゃぁ、何から話そうかな……その国はね、国土の半分以上が砂漠で……見渡す限り一面砂なんだ。砂も、こんなザラザラじゃなくて――」

男の子が語って聞かせてくれる、場所も知らない異国の話は本で読むよりずっと面白い。それに、僕の質問にも丁寧に答えてくれるから家庭教師とのお勉強よりずっとずっと楽しくって、僕は男の子の話を夢中になって聞いていた。

あ～あ、男の子みたいな子が僕の側にいてくれたら良かったのに……そうしたら、今日のお茶会だって大人しく出たのになぁ。

ぐぅ～。

「あ……」

不意に僕のお腹《なか》から聞こえた音で男の子の話が止まる。

丁度、話が料理の事だったから一気にお腹が空いちゃったみたいで……恥ずかしい……。

お腹をさすって笑って誤魔化してみるけど、聞かれちゃったものは今更どうする事も出来ない。

「えへへ……美味しそうな話聞いてたら、お腹空いちゃった」

そういえば、お茶会の美味しそうなケーキやお菓子も食べそこなっちゃってたし、お腹が空くのもしょうがないか。

「お茶会に戻りなよ。お菓子がいっぱい用意されていただろ？」

男の子がお茶会が開かれている方を指さす。

確かに、お茶会には色々なケーキやお菓子がいっぱいあったし、食べたいケーキもあったけど……。

でもなぁ、ケーキとお菓子と一緒に、面倒臭い子達もいるから気は進まないんだよなぁ。

「君は？」

隣に座る男の子を見上げて聞けば、眉尻をへにょん、と下げた笑顔で首を横に振られた。

「私は……向こうに行く、勇気がないから……」

膝を抱えて、僕よりずっと大きな体をギュッ、と小さくする男の子を見ていると、一緒に行こう、って言うのも可哀想な気がする。それに、ちょっとやそっとの説得で動くようにも見えないし。

「う～ん、そっかぁ……じゃぁ、僕行ってくる！」

あのお茶会に戻りたくはないけど、ペコペコなお腹は我慢出来ない。そうと決めたら早く行こう！　どうせなら、あの食べたかったケーキも食べたいし。残ってたらいいけど……。

スクッ、と立ち上がる僕を、男の子は横目でチラ……とだけ見て、何も言わず視線を地面に落として動かなくなっちゃった。

行ってくるよ～、って言う僕の声にも返事してくれないし……そんな男の子が少し気になるけど、今は急いで戻る方が大事かな。

「じゃーねー！」

返事は期待しないけど、一応もう一度だけ声をかけてから、僕は行きは男の子に抱っこされて乗り越えた生垣を一人で乗り越え、逃げ出したお茶会の場所へと駆け出した。


意気揚々と戻ってはみたけど、テーブルの上のケーキもお菓子もいっぱい残ってる代わりに、子供達もまだお喋りに花を咲かせていて、あそこに近付くのにはなかなかの勇気がいるかも。

皆からは見つからないように少し離れた所から様子を見るけど、あの囲まれて質問攻めにされてうんざりした時の事を思い出して二の足を踏んでしまう。でも、今の僕にはとても重要で大切な使命があるんだ！

「ねぇ、そこの人。その大きなトレンチちょうだい」

意を決してテーブルの近くまで進むと、テーブル横に控えていた給仕から大きな取っ手付きのトレンチを貰って、どんどんその上にお菓子やケーキを乗せていく。

「なんだ、戻って来てたのなら言ってくればいいのに。何をしてるんだい？」

当然、僕が戻って来てそんな事をしていると目立つ訳で、例の僕の手を掴んで引っ張った子がやって来て、当たり前な顔で僕の隣に立って覗き込んで来る。

確か名前を聞いたとは思うんだけど、全然覚えてないや。

「なんでトレンチにお菓子を乗せているんだ？　どこか座って食べたいのかな？　だったら私が持って行ってあげるよ！」

「あ！」

「本当は、君みたいなおチビを相手にするのは趣味じゃないんだけど、お父様からモンテス侯爵とは仲良くしなさい、って言われてるからさ。今日は特別にエスコートしてあげるから、ついておいでよ」

一方的に言いたい事だけ言うと、僕からの返事なんて待つ気も聞く気もない、というような態度で勝手にトレンチを持ってスタスタと何処《どこ》かに運んで行ってしまった。

エスコートしてあげる、って言うわりには自分勝手に行動してて全然エスコートしてないんだが？　もしかして、エスコートの仕方知らないのかな？

折角集めたお菓子ごとトレンチを持って行かれたのは痛いけど、だからといって取り返しに行くほど僕は暇じゃないからね。だから、あの子の事は放置。だって僕、無駄な事が嫌いだもん。

もう一度給仕から新しいトレンチを貰うと、僕は再度お菓子とケーキを乗せて行く。

「あの……さっきから、何をされてるんですか？」

おずおず、と今度は数人の女の子達が僕に近付いて来て、不思議そうに僕と大量のお菓子とケーキが乗ったトレンチを交互に見て聞いて来る。

「お菓子とケーキを持って行きたい所があるから集めてるの」

「持って行きたい所……ですか？」

僕の答えに女の子達は顔を見合わせて、それから
「あちらに、ですか？」とお庭に置かれた小さなテーブルに視線を投げる。そこには、大量のお菓子とケーキの乗ったトレンチを置き、座っている例のあの子が……。

え？　まさか、あの子と二人でお菓子とケーキを食べる、だなんて思われてるんだったら最悪なんだけど。

「まさか。違うよ」

「では……どちら迄《まで》とか、お聞きしても」

「それはねぇ〜……秘密！」

「秘密……なのですか？」

この女の子達みたいに、あまりグイグイ来る事もなく、節度を持った距離で話しかけてくれるなら今みたいに僕も普通にお話出来るんだけどな。

「ノエル！　何処に行っていたんだ!?　心配したんだ

よ？」

女の子達にお勧めのお菓子を聞いたりしながらトレンチにどんどんお菓子とケーキを乗せていると、今度は慌てた様子のお父様がやって来た。

お父様が言うには、軽く散歩したら直ぐに戻って来ると思っていたのに、なかなか戻らないから心配していた、と。

心配かけちゃったのは、ごめんなさい、って思うけど反省はしてないかなぁ。だって、僕が嫌だ、って言うの聞いてくれなかったんだもん。

「全く、今まで何処で何をしていたんだい？」

「ん～？　お友達が出来て、あっちで一緒に遊んでたの」

「お友達？」

「そう、今日のお茶会に参加しに来た男の子。お庭で会ったんだ」

「なんと！　ノエルが自分からお友達を作るなんて珍しい。それはとても素晴らしい事だね。それで、どちらのご令息かな？　お名前は？」

「知らな～い、でもお兄様くらいの大きな子だったよ」

「知らないって……」

僕の答えにお父様が呆然《ぼうぜん》というか、呆《あき》れた顔をするけど、本当に知らないんだもん。言われなかったし、僕も聞くの忘れてたし。

「ところで……それは？」

それ、とお父様が指さしたのは、僕が今、一生懸命集めているお菓子とケーキがいっぱい乗ったトレンチ。

「今からお菓子をいっぱい持って行って、あっちで二人でお茶会を開くんだ！」

「ええ!?」

泣き虫で怖がりな男の子がここに来れないんなら、僕が美味しいお菓子とケーキを運んであげるんだ。僕がこんなにお腹空いてるんだもん、男の子も絶対同じなはずだよ！

あっち、と僕が指さす方を見てお父様は戸惑った顔で「ちょっと待ちなさい」なんて言うけどさ、僕はちゃんと心配かけないように、誰と何処で何をするかを、ちゃんと伝えたよ？　だから行っていいよね？

「そのお友達と、ここで食べるのじゃ駄目なのかい？　何も持って行かなくても……」

「あの子、恥ずかしがり屋さんだし怖がりだからダメ～」

あんなに気が弱いのに、うるさい子達に取り囲まれてアレコレ言われたら、また泣いちゃうよ。

「ならせめて使用人と一緒に……そんなにいっぱい持って行くのも大変だろ？」

「それもダメ～。だって、あの子アナグマみたいに臆病なんだよ？　知らない人が来たらまた泣いちゃう。そしたら、あの子と楽しくお茶会出来なくなっちゃうよ」

「オゥ……」

早く男の子の所に戻りたいのに、お父様ったら額《ひたい》に手を当てたりなんかして、そんな事してないで早く行っても良いよ、って言ってくれないかなぁ？

僕、お腹空いてるから早くケーキ食べたいし、男の子だって待ってるんだからさぁ。

しょうがない、この手は使いたくなかったけど……。

「あのね、お父様。ここの子達、怖くて僕イヤ。皆で取り囲んで色々言ってくるし、急に手を掴まれて、どっかに連れて行かれそうになったりして怖いの」

「え!?　そんな事をされたのか!?」

最初に囲まれて怖くて逃げ出した時にも怖いしイヤ、って言ったんだけどなぁ。

お父様、ちゃんと聞いてた？

「どの子がそんな事をするんだい？」

「お父様のご友人のご子息で、仲良くしなさい、って言った子」

「え……それって、セヴォル君の事かい？」

そんな名前だったっけ？　でも、多分そうだと思うからコクリ、と頷くと、お父様はショックを隠せない顔で「まさか」なんて首を振る。

む……さては、僕の話を信じてないな。

「急に掴まれて、隣に来い！　って言われて怖くって……だから、お父様の所に逃げたのに。なのに、お父様ったら、そんな子と仲良くしろ、なんて言うから……僕、悲しくって……さっきも、僕みたいなおチビの相手は嫌だけど、仕方なくエスコートする、って……」

お父様のコートの裾を握って、わざとらしいくらいにシュン……ってすれば、お父様は慌てて膝を折って僕に目線を合わせて来るから、今日お庭で出会ったあの男の子の真似《まね》をして泣きそうな顔をしてみる。

意識して眉尻を下げるって凄い難しい。お顔もピクピクするし嘘《うそ》なのバレるかも？　って思ったけど、お父様ってば全然気が付かない。しかも顔色も変えて僕を抱き締めて来たから効果は凄くあったみたい。

「ノエル！　すまない。きちんとお前の話を聞いてあげなかった私が悪かった！」

「それにね……僕が持って行こうと思って集めたお菓子とケーキ、勝手に持ってっちゃって……だから、今集め直してたの」

いまだ、一人で席に座って僕が来るのを待っている例の子をチラリ、と見れば、僕の視線を辿《たど》ってお父様も例の子を見る。

僕とお父様の視線に気が付いたのか、笑顔で手を振る男の子の前にはいっぱいのお菓子とケーキがトレンチに乗ったまま置かれていて、僕の訴えの証明にバッチリだ。

ふふふ、僕がやられっぱなしだと思ったら大間違いだぞ！

「ああ……ノエル、怖かったね。そんな辛い目に遭っていたなんて……引っ張られた時に怪我《けが》はしなかったかい？」

「うん、大丈夫。あのね、お父様、お庭で待ってるお友達は嫌な事しないいんだよ？　だから行ってきて良い？」

「勿論だとも！」

「ありがとう、お父様！」

やったね！

はっきりと了承の言葉を口にしてくれたお父様にギユッ、って抱き付いてから、いっぱいのお菓子とケーキが乗ったトレンチを持つ。大きめのナフキンをお菓子とケーキを隠すように被《かぶ》せてもらって、僕は男の子と別れた場所に急いで向かう。

ちょっと大袈裟《おおげさ》にすると、お父様ってばイチコロなんだよねぇ。お母様では、こうはいかないから、今だけお母様がいなくって良かったぁ。

でも、悲しかったり怖かったり嫌だったりは本当の事だから、嘘は吐《つ》いてないもんね。

早くこのお菓子とケーキを男の子の元に持って行きたい。気持ちとしては走って行きたいけど、トレンチに乗せたお菓子とケーキが崩れちゃったら嫌だから、逸《はや》る気持ちを我慢して歩いて行く。

もし、落としちゃったりしたらショックで立ち直れないもんね。だから行きと比べると、ずっと時間をかけてお庭の中を慎重に進んで行く。

生垣の迷路を抜けて、蔦《つた》だらけの塔を横目に通り過ぎて、男の子に連れられて通ったお庭の道を記憶を頼りに戻って……ぅがぁ～！　手がプルプルするぅ！

トレンチをずっと持って歩くのって、こんなにも疲れるの!?　最初はそんなに重くないし～、って思ってたのに、なぜかどんどん重くなってきてる気がするんだけど!?

でも、今ここで諦めちゃ駄目だ！　ってヒンヒン言いながらも頑張って、男の子と一緒にいた生垣に囲まれた場所の手前まで来た。僕、滅茶苦茶頑張ったよ！

多分、十分も歩いてないいんだろうけど、一時間くらい歩いた気分だ。

後は、目の前の生垣を乗り越えたら男の子と一緒にお喋りしていた場所なんだけど、こんな大きなトレンチを持ったままじゃ、低いとはいえ生け垣を乗り越えるなんて、とてもじゃないけど無理。

だから生垣の外から男の子に声をかけようと中を窺《うかが》って……。

（いない!?）

嘘だろ～!?　こんなに僕頑張ったのにいないとか……流石《さすが》の僕もちょっと泣きたいよ……。

気持ち的には今すぐ泣いて打ちひしがれたいけど、それよりも両手に持ったトレンチを何処かに置く事の方が先だ。

このまま土が剝《む》き出しの地面の上に置くのは気が引けて、すぐ側にある石垣脇のレンガ造りの階段まで最後の力を振り絞って行って、階段の上に置く。

（もう、やる気と体力を使い果たしてなんの力も入らないよ）

僕も階段に座ると、ヘロヘロの体を階段に沿って建つ石垣にもたれ掛けさせる。

「危ない!!」

「へ？」

突然の大声が背後から聞こえた瞬間、グッ、と何かに伸《の》しかかられ、小さな花の鉢植えが僕の足元近くへ落ちて砕けた。

「え？　は？」

「大丈夫!?」

頭上からの慌てた声に顔を上げれば、さっきの場所にいなかった、あの泣き虫な男の子が僕に覆い被さって焦った顔で見下ろしていた。

「怪我はない!?」

「あ……うん」

僕が頷くと男の子は、ハ〜……と息を吐いて眉尻をへにょん、と下げたままヘラリ、と笑った。

何が何やら全く分からず、目を白黒させる僕の上から体を起こした男の子が、自分の肩を手で払うと、パラパラと土が落ちる。

「良かった……この石垣の上に飾ってあった鉢植えが落ちてきたんだよ。ここに置いてある鉢植えは全て撤去させた方が良いね。危ないよ」

男の子が「ここ」と指さした男の子の背丈くらいの石垣の上には、等間隔に置かれた小さな鉢植えが並んでいて、丁度僕達がいる真上の所だけがなくなり、代わりに長毛でふわふわな毛の猫が僕達を見下ろしていた。

「猫？」

「ここで飼っている猫なんだ。よく庭の鉢植えを倒す悪戯《いたずら》はしてたんだけど……まさか落とすなんて……」

石垣の上で呑気《のんき》にあくびなんかしている猫がいる場所から、さっきの鉢植えが落ちたんだとしたら……？

この時になってやっと、僕は落ちた鉢植えから男の子が庇《かば》ってくれたんだという事に気が付いて血の気がサーッ、と引く。

「君の方こそ大丈夫なの⁉　怪我は⁉」

「大丈夫。腕でカバーしたし、少しかすっただけだから怪我もしてないよ。ちょっと土は被っちゃったけど」

かすっただけって……かすっただけでも陶器の鉢植えが当たるのは大事《おおごと》だと思うんだけど、男の子は「体だけは丈夫なんだ」と言って肩を回したりなんかして、ピンピンしている。

これだけ丈夫で、身を挺《てい》して人を助けるような男気があるのに気が弱くって泣き虫だなんて……もっと自信を持って良いのに。

だって、今日の、あのお茶会に参加していたどの子よりも格好いい！

「ありがとう、助けてくれて。ねぇ、本当に痛い所とかあったら言ってね？　僕、お医者様呼んで来るからね？」

「うん、でも本当に大丈夫……それより、どうして君は、ここにいるの？　お茶会に戻ったんじゃ……」

「あ！　そうだ‼」

男の子から戸惑ったように、ここにいる理由を聞かれて思い出した！

すっかり忘れていた階段の上に置いていたトレンチを見ると、砕け散った鉢植えの破片や土がナフキンの上に少し飛び散っていた。

「ギャー！　僕のケーキがぁああ！」

「ケーキ？」

いや、まだ分からない。ちゃんとナフキンを被せておいたんだから、下は大丈夫かも‼

ソッ……とナフキンを捲《めく》ってその下にあるお菓子とケーキを確認する。

「良かった、無事だー！」

「それは？」

土一つ付いていない、持って来た時と変わらず美味しそうに並んでいるお菓子とケーキを前に手を叩《たた》いて喜ぶ僕の横から、男の子が覗き込んで聞いてくる。

僕はそれに振り向いてトレンチを持ち上げると、男の子に差し出した。

「お茶会しよう‼」

「え？」

元いた生垣に囲まれた場所に戻ると、ナフキンを敷いた地面にトレンチを置く。

「贅沢《ぜいたく》を言うなら紅茶も持って来たかったんだけどさ、流石にそれは重くなるのが目に見えてるから無理だったけど、お菓子とケーキだけはいっぱいあるからね！　さぁ、食べよ！」

僕がずっと食べたかったフルーツが乗ったケーキもちゃんと持って来られたし、口うるさい子達もいないし、緑に囲まれた庭で誰にも邪魔されず、マナーも気にせずケーキが食べられるなんて最高！

ケーキに乗ったフルーツをお行儀悪く指で摘《つま》んで口の中に放り込む。んふふ～、美味しぃ～。

「なんで」

「んん？」

折角のお菓子には見向きもせず、戸惑った様子で僕を見る男の子は、さっきからなんでなんで、って、そればっかりだね？

「なんでって、何が？」

「もう、戻って来ないんだと、ばっかり……」

「ええ～、あそこにずっといるのなんてヤダよ～。うるさい子とかグイグイ来て怖いし、嫌な感じの子もいるし、ゆっくり食べれないもん。それに、君だってあそこに行きたくなかったんでしょ？　だったら、ここにお菓子を運んで一緒にお茶会しようと思ったんだけど……戻って来たら、いないんだもん。ビックリしたよ」

そう言う僕に男の子は申し訳なさそうに「ごめん」って言うけど、別に責めている訳じゃないんだけどな……。ただ、ちょっとショックだったけど。

「僕は最初からそのつもりだったんだけど、違った？　でも君だってお腹空いてるんじゃないの？　だから一緒に食べようよ、美味しいよ？」

「私と、一緒に？　その為に、わざわざ取りに行ってくれたのか？」

「うん。一緒に食べようと思って頑張って持って来たんだから食べてよ。はい、ケーキどーぞ」

女の子達にお勧めされたプラムケーキだよ。だから、きっと美味しいはず。

お皿とかフォークとか、そんな気の利いた物はないから手の平にポン、と乗せてあげる。

そして、僕はまたケーキの上に乗ったフルーツだけを摘んで食べる。

こうやって、好きな物だけを食べても怒られない、っていうのも、二人だけのお茶会の醍醐味《だいごみ》だと思うんだ。

色々とお行儀が悪いけど、今日だけは楽しかったらいいじゃん。ぶれいこーってヤツだ！

「あ、ありがとう……」

泣きそうな笑顔でお礼を言った男の子は、一口パクリ、とケーキに齧《かじ》り付いて、目を擦りながら「美味しい」と言った。

「ねぇ、あの話の続きしてよ。君のお母様の国の話」

親のいぬ間に……で、マナーも気にせず好きなだけお菓子を食べながら、男の子に異国の話を強請《ねだ》る。そんな僕のお願いを男の子は快く聞いてくれて、僕にせがまれるままに異国の話を聞かせてくれた。

親の事とか、家の事とか、装飾品とか、馬も土地の話なんかも、一切話題にも上らない、この男の子との時間が凄く落ち着く。

やっぱり、僕ってば社交の場、っていうのが苦手だったんだなぁって、今日のお茶会ではっきりと分かった気がする。

将来、夜会だ社交界だ、ってなった時の事を思うと今から気が重い。

「本当に異国の話が好きなんだね」

「うん。僕、本を読むのが好きなんだ。だから、異国の話って、物語を聞いてるみたいで楽しい」

異国の話を聞かせてもらいながらお菓子を食べ続けて、僕のお腹はいっぱいだ。

欲張っていっぱい持って来たトレンチの上のお菓子

とケーキは、もう何も入らない僕に代わって男の子がパクパクと消費してくれてる。

この男の子、大人しい顔して食べる量が半端なく凄いぞ。

「そうなんだ。私も本が好きでよく読むんだけど、君はどんな本を読むの？」

一口で大きなパイの半分を頬張《ほおば》りながら、男の子が嬉しそうに本の話題に食い付いて来る。

男の子は歴史文学や英雄伝から児童文学まで幅広く読んでる、って教えてくれたけど、僕とはちょっと違うなぁ。

「うーんとね。僕はファンタジーとか、おとぎ話が好き。それで、ストーハルスの本も良いんだけどさ、異国の本が一番好き」

「異国の本かぁ……それは、読んだ事がないかも」

男の子があまり読んだ事がない、って言うのもしょうがない。だって、異国の本って簡単には手に入らないからさ。手に入ってもストーハルスの言葉になってないものが多いしね。

じゃあ、僕がなんでそんな本が好きか、って言うと……お祖母様が、お祖母様の国の本を僕に読んでくれるから。

お祖母様の国の本には、ストーハルスと全然違う世界が詰まっていて、僕はそれを読み聞かせてもらうのが、何よりも大好きなんだ。

まだ自分では読めないけど、少しずつお祖母様から文字を教えてもらって、自分で読めるようになるのが今の目標。

「面白いよ。本を読むだけで異国を覗いたような気になれるんだ。雪で作る家とか、夜空に広がる虹色のカーテンとか……海を覆う氷の岩なんて……どんなのなんだろうなぁ、って。想像するだけで楽しくない？」

簡単に行けないお祖母様の国も、少しだけど行った気分に浸れるんだ。

「そうか……小旅行気分、って感じなのかな？」

「そうそう！　文化？　って言うのかな？　そういうのも違うから凄く新鮮でさ。僕、将来大きくなったら異国の本をいっぱい読めるようなお仕事に就く、って決めてるんだ！」

「将来？」

パクパクとお菓子を口に運んでいた手を止めた男の子が、不思議そうに何度も「将来……将来？」って口にする。

（まさか、将来って言葉の意味が分からない訳じゃないよね？）

「家は長男のお兄様が継ぐからさ、僕は大きくなったら家を出なきゃいけないんだって。だから、将来は自分でお仕事を決めて働かなきゃいけないんだよ？」

僕はお父様からそう言われてるから、今からやりたいお仕事を考えてるけど、男の子はどうなんだろ？

確か、塔の下で泣いてた時に、兄上がどうとか言ってた気がするから、跡継ぎではないと思うんだけど。

「君は？　将来の夢は？　やりたい事とか考えてる？」

「か……か、考えても、良いの？」

「え？」

考えても良いの？　って、どういう事？　将来やりたい事を考えるくらいは自由だと思うけど。

「えーっと……家を継がないなら、考えても良いんじゃない、かな？」

どこかの貴族に跡取りとして養子に行くなら話は別だけど、そうじゃないなら、寧《むし》ろどんどん考えるくらいの方が良いのでは？　騎士団とか早い所だと十六歳くらいから入団試験がある、ってお兄様達が言ってたし。この男の子も、お兄様と同じ十四歳くらいなら、そろそろ将来を考えないと駄目な歳なんじゃないのかな？

「継がないなら……？　だったら、わっ、私！　やりたい事があるんだ！」

「お、おぉ!?」

思いもかけない事を言われた、って表情で唖然《あぜん》としていた男の子がハッ、と目を見開くと、勢い良く身を乗り出して来た。

急に僕に向かって来るから、ビックリしてひっくり返りそうになっちゃったじゃないか。

「そうなんだ……それって、何？」

「私は、また母上の国に行きたい。母上も……何も言わないけど、本当は、また国に帰りたい、って思っているのを私は知っているんだ。だから、異国と関われる仕事に就きたい！」

拳《こぶし》を握って力説する男の子は、眉をキリッ、と吊《つ》り上げて、最初に出会った時、あんなにピーピー泣いていたのなんて想像も出来ないほど力強い表情をしていて、別人みたいだ。

「将来、母上が、また国に帰れる日を作る。それに、君も連れて行ってあげたいから。さっき約束したしね」

「へ～、良いねぇ、凄く良いと思う！」

「なれる……かな？」

「うん！　絶対なれるよ、頑張って!!」

そして、僕と砂漠を見ようね！

いつか、大人になった時に砂漠とオアシスを見れるんだと思うと、楽しみになってきた。

「でも、そんな事言ったら……また、怒られる、かも」

なのに、突然弱気になって折角のキリッ、としたお顔が一瞬で台無し。

また眉尻をへにょん、と下げて今にも泣きそうな情けない顔になるから、その下げた眉尻を僕の指で押し上げて無理やり吊り上げてあげる。

「!?」

「怒られそうになったら、このキリッ、としたお顔で睨《にら》み付けたら良いよ。そうしたら、口うるさい家臣も黙るよ。きっと」

「そ、そうなの？」

「そうなの！」

僕も何かお願いする時とか、お顔を作ったりするんだけどさ。やっぱり、全然違うもん。

例えば、今日のお父様にお茶会が嫌だからお庭に行きたい、ってお強請りした時の泣きそうな顔とかね。

「情けない顔をしてるから弱いと思われて口うるさく言われちゃうんだよ。だから、ほら。キリッ、と強そうな顔をして」

「こ、こう、かな？　どう？」

「まだ弱い」

「うう……難しい……」

力持ちで優しくて格好良くて、でも気が弱くて泣き虫で……。僕、お父様の言う結婚相手がこの男の子なら絶対文句言わない。

　僕はグイグイと男の子の眉を押し上げて、男の子は僕に言われるがまま顔に力を入れて、二人でキリッ、とした表情を作る練習に熱中した。


「――ル！　――エル！　どこだーい、帰るよー！」

「あ！　お父様の声だ‼」

「え？」

　しばらくの間、男の子の顔面をグイグイと持ち上げていた手を離して立ち上がる。

　声が聞こえた方向を見ると、遠くの方でお父様が僕を呼びながらウロウロしているのが見えた。

（ヤッター！　やっと、帰れる！　なんとか今日のお茶会を回避する事が出来たんだ！）

　お父様は生垣に囲まれた中にいる僕に気が付いていないみたいで、さっきからずっと見当違いな所を覗き込んだり掻《か》き分けたりしてるから、早く行ってあげないと。

「お父様が捜してるから、僕もう行くね。ちゃんと、お顔キリッ、とさせるんだよ。頑張ってね！」

「あっ！　ま……私、頑張るから！　絶対、砂漠に連れて行ってあげるから‼」

「うん！　約束だよ！　楽しみにしてるね‼」

　勢い良く生垣を乗り越えてバイバーイ、と男の子へ向けて大きく手を振ると、僕はお父様の元へと走った。

「お父様ー！」

「ノエル⁉　そこにいたのか、捜したよ。おや？　お友達は？　一緒にいたんじゃないのかい？」

「うん、あっちで一緒に――」

　今来た生垣の向こうを振り向いて指さすけど、その場所に男の子の姿は見えない。

「あれ？」

　遠く離れたせいで草木に邪魔されて見えないだけか、と思ったけど、お父様からも見えないみたいで「どこにいるんだい？」って不思議そうな顔で聞かれる。

僕がお父様に気付いて、ここに来るまでは確かに一緒にいたのに……。

「さっきまで、あそこに……」

「え？　誰もいないが……いや……うん、そうかそうか……お父様もノエルのお友達に会ってみたかったけど、いなくなっちゃったなら仕方ないね。さぁ、帰ろうか」

「うん……」

姿を消してしまった男の子と、どこか不自然な笑顔を浮かべて何度も頷くお父様の事は気になるけど、それよりも帰れる、って事が嬉しくて、僕はお父様に手を引かれて帰りの馬車に乗り込んだ。

そうして、僕の生まれて初めてのお茶会は、まともに参加するどころか、友人一人作る事なく終わってしまった。

◇◇◇

僕とベルが結婚して、それと同時に月一で催されるようになったパオラ皇女との茶話の帰り、折角だからと二人で王城の庭を散策する。

「そういえば、ノエルは外務省の手伝いで来るまで、王城に来た事はない、と言っていたが……」

「うん、ないよ。だって来る用事なんてないし」

わざわざ実家の領地からこの王都に来るだけでも大変なのに、さらに王城に顔を出さなきゃいけない用事なんて僕が好き好んで参加する訳がないじゃん。

「ふむ……では、貴族の子供達を集めたお茶会には？」

「お茶会？　あ〜、一度だけ出た事はあるみたいだけど……」

確か、僕が五歳か六歳の時に、一回だけ連れて行かれたらしいんだよね。あんまりよく覚えてないけど。

お父様とお母様によると、僕は他の令息令嬢達とそりが合わず会場から脱走してしまったらしい。そして、お茶会が終わるまで一人でお茶会の会場から離れた庭で空想上のお友達を作って遊んでいたと……。

誰もいない所を指さして「あそこにお友達がいる」と言う僕に危機感を覚えたお父様とお母様は、もともと人付き合いの得意でない僕にとってお茶会などに出席するのは相当のストレスとなるのだろう、と結論付け、それ以降はお茶会や夜会、社交の場に僕は無理に出なくても良い、って事になったんだよね。

それは、すっごいありがたいんだけどさ。僕もこれ幸いと社交から逃げまくったし。だけどさぁ……。空想上の友達ってなんだよ!? ちゃんといたんだから、男の子！

誰も信じてくれなかったけど……、それだけは覚えてるんだから。

まぁ、今となっては、どんな服を着てただとか、どんな顔だったとか、そういうの全然覚えてないんだけどね。辛うじて覚えてるのが『水色』ってだけ。それも、何が水色だったのかなんて、これっぽっちも記憶してない。

でも、男の子と遊んで凄く楽しかったっていう感情は覚えてるんだよ。なんでかは分からないけど、砂漠を見に連れて行ってくれる、って約束をしてたし。

子供特有の安易な思い付きによる約束なんだろうけど、当時の僕は本気で砂漠に行けるつもりで水筒だとか日差し避《よ》けの布とか集めてたっけ。我ながら無邪気だったなぁ。

大人になった今になって思い返すと、ほのかな恋心みたいなのを抱いてたのかもね。幼い僕の初恋だ。

「で？　それがどうかしたの？」

「そのお茶会が、主催は王家で会場は毎年王城の庭なのを知っていたかい？」

「え、そうなの!?　じゃあ僕、一度は来てたって事？　うーん……覚えてないなぁ」

もともとお茶会自体に興味がないから、どこでやっているかなんて気にした事もなかったし、出席した時の事もほぼ何も覚えてないもんなぁ。領地から滅多に出ない生活を送ってたから、てっきり来た事がないんだとばっかり。

庭の中に造られたレンガ造りの階段をベルに手を取られながら上り、僕の身長くらい高い石垣の上から庭を見渡してみるけど、二十年以上も昔の薄ぼんやりとした記憶じゃ、どうにもピンと来ない。

遠くに蔦だらけの塔が見えて、色とりどりの花が咲く生垣が迷路みたいに入り組んでいる庭なんて、子供の頃の僕なら確実にテンションが上がって冒険してそうなんだけど。

「シュリアン達に子供が生まれたら……」

「うん？」

少し高い所から俯瞰《ふかん》で見る庭も新鮮でいいなぁ、と眺めていた僕の頭上からかけられるベルの声に視線を上げる。

「砂漠を見に行くか」

「へ？　砂漠？　なんで……？」

「興味があるんだろ？　あと、オアシスにも……」

「え？　え？　なんで知ってるの!?」

僕、ベルに砂漠に興味があるなんて話したっけ？

……いや、してない……。じゃあ、なんで？

「約束したからね」

「約束って、誰と？」

「……君と」

砂漠を見せてあげるって……その約束をしてくれたのは、あの日の男の子で……。

最近はめっきり眉間の皺《しわ》も薄くなって、厳《いか》つさよりダンディな色気が際立って来たベルが、凄く楽しそうな、悪戯を仕掛ける子供のような笑顔で僕を見下ろしていて、僕はその水色の瞳に、って……あれ？　水色？

あの男の子の事で唯一覚えている水色と同じ色が、僕のすぐ目の前にある……。綺麗に透き通っていて、いつか見たようにポロポロと滴《したた》り落ちる水の膜も張っていないから、その色がよく見える。

そうだ、思い出した。あの男の子は泣き虫だった。僕よりずっと大きな体で凄く優しくて、気が弱いのに体を張って僕を守ってくれて……。

「お祖母様がオーレローラの方だと聞いた時にまさか、とは思ったが……やはり君だったね」

「は？　……は？」

「ノエルは、覚えていないかもしれないが……あの時の約束の為に、私は外務省の文官になったんだよ。異国と関われて、異国へ向かう事も可能な職だ。長官にまでなってしまったのは想定外だったがね」

「マジ、かぁ……」

ベルの言葉で、どんな会話をしたとかの細かい事まで思い出した訳じゃないけど、あの男の子が誰だったのかは分かった。

「ねぇ……もう、泣き虫は治った？」

「!? 覚えてないんじゃなかったのか？」

「あの日、砂漠を見に連れて行ってくれるって約束した水色の瞳の男の子が泣き虫だった、って事はハッキリ思い出したよ」

「それは……一番思い出してほしくなかったな」

顎鬚《ひげ》を擦りながら苦い顔をするベルの水色の瞳に、涙をいっぱい浮かべていたあの男の子の面影が浮かび上がって、思わず噴き出す。

(用意していた水筒と日差し避けの布、まだ残ってたかなぁ？)

男の子の分も用意するんだ！ って言って、全部二つずつ用意していたはずなんだよね。

近い未来、ベルと一緒に行けるだろう砂漠の異国に、

記憶の中に残る無邪気な感情が思い出されて……僕の手を引いて庭を案内してくれた、あの時よりもずっと大きくてぶ厚くなった手を強く握り返した。

あとがき

初めまして。兎卜《うさぎうら》羊《ひつじ》と申します。この度は『皮肉屋でマイペースな令息は冷遇されても気にしない』をお手に取って頂き、ありがとうございます。

この作品は、何かと忙しかった時期に少し時間が出来た事で「今のうちに何か書かねば！」と、謎の焦燥感に尻を叩かれ書き始めたのがきっかけでした。

しかも、何を思ったか三作品同時に書き出し、一作品は途中でボツ。もう一作品は途中で寝かす事にし、最後まで残ったのがこの『皮肉屋でマイペースな令息は冷遇されても気にしない』でした。

自分の置かれた状況に嘆く事も無く、飄々《ひょうひょう》としている主人公なんて面白いんじゃないか？

『馬耳東風《ばじとうふう》』そんな主人公の態度に、冷遇していた方が戸惑い困惑するような、そんな話を書きたい。

最初は、そういったアバウトな思い付きからの創作でした。プロットも書きたいシーンだけを時系列に箇条書きするだけの乱雑な物。キャラ設定も主人公のノエルよりもお相手のベルンハルトの方が先に出来ていき、巨体だ、漢《お》っぽいだ、褐色肌だ、ヘタレだ！　と、それはもう好き放題に膨らませて……凄く楽しかったです。

その為、勢いだけはあったのが、最後まで書き続ける事が出来た理由かと今なら思います。


さて、そういった過程で生まれた作品ですが、いかがでしたでしょうか。

ここで、少しだけキャラクターの事を語らせて頂くと……。主人公であるノエルは皮肉屋であり、自分の進む道は自分で切り開く、そういった気の強い青年です。そして、高位貴族の末っ子として甘やかされて、贅沢も当然として生きて来た生粋のボンボンです。

そんな彼が、なぜ冷遇されても気にしなかったのか。

それは、生まれ持った性格もありますが、金持ち特有の余裕と傲慢《ごうまん》さで「格下の者がヤイヤイ騒いでるわ～」としか思っていなかったからです。その代わり、負けん気は強いしプライドも高いのでしっかり仕返しはしていましたが……。

しかも、引きこもり気質で社交嫌いなので世間知らずで無鉄砲。作中では飄々と「離婚後は平民になって自由気ままに生きていく」なんて言っていましたが、きっと生活水準のギャップと常識のズレに苦労して無理な気がします。

こうやって書いてみると、あまり性格が良いとは言えませんが、彼は皮肉屋ですから、性格は悪くていいんじゃないかな、と。むしろ、それ位じゃないと冷遇を弾き飛ばせないと思うんですよね。

反対に、お相手であるベルンハルトは真面目過ぎて色々と拗らせてしまった人です。優し過ぎる性格なので、貧乏くじを引きまくっているんです。

本来の気の弱さなどは嘗められないよう、外見の厳つさで誤魔化してカバーしてきましたが、その外見のせいで変な思惑を持った人が寄り集まって来ているので、悪循環です。

不器用で不憫な人なので、ベルンハルトこそノエルのような大人しそうな外見だと生きやすかったのかも、なんて書いていて思ってしまいました。

そんな、中身と外見がチグハクな二人のお話ですが、最初はWEBサイトで投稿していた作品でした。勢いばかりの拙作《ちさく》で反省点も多い物ですが、沢山の方が読んでくださったおかげで、こうして書籍化のお話を頂く事ができ、感謝の言葉もございません。

そして、書籍化するにあたり未熟な私をサポートし、優しく導いて下さった担当様の存在がなければ、この作品をここまで形にする事は出来ませんでした。

色々なアドバイスを沢山いただきました。良い所も悪い所も教えていただきながら加筆し修正する作業というのは、今まで一人で創作してきた私にとってとても新鮮で、そして勉強になる事ばかりで、悩む事すら楽しかったです。

最初から最後まで、楽しく創作したこの作品が、少しでも皆様を楽しませる事が出来たのでしたら幸いです。

最後になりますが、美しく魅力的な世界観で可愛いノエルと格好いいベルトを描いてくださった北沢《きたざわ》きょう先生、担当様、校正、印刷、営業の各担当様方、本の作成に携わって下さいました全ての方々に、そして、数ある作品の中から本作を取り読んでくださった貴方様に、心からの感謝とお礼を申し上げます。
またいつか、どこかでお会い出来る日を夢見て、これからも執筆活動を続参ります。

兎卜羊

【初出】

皮肉屋でマイペースな令息は冷遇されても気にしない
(小説投稿サイト「ムーンライトノベルズ」にて発表の作品に加筆、修正を加えたものです。)

覚えていたのは砂漠と水色、それとほのかな……。
(書き下ろし)

触るだけじゃたりない。抱きしめたい、全部食べたい――

『犬飼さんは羊さんでぬくもりたい』

モト　Illust.末広マチ

定価：1540円（本体1400円＋税10%）

初代様を闇落ちから救えるなら、俺はナニでもします——

『初代様には仲間が居ない！』

はいじ　Illust.高山しのぶ

定価：1540円（本体1400円＋税10%）

皮肉屋でマイペースな令息は冷遇されても気にしない

2024年9月30日 第1刷発行

著　者　兎卜《うさぎうら》 羊《ひつじ》
イラスト　北沢《きたざわ》きょう
発行人　石原正康
発行元　株式会社 幻冬舎コミックス
〒151-0051 東京都渋谷区千駄ヶ谷4-9-7
電話03(5411)6431(編集)
発売元　株式会社 幻冬舎
〒151-0051 東京都渋谷区千駄ヶ谷4-9-7
電話03(5411)6222(営業)
振替 00120-8-767643
デザイン　kotoyo design
印刷・製本所　株式会社 光邦

検印廃止

幻冬舎コミックスホームページ　https://www.gentosha-comics.net